Claudia Pietschmann
GoodDreams

Claudia Pietschmann,
1969 in der Mark Brandenburg geboren, verbrachte ihre Kindheit und Jugend inmitten zahlloser Bücher. Sie studierte in Berlin Betriebswirtschaftslehre und arbeitete anschließend als Marketingberaterin und Werbetexterin. Mit dem Träumen beschäftigt sich die Autorin schon lange. Es ist ihr sogar gelungen, das luzide Träumen zu erlernen, genau wie die Figuren in ihrem Debütroman *GoodDreams*.

GoodDreams – Wir kaufen deine Träume ist auch als Hörbuch erhältlich.

Claudia Pietschmann

WIR KAUFEN DEINE TRÄUME

Arena

1. Auflage 2016
© 2016 Arena Verlag GmbH, Würzburg
Alle Rechte vorbehalten
Dieses Werk wurde vermittelt durch die AVA international GmbH Autoren- und Verlagsagentur, München – www.ava-international.de
Covergestaltung unter Verwendung von Bildern von Miloje © shutterstock und Bananaboy © shutterstock
Gesamtherstellung: Westermann Druck Zwickau GmbH
ISBN 978-3-401-60151-9

Besuche uns unter:
www.arena-verlag.de
www.twitter.com/arenaverlag
www.facebook.com/arenaverlagfans

Seit dem Morgengrauen sitzt Ben auf seinem Board. Nur ein leichter Wind kommt vom Land, die See kräuselt sich sanft. Noch ist das Wasser weich und streichelt um seine Füße. Doch er kann sie riechen. Die Nackenhärchen stellen sich auf, seine Fingerspitzen kribbeln. Sein Körper spannt sich. Nur noch wenige Minuten, dann ist sie da. Er zieht den Reißverschluss seines schwarzen Neoprenanzugs nach oben und streicht sich die blonden Strähnen, die sich aus seinem Pferdeschwanz gelöst haben, aus dem Gesicht.

Wenigstens eine von ihnen muss er erwischen. Eine dieser Wellen, die berüchtigt und gefährlich sind. Seit Stunden lauert er auf das Duell mit einer der mächtigsten Naturkräfte, die es gibt. Ben kann sich an die Glücksmomente erinnern, an das Gefühl, wenn es ihm gelang, eine Monsterwelle zu reiten. Groß und mächtig – der Beherrscher der Natur. Und gleichzeitig doch klein und ausgeliefert.

Er atmet tief ein und aus. Saugt die salzige Luft in die Lunge und genießt den letzten Augenblick der Ruhe.

Konzentration. Er muss sich sammeln, seine Mitte finden, denn Zweifel können ihn das Leben kosten. Dieser Zeitpunkt, an dem Panik in ihm aufsteigt – so wie jetzt. Er muss dieses

Gefühl kontrollieren. Muss es annehmen und dann abstreifen. Es darf nicht bleiben, sonst zeigt er im entscheidenden Moment Furcht. Obwohl die Furcht nicht real ist. Sie existiert nur in seinem Kopf.

Ein letzter Atemzug, ein letztes Nachdenken, ein letztes geflüstertes Mantra. Dann paddelt er los.

Die Welle rollt auf ihn zu. Eine Wand aus Wasser. Ein Haus. Ein Hochhaus. Sie bäumt sich auf, will gerade brechen, doch er nimmt Fahrt auf, stellt sich ihr. Der Kampf kann beginnen. Ein paar Herzschläge lang schwebt das Board in der Luft. Ben genießt das Gefühl zu fliegen, zu schweben, zu gleiten. Aber dann strauchelt er, fängt sich wieder und gewinnt das Gleichgewicht zurück. Drückt die Kante des Boards ins Wasser, verliert erneut den Halt.

Die Welle bestraft ihn brutal für seinen Fehler. Ein Sturz kann den Tod bedeuten. Er sollte locker und entspannt bleiben, sollte Arme und Beine an den Körper ziehen, sich zu einer Kugel zusammenrollen. Er weiß es, kann es – und doch gehorcht ihm sein Körper nicht. Das Wasser presst ihm die Luft aus der Lunge. Die Angst hilft mit. Es fühlt sich an, als würde er nach einem Sprung aus dem vierten Stock auf knochenhartem Asphalt landen. Wie aus weiter Ferne dringt das Rauschen des Ozeans an sein Ohr, das Wasser kocht. Noch viel lauter – unerträglich laut – ist das Knacken in seinem Körper. Knochen, Sehnen, Muskeln und Gelenke. Alles wird über das Maß der Erträglichkeit hinaus gedehnt. Er kann das nicht überleben, seine Wirbelsäule scheint in zwei ungleiche Teile zu zerbrechen.

Dann ist alles vorbei und Ben kämpft sich wieder an die Oberfläche. Die See ist ruhig, nichts erinnert an den Kampf. Sein Board treibt nur zehn Meter von ihm entfernt. Er schwimmt hinüber, zieht sich hoch und massiert das drückende Gefühl aus seiner Brust.

Wie schwach er sich fühlt. Er weiß, er sollte es nicht tun, sollte an Land paddeln, sich ausruhen und Kraft sammeln, doch er kann nicht anders. Ein Blick nach hinten genügt, um das Adrenalin in sein Hirn zu pumpen. Weit draußen kündigt sie sich an. Eine ganze Abfolge mehrerer Wellen. Eine davon wird ihm gehören.

Er stößt die Hände ins Wasser, legt sich bäuchlings auf sein Board und paddelt los, treibt das Brett voran. Kein Gedanke daran, was vor wenigen Minuten passiert ist, was schiefgehen könnte, welchen Preis er zahlen würde.

Ben kneift die Augen zusammen. Mit seinem Blick sucht er genau den richtigen Punkt. Warten, warten, Geduld haben. Die Welle darf noch nicht brechen oder umschlagen. Sie muss einen steilen Hang formen. So hoch, dass es sich lohnt, sie zu reiten, an ihr hinabzugleiten, sie zu beherrschen. Ein wenig noch, nur einen Augenblick.

Jetzt!

Die Welle ist hoch wie ein Turm. Er zieht noch einmal Kraft aus allen Fasern seines Körpers, leert seinen Geist, paddelt schneller. Dann drückt er sich auf dem Brett nach oben.

Seine Haare glitzern in der Sonne. Salzkristalle auf den Lippen. Die Muskeln spannen sich, er springt hoch, steht auf dem Brett – und gleitet in die Tiefe. Hinter ihm bäumt sich die Welle, gigantisch, gewaltig und unglaublich schön.

Er verlagert sein Gewicht, legt sich nach links in die Kurve und tanzt quer an der gläsernen Wasserwand entlang. Und wieder droht das Ungetüm ihn zu überrollen. Doch er ist schneller. Diesmal ist Ben der Sieger. Er gewinnt das Duell und gleitet seitlich aus der Welle hinaus.

***

Aus einer kleinen schwarzen Lederbox entnimmt Jeanne den Schmuck und beginnt andächtig, ihn anzulegen. Erst der Ring für die linke Augenbraue, schmal und aus glänzendem Silber. Genauso die Zwillinge für die rechte Braue. Ganz außen fädelt sie noch einen weiteren Ring durch die Haut. Etwas größer ist er – und ein winziger Büffel hängt daran. Es ist ein Geschenk ihres Vaters. Sie streichelt das Tier sanft. Menschen, die im Jahr des Büffels geboren sind, sind sehr beliebt, fleißig, geduldig und schweigen lieber, bevor sie auch nur ein Wort zu viel sagen. Allerdings sind sie leicht erregbar und neigen zu Hartnäckigkeit und Eigensinn.

Bei diesen Gedanken atmet sie tief durch. Der Büffel beschützt sie, er ist ihr Glücksbringer. Und das kann sie brauchen, auch wenn sie alles bis ins kleinste Detail geplant hat. Mit der Yakuza ist nicht zu spaßen.

Der Ring an der Oberlippe macht größere Schwierigkeiten. Sie muss nah an den Spiegel treten, um ihn schmerzfrei einzufädeln.

Verträumt schaut sie in ihr Gesicht. Makellos wie ihr Körper. Kein Leberfleck, kein Pickel, nicht die winzigste Pigmentstörung. Schwarzroter Lippenstift, smokey eyes. Sie ist so zufrieden mit sich, dass sie sich nur schwer vom Spiegel losreißen kann.

Selbstvergessen wechselt sie die Spitzenunterwäsche gegen ein Bustier aus schwarzem Leder und einen nahtlosen Slip. Darüber zieht sie eine schwarze enge Lederhose, die sich wie eine zweite Haut über ihre Beine legt. Der Bund sitzt so tief, dass ihre spitzen Hüftknochen ungeniert hervorschauen.

Sie wühlt ein wenig, bis sie die lackschwarzen Slingpumps

gefunden hat, und ist etwas unschlüssig, ob die zehn Zentimeter hohen Absätze die richtige Wahl sind. Gut, sie kann darin laufen, ohne dass sie herumstöckelt wie ein neugeborenes Fohlen. Aber falls sie sich beeilen muss, wird sie Schwierigkeiten haben. Unbewusst leckt ihre Zunge über die Oberlippe und spielt mit dem Silberreif. Schon beugt sie ein Bein, um den Schuh wieder auszuziehen, doch sie entscheidet sich anders. Sie wird nicht rennen müssen. Nicht einmal schneller laufen. Nein, sie nicht.

Jeanne verstaut ihren Laptop im Koffer und klemmt ihn unter den Arm. Ein kurzer Blick, ob sie auch wirklich nichts vergessen hat. Sie wird dieses Zimmer nie wieder betreten.

Als sie mit durchgestrecktem Rücken die Treppe hinunterkommt, spürt sie die Blicke des Paares an der Rezeption. Jeanne rümpft die Nase und kräuselt die Lippen – sie sieht dem Mann an, dass er zu gern einen Blick unter das glänzende Bustier werfen würde. Sie geht ein wenig langsamer, wackelt mit ihrem kleinen Hintern und blickt ihm tief in die trüben Augen. Er wendet den Blick erst ab, als seine Frau wütend die Luft durch die geblähten Nasenlöcher ausstößt.

Die Straße draußen ist regennass, Leuchtreklamen spiegeln sich in den Pfützen. Und obwohl die Rushhour schon vorbei sein sollte, ist der Verkehr mörderisch. Es wird nicht einfach sein, ein Taxi zu bekommen, doch sie hat diesen Zeitbedarf einkalkuliert. Ein kurzer Check der Uhrzeit. 21 Uhr 15. Ihr bleiben noch dreißig Minuten.

Wider Erwarten steht sie nur wenige Augenblicke am Straßenrand, geschützt durch das Vordach des Hotels, als eine der gelben Limousinen hält. Der Fahrer hat blondierte Dreadlocks und riesige Kopfhörer auf den Ohren, die er ein wenig zur Seite schiebt, um ihr Ziel zu erfragen. Sie lehnt sich zurück und beobachtet, wie er sich im Takt der stummen Musik hin und her wiegt. Alles läuft perfekt. Er wird keine Schwierigkeiten machen und die fünfhundert Yen akzeptieren, die sie abgezählt in ihrer Hand hält.

Zwanzig Minuten später steigt Jeanne aus dem Auto, lässt den Koffer darin und bittet den Fahrer, auf sie zu warten. Dann überquert sie die Straße. 21 Uhr 35 – etwas zu früh. Kurz denkt sie darüber nach, ob es besser ist, noch ein wenig Zeit vergehen zu lassen, entscheidet sich dann aber spontan dagegen. Es wird gut sein, etwas zu früh dort aufzutauchen. Vielleicht wird sie die Männer damit sogar ein wenig aus dem Konzept bringen. Jeanne macht ein paar kurze Dehnübungen, probiert einige Sidekicks, die mit der engen Hose nicht einfach sind, aber sie hat es trainiert.

Ein Stoßgebet zum Himmel, dann klopft sie an die schmale grüne Tür, die zwischen einer Reinigung und einem Telefonladen wie eingeklemmt wirkt. Erst passiert nichts, doch sie ist sich sicher, dass man sie längst gesehen hat. So schmutzig diese Gegend auch ist, so unscheinbar diese Holztür auch wirkt. Dahinter befindet sich der meistgesuchte Yakuza in der größten Opiumhöhle Tokios. Und er wartet auf sie. Er ist der Mann, vor dem sich in Japan alle fürchten. Mit dem schon Schulkindern gedroht wird, wenn sie ihre Aufgaben nicht erledigen. Dann holt dich der Yakza, sagen die Väter. Und die Mütter schelten ihre Ehemänner dafür. Mach ihnen nicht solche Angst, sagen sie. Nicht mit diesem Mann, der sich berauscht an den Qualen seiner Opfer, dem nichts mehr Vergnügen bereitet, als Menschen leiden zu sehen.

Fast lautlos öffnet sich die Tür und niemand ist zu sehen. Niemand verlangt ein Codewort von ihr. So etwas gibt es nur in schlechten Thrillern und B-Movies. Niemals würden die Yakuza jemanden in ihr Reich lassen, nur weil er eine Parole kennt. Sie haben andere Methoden, diejenigen zu testen, mit denen sie Geschäfte machen.

Als Jeanne die Stufen herabsteigt, weiß sie, dass sie die Kleidung niemals wieder tragen kann. Keine Reinigung der Welt ist in der Lage, den fettigen Opiumgeruch zu entfernen. Er kriecht in die Poren des Leders, bohrt sich in ihre Haut.

Erhobenen Kopfes durchquert sie den Raum voller Männer, die auf Sofas sitzen und das Gift aus Pfeifen saugen. Erbärmliche Geschöpfe, die sich das letzte bisschen Hirn aus den Schädeln rauchen. Sie blicken sie aus bewölkten Augen an, heben die Brauen und schauen durch sie hindurch. Aus ihren offenen Mündern ertönt eine Art Bellen oder Grunzen. Sie rufen nach Nachschub, der sofort von einem jungen Angestellten in akkurater Uniform gebracht wird.

Ein stiernackiger Glatzkopf tritt auf Jeanne zu. Ohne Aufforderung stellt sie sich breitbeinig hin und lässt sich von seinen groben Händen nach Waffen absuchen. Stumm nickt er und geht voran in das Hinterzimmer. Sie folgt ihm und schert sich nicht um das anzügliche Grölen der Opiumraucher, das ihre Schritte begleitet.

Man führt sie an einen Tisch. Der, den sie sucht und der hofft, dass sie diesen Raum nicht lebend verlassen wird, hockt scheinbar völlig unbeteiligt, aber kerzengerade auf einem kleinen Schemel. Auf beiden Seiten wird er flankiert von Männern in schlecht sitzenden Anzügen und Maschinenpistolen vor der Brust. Sie zählt kurz durch. Yakza ist ein alter Mann und scheint sich dennoch sehr sicher zu sein. Sie kann es kaum glauben.

Er lässt sich nur von vier Männern bewachen, die ihr fasziniert auf den Brustansatz starren, solange der Alte nicht hinschaut. Fast unmerklich schüttelt sie den Kopf. Es läuft besser, als sie dachte. Ein unauffälliger Blick in die Runde. Es gibt keinen weiteren Ausgang, nicht einmal ein Fenster. Aber das hat sie gewusst, sie hat ihre Quellen. Menschen, die sind wie sie. Die es genießen, unterschätzt zu werden. Und die dafür leben, die Blicke ihrer Gegner zu sehen. Die letzten Blicke kurz vor dem Tod, in denen das Begreifen zu lesen ist. Die Feststellung, erst jetzt zu wissen, dass man sich mit jemandem angelegt hat, der in einer ganz anderen Liga spielt.

Jeanne ist einen Moment unkonzentriert und wird aus ihren Gedanken gerissen, als der Alte sich nach vorn beugt und drei tiefe Schlucke aus dem Glas nimmt, das vor ihm steht. Eine helle Flüssigkeit, Sake wahrscheinlich oder Wodka.

Er richtet sich auf und mustert sie. Dann streckt er die Hand aus, ohne etwas zu sagen. Das ist auch nicht nötig, sie weiß, was er will. Jeanne zieht das Ende der silbernen Kette aus dem Bustier, an dem ein winziger USB-Stick hängt, löst ihn geschickt und reicht ihn über den Tisch. Doch der Alte nimmt die Hand zurück und schaut sie scharf an.

Plötzlich spürt sie, dass etwas nicht stimmt. Sie will etwas sagen. Muss etwas sagen, doch die Zunge klebt schwer an ihrem Gaumen. Was nun? Was soll sie tun? Sie schaut den Alten an. Er hält ihrem Blick stand. Die Männer werden langsam nervös. Einer von ihnen beginnt, mit dem Abzug der Maschinenpistole zu spielen.

Sie weiß nicht, wie sie sich verhalten soll. Abwarten? Abhauen? Niemals werden sie sie gehen lassen. Doch dann besinnt sie sich und streift die Panik ab. Sie ist Kamikaze Kaito Jeanne.

Nichts kann ihr passieren. Gar nichts. Sie kommt, wann sie will, und geht, wann sie will. Niemand kann sie davon abhalten.

Sie ringt sich ein Lächeln ab und ein heiseres Krächzen gurgelt in ihrer Kehle, doch dann hat sie auch ihre Stimme im Griff.

»Ich habe das, was Sie wollten. Also erfüllen Sie Ihren Teil der Abmachung und bezahlen mich.«

Erneut hält sie ihm den Stick hin. Doch er schüttelt den Kopf und macht eine Handbewegung nach hinten. Einer der Bodyguards legt einen Laptop mit Aluminiumgehäuse auf den Tisch, klappt ihn auf und fährt ihn hoch.

In Jeannes Kopf wirbeln die Gedanken. Sie hat alles genau durchgespielt. Doch mit dieser winzigen Kleinigkeit hat sie nicht gerechnet. Es war ihr klar, dass er das Material überprüfen muss, doch dass sie selbst den Stick anschließen soll … Verdammt. Warum ist ihr diese Möglichkeit nicht eingefallen?

Die Männer sind still. Entsetzlich still. Nur der Lüfter des Computers ist zu hören. Ein Rauschen, dann ein Kichern des Alten.

»Auf geht's, mein Mädchen«, sagt er. »Zeig uns, was du hast.«

Ihre Hände sind nass. Vor Angst, vor Panik, vor Ärger, dass ihr Plan misslingt. Sie hat einen Fehler gemacht und die Opiumhöhle in dem Glauben betreten, dass sie die Kontrolle über die Situation behalten wird. Doch das stellt sich nun als Trugschluss heraus. Jetzt ist alles egal. Noch ist der Laptop nicht bereit. Jeanne setzt alles auf eine Karte und beginnt, die Herausforderung zu genießen.

Kurz flackert der Bildschirm, dann zeigt sich das Menü. Der Bildschirmschoner ist ein Foto. Ein Bild von einem Grabstein. Sie kneift die Augen zusammen, um im Halbdunkel des Zimmers lesen zu können, was darauf steht. Als sie begreift, füllt sich jede Pore ihrer Haut mit Angstschweiß, der aus ihr herausbricht. Sie kennen ihren Namen. Kamikaze Kaito Jeanne. Das Todesdatum: heute.

Sie ist das perfekte Spielzeug für die Yakuza. Schön, jung und selbstverliebt. Und jetzt ist sie wehrlos. Schutzlos. Und bald zerschmettert.

Jeanne wiegt den Stick in ihrer Hand und überlegt, ob es besser ist, sich erschießen zu lassen oder in ihre eigene Falle zu tappen. Sie entscheidet sich für die winzige Chance, die sie noch hat, und rammt den Stick in den Port. In Gedanken zählt sie rückwärts. Sie weiß genau, wie viel Zeit ihr noch bleibt.

Der Alte schaut sie ungläubig an. Auf seiner Stirn pulsiert eine blaue Ader. Er winkt seine Männer heran und alle vier gehen auf Jeanne zu. Sie wartet. Sie muss den richtigen Zeitpunkt abpassen. Gegen eine Kugel aus ihren Pistolen richtet auch ihre ganze Kampfkunst nichts aus. Noch ein Moment, ein winziger Lidschlag, dann ist einer der Männer nur einen halben Meter von ihr entfernt. Sie sagt etwas, ein Flüstern nur. Unverständlich. Und er fällt darauf rein. Tut das, was sie ihn tun lassen will. Er beugt sich vor, um sie besser verstehen zu können. Kurz zieht sie ihren Kopf zurück, dann schnellt er nach vorn. Stirn an Stirn. Schädel an Schädel. Er geht zu Boden. Doch sie wartet nicht ab. Wirbelt herum, hebt blitzschnell das rechte Bein und tritt aus der Hüfte zu. Der andere Mann zuckt zurück, doch sie trifft ihn an der Schläfe, gleichzeitig erledigt sie den dritten mit einem gezielten Faustschlag unter das Kinn.

Die Männer haben wohl mit allem gerechnet, nur nicht mit ihrer Gegenwehr. Doch der Moment der Überraschung ist vorbei und der letzte Mann bringt die Maschinenpistole in Anschlag. Ohne zu zielen, verballert er das gesamte Magazin. Eine Kugel trifft ihren linken Oberschenkel. Die Wut umschlingt sie, setzt in ihr neue Kräfte frei. Sie duckt sich und rennt mit gesenktem

Kopf auf den Kerl zu. Fassungslos reißt er die Waffe nach oben. Ein Fehler, denn sie rammt ihm ihren Kopf in den Magen. Der Mann stöhnt, geht in die Knie. Mit der Handkante trifft sie die Halsschlagader. Er sackt zusammen.

Jeanne schaut auf die Uhr. Sie muss hier raus. Yakza starrt sie an wie jemand, der mitten in der Nacht aufwacht und überlegt, was ihn geweckt haben könnte. Sein Gesicht ist blass und angespannt. Jeanne nickt ihm zu und schleudert den Laptop über den Tisch. Als sie sieht, dass er in seinem Schoß landet, stürmt sie nach draußen. Niemand hält sie auf.

Sie steigt ins Taxi und bittet den Fahrer, sie zum Flughafen zu bringen. Da erfüllt eine Welle von Lärm die Luft. Ein Tosen und Kreischen lässt den Wagen erzittern. Jeanne schaut durch die Heckscheibe auf die parkenden Autos, die von der Druckwelle einen halben Meter in die Höhe gehoben werden und scheppernd wieder auf der Straße landen. Hinter ihr herrscht das tobende Chaos.

Die Opiumhöhle ist Geschichte.

Ab jetzt ist auch Yakza nur noch eine Legende.

2

Leah konnte ihren Blick kaum vom Monitor lösen. Wie kam jemand nur auf solche Ideen? Sie stützte den Kopf in die Hände und umwickelte gedankenverloren ihre Finger mit dunklen Locken. Um Zeit zu schinden. Um nichts sagen zu müssen. Endlich blickte sie auf und Mikas erwartungsvoller Blick traf sie.

»Na, habe ich dir zu viel versprochen? Was sagst du?« Er grinste schief und in seinem Blick steckte wie immer eine Herausforderung.

Sie hatte keine Ahnung, was sie sagen sollte. Diese Filme waren so ... perfekt. So durchdacht und professionell. Sie musterte ihren Bruder. In seinen Augen funkelte pure Begeisterung. Begeisterung, die Leah, wie sie wusste, seiner Meinung nach ohnehin nicht in angemessene Worte fassen konnte. »Die sind ... toll?«

»*Toll?* Die sind der Hammer! Und überhaupt, echt mal, ein wenig mehr Begeisterung, bitte! Das sind zwei der bekanntesten und beliebtesten Profiträumer ... und du klingst nicht gerade geflasht. Was ist los mit dir?« Er atmete demonstrativ laut aus, als wäre er mit seiner Geduld am Ende.

»Ja, und? Was willst du denn hören?« Leah zog die Schultern nach oben und senkte genervt den Blick. Ihrem Zwillingsbruder konnte sie selten irgendetwas recht machen, vor allem nicht, wenn es ums Träumen ging.

»Seit Tagen zwingst du mich dazu, diese abgefahrenen Träume anzuschauen. Du weißt doch genau, dass ... dass ich das eh nicht kann! Falls du also damit bezwecken wolltest, dass ich es auch versuche, dann herzlichen Glückwunsch: hat nicht geklappt!« Leah strich sich ihre kaum zu bändigenden Haare aus der Stirn. Sie ahnte, dass die Diskussion noch nicht beendet war.

Mika funkelte sie an und schüttelte den Kopf. »Aber es hat dir doch gefallen. Hast du selbst gesagt.«

Leah nickte. »Ja, klar. So zu träumen, das muss wirklich ... einfach großartig sein. Aber ich kann das nicht, nicht wie dieser Ben oder diese Jeanne. Und auch nicht wie der Snowboarder gestern und nicht wie der Zauberkünstler vorgestern. Ich *kann* das einfach nicht.«

Mika zog seine Augen zu Schlitzen zusammen. »Aber was ist denn dein Probl...«

Leah seufzte und unterbrach ihn. »Ich weiß, dass du mir Mut machen willst. Dass du mir Ideen zeigen willst und was alles möglich ist. Danke, okay?« Sie holte tief Luft. »Mein Problem ist aber die Tatsache, dass man *Talent* braucht, um mit Träumen Geld zu verdienen. *Ta-lent*. Das hat nun mal nicht jeder und ich am allerwenigsten!« Sie knetete ihre Fingerknöchel und überlegte, wie sie das Gespräch abbrechen könnte. Einfach aufstehen und gehen? Oder besser endlich das sagen, was ihr schon die ganze Zeit auf der Zunge lag und rauswollte?

Mika ließ nicht locker. »Aber du bist meine Schwester, meine Zwillingsschwester, verdammt! Ich *weiß*, dass du es kannst. Ich weiß es. Du *musst* einfach Talent haben. Die Sache mit dem Träumen ist einfach. Jetzt gib dir einen Ruck und versuch es wenigstens mal.« Mikas Stimme und sein Blick waren flehentlich und sanft geworden. So zerbrechlich zeigte er sich selten, erst seit einigen Wochen. Sicher weil auch er langsam verzweifelte. Wie sollte es nur mit ihnen und ihrem Vater weitergehen, wenn sich nichts änderte?

»Uns steht das Wasser bis zum Hals und du kannst uns da rausholen. Du allein! Jetzt gib dir doch endlich mal einen Ruck, verdammt.«

Das klang nun überhaupt nicht mehr flehend und Leah konnte nicht anders, als zu antworten: »Wenn es so verdammt leicht ist, warum träumst du dann nicht mehr?«

***

Yuna gab sich der aussichtslosen Tätigkeit hin, die Ringe wegzuschrubben, die Flaschen und Gläser anderer Generationen auf dem gelblichen Kunststoff der Rezeption hinterlassen hatten. Es war ihre Art, noch vor dem Frühstück Beschäftigung vorzutäuschen. Sie blickte sich im Empfangsraum des Hostels um und hätte damit anfangen können, all die leeren Getränkedosen in einen Müllsack zu stopfen. Und es wäre auch noch ein zweiter da, um die unzähligen Snacktüten aufzunehmen, die sich in den Ecken zu bizarren Skulpturen auftürmten. Sie könnte auch endlich beginnen, diesen Fleck auf der Bastmatte vor der Eingangstür zu entfernen.

Es hieß, sie sei der letzte neue Gast gewesen, der das Hostel betreten hatte. Nun lebten hier die Gestrandeten, die irgendwann für ein paar Urlaubswochen gekommen und hiergeblieben waren. Die meisten unfreiwillig, so wie sie. Yuna blies sich eine schwarze Strähne aus der Stirn und schüttelte den Kopf. *Ich könnte alles noch heute putzen. Aber was dann? Dann habe ich keine Legitimation mehr hierzubleiben und er schmeißt mich raus. Wo soll ich dann hin?*

Sie tauchte den Putzschwamm in den Wassereimer zu ihren Füßen und schrubbte weiter den Tresen. Der schmutzige Schaum bildete Schlieren, die sie gebannt betrachtete, bis sie aus den Augenwinkeln eine Bewegung des Vorhangs wahrnahm, der den Empfangsraum vom schmalen Treppenhaus trennte. Sie wappnete sich innerlich, schob den Unterkiefer nach vorne, straffte die Schultern und flötete: »Guten Morgen, Hayashi-san. Haben Sie gut geschlafen?«

Der glatzköpfige Mann, der sich ihr schlurfend näherte, sah sie aus rot geränderten Augen an und streckte die behaarten Arme nach ihr aus. Yuna zuckte zurück, nur um sich einen Lidschlag später bewusst zu machen, dass sie das ihren Job kosten konnte. Schnell trat sie einen Schritt vor und lief genau hinein in diese Arme. Hayashi tätschelte ihr mit seiner fettigen Hand das Gesicht. »Mein Täubchen. Und schon wieder fleißig, wie ich sehe. Da können die Gäste ja kommen.«

Ja, da könnten die Gäste kommen. Aber es kamen kaum noch Reisende auf die Insel. Nicht, seitdem die Flüge unerschwinglich geworden waren und die Schiffe nur noch für wichtige Transporte genutzt werden durften. Niemand kam mehr und niemand vermochte, die ehemalige Touristeninsel Okinawa zu verlassen. Yuna am allerwenigsten.

Hayashi legte seine Hände auf ihre Schultern und bat sie um eine Rückenmassage. *Das ist zu viel. Wenn er schon vor dem Frühstück mit diesen Sprüchen anfängt, ist das zu viel.* Sie atmete tief ein, verschloss sich vor dem, was er sagte, und ließ ihre innere Jalousie herunter. Eine Jalousie von der Art, bei der man durch die heruntergeklappten Lamellen nur noch einen ausgewählten Teil der Welt sehen konnte. Er redete weiter und sie hörte sein Geschwätz. Aber die Worte kamen bei ihr nicht an, sie ließ sie einfach nicht rein, sie hatte ihre Ohren verschlossen.

Ein Blick auf die Uhr. Endlich war es zehn. Zeit für eine Pause. Sie drehte sich zu Hayashi um und zwang ein Lächeln auf ihre Lippen. »Ich muss weg.«

Er grinste und leckte über die Oberlippe. »Wo willst du hin, meine Schöne? Der Tag beginnt erst.«

Yuna verschränkte die Arme vor der Brust. »Meiner hat schon vor Stunden begonnen. Ich brauche eine Pause.«

Die Ungeduld zog sie magisch zu Akira. Vor drei Stunden hatte sie mit seinem Computer ihren neuesten Erfolg gepostet. Sie wollte unbedingt nachsehen, wie viele Likes er ihr schon gebracht hatte. Sie brauchte Geld. Viel davon, um endlich von dieser verfluchten Insel verschwinden zu können.

**

Ben schlug beim Erwachen wild um sich, seine Beine zuckten und stießen das zerknitterte Laken fort, das sich um seine Knie geschlungen hatte. Seine Finger krampften sich um den Traumrekorder, den er fest an die Brust gedrückt hatte. Er hielt die Augen geschlossen und hinter seinen Lidern tanzten die verblassenden Bilder des Traums. Meer und Wellen und er mittendrin auf seinem Brett. Im Traum ritt er jede Welle, egal, wie groß sie war. Das Wasser war sein Freund, sein Diener – es ordnete sich ihm unter.

Er wollte an diesem Traum festhalten, wollte, dass sich die Bilder einbrannten in sein Hirn und ihn stark machten für das, was dieser Tag bringen würde. Was jeder Tag brachte. Im Traum war die Welt schön, das Wasser glitzerte und das Salz brannte auf seiner Haut.

In der Realität sah sein Leben anders aus. Ben rieb sich den

Schlaf aus den Augenwinkeln. Er sollte sich beeilen und den Traum posten.

Er öffnete die Lider und kniff sie sofort wieder zusammen. Die Sonne schickte gleißende Helligkeit durch die geborstenen Fensterscheiben. Ihre Strahlen malten weiße Muster auf den staubigen Boden des alten Schulbusses. Langsam erhob er sich, rollte dabei einen Wirbel nach dem anderen auf wie eine Katze. Die durchgelegene Matratze war dunkel vor Feuchtigkeit, denn das Morph verursachte ihm Schweißausbrüche. Er durfte nicht vergessen, sie später draußen in der Sonne trocknen zu lassen.

Mit spitzen Fingern zupfte er die Elektroden von seiner Stirn und legte sie in das weiße Kästchen zurück. Dann stöpselte er den Traumrekorder an seinen alten Microsoft-Rechner, überspielte den Traumfilm auf die Festplatte und lud ihn wenige Minuten später auf sein Profil bei GoodDreams. Er war gespannt, wie die User ihn finden würden. Für ihn war der Traum perfekt, er würde nichts editieren, nichts glattbügeln. Wahre Perfektion war langweilig, jedenfalls vertrat er diese Ansicht und der Erfolg gab ihm recht. Blieb zu hoffen, dass er mit vielen Likes belohnt würde. Schon jetzt gehörte Ben zur Träumerelite, hatte Fans und Follower und viele Likes. Und viele Likes brachten Geld. Geld für Lebensmittel und Brandy für seine Mutter.

Ben fuhr sich mit den Fingern durch die glatten hellen Haare, band sie zu einem Pferdeschwanz zurück und zog sich an. Das helle Shirt mit dem grünen Aufdruck »Fuck you all«, die abgeschnittene, verblichene Jeans und die Turnschuhe, die er seit Jahren trug. Gelber Wüstensand rieselte aus den Profilsohlen, als er hineinschlüpfte. Sie hatten schon damals nicht gepasst, als er sie einem der vorbeifahrenden Touristen abgeschwatzt hatte. Aber er hatte ein Messer genommen und die Kappen abgeschnitten. Das gab seinen Zehen Bewegungsfreiheit und der heiße Wüstensand verbrannte ihm nicht die Fußsohlen.

Auf den Stufen vor der Fahrertür saß seine Mutter und hielt das Gesicht in die schon jetzt gleißende Sonne. Durch die Jahre in der Wüste waren ihre Haare weißblond und ihre Haut braun und fest geworden, sodass sie fast schon ledern wirkte. Der Alkohol machte es nicht besser. In der Hand hielt Abby eine leere Brandyflasche. Ben ließ sich neben ihr nieder und starrte mit leerem Blick auf seine Heimat. Slab City, die Stadt in der Wüste Kaliforniens. In keiner Karte verzeichnet. Eine verrottete Wohnwagensiedlung, in der selbst die Bewohner langsam die Farbe des Sandes annahmen, der alles bedeckte, alles durchdrang und alles verschlang.

Wenn es nicht so traurig gewesen wäre, dann hätte er gelacht. Slab City, die Stadt in der Wüste, hatte nie einen Stromanschluss gehabt. Und gerade jetzt, da die ganze Nation unter der Energiekrise litt, kam ihnen dieser Umstand zugute. Jeder Wohnwagen, jedes noch so brüchige Zelt und auch ihr Bus hatten genug Solarzellen auf dem Dach, um dank der harten Wüstensonne ausreichend Strom zu produzieren. Und das Funknetz war stabil genug, um eine Internetverbindung herzustellen.

»Wohin gehst du? Besorgst du dir wieder diese verdammten Drogen?« Ihre Stimme klang rau, als hätte sich auch in ihrem Hals längst der Sand eingenistet. »Ich will nicht, dass du dieses Zeug nimmst. Das macht dich kaputt. Ist nur eine Frage der Zeit.«

Diesen Dialog führten sie jeden Tag und er gab stets dieselbe Antwort. Er ging nach Niland, vier Meilen in südwestliche Richtung. Er joggte, und wenn er sich beeilte, dann schaffte er die Strecke in etwa dreißig Minuten. Mit besseren Schuhen wäre er viel schneller. In Niland würde er den Ratten vor der

Tür des Drugstores einen Tritt versetzen und den dunklen Laden betreten. Emy Thomson würde auf ihn warten und ihm ein schmutziges Tuch in die Hand drücken. Er würde die Regale abstauben und auf Kunden warten, die selten kamen. Doch Ben freute sich auf Emy und sie war vermutlich ebenso froh, dass es ihn gab. Sie erzählte Geschichten aus der alten Zeit und zum Dank dafür, dass sie einen aufmerksamen Zuhörer hatte und er ihr im Store aushalf, durfte er ihren alten Rechner benutzen, dessen Gehäuse mit silbernem Klebeband zusammengehalten wurde. Sie mochte seine Träume, war sogar ganz heiß darauf und unterhielt sich gern mit ihm darüber. Manchmal gab sie ihm auch eine Packung Morph, damit er schlafen und träumen konnte. Ben würde stündlich die Likes für seinen Traum zählen und sie drei Blocks weiter in Gutscheine für Lebensmittel einlösen und für eine Flasche von Abbys Brandy.

3

Diese Bücher finden Sie ganz oben links, in der griechischen Abteilung. Sie können sie nicht verfehlen. Ich wünsche Ihnen einen angenehmen Aufenthalt.«

Leah bedankte sich und stieg die Treppe empor. Sie war nicht das erste Mal hier, mochte den Lesesaal der Bibliothek. Der Raum war in seiner Anmutung an ein griechisches Amphitheater angelehnt. Bücherregale und Sitzreihen bildeten einen Halbkreis um eine Art Bühne, die mit Mikrofon und einer Beamerleinwand ausgestattet war. Deckenlampen in konzentrischer Anordnung tauchten den Saal in ein künstliches Tageslicht. Das beruhigende Weiß der Einrichtung wurde ergänzt durch die bunten Farbtupfer: die Bücher und Magazine in den Regalen und auf den Tischen.

Noch waren alle Plätze leer, also warf sie ihre Tasche auf einen der Schreibtische in der zweiten Reihe und ging mit ihrem Zettel auf die Suche nach den Büchern.

Schwer keuchend unter der Last der fünf mächtigen Bände, allesamt unterschiedliche Übersetzungen von Homers *Ilias*, kehrte Leah zum Tisch zurück, legte ihre Schätze vorsichtig darauf ab und setzte sich in den mit weißem Leder bezogenen Freischwinger. Sie überlegte kurz, mit welchem Werk sie beginnen sollte, und entschied sich dann für die jüngste Übersetzung aus dem Jahr 2012, von der es hieß, dass sie in einem allgemein verständlichen Deutsch gehalten war. Sollte sie nicht fündig werden, konnte sie immer noch auf die komplizierteren Versformen zurückgreifen. Sie schlug den Einband auf, blätterte über den Vorsatz hinweg bis zum ersten Kapitel und versank augenblicklich in der Geschichte der Reise des Odysseus.

Leah merkte kaum, dass sich der Lesesaal füllte, nahm nur von Zeit zu Zeit Schatten wahr, die an ihr vorbeihuschten, oder das leise Rücken der Stühle. Sich durch die Abenteuer auf der Zyklopeninsel und bei den Sirenen lesend, stellte sie sich vor, wie entsetzlich es sein musste, gefangen gehalten zu werden, abgeschnitten zu sein von allen Angehörigen und Freunden.

Ein Mann saß zu ihrer Rechten. Sie hatte gar nicht gemerkt, dass sich jemand neben sie gesetzt hatte. Sämtliche Schreibtische um sie herum waren frei. Warum hatte er gerade diesen Platz gewählt? Leah musterte den Mann verstohlen von der Seite. Hager war er, etwa sechzig Jahre alt und groß, selbst im Sitzen. Bekleidet mit einem dunkelgrauen Anzug, balancierte er den passenden Zylinder auf seinen Knien. Über eine zierliche silberne Brille, die auf seine Nasenspitze hinuntergerutscht war, blinzelte er sie aus klaren blauen Augen an. Sie schluckte die unwirsche Bemerkung hinunter, als er ihr freundlich zunickte und seine Hand auf ihre legte. Es fiel ihr seltsamerweise nicht ein, die Hand zurückzuziehen. Seine Berührung war leicht wie ein Hauch und sie starrte fasziniert auf die Haut des Mannes: makellos, von der Farbe Pergaments, ohne jegliche Falten oder Flecken. Von seinem gestärkten weißen Hemd stieg ein sauberer Duft auf. Sie nickte ihm ebenfalls zu und beschloss, sich nicht von diesem seltsamen Herrn stören zu lassen. Noch immer lag seine Hand auf ihrer und sie hatte kaum den Blick wieder auf die *Ilias* gesenkt, da nahm er die Brille ab, klappte das Gestell sorgfältig zusammen und klatschte in die Hände wie ein Kind.

Leah musterte ihn mit festem Blick. Sie zog ihre Hand zurück, nun doch leicht verärgert.

»Kann ich Ihnen behilflich sein?«

Er schüttelte den Kopf. »Auf gar keinen Fall. Ich habe bereits gefunden, was ich suchte.«

Das war gut, denn sie hatte keine Lust auf ein Gespräch. Es war Zeit für eine Pause in der Cafeteria, besser früher als später. Sie räusperte sich, schob den Stuhl nach hinten und wollte sich gerade erheben, als er seine Hand auf ihren Arm legte.

»Aber nicht doch, Werteste. Lassen Sie sich durch mich nicht stören. Ich warte ab, bis Sie fertig sind. Ich habe alle Zeit der Welt.«

Er wartete ab? Er hatte Zeit? Gut, dann sollte er ausharren. Sie zog den Stuhl wieder an den Tisch und las. Nach einigen Minuten gab sie auf. Der stumme Beobachter an ihrer Seite machte sie nervös.

»Sie haben gewonnen. Sagen Sie, weshalb Sie hier sind, und dann lassen Sie mich in Ruhe.« Sie besann sich und setzte ein »Bitte« hinzu.

»Wie Sie wünschen.« Sein höfliches Auftreten, seine Kleidung und die Art, wie sich sein Kopf bedächtig hob und senkte, während er langsam die Hände vor der Brust faltete, erinnerte sie an Phileas Fogg. Sie sann darüber nach, wann sie das letzte Mal Jules Verne gelesen hatte, doch der Mann sprach bereits weiter: »Nun ja, es ist mir ausgesprochen unangenehm. Ein Gentleman redet nicht über Geld, nicht gern auf jeden Fall. Jedoch, es ist so weit.« Er richtete seine Augen auf den Besucherausweis, der an ihrem Shirt befestigt war. »Ich bin gekommen, um mit Ihnen über den Preis zu reden.«

Sie dachte kurz nach. »Der Besuch der Bibliothek ist kostenlos. Jeder kann jede Bibliothek kostenlos benutzen.«

»Ich meine die Goldmünze«, raunte er und senkte den Blick auf seine Gamaschenschuhe.

»Ich verstehe nicht. Was für eine Goldmünze? Wer sind Sie überhaupt?« Leah fühlte sich unwohl. Der Mann sah in keiner Weise gefährlich aus. Er war makellos. Seine Kleidung, seine Bewegungen, sogar seine Stimme hatten genau die richtige Temperatur. Und dennoch ...

»Ich spreche von der Goldmünze für den Fährmann. Dem Obolus.«

»Ich verstehe nicht, worauf Sie hinauswollen. Ich werde jetzt gehen. Und wenn Sie mir folgen, werde ich den Sicherheitsdienst rufen.« Sie stand so abrupt auf, dass der Stuhl mit einem lauten Scheppern auf den Marmorboden kippte. Einige Leser hoben ihre Köpfe und sandten ihr mahnende Blicke. Leah senkte den Blick, hob den Stuhl wieder auf und flüsterte: »Lassen Sie mich bitte in Ruhe.«

Der Mann sah sie voller Verständnis an. »Setzen Sie sich. Ich bin sicher, dass das, was ich Ihnen zu sagen habe, Ihr Interesse finden wird.«

Als sie zögerte, sprach er weiter: »Wir kennen uns. Wir sind uns schon begegnet.«

Wie unter Zwang ließ sie sich in den Freischwinger zurückfallen, ohne ihren Blick von ihm lösen zu können.

Als Antwort auf ihre stumme Frage zog er ein altes Notizbuch aus seiner Brusttasche. Schwarzer, brüchiger Ledereinband, geknickter Umschlag und fleckige Seiten, stellte sie fest, als er es aufschlug. Zärtlich blätterte er eine Seite nach der anderen um, befeuchtete hin und wieder seine Fingerspitze, bis er fand, was er suchte.

»Ah ja, ich war sicher. Aber Kontrolle ist besser.« Er räusperte sich. »Frieda Goldstein?«

Sie nickte. »Das ist meine Großmutter. Also, sie *war* meine Großmutter.«

»Das ist richtig. Vor vier Jahren, drei Monaten und acht Tagen.«

Bevor sie antworten konnte, blätterte er einige Seiten zurück.

»Hannah Goldstein.«

Ihre Hände wurden plötzlich schweißnass, auch die Haare klebten feucht im Nacken. Warum war es auf einmal so heiß hier? Sie schluckte das unangenehme Gefühl hinunter und antwortete artig. »Das war meine Mutter.« Und bevor er etwas entgegnen konnte, fügte sie hinzu: »Vor zehn Jahren, elf Monaten und zwei Tagen.«

Er lächelte sie an. »Ich sehe, wir verstehen uns. Dann also jetzt zum Anlass meines Besuches.«

Sie konnte es nicht verhindern, die Erinnerung an ihre Mutter schnitt in ihre Brust. Tränen stiegen hoch, die sie nur mit großer Mühe wegblinzeln konnte.

Ihre Stimme war nur ein Flüstern. »Ich verstehe Sie nicht. Bitte sagen Sie mir endlich, was Sie von mir wollen!«

Ohne ihr zu antworten, zog er mit großer Gelassenheit einen Bleistift hervor, leckte die Spitze an und blätterte in seinem Büchlein viele Seiten nach vorne.

»Albert Goldstein.«

Sie glaubte, keine Luft mehr zu bekommen. Niemals! Nicht ihr Vater. Sie schlug das Buch vor sich mit lautem Knall zu, ohne sich um die Blicke der anderen Besucher zu kümmern, dann hob sie es hoch und legte es auf den Stapel zu den anderen. Seltsam. Die Tischplatte aus poliertem Holz wies Risse auf. War sie nicht eben noch glatt gewesen? Jetzt hatte es fast den Anschein, als hätte jemand mutwillig ein Messer hineingestoßen.

»Die Münze für den Fährmann. Seite 567 in Ihrem Buch sagt Ihnen alles, was Sie wissen müssen. Ich verstehe, dass Sie das alles überfordert. Aber man muss über den Preis reden, solange dies noch möglich ist.« Er erhob sich, steckte Notizbuch und Stift ein, setzte die Brille auf und nahm zögerlich den Zylinder. Dann hielt er inne und fügte hinzu: »Jemand muss den Preis zahlen. Ich lasse Ihnen ausreichend Zeit. Dann jedoch kehre ich zurück und fordere ihn ein.«

Er setzte den Hut auf, legte eine Hand auf seine Brust und deutete eine Verbeugung an. »Ich empfehle mich, Werteste. Auf Wiedersehen.«

Wie in Trance verfolgte sie sein Fortgehen. Schritt für Schritt setzte er in gerader Linie einen Fuß vor den anderen und verschwand durch die Tür.

Erst in diesem Moment bemerkte sie, dass sie den Atem angehalten hatte, und sog zischend Luft in ihre Lunge.

Sie ließ den Kopf zwischen die Knie fallen, schloss die Lider und versuchte, sich zu beruhigen. Als sie die Augen wieder öffnete, bemerkte sie eine Bewegung neben ihrem linken Turnschuh. Ein kleines graues Tier huschte zwischen ihren Beinen durch und verschwand hinter einem der Regale. War das eine Ratte gewesen? Unmöglich. Nicht hier. Hier gab es nicht einmal Staub auf dem Boden.

Sie erhob sich vorsichtig. Wenn hier eine Ratte war, konnte es dann noch mehr geben? Ekel verschloss ihre Kehle. Sie blickte sich um. Der Raum war leer. Dort, wo eben noch korrekt gekleidete Buchliebhaber an hellen Holztischen gesessen hatten, lagen stapelweise zerrissene Bücher und Papierstöße auf heruntergekommenen Metalltischen. Die Regale, die vorhin stolz die prachtvoll gebundenen Werke der griechischen Dichter präsentiert hatten, waren verschwunden. An ihrer Stelle gab es nichts. Nichts außer aufgeplatzten Müllsäcken, leeren Flaschen und Haufen alter Kleider, aus denen der muffige Geruch von Mottenkugeln zu ihr herüberwehte.

Mit zitternden Fingern nahm sie das oberste Buch vom Stapel und suchte die Seite 567. Doch jedes Mal, wenn sie eine Seite umblättern wollte, zerfiel diese zwischen ihren Fingern zu Asche. Leah hustete und fuhr sich mit den beschmutzten Fingern über die Stirn. Sie stieß die Bücher vom Tisch, doch was zu Boden segelte, war nichts weiter als feiner grauer Staub. Sie musste hier raus. Gleißend helles Licht ergoss sich plötzlich über sie. Zu ihren Füßen lieferten sich Ratten und Kakerlaken einen Wettlauf, um in den Rissen der Wände zu entkommen. Der Boden unter ihr begann, sich zu bewegen. Erst ganz langsam, dann immer schneller bildeten sich Vertiefungen und Erhöhungen. Sie stolperte über die geborstenen Marmorplatten in Richtung Tür. Noch etwa zehn Meter trennten sie vom Ausgang, als der Boden zu kochen begann. Blasen bildeten sich mit glänzender grauer Oberfläche, sie wuchsen weiter, bis sie zerplatzten und sich tiefschwarzes Pech auf die hellen Steine ergoss. Pfützen entstanden, wurden größer und flossen unter ihr zu einem glänzenden schwarzen See zusammen. Leah stand mitten darin, unfähig, auch nur einen Fuß zu heben. Schon begann der Teer, die Gummisohlen ihrer Turnschuhe zu schmelzen. Sie spürte Hitze unter den Fußsohlen. Der beißende Gestank, der den Raum erfüllte, verätzte ihre Schleimhäute. Sie zog den Saum des Shirts nach oben und presste sich den Stoff vor das Gesicht. Dann legte sie ihr gesamtes Gewicht auf das rechte Bein, während sie mit aller Kraft versuchte, das linke aus der klebrigen Masse zu ziehen. Es klappte beim zweiten Versuch.

Erst das eine Bein, dann das andere. Keuchend und hustend, mit Tränen in den Augen erreichte sie die Tür, riss sie auf und floh ins Treppenhaus, das sie mit einem muffigen Geruch nach ungelüfteter Wäsche empfing. Sie sah sich um, brüllte um Hilfe, doch da war niemand.

Mit unsicheren Schritten stürmte sie auf die Treppe zu, von der nur noch ein Stahlgerippe übrig war, das bedrohlich in seiner Verankerung schwang. Sie schaute sich um. Die Blasen schlagende Teermasse wälzte sich mit bedrohlicher Geschwindigkeit auf sie zu. Es blieb nur die Flucht nach vorn – die Treppe. Sie setzte vorsichtig einen Fuß auf die erste Stufe. Das Quietschen, mit dem die Konstruktion unter ihrer Last ächzte, gellte in ihren Ohren. Noch ein Schritt. Die Treppe hielt. Leah stürzte hinunter, registrierte beunruhigt, dass in der Eingangshalle sämtliches Mobiliar verschwunden war, und rannte auf die große Glastür zu. Sie sprintete vorwärts und ergab sich der Hoffnung, dass wenigstens die Lichtschranke noch funktionierte. Und als tatsächlich die Türflügel aufschwangen, konnte sie ihr Glück kaum fassen.

Sie war entkommen. Ihr Atem ging laut und stoßweise, sie ließ den Oberkörper fallen und die Arme sinken.

***

Leah riss die Augen auf und schleuderte die Angst von sich. Ihr Herz zitterte in der Brust wie ein kleiner Vogel, aber sie war aufgewacht, und das war alles, was zählte. Die Furcht war immer noch da, presste ihren Brustkorb zusammen und raubte ihr fast den Atem. Aber sie war erwacht. Vorsichtig tastete sie nach der Erinnerung an ihren Traum, jederzeit bereit, sich wieder von ihr zu lösen, wenn es zu viel wurde.

Die Bilder der zerstörten Bibliothek verfolgten sie und sie begriff im selben Moment, dass sie Schrott produziert hatte. Ganz großen Mist. Dass das gar nichts brachte, niemand so etwas sehen wollte. Wieder eine vergeudete Nacht, wieder eine vertane Chance. Sie schaute auf den Wecker. Es war halb sieben am Morgen und damit eindeutig zu spät, um es noch einmal zu versuchen. Leah zog die Decke über den Kopf und grub ihr Gesicht ins Kissen. Diese verdammten Elektroden drückten sich in die Haut und der Schmerz ließ sie aufstöhnen.

Aussichtslos. Es hatte keinen Sinn und sie beschloss, an diesem Tag einfach überhaupt nicht aufzustehen. Nichts hören, nichts sehen und mit niemandem sprechen. Ihr Magen zog sich zusammen. Sie hatte Hunger, aber das alte Brot, die Margarine und die Hafergrütze, die sie in der Küche erwarteten, waren ganz sicher nicht das, was sie wollte. Wie lange war es her, dass sie Nussnugatcreme gegessen hatte? Frische Brötchen, Rühreier mit Speck? Sie konnte sich überhaupt nicht mehr daran erinnern, wie Schokolade schmeckte. Oder Mohnkuchen. Alles Geschichte, alles Vergangenheit.

Mit einem Mal ging die Tür auf und jemand näherte sich mit schnellen Schritten. Leah zwang sich, ruhig zu atmen und sich schlafend zu stellen, doch da wurde ihre Decke weggerissen.

»Zeig, was du hast!« Mika bog ihre rechte Hand auf, die sich um das silberne Kästchen krampfte. »Nun gib schon her.«

Sie wollte ihm den Traumrekorder nicht geben, aber er ließ ihr keine Chance.

»Mika. Es hat wieder nicht geklappt. Es funktioniert einfach nicht. Ich kann das nicht, warum siehst du das nicht endlich ein?«

Ihr Zwillingsbruder musste nichts sagen, seinem Gesicht konnte sie deutlich ansehen, was er von ihr hielt. Sie war eine Versagerin. Sie konnte nichts, war zu nichts zu gebrauchen – schon gar nicht dazu, das Überleben ihrer Familie zu sichern.

»Halt den Mund und gib her. Ich schaue es mir an. Irgendwas davon wird doch okay sein. Vielleicht, wenn ich es unter meinem Namen poste ...« Er seufzte tief. Leah sah ihm an, dass er längst darüber grübelte, wie er den schrottigen Traum seiner Schwester zu Geld machen konnte. Er murmelte: »Ich werde einfach in die Trickkiste greifen und was richtig Cooles daraus machen. Wir brauchen mindestens zehntausend Likes für Vaters Medizin. Wenn wir mehr kriegen, dann reicht es auch für Obst oder Gemüse.«

»Schokolade?« Sie biss sich auf die Zunge.

»Du bist so ...« Mikas Blick zuckte zu ihr, als habe er ganz vergessen, dass sie noch da war. Auf seiner Stirn bildete sich eine tiefe Falte. »... so was von verdammt egoistisch.«

Leah warf sich auf die Seite und blickte aus dem Fenster, das halb verdeckt war durch einen bunten Vorhang mit Karomuster, aus zerschlissenen Küchentüchern zusammengeflickt. Der Himmel zeigte sich heute in verhangenem Grau. Passend zu ihrer Stimmung. Genauso wie gestern und vorgestern auch. Leah konnte sich gar nicht daran erinnern, wann sie den letzten Sonnenstrahl über Berlin gesehen hatte. An der Wand neben dem Fenster schimmerte an einigen Stellen der nackte Putz durch. Es mochte sein, dass er einmal weiß gewesen war, jetzt jedoch verteilten sich darauf schmutzige Flecken wie Inselarchipele im Weltmeer. Uralte Poster von Popstars, die sie mal gemocht hatte, überlagerten sie. Einige davon lösten sich nicht zum ersten Mal von der Wand und wurden mit Klebeband verzweifelt zum Bleiben überredet.

Leah schloss die Augen und hörte ihren Bruder am Schreibtisch hantieren. Mit einem leisen Surren vermeldete der Computer sein Hochfahren. *Jetzt stöpselt er den Rekorder an. Und jetzt nimmt er die Kopfhörer. Jetzt startet er das Programm.* Sie zog die Decke über das Gesicht und wusste, dass ihr etwa drei Minuten blieben, bis es krachte. Langsam zählte sie rückwärts. Die monotone Stimme in ihrem Kopf lullte sie ein und gab ihr eine trügerische Sicherheit.

»Du Miststück!«

Sie fuhr empor.

Mika hatte sich auf dem Stuhl zu ihr umgedreht und funkelte sie wütend an.

»Ich hatte dir verboten, es schon wieder in der Bibliothek zu versuchen. Ich hatte es dir verdammt noch mal verboten!«

»Aber ...« Leah schluckte.

»Ach, hör auf. Ich weiß genau, was du sagen willst. Aber nur, weil *du* dich für Bücher interessierst, wird sich niemand solche Träume anschauen. Du musst den Usern etwas bieten, wenn wir klarkommen sollen! Wann begreifst du endlich, dass jetzt du dafür sorgen musst, dass Vater seine Medizin bekommt. Ansonsten werden sie ihn abholen und in ein Heim bringen. Willst du das etwa?«

Leah schluckte noch einmal trocken. Sie träumte automatisch von Büchern, dagegen konnte sie nichts tun. Bücher waren gut, Träume dagegen gefährlich. So einfach war das. Und wer begab sich schon freiwillig in Gefahr?

Mika schlug mit der Faust auf den Tisch, erhob sich und stieß polternd den Drehstuhl von sich. Dann riss er die Kabel aus dem Computer, packte den Traumrekorder und stürzte aus dem Zimmer. Mit einem lauten Knall fiel die Tür ins Schloss.

Leah ahnte, dass er sich sofort an seinen Schreibtisch setzen und alle möglichen Tricks anwenden würde, um irgendwas aus ihrem Traum zu machen. Ein bisschen Musik unterlegen, ein wenig Farbe hineindrehen, vielleicht ein Weichzeichner, vielleicht auch nicht. Sie kannte sich nicht damit aus und hatte auch nicht vor, es zu lernen. Aber sie ahnte, dass alles, was er mit seiner Software anstellte, nur Schadensbegrenzung sein würde. Dass ihren Traum niemand sehen wollte, dass es niemanden auf der Welt gab, der begeistert sein würde und auch nur ein einziges Like spendete. Und ohne Likes kein Geld, keine Medizin, kein gesundes Essen – keine Schokolade.

Selbst Mika hatte lange gebraucht, um vom normalen Träumer zum Profi aufzusteigen. GoodDreams zahlte nicht grundlos Geld für Likes. Und die User likten nicht jeden Traum. Aber es war bequem, sich die perfekt gemachten Träume von anderen anzuschauen und weiterzuträumen. Gefährliche Abenteuer, kribbelnde Liebesgeschichten, sonnenüberflutete Strände oder die Tiefen des Meeres.

Man sah sich diese Träume an wie Filme im TV, verinnerlichte die Stellen, die besonders beeindruckend waren, und träumte in der Folgenacht dasselbe. Dazu musste man lediglich das luzide Träumen beherrschen, dann war man Regisseur seines eigenen Traums oder konnte fremde Träume adaptieren, wenn man sie mochte und keine eigenen Ideen hatte. Alles war möglich, während man zu Hause im Bett lag und träumte. Gerade in den Zeiten, wo Energie so knapp war wie nie zuvor, war es ein Segen, kein Geld mehr für teure Flugtickets, Eintrittskarten für Konzerte und die vielen Dinge ausgeben zu müssen, die man so gerne erleben wollte. Und all das war allein GoodDreams zu verdanken.

Doch Leah hatte Mika mal wieder enttäuscht. Sie hatte auch Dad enttäuscht, jedoch war ihr Zwillingsbruder der Einzige, der es aussprach, der es sie spüren ließ. Jeden Tag aufs Neue. Und alles nur, weil er ein Profi war. Unzählige Fans auf der ganzen

Welt warteten jeden Morgen darauf, dass er seinen neuesten Traum postete. Bisher hatte sein Talent die ganze Familie über Wasser gehalten. Aber jetzt ...

Ihr Magen gab knurrende Geräusche von sich und brachte sie dazu, sich aufzurichten und die Beine über die Bettkante zu schwingen. Sie schlüpfte in ihre Pantoffeln, warf sich den zerschlissenen Morgenmantel über den blauen Flanellpyjama und schlich in die Küche. Besser jetzt frühstücken als später. Jetzt war Mika noch beschäftigt.

Trotzdem es noch früh am Morgen war und der Himmel von Wolken und Nebel verhangen, war es in der Küche gerade hell genug. Unnötig, eine Kerze anzuzünden, denn sie würde hier umgehend wieder verschwinden und ins Bett zurückkriechen.

Leahs Blick fiel auf den Kunststoffschalter neben der Tür und wanderte dann zu der Porzellanlampe an der Decke. Fast war sie versucht, das Licht einzuschalten. Einfach so, obwohl es missbilligt wurde. Strom sparen – das war das Motto der Zeit. Energie sparen, wo es eben ging. Nur die notwendigsten Geräte durften noch betrieben werden.

Leah seufzte leise. In was für einer Welt lebten sie eigentlich? Laptops, Computer, Traumrekorder und auch sonst alles, was ein Kabel hatte, wurde zu Spottpreisen verschleudert. Aber Lebensmittel ...? Naserümpfend stieß sie die Luft aus, nahm einen Laib Brot aus dem Kasten und schnitt zwei Scheiben davon ab. Nur eine Scheibe pro Person, sie hielt sich an die Abmachung. Dann zog sie die Schublade auf, griff ein Messer und öffnete den Kühlschrank, der nicht in Betrieb war. Wozu auch? Es gab nichts darin, was unbedingt gekühlt werden musste. Sie griff nach der Margarine und strich sie auf das Brot. Dünn. So lautete die Regel. Ganz dünn.

Es war Mittwoch und die Vorräte mussten noch bis zum Anfang der nächsten Woche reichen. Erst dann würde Mika neue Lebensmittelgutscheine einlösen können. Leah biss in das Brot. Die Margarine roch bereits ein wenig ranzig, aber sie hatte schon Schlimmeres gegessen.

Sie nahm zwei Gläser von der Anrichte und ließ an der Spüle Wasser hineinlaufen. Wenn sie viel trank, war das Hungergefühl besser auszuhalten. Dann räumte sie die Lebensmittel wieder zurück, setzte ein Glas und den Teller mit der zweiten Scheibe Brot auf ein Tablett. Sie drehte die blecherne Dose auf, in der sie früher Kaffee aufbewahrt hatten, und nahm die weiße Blisterpackung mit den bernsteinfarbenen Tabletten heraus. Eine davon drückte sie aufs Tablett und legte den Blister mit den verbliebenen sieben Pillen zurück. Ihr eigenes Brot im Mund, balancierte sie das Tablett auf den Händen und schlich aus der Küche. Als sie die Klinke der Wohnzimmertür hinunterdrückte, hörte sie schon die Stimme ihres Vaters.

»Leah, mein Liebling, guten Morgen. Setz dich einen Augenblick zu mir.«

Leah wappnete sich für ein Gespräch. Sie ahnte natürlich, dass ihr Vater Mikas Ausbruch und das Türenknallen eben mitbekommen hatte, die Wände waren dünn. Ihr Vater meinte es gut und sie liebte seine Gesellschaft und die Gespräche über ihre gemeinsame Passion, die Bücher. Aber heute zog sich beim Klang seiner Stimme ihr Magen schmerzhaft zusammen. Als würde sie sich nicht auch ohne seine liebevollen Worte schon schlecht genug fühlen. Sie musste es irgendwie schaffen, ihm zu helfen. Bei diesem Gedanken kam ihr der Traum in den Sinn und machte sie traurig. Es musste doch möglich sein, Geld für Medikamente zu beschaffen. Außerdem brauchte er Vitamine und besseres Essen.

Sie stieß die Tür mit der Hüfte weiter auf und stellte das Tablett mit dem Frühstück auf den kleinen Holzklapptisch, den ihr Vater einmal selbst gebaut hatte.

Er saß in seinem Lieblingssessel. Leah verstand nicht, warum er sich darin so wohlfühlte. Der grüne Samt war zerschlissen und roch nach Katze. Am schlimmsten aber war die Sitzfläche, die so durchgesessen war, dass sich die Federn schmerzhaft in den Hintern bohrten. Albert Goldstein trug einen karierten Morgenmantel und stützte sein faltiges blasses Gesicht in die eine Hand, in der anderen hielt er Stevensons *Schatzinsel* und strich mit dem Zeigefinger über die Kaffeeflecken auf dem Einband. Es war eine alte Geschichte, wie sie dorthin gekommen waren, Leah hatte sie bestimmt schon hundert Mal gehört. Es war passiert, als ihre Mutter in den Garten stürmte und Vater lachend um den Hals fiel. Sie wollte ihm von der Schwangerschaft erzählen, von dem Kind, das sie erwartete. Dass dabei sein Kaffee auf das Buch tropfte, interessierte in diesem glücklichen Moment niemanden. Später strich ihr Vater immer wieder über den Fleck. »Die Erinnerungen, die man mit ihnen verbindet, sind der wahre Wert der Bücher«, hatte er oft erklärt. Früher hatte Leah sich vorgestellt, dass dieser Kaffeefleck die Insel aus dem Roman sei. Und tatsächlich besaß sie fast dieselbe tropfenartige Form jener Insel, die Stevenson selbst gezeichnet und dem Roman vorangestellt hatte. Ein zweiter, kleinerer Fleck formte gar die Nebeninsel Skeleton Island.

Sie sah ihren Vater an. Er wirkte so dünn, so ausgezehrt und gab sich dennoch stets Mühe, nicht über die Krankheit zu jammern, die seinen Körper langsam von innen auffraß und seine Bewegungen einschränkte. Leah konnte nur ahnen, wie schlecht es ihm wirklich ging. Er sprach nie von Schmerzen, aber sie war sich nicht sicher, ob er nicht doch welche hatte. Zumindest ging es ihm morgens stets besser als abends, doch sein körperlicher

Verfall schritt von Jahr zu Jahr heftiger und schneller voran. Er braucht dringend eine Rasur und einen Haarschnitt, dachte sie und überlegte, ob sie ihm später anbieten sollte, ihn zu frisieren.

»Komm rüber, Liebling«, sagte er und wies auf die rechte Armlehne. Sie trat ein paar Schritte auf ihn zu, blieb aber stehen. »Ich habe Mika gehört. Sein Fluchen. Ich nehme an, es hat nicht funktioniert?«

»Nein, schon wieder nicht.« Leah biss die Zähne aufeinander und schob das Kinn vor. »Ich gebe mein Bestes, aber ...«

»Ich weiß. Aber du bist eben anders als Mika, du lebst in deiner eigenen Welt und darauf war ich immer stolz.« Er winkte sie zu sich und hob mit den Händen seine nutzlosen Beine zur Seite, um ihr Platz zu machen.

Leah folgte seiner Aufforderung und ließ sich auf dem niedrigen Polsterhocker zu seinen Füßen nieder. Er streichelte ihren Kopf, kraulte sie wie einen Hund hinter den Ohren.

»Leah, ich brauche deine Hilfe. Mika weigert sich, aber du könntest es tun. Meine Medizin reicht nur noch ein paar Tage.«

Sie hob den Blick und schaute auf das Buch in seinem Schoß. Dann auf die Wand hinter ihm, die komplett von dunklen Regalen eingenommen wurde. Früher hatten die Bücher doppelreihig dort gestanden, waren auf dem Dielenboden gestapelt gewesen, auf den Tischchen und Fensterbrettern. Überall hatte es Bücher gegeben, mehr, als ein Mensch in einem Leben lesen konnte. Jetzt war der Boden leer, die Tische waren vereinsamt, in den Regalen wuchsen die Lücken. Nur so wenige waren ihm geblieben ...

Sie schüttelte langsam den Kopf und biss sich auf die Lippe. »Keine Bücher mehr. Auf gar keinen Fall. Sie sind alles, was dir geblieben ist«, sagte sie mit blecherner Stimme. Trotz der vielen

Likes, die Mika bis vor zwei Wochen für seine Träume kassiert hatte, war einfach nie genug Geld da.

Albert Goldstein ächzte und schüttelte den Kopf. »Aber wir müssen essen. Und ich brauche die Medizin, sonst kann ich bald schon kein Buch mehr halten.«

Die Lähmung würde weiter fortschreiten, sein eigener Körper ihn immer stärker vergiften, wenn er nicht behandelt wurde. Leah wusste, dass er alles für sie und für Mika tun würde. Egal, wie sehr es ihn schmerzte, wenn eines seiner wertvollen Bücher auf den Schwarzmarkt getragen wurde. Auf den Bücherfriedhof, wie er es nannte.

Sie schaute ihn fest an. »Lass es mich noch einmal mit dem Träumen versuchen oder zweimal. So lange, bis ich es kann. Dann werde ich eines verkaufen, wenn es nicht anders geht. Eines und noch eines und noch eines. Aber irgendwann sind sie alle weg. Und was soll dann werden?« Sie wartete seine Antwort nicht ab, sondern nickte ihm zu und erhob sich. »Ich lasse mir etwas einfallen, Papa. Ich verspreche es dir.«

Als Leah die Tür zu ihrem Zimmer hinter sich schloss, verspürte sie kein Verlangen mehr, sich wieder ins Bett zu legen. Sie musste nachdenken, brauchte einen Plan. Es wäre so schön, sich in Vaters Arme zu stürzen und ihm zu verkünden, dass sie ihm helfen würde. Dieses ewige schlechte Gewissen hätte sie am liebsten in die hinterste Ecke ihres Hirns verbannt. Viel lieber wollte sie Mika sagen können, dass es egal war, wie lange er noch an Liebeskummer litt. Dass er von ihr aus nie wieder schlafen müsste und träumen und Likes dafür sammeln. Dass sie in der Lage wäre, für sie alle zu sorgen – dann wäre es egal, wie lange diese Krise noch andauern würde, unter der die ganze Welt litt, wenn man den Nachrichten glauben konnte. Und wenn es nicht ihre Träume sein würden, die Geld brachten, dann musste ihr etwas anderes einfallen. Dann musste sie sich eben einen Job suchen. Das Unmögliche möglich machen in einer Welt, in der kaum noch jemand Arbeit hatte.

Schritte auf dem Flur rissen sie aus ihren Gedanken. Die Tür wurde aufgerissen und wieder zugeschlagen. Kraftlos hob Leah den Kopf und blickte in das strahlende Lächeln ihres Bruders. »Ich habe die Lösung«, sagte er. »Ab jetzt sind wir alle Sorgen los.«

Gemächlichen Schrittes ging Cornel die Straße entlang. Es war vollkommen egal, wann er an der Haltestelle ankam. Der Caltrain, der ihn nach Palo Alto bringen sollte, verkehrte nur noch unregelmäßig. Dabei war es keine zehn Jahre her, als noch tagtäglich Horden von Menschen in die Vororte von San Francisco zur Arbeit gefahren waren. Züge, Flugzeuge und Autos hatten damals täglich Tausende zu den Computerfirmen, wissenschaftlichen Instituten der Universität und zum Firmensitz von Facebook gebracht. Aber diese Zeiten waren vorbei. Die Unigebäude waren verlassen, niemand brauchte sie mehr, denn virtuelle Hörsäle hatten ihren Platz eingenommen. Facebook war erst umgezogen und hatte dann Konkurs anmelden müssen, als GoodDreams mit seinen bahnbrechenden Neuerungen die Nummer eins der sozialen Netzwerke geworden war.

Die Straßen waren fast verlassen, nur einzelne Passanten kamen ihm entgegen oder strebten in dieselbe Richtung wie er, zum Bahnhof.

Mit der linken Fußspitze kickte er eine Getränkedose davon. Unglaublich, wie verrottet diese Gegend war. Mittags lagen hier oft Penner auf den Bürgersteigen, aufgeplatzte Mülltüten auf den Fußwegen, die Abfallkörbe quollen über. Cornel war fast an der Haltestelle angekommen, als er hörte, dass sich der Caltrain mit einem lauten Signalton ankündigte. Er beschleunigte seinen Schritt. Schneller, er musste schneller gehen. Dies würde wahrscheinlich der einzige Zug heute sein. Er rannte auf den Bahnsteig und sprang in letzter Sekunde in den Zug, der nur kurz hielt und sofort seine Fahrt fortsetzte.

Keuchend ließ sich er sich auf die zerschlissenen Polster in einem der Großraumabteile sinken. Außer ihm waren nur wenige Menschen zu sehen. Wie er waren sie die letzten Pendler, die noch Arbeit hatten und im Valley ihren Tech-Jobs nachgingen. Von der anderen Seite des Waggons drang jetzt Stimmengewirr einer Gruppe Frauen zu ihm herüber.

Er streckte seine Beine aus, nahm das Tablet aus der Aktentasche und schaltete es ein. GoodDreams übernahm für jeden Angestellten die Kosten eines Abos für die täglichen Nachrichten. Aber er wusste, dass bereits interne Gespräche liefen, diese Zusatzleistung einsparen zu wollen. Früher hatte er sich nie für Nachrichten interessiert. Politik, Wirtschaft, Sport: immer nur schlechte Neuigkeiten, Hiobsbotschaften, die den Menschen digital übermittelt wurden. In alten Zeiten wurden Überbringer schlechter Nachrichten noch geköpft. Heute konnten die Menschen ja kaum die Tablets aus dem Fenster schmeißen, nur weil diese verkundeten, welche Annehmlichkeiten noch wegrationalisiert werden würden. Kein Erdöl mehr, bloß weil die Russen und die Araber alles für sich behielten. So hatte es angefangen. Kein Erdöl mehr, also kein Benzin für die Autos, keine Sonnenenergie, keine Windenergie, weil das Klima unberechenbar geworden war. Wichtige Rohstoffe nahezu aufgebraucht, auf jeden Fall nicht ausreichend übrig, um alle Länder der Erde damit zu versorgen. Angeblich arbeiteten Topwissenschaftler auf der *ganzen Welt zusammen an einem Projekt, welches die Probleme der Energiekrise lösen sollte.*

Cornel schnaubte. Das war doch eine verdammte Lüge. Die Reichen hatten immer noch genug. Es gab keinen Grund, auch nur eine winzige Kleinigkeit zu ändern.

Der Zug verlangsamte seine Fahrt, ruckte kurz, hielt einen Augenblick und fuhr sofort wieder an. Der Mann blickte aus dem Fenster auf den menschenleeren Bahnsteig. Niemand wollte zusteigen, niemand aussteigen. Wozu auch? Es gab für die meisten Menschen keinen Grund mehr, ihre Wohnungen zu verlassen. Keine Energie, keine Jobs, kein Geld. Und das war gewollt so, da war er sich sicher. Die Regierung kontrollierte alles. Und das Internet bot ihr jede nur denkbare Möglichkeit dazu. Solange sich die Menschen noch draußen bewegten, zur Arbeit fuhren, spazieren gingen, Kinos und Restaurants besuchten, sich in Wohnungen verabredeten – so lange gab es zu viele Zufälle und Orte, auf welche die Regierungen keinen Zugriff hatten. Das hatte sich mit GoodDreams und dem Posten von Träumen geändert. Der gläserne User – längst Realität. Diese Wirklichkeit musste sich ändern!

Dafür würde er sorgen.

4

Alle Probleme! Wir sind alle Probleme los! Mikas Worte hallten in Leahs Ohren nach wie eine fremde Sprache, die sie nicht zu deuten wusste. Sie dachte an ihren Vater. An seine Krankheit und daran, dass er wohl nicht mehr lange leben würde, wenn nicht ein Wunder geschah. Die Muskelschwäche war mittlerweile weit fortgeschritten, und da sein Körper aus rätselhaften Gründen ein Narkotikum produzierte, das ihn langsam vergiftete, würde er sich vielleicht schon bald überhaupt gar nicht mehr bewegen können. Wir werden niemals wieder alle Probleme los sein, wollte sie Mika an den Kopf schleudern, aber sein strahlendes Lächeln hielt sie davon ab. Sie kannte niemanden sonst, der auf diese Art lächeln konnte. Auf den Wangen bildeten sich Grübchen, die Oberlippe kräuselte sich und seine Augen begannen zu strahlen. Er wischte sich eine dunkle Locke aus der Stirn und musterte sie. Wenn Mika daran glaubte, dass es besser werden würde, dann wollte sie es auch glauben, ganz bestimmt! Denn Glaube konnte ja bekanntlich Berge versetzen.

»Was ist passiert?« Leah konnte die Skepsis in ihrer Stimme kaum unterdrücken.

Doch er schien den Zweifel nicht zu bemerken.

Als hätte Mika allein auf diese Frage von ihr gewartet, riss er die Klappe seines Laptops hoch und zeigte mit dem Finger auf den Bildschirm.

»Lies!« Seine Wangen waren gerötet, die Augen funkelten – so euphorisch hatte Leah ihn zuletzt vor einigen Wochen gesehen.

Sie versuchte zu erkennen, worum es genau ging. Aber es fiel ihr schwer, den Bildschirm zu fokussieren, so sehr zappelte ihr Bruder herum.

Sie schüttelte lächelnd den Kopf. »Hey, steh endlich still.«

Doch Mika zog den Laptop zu sich heran und starrte darauf, als könne er es nicht fassen, dass das Leben so einfach sein konnte.

Er strich sich mehrmals durch seine Haare, die ihm sofort wieder ins Gesicht fielen. »Es ist eine Einladung. Zu einem Spiel. Ich soll dort mitmachen und kann 250.000 Dollar gewinnen! 250.000 Dollar, Schwesterherz, ich fass es nicht!«

Leah riss die Augen auf und versuchte, einen Blick auf die E-Mail zu erhaschen, auf die ihr Bruder mit dem Zeigefinger tippte. So viel Geld? Das konnte nicht ernst gemeint sein. So viel Glück hatten sie nicht. Mika war auf einen Betrüger hereingefallen. Jemand machte sich einen Spaß mit ihm, so viel war klar. Leah kaute auf ihrer Unterlippe herum und überlegte, wie sie es ihm schonend beibringen konnte. 250.000 Dollar. Es war geradezu lachhaft. Oder etwa nicht?

»Und was sollst du dafür tun?«

Er starrte konzentriert auf den Laptop, als hätte er sie gar nicht gehört. Dann schob er ihr den Rechner hin.

»Sieh selbst!«

Leah setzte sich auf den Schreibtischstuhl, rutschte ein paarmal hin und her und stützte die Ellenbogen auf. Mika schnaufte unruhig, aber sie wollte den Moment noch etwas hinauszögern. Den kurzen Augenblick, in dem die Möglichkeit bestand, dass sich tatsächlich alles zum Guten ändern würde.

Mika stupste sie an. »Jetzt lies schon!«

Sie blinzelte ein- oder zweimal und bereitete sich innerlich darauf vor, was folgen würde.

Es dauerte ganze zehn Sekunden, bis sie fertig gelesen hatte. Sie begann noch einmal von vorne. Vielleicht hatte sie ja eine wichtige Information übersehen. Ihre Hand glitt zum Touchpad und sie scrollte die Mail nach unten und wieder nach oben. Nichts. Sie räusperte sich und las den Text laut vor, als hätte ihn Mika mit Sicherheit nicht schon selbst gedanklich in sämtliche Einzelheiten zerlegt, um wirklich begreifen zu können, was dort stand.

Hallo Träumer,
wenn du Lust hast, um 250.000 Dollar Gewinn zu spielen, dann mach einfach mit. Geh nach Zero Point (000,00,00) und poste täglich deine Träume auf GoodDreams. Wir treffen uns am 07/20/ um @417. Sei pünktlich!
Viel Erfolg
der Gamemaster

»Und, was denkst du?«

Leah kratzte sich über der linken Augenbraue und zuckte mit den Schultern. »Ich denke, das ist Spam.«

Mikas Miene verdüsterte sich. Leah dachte kurz darüber nach, wie sie anfangen sollte, dann redete sie einfach drauflos. »Erst mal gibt es keinen Absender.« Mika nickte, schwieg jedoch. Die Tatsache, die sie am meisten verunsicherte, schien ihn mehr oder weniger kaltzulassen.

»Dann fehlt auch die Ortsangabe für diesen angeblichen Treffpunkt.«

Sein Kopf schnellte nach vorn, der Zeigefinger seiner rechten

Hand huschte zum Bildschirm. Er tippte darauf. »Der Ort steht hier. Sogar ziemlich eindeutig.«

Leah blinzelte. »Du meinst diese Nullen? Und dann noch Zero Point?« Sie schnaubte. »Was soll das sein?«

»Koordinaten.«

Daran hatte sie überhaupt nicht gedacht, aber es war durchaus möglich. Leah hatte sich nie sonderlich für Erdkunde interessiert. Und seit der Energiekrise war die Welt noch weiter entfernt, als sie es zuvor gewesen war. Der Luxus des Reisens war nur wenigen Reichen vorbehalten. Und zu denen zählten Leah und ihre Familie nun beim besten Willen nicht.

»Und wo liegt der Ort? Ich meine, wie sollst du dahin kommen? Ist er weit weg? Musst du fliegen?«

Jetzt sah Mika regelrecht triumphierend aus, als hätte er das gesamte Rätsel dieser Mail bereits gelöst. »Man kann nicht mit dem Flugzeug hin. Der Ort existiert überhaupt nicht.«

Leah stieß entnervt die Luft aus. Das war doch irgendwie logisch. Selbst wenn die Mail kein Fake war, so war es doch unmöglich, zu diesem komischen Zero Point zu kommen, und damit bestand auch nicht die geringste Chance, den Wahnsinnsgewinn einzustecken. Sie sah ihrem Bruder fest in die Augen und setzte eine strenge Miene auf. »Und warum machst du mir erst Hoffnung?« Denn genau das war passiert, auch wenn sie es nicht gewollt hatte. Ganz unbewusst hatte sich eine freudige Erwartung in ihr breitgemacht. Hatte sich festgekrallt und rutschte jetzt Stück für Stück wieder nach unten in ihren Magen, wo sich das ungute Gefühl, das sie seit Wochen begleitete, erneut manifestierte. »Warum?« Ihre Stimme stolperte kläglich. Doch ihre Stimmung schlug um, als sie das schiefe Grinsen sah, das im Mundwinkel ihres Bruders zuckte.

»Hast du dir die Ortsangabe mal genau angeschaut?«

Sie legte die Hände flehentlich zusammen, während sie feierlich die Stimme erhob: »Teile dein Herrschaftswissen mit mir, sonst muss ich dumm sterben.«

Als sie wieder aufblickte, war sein Lächeln verschwunden. »Du nimmst mich überhaupt nicht ernst!«

Leah schnaubte. »Wie auch? Du marschierst hier mit so einer Spam-Mail rein und machst mir Hoffnung auf 250.000 Dollar, obwohl die Sache eindeutig aussichtslos ist. Also entweder erklärst du mir endlich, was daran deiner Meinung nach eine reale Chance darstellt, oder du lässt mich damit in Ruhe.«

Mika setzte sich auf den Schreibtisch und legte seine Hände auf Leahs Knie. »Na ja, es war mir auch eine Weile ein Rätsel. Dann habe ich die Koordinaten im Internet eingegeben, um herauszufinden, wo sich der Ort befindet.« Mika unterbrach sich und pulte den Dreck unter seinen Fingernägeln hervor.

Wollte er die Spannung steigern? Wusste er nicht weiter? Leah platzte fast vor Ungeduld. »Komm zur Sache!«

»Okay. Die Erde ist in Längen- und Breitengrade aufgeteilt. Und dann wird noch unterschieden in westliche und östliche Länge und nördliche und südliche Breite.«

Sie verschränkte die Arme vor der Brust. »Ich bin zwar 'ne Erdkunde-Niete, aber nicht blöd.«

»Jedenfalls ist das keine normale Koordinatenangabe, wie du siehst. Man kann diesen Ort nicht mit gängigen Verkehrsmitteln erreichen.«

Er blickte sie aufmerksam an und wartete offensichtlich auf eine Reaktion von ihr. Bei Leah allerdings dauerte es eine ganze Weile, bis der Kern dessen, was er gerade gesagt hatte, in ihr Hirn gesickert war. Als sie endlich verstand, war sie verwirrter als zuvor. »Und warum grinst du dann so debil? Ich kann mir beim besten Willen nicht vorstellen, was daran eine gute

Nachricht sein soll.« Langsam hatte sie die Nase voll von Mikas Rätseln.

Oberlehrerhaft hob er den Zeigefinger. Diese Geste hasste sie zutiefst an ihm, auch wenn sie ihren Zwilling sonst ganz gern mochte. Sie wusste schließlich, was sie ihm zu verdanken hatte. Sie und ihr Vater waren auf Mika angewiesen. Er hielt die Familie über Wasser, jedenfalls hatte er das getan, bis es nicht mehr ging. Bis Melanie, die dumme Kuh, ihn für einen anderen verlassen und Mika damit in eine tiefe Krise gestürzt hatte. Gern hätte Leah ihn getröstet, hätte ihm klargemacht, dass es in Ordnung war, wenn er sich eine Weile erholte, sich einfach mal nur hängen ließ. Es würde irgendwann schon wieder bergauf gehen. Das tat es ja immer. Blöd war nur, dass ihnen die Zeit davonlief. Sieben Tabletten waren noch übrig, das bedeutete: Eine Woche lang würde es Dad zumindest okay gehen. Bereits gestern war es aber ungemein schwierig gewesen, ihren Vater ins Bett zu bringen. Natürlich könnten sie einen Arzt rufen. Sie würden ihn nicht einmal bezahlen müssen, denn schließlich gab es noch funktionierende Krankenversicherungen. Aber man hörte so viel von chronisch kranken Menschen, die in irgendwelche Pflegeeinrichtungen gebracht worden waren, in denen es ihnen angeblich besser ging. Dort gab es Medikamente, warmes Essen und Fürsorge – hieß es. Allerdings kam nicht einer dieser Menschen jemals wieder zurück. Sie alle starben nach gewisser Zeit. Nach zu kurzer Zeit. Leah seufzte, als sie daran dachte, dass ihrem Vater möglicherweise genau dieses Schicksal drohte, wenn irgendwer davon Wind bekam, dass er krank war. Sie kamen mit Krankenwagen und netten Worten. Würden ihn holen und nie wieder gehen lassen.

Mika schien zu ahnen, was ihr durch den Kopf ging, denn er

nickte und strich ihr sanft über die Locken. »Es wird alles gut. Ich werde dafür sorgen. Glaub mir einfach.«

Sie nickte. »So, wie du immer für uns gesorgt hast.« Er musterte sie stirnrunzelnd und sie fügte schnell hinzu: »Das war ernst gemeint. Nicht ironisch. Und jetzt sag schon: Was hast du herausgefunden?«

»Eigentlich nichts Besonderes. Wenn man sich ein wenig mit Koordinaten auskennt, dann ist es offensichtlich.« Er machte eine kurze Pause. »Der Ort, der angegeben ist, liegt nördlicher als der Nordpol.«

Beim Wort Nordpol lief es Leah kalt den Rücken hinunter. In ihren Gedanken tauchten schmelzende Pole, aufgetaute Permaböden und Bäche aus Schmelzwasser auf, die sich durch das verbliebene Eis fraßen. »Klingt irgendwie nicht so gut«, sagte sie.

»Doch, denn das bedeutet, dass man diesen Ort auf normalem Weg gar nicht aufsuchen *kann*. Jetzt verstanden?« Mika sah sie herausfordernd an, zappelte hin und her und wackelte mit den Füßen, als müsse er dringend zur Toilette.

Leah hatte keinen blassen Schimmer, was er ihr sagen wollte. Was bitte schön sollte gut an einem Ort sein, der weiter im Norden lag als der nördlichste Punkt und zu dem man gar nicht hingelangen konnte?! Sie zuckte mit den Schulern. »Scheint, als stünde ich auf dem Schlauch.«

»Jetzt denk doch mal nach. Ich bin Profiträumer. Ich verdiene Geld damit, Abenteuer zu träumen und das Ganze dann auf GoodDreams zu posten. Was liegt also näher, als mich zu einem Spiel einzuladen ... an einen Ort, den ich nur in meinen ...?«

»... in deinen Träumen besuchen kannst?«

Mika schenkte ihr ein stolzes Lächeln und nickte. »Genau. Das sind Traumkoordinaten. Abgefahren, oder? Ich habe selbst noch nie damit geträumt, aber es *muss* so sein!«

Leah sah ihn an und war überwältigt von den Gefühlen, die sich in ihr stritten. Diese ganze Sache mit den Träumen überforderte sie. Mika war begeistert, ja geradezu fasziniert von den Möglichkeiten, die sich ihm damit boten. Er beherrschte seine Träume perfekt. Konnte sie bewusst beeinflussen, ja sogar steuern und planen wie ein Regisseur seinen Film. Sein Gesichtsausdruck war eindeutig: Mika ging davon aus, den Gewinn bereits in der Tasche zu haben. Schließlich zählte er zu den Top 20 der begabtesten Träumer weltweit. Damit hatte er oft geprahlt. Durch seine Schlaflosigkeit war alles anders geworden.

»Ich weiß nicht, was ich davon halten soll.« Leah merkte, wie unentschlossen und lahm sie klang.

Doch Mika schien das nicht zu stören. »Ist doch vollkommen egal, was du davon hältst. Ich werde heute Nacht hingehen und schon mal checken, welcher Ort sich hinter diesen Koordinaten verbirgt.«

Leah hörte ihm kaum zu, sondern lauschte der Stimme in ihrem Kopf, die ihr eine Warnung zuzurufen schien. Doch eigentlich konnte sie nur eines denken: Wie wollte Mika es bloß schaffen, heute Nacht zu träumen?

Cornel konnte gerade noch den Datenstick aus dem USB-Port ziehen und in seiner Hosentasche verschwinden lassen. Wenn ihm jetzt nicht auf der Stelle etwas einfiel, dann war sein Job weg, mit ihm das Geld, das er noch abzuzweigen gedachte, und vor allem würde der Plan scheitern.

Ihm standen exakt 150 Sekunden für die Analyse eines Films zu. Das waren die Regeln – und er hatte sie gebrochen. Er starrte angestrengt auf die neun Monitore, die in Dreierreihen neben- und übereinander über seinem Schreibtisch angeordnet waren. Dass einer der Filme schon seit mehr als zehn Minuten lief, war riskant. Wenn es jemandem auffiel, war er seinen Job los.

Cornel war klar, dass er zukünftig vorsichtiger sein musste.

Erst eine Stunde später, auf dem Weg zur Teeküche, beruhigte sich sein Herzschlag etwas. Er musste sich mehr in Acht nehmen, zu viel stand auf dem Spiel. Hatte jemand etwas gesehen? Nu gut, Cornel hatte gegen die Vorschriften verstoßen, weil er sich länger als erlaubt mit einem einzigen Traumfilm beschäftigt hatte. Das warf auf jeden Fall kein gutes Licht auf seine Arbeitsmoral. Aber war es schon verdächtig genug, um es zu melden?

Er hatte keine Ahnung und das machte ihn nervös. Er versuchte, sich einzureden, dass er nichts zu befürchten hatte. Waren seine Kollegen nicht allesamt abgestumpft? Schließlich taten er und die zwanzig anderen Mitarbeiter von GoodDreams den ganzen Tag nichts anderes, als gleichzeitig auf neun Monitore zu starren, um eventuelle Unregelmäßigkeiten sofort zu registrieren. Im Normalfall passierte überhaupt nichts und er hatte schon nach zwei Stunden Mühe, die Augen überhaupt offen zu halten bei dem Schwachsinn, den manche Leute posteten. Da waren die Traumfilme der Profis, die täglich zum Schichtende geprüft wurden, schon interessanter.

Endlich war der Kaffee durchgelaufen.

Was sollte er nur tun, wenn er gemeldet wurde?

Wenn an den Träumen etwas auffällig war, gab es einen sehr klaren Algorithmus für die Vorgehensweise, die folgen musste. Ein internes Memo wurde erstellt, die Beobachtungen schriftlich festgehalten und per Intranet mit mittlerer Priorität an den zuständigen Vorgesetzten verschickt. An ein vorgeschriebenes Vorgehen für den Fall, dass ein Kollege sich verdächtig machte, konnte er sich nicht genau erinnern, ahnte aber, dass auch für diesen Umstand alles exakt festgelegt war. Für alles gab es bei GoodDreams Regeln, Verbote, Zuständigkeiten und Handreichungen. Nichts blieb hier dem Zufall überlassen, dazu waren die Daten, mit denen sie hantierten, eindeutig zu sensibel und zu wertvoll.

Der Mann balancierte den Becher mit dem heißen Kaffee zurück an seinen Schreibtisch im Großraumbüro. Mit ein paar routinierten Klicks startete er die nächsten neun Filme und zwang seine brennenden Augen dazu, sich zu konzentrieren. Nach wenigen Momenten schweiften seine Gedanken genauso ab wie seine Blicke. Verstohlen sah er sich um, doch alle Kollegen starrten auf ihre Bildschirme.

Er sollte diesen Job kündigen und sich ganz auf die eine Sache konzentrieren. Alle Informationen und Daten über GoodDreams, die dafür nötig waren, hatte er zusammen. Vielleicht war es wirklich besser, morgen einfach nicht zur Arbeit zu kommen. Er konnte sich krankmelden oder Urlaub nehmen. Er hatte doch noch Urlaub? Sein Blick fiel auf die gelben Post-it-Zettel, die an den Rändern der Bildschirme klebten. Automatisch griff er mit der Linken nach rechts oben. Dort hing der Zettel, auf dem er akribisch die Zahl seiner freien Tage notierte und sorgfältig abstrich.

Seine Hand zuckte zurück. Was war das? Der falsche Zettel am falschen Platz? Er betrachtete seinen Schreibtisch und die Monitore genauer. Alles wirkte völlig normal, nur die Zettel waren anders angeordnet. Fast so, als hätte sie jemand abgenommen und wieder angeklebt. Cornel beugte sich unter den Tisch. War das wirklich sein Computer? Konnte er sicher sein? Hatte man ihn ausgetauscht, während er seine Pause in der Kaffeeküche verbracht hatte?

Er hatte nicht damit gerechnet, fliehen zu müssen. Irgendwann vielleicht. Aber doch nicht heute. Doch nicht jetzt, komplett ohne Vorbereitung.

5

Leah stand im Pyjama an der Spüle und blickte Mika aus verschlafenen Augen an, als er in die Küche trat. Sie gähnte kurz und lächelte ihm zu. »Guten Morgen. Bist du schon lange wach? Ich habe geschlafen wie ein Stein.«

Mikas Gesicht verzog sich zu einer Fratze. »Das ist schön für dich, Schwesterherz. Ich freue mich sehr, dass du *so wunderbar* geschlafen hast. Ich hoffe, du hattest auch angenehme Träume.«

»Mika«, kiekste sie erschrocken und wich vor ihm zurück. Verdammt, sie hatte für einen Moment vergessen, welche Sorgen ihn plagten. Tagsüber konnte er wohl alles gerade noch ertragen, aber die Nacht war zu seinem Feind geworden.

Leah begriff, was in ihm vorgehen musste. Schließlich war es für sie normalerweise genau andersherum: Nachts wurde sie von Träumen heimgesucht, die nach ihr griffen und sie nicht mehr loszulassen drohten. »Es tut mir so leid. Ich bin wohl noch nicht ganz wach.« Sie blickte ihn zerknirscht an und hatte Angst, erneut etwas Falsches gesagt zu haben.

Mika wischte sich mit einer raschen Handbewegung über seine Stirn, biss die Kiefer aufeinander und streckte den Rücken. »Ach egal, du kannst ja nichts dafür.« Seine Stimme klang spröde und kraftlos.

»Es hat wieder nicht funktioniert, nehme ich an.«
Er nickte. »Da liegst du verdammt richtig.«
Sein falsches Lächeln jagte ihr einen Schauer über den Rücken. »Hast du schon mit Dad geredet?« Leah hielt es für das Beste, so sachlich wie möglich mit der Tatsache umzugehen, dass die Hoffnung, der sie sich noch am Vorabend hingegeben hatte, falsch gewesen war. Es wurde Zeit, dass sie der Tatsache ins Auge sah: Mika konnte ihnen im Augenblick nicht helfen. Es war Blödsinn, weiterhin die ganze Verantwortung auf seinen Schultern abzuladen. Sie mussten eine Lösung finden. Alle gemeinsam – so, wie es sich für eine richtige Familie gehörte.

Eine halbe Stunde später hatte Leah ihren Vater versorgt, sein Schlafzimmer aufgeräumt und saß nun auf Mikas Bett. Er hatte noch schnell eine zerschlissene graue Tagesdecke darübergeworfen, um wenigstens etwas Ordnung vorzutäuschen. Aber Leah kannte ihren Bruder gut genug, um zu wissen, dass ihm derlei Kleinigkeiten überhaupt nicht wichtig waren.
Mika schaute ihr mit leerem Blick zu, als sie den Teebeutel aus seiner Tasse nahm. Gern hätte sie einen Löffel Zucker hineingerührt oder auch zwei, so wie es Mika mochte. Aber für Zucker reichte das Geld nicht. Sie hielt ihm die Tasse mit einem entschuldigenden Lächeln hin und er nahm sie stumm entgegen. Leah nahm sich vor, mit ihrem Vater über Mikas Trübsalsstimmung zu reden, er wurde so leicht schwermütig. Der Schlafmangel tat dabei sicherlich sein Übriges.
»Siehst du irgendeine Möglichkeit, doch an diesem Spiel teilzunehmen?« Sie drang nur ungern so in ihn. Aber es änderte ja nichts. Mika war genauso konfliktscheu wie sie selbst. Wenn sie jetzt ihrem Instinkt folgten, würden sie nie darüber reden.

Es lag wohl in der Familie, dass unangenehme Dinge nur selten offen angesprochen wurden.

Mika sah sie groß an, dann zog er die Schultern hoch.

»Ich denke, die 250.000 Dollar sind gestorben. Allerdings werde ich natürlich weiterhin versuchen, mich nachts nicht im Bett zu wälzen und nicht an Melanie zu denken, sondern zu träumen.«

Leah fröstelte und ahnte, was in ihm vorging. Es war furchtbar, mit anzusehen, wie sehr Dad litt. Wie er sich jeden Tag weniger bewegen konnte und wie groß die Wahrscheinlichkeit war, dass sein Leben bald beendet sein würde. Sie erinnerte sich an ihren seltsamen Traum aus der Bibliothek und an den Mann, der sie nach ihrem Vater und dem Obolus gefragt hatte ... Sie schüttelte die Erinnerung ab. Noch würde Dad den Fährmann nicht brauchen!

Auch die Medikamente konnten Vaters Krankheit nicht heilen, aber sie konnten wenigstens kurzfristig die Symptome mildern. Sie davon abhalten, seinen Körper im Sturm zu erobern.

Leah ballte die Fäuste. »Wir können nicht einfach tatenlos zusehen, wie er leidet.« Das Wort sterben wollte sie nicht einmal aussprechen.

»Das werden wir wohl müssen.«

Seine Emotionslosigkeit erschütterte sie. »Er ist unser Vater verdammt noch mal! Wir müssen etwas tun!«

Ein bitteres Lächeln umspielte Mikas Mundwinkel. »Ich muss etwas tun, meinst du wohl?«

Leah seufzte. Sie hatte sich immer auf Mika verlassen. Ihr ganzes Leben lang hatte er alles in Ordnung gebracht. Aber jetzt ... was sollte sie bloß unternehmen?

Mika schien ihre Gedanken zu lesen. »Wie wäre es, wenn zur Abwechslung mal du etwas tust? Nur ein einziges Mal könnte die Prinzessin die Drecksarbeit übernehmen. Stell dich der Verantwortung für deine Familie! Aber was tut Madame stattdessen? Jammert rum und weigert sich, luzid zu träumen. Dabei wäre das die Lösung all unserer Probleme. Das weißt du genau!«

»Mika, jetzt spiel dich mal nicht so auf. Ich habe nicht vergessen, was du für uns getan hast. Und ich weiß, dass du auch jetzt alles versuchst. Und es ist ja nicht so, dass ich überhaupt nichts machen würde.« Sie verschränkte die Arme vor der Brust.

Mika riss die Augen auf und streckte den Rücken durch, als hätte er Schmerzen. »Und was genau machst du?« Seine Stimme klang müde.

Leah suchte in Gedanken nach Beispielen, die belegen konnten, wie fürsorglich sie war. Aber ihr fiel nichts ein. Sie ging zur Schule, kümmerte sich um ihren Vater, las ihm vor, wenn sie die Zeit fand, sorgte für ein wenig Ordnung in der Wohnung. Viel mehr allerdings tat sie nicht.

Leah musste die Teetasse auf dem kleinen Nachttisch abstellen, so sehr zitterten ihre Finger. Konnte es sein, dass sie sich in letzter Zeit ziemlich dämlich benommen hatte?

***

Mika ließ sie nicht aus den Augen. Wie es schien, war bei seiner verwöhnten Schwester endlich der Groschen gefallen.

»Du kannst nicht alles nur mir überlassen.«

»Das tue ich nicht«, widersprach sie und fügte hinzu: »Ich will auch gar nicht undankbar sein. Ich weiß, was du in den letzten zwei Jahren für uns getan hast. Aber ich kann einfach nicht auf diese Art träumen. Ich kann damit kein Geld verdienen.«

»Und was denkst du, wie es weitergehen soll?«, fragte er gereizt.

Sie schüttelte den Kopf. »Ich weiß es nicht. Ich würde so gerne alles für dich und Vater tun ... aber die Zeiten sind so schlecht. Es gibt keine Jobs. Schon gar nicht für Schüler wie mich.« Sie blickte nach oben und blinzelte. Aber es war zu spät. Tränen liefen an ihren Wangen hinunter und Leah umfing sich mit den Armen und schluchzte stumm.

Fast hätte Mika sie an seine Brust gezogen und getröstet. Ganz so, wie er es immer getan hatte. Er war stets zur Stelle gewesen, sobald sich nur Leahs Stirn umwölkte. Zusammen hatten sie alles gemeistert – selbst den Tod der Mutter. Und auch Dads Krankheit hatten sie zunächst gemeinsam die Stirn geboten. Doch irgendwann hatte sich das geändert. Obwohl – wenn er darüber nachdachte, war es nicht Leah gewesen, die sich geändert hatte. Er selbst hatte alles an sich gerissen. Hatte sich geweigert, sie einzubeziehen.

Mika seufzte. Es war nicht richtig, Leah die Schuld an allem zu geben. Er sah sie an. Sah, wie sie das Taschentuch zwischen ihren Fingern zerknüllte. Doch er hatte eine Idee. Im Grunde hatte er bereits in der Nacht darüber gegrübelt, als er merkte, dass es wieder nichts werden würde mit dem Schlafen. Er ahnte, was Leah davon halten würde. Doch er musste hart bleiben, durfte sie nicht trösten, auch wenn er das gern getan hätte. Sie war am Boden zerstört und das schlechte Gewissen fraß sich förmlich in ihr Herz. Diese Chance musste er nutzen.

***

Brauche deine Hilfe. Dringend!

Tayo las die Nachricht nun schon zum dritten Mal. Wenn Mika es dringend machte, dann war es wichtig! Obwohl er schon eine ganze Weile nichts mehr von ihm gehört hatte, würde er den

Deutschen noch immer als Freund bezeichnen. Im Normalfall hätte er ihn sofort angerufen. Oder angeskypt oder wenigstens eine Mail zurückgeschickt, um sich mit ihm zu einem Gespräch zu verabreden.

Aber sein Vater benahm sich in letzter Zeit wie ein Irrer, wenn es um das Träumen ging. Wenn er nicht in seiner Praxis war, kam er alle paar Minuten, ohne anzuklopfen, in Tayos Zimmer und kontrollierte, was er tat. Nicht nur das: Er protokollierte akribisch Tayos Online-Fußabdruck und machte seit ein paar Wochen nicht einmal mehr ein Geheimnis daraus.

Tayo war sich vollkommen klar darüber, was ihm blühte, wenn er sich auf den GoodDreams-Seiten herumtrieb oder auch nur mit anderen Träumern chattete. Und Mika war der Inbegriff eines Träumers. Tayo hatte keine Lust, erneut zur Strafe zwei Wochen das Haus zu hüten. Seit den Anschlägen in Windhuk war er sowieso viel zu oft zu Hause. Sogar einen Hauslehrer hatte sein Vater angestellt, damit Tayo bloß nicht täglich zur selben Zeit das Haus verlassen musste. Das Leben in Namibia wurde gefährlicher. Seit Jahren schon gab es Bombenanschläge durch Terrorgruppen. Sein Vater hatte große Angst, ständig versuchte er, Tayo klarzumachen, dass er nicht irgendwer war, sondern der Sohn von Etuna Dacosta, des erfolgreichsten Schönheitschirurgen in ganz Namibia. Und damit wahrscheinlich einem der reichsten Männer des Landes.

Tayo schaute auf die Uhr, dann blickte er sich im Zimmer um und horchte. Kein Geräusch drang von außen herein, allein das Surren der Festplatte war zu hören. Vielleicht sollte er doch versuchen, Mika zu erreichen? Sein Vater würde noch mindestens eine Stunde in der Praxis beschäftigt sein. Hoffentlich hatte er seine Pläne nicht geändert.

Er zog das Klebeband ab, das die Webcam abdeckte – auch

eine dieser übervorsichtigen Maßnahmen seines Vaters. Dann gab er Mikas Skype-Adresse ein, die er noch auswendig kannte. Ein simulierter Wählton ertönte und nach wenigen Sekunden erschien Mikas verzerrtes Bild auf dem Monitor. Als ob er auf seinen Anruf gewartet hätte.

»Lange nichts von dir gehört«, begrüßte er seinen Freund, der ihm mit seltsamem Gesichtsausdruck zuwinkte.

»Ich von dir auch nicht.«

Tayo nickte stumm und starrte auf den Monitor.

»Ich brauche deine Hilfe«, durchbrach Mika die Stille und grinste schief.

»Hast du ja geschrieben.«

Mika runzelte die Stirn. »Meinem Vater geht es schlechter.«

»Mist. Ich hatte irgendwie gehofft, dass ...«

Mika unterbrach ihn. »Nein, niemand kann diese Krankheit heilen. Er kommt mit seinen Medikamenten ganz gut zurecht. Leah und ich hatten gehofft, dass sie damit vielleicht sogar zu stoppen ist. Danach sieht es aber nicht aus.«

Leah! Tayo erwischte sich dabei, wie ihr Bild vor seinen Augen entstand. An vielen Abenden war es ihr Foto gewesen, das er sich kurz vor dem Einschlafen angeschaut hatte, um dann eine Nacht von ihr träumen zu können. Niemals hatte er sie im realen Leben zu Gesicht bekommen und trotzdem war da das Gefühl, dass er sie kannte. Wenn Mika von ihr erzählte, hatte Tayo die Informationen aufgesaugt wie ein Schwamm.

»Sag mal, hörst du mir eigentlich zu?« Mika klang sauer.

Tayo schaute betreten in die Kamera. »Sorry, tut mir leid. Ich glaube, ich bin ausgestiegen, als du ihren Namen genannt hast.«

»Leah? Bist du immer noch scharf auf sie?« Mika stöhnte.

Tayo sog hörbar die Luft ein. »So würde ich es nicht ausdrücken, aber ja. Wahrscheinlich bin ich noch mächtig verknallt in sie.«

Jetzt grinste sein Gegenüber. »Ein Grund mehr, uns zu helfen. Du kannst praktisch nicht ablehnen, Kumpel, denn eigentlich ist es Leah, die deine Hilfe braucht.«

Noch eine halbe Stunde, nachdem sie das Gespräch beendet hatten, starrte Tayo auf den mittlerweile dunklen Monitor und dachte über das nach, was Mika erzählt hatte. Noch vor einem halben Jahr hätte Tayo alles dafür gegeben, mit Leah auf eine Traumreise zu gehen. Ihr alles zeigen zu können, was er in seiner Fantasie für sie geschaffen hatte. Er hätte sie überallhin mitnehmen können. Aber es hatte sich alles geändert, seit sein Vater ihn so rigoros kontrollierte.

Keine Frage, er könnte ihr helfen. Und damit auch Mika und Albert Goldstein. Und wahrscheinlich würde er es auch tun, denn es war einerseits seine verdammte Pflicht, einem Freund aus der Patsche zu helfen. Und außerdem ging es um Leah. Und darum, dass sie auf ihn angewiesen war. Dieser Gedanke verursachte ein warmes Gefühl in Tayos Bauch. Stellte sich nur noch die Frage, wie er am sinnvollsten vorgehen sollte, um schnellstmöglich ihre Gefühle zu gewinnen. Tayo hasste es, berechnend zu sein. Mindestens neunzig Prozent der Erwachsenen, die er kannte, taten Dinge nur, wenn sie sich einen ausreichend großen Nutzen davon versprachen.

Andererseits war die Sache riskant und er durfte sich auf gar keinen Fall von seinem Vater erwischen lassen. Der kleinste Fehler und er würde ihm den Laptop wegnehmen und den Internetanschluss kappen. Wenn das passierte, dann war jede Verbindung zur Außenwelt Geschichte. Tayo konnte von Glück sagen, dass er dank dem Reichtum seines Vaters auf die Likes und das Geld nicht angewiesen war. Es hatte einmal eine Zeit gegeben, in der er nach GoodDreams geradezu süchtig gewesen war. Nachts lag er mit den Kontakten am Kopf da und träumte, sofort am nächsten Morgen lud er den Traumfilm auf dem Portal hoch.

War ein Traum erfolgreich, dann hatte er das Gefühl, dass die ganze Welt da draußen merkte, dass Tayo aus Windhuk etwas Besonderes war. Er sonnte sich in dem Bewusstsein, alles erreichen zu können, was er sich nur vorstellte. In seinen Träumen sowieso – aber auch im echten Leben. Rückschläge in der Realität verloren an Bedeutung, solange seine Traumfilme von der ganzen Welt gemocht wurden. Die Profiträumer bei GoodDreams waren eine eingeschworene Community. Sie wussten, wie schwierig es war, sich ständig etwas auszudenken, um die Fanbase bei der Stange zu halten. Ständig galt es, Neues auszuprobieren, Risiken einzugehen, die eigenen Grenzen zu überschreiten. Mika hatte ihm mehr als einmal geholfen und ihm gezeigt, dass die Macht der Fantasie grenzenlos war. Und jetzt brauchte Mika seine Hilfe. Beim Gedanken an Leah begann seine Haut zu prickeln. Ihm war, als strömte das erste Mal seit langer Zeit wieder Leben in seinen Adern. Tayo fühlte sich voller Tatendrang und Lebenslust. Er wollte wieder träumen und der gefeierte Held seiner Fans sein. Und jetzt war die Gelegenheit gekommen. Sie hatten schon viel zu lange nichts mehr von ihm geträumt.

6

Yuna war am Abend todmüde und hatte doch das Gefühl, dass sie platzen würde, wenn sie nicht mit jemandem redete. Unten im Gastraum spielte Hayashi mit seinen Freunden Soguroku. Sie hörte sie grölen und wusste, dass es gefährlich war, um diese Zeit ihr Zimmer zu verlassen. Auch tagsüber ließ ihr Chef keine Gelegenheit aus, wie zufällig mit der Hand ihre Brüste zu streifen oder ihren Hintern zu tätscheln. Vor seinen Kumpels würde er sich erst recht aufspielen.

Vorsichtig schlich sie die Treppe hinunter und achtete darauf, knarrende Stufen zu meiden. Sie verließ das Hostel und schlug hinter sich die Tür zu, lief fünfzig Meter weiter und öffnete die nächste Tür.

Akira sprang vom Friseurstuhl auf, besah sich kurz im Spiegel, zupfte eine Strähne über sein Ohr, bevor er ihr mit ausgebreiteten Armen entgegenglitt. »Yuna, mein Darling, so spät hätte ich nicht mehr mit dir gerechnet.« Er stellte sich auf die Zehenspitzen und spitzte den Mund.

Yuna ging in die Knie und ließ sich einen Kuss auf die Lippen hauchen. Dann fiel sie seufzend in den Sessel und nahm sich eines der Magazine, die allesamt schon Jahre alt und hundertmal gelesen waren.

»Ich brauchte dringend eine Luftveränderung«, sagte sie und fragte sich, ob es eine gute Idee gewesen war, zu Akira zu gehen. Konnte er ein Geheimnis für sich behalten?

»Hat Hayashi wieder gegrabscht? Ich hasse ihn dafür.«

»Akira. Bitte quatsch nicht. Mach mir die Haare.« Sie blickte sich um und wies auf die Garnison von Flaschen, die im Regal hinter Akira standen.

»Ich will dieses Blau. Dieses leuchtende Wasserblau, das wir letztes Jahr schon einmal hatten.«

Akira schüttelte nachdenklich den Kopf. »Du fandest, dass es dich blass macht. Wie eine Leiche. Weißt du das nicht mehr, Darling?«

»Aber jetzt finde ich das nicht mehr. Und es ist nur eine Strähne. Es ist nicht wichtig, es ist nicht das Leben.«

Er nickte ihr zu und begann, Pulver und Flüssigkeiten in einer Plastikschüssel zu vermengen.

»Wo wir gerade über das Leben reden, Darling. Hast du darüber nachgedacht? Du weißt, dass ich dich liebe.«

Yuna zog die Stirn in Falten. »Und du weißt, was ich von der Liebe halte. Du weißt, dass es keine Liebe gibt. Niemals und nirgends und schon gar nicht zwischen uns. Du bist mein Freund. Mein bester Freund.«

Akira sah sie mit glänzenden Augen an. »Ich bin dein einziger Freund.«

Sie tätschelte seine Schulter. »Na, da hast du es doch. Mein einziger und bester Freund.« Als sie seinen traurigen Blick sah, seine hängenden Wangen, seine Haare, flauschig und weich wie das Federkleid eines Vogels, da regte sich etwas in ihr, für das sie keinen Namen hatte. Zärtlichkeit? Zuneigung? Ein schlechtes Gewissen? Sie konnte sich nichts davon leisten.

Ihr Leben war hart. Zu hart vielleicht für andere Achtzehnjährige. Nicht zu hart für Kamikaze Kaito Jeanne. Niemand konnte sie in die Knie zwingen. Sie wusste: Liebe war zu gar nichts gut. Liebe machte Kummer und Kummer brauchte niemand. Wenn ihre Eltern sie lieben würden, dann säße sie nicht fest auf Okinawa. Bloß weil die Flüge zu teuer geworden waren. Ihr Vater hatte seine Stellung verloren – aber alles würde gut werden, sagten sie ihr immer wieder am Telefon. Sie liebten sie und vermissten sie, hörte Yuna ständig. Was sollte das heißen? Liebe findet Mittel und Wege – hieß es nicht so in den Gedichten? War das nicht die Botschaft romantischer Geschichten? Und wenn es keine Mittel und Wege gab, keine Lösungen gefunden wurden – hieß das dann nicht automatisch, dass dann auch keine Liebe existierte? Yuna hatte keine Zeit für diesen gefühlsduseligen Mist. Sie war Kamikaze Kaito Jeanne. Sooft es ging am Tag und immer in der Nacht. Es genügte, wenn sie am Abend vor dem Schlafengehen die alten zerlesenen Mangahefte unter dem Bett hervorholte, die Akira ihr in ihrem ersten Jahr auf der Insel geschenkt hatte. Nur ein oder zwei Episoden lesen und dann sanft in einen Traumschlaf hinübergleiten, in dem sie Jeanne war, die Kamikaze-Diebin.

Genau wie Yuna war Jeanne nach außen vollkommen gelassen, verbarg erfolgreich ihre eigene Unsicherheit. Genau wie sie selbst versuchte Jeanne mutig zu sein, um ihre Einsamkeit zu verstecken. Ich bin Jeanne, befahl sich Yuna. Und egal, wie hart das Leben ist, ich werde es mit einem Lächeln bezwingen.

Yuna schüttelte sich. Sie würde keine negativen Gedanken zulassen. Nichts, das sie traurig machte, hatte Platz in ihrem Kopf. Sie würde eines Tages zu ihren Eltern zurückkehren, würde genug Geld haben. Schon bald. So viele süße Dollars. Sie würde den Putzeimer über Hayashis Glatze ausleeren und dann die Geldbündel zum Flughafen tragen und dort sitzen bleiben, bis der nächste Flieger ging. Sie würde keinen Fensterplatz buchen, denn sie wollte keinen Blick zurück auf die Insel schicken. Das Einzige, was zum Sieg fehlte, war ein anständiger Computer. Sie schlug die Augen auf und besah sich im Spiegel. Hinter ihr stand Akira, er hielt eine ihrer Haarsträhnen zwischen spitzen Fingern und trug konzentriert die Farbe auf. Yuna spielte mit den Bändchen, die den Umhang um ihren Hals schlossen. Er hatte mit der Arbeit begonnen, ohne dass sie es bemerkt hatte und wie es seine Art war. Unauffällig, unscheinbar, aber zur Stelle, wenn sie ihn brauchte.

»Ich mag dich sehr gern.«

Ein Strahlen überzog Akiras Gesicht. Die Mundwinkel schnellten nach oben, die Wangen wurden straffer, seine Haltung aufrechter. Sie ließ ihm genug Zeit, um diesen Moment zu genießen, bevor sie ihm den Todesstoß verpasste. »Ich werde bald von hier verschwinden.«

Akira riss die Augen auf und ließ den Pinsel mit der Haarfarbe sinken. »Was sagst du da? Du willst mich verlassen? Wie denn, du hast kein Geld. Du musst bleiben, bis die Krise vorbei ist. Bis die Flüge wieder bezahlbar sind, das hast du oft genug gesagt. Und ich erinnere mich genau, wie unflätig du bei diesen Worten geflucht hast.«

Sie nickte und konnte ein Grinsen nicht unterdrücken. »Ich habe eine Mail bekommen. Eine Einladung zu einem Spiel. Und es wird mir 250.000 Dollar bringen.« Sie wandte den Blick ab, um Akiras Reaktion nicht sehen zu müssen. Er tat ihr leid, ernsthaft leid, aber sie konnte und durfte keine Rücksicht auf ihn nehmen. Das Schicksal meinte es endlich gut mit ihr.

»Ach, und bevor ich es vergesse. Ich brauche deinen Laptop.«

***

»Ich finde, du solltest für mich dorthin gehen.«

Leah sah Mika an, als hätte er undeutlich gesprochen, aber sie fragte nicht nach. Bis vor wenigen Stunden hatte Mika diese Idee selbst noch ungeheuerlich gefunden, jetzt jedoch war er überzeugt davon, dass dies der einzige Weg war. Tayo hatte er bereits informiert und in ein paar Nächten – sobald Mika Leah überzeugt hatte –, würden die beiden loslegen. Doch zuerst musste er seine Schwester so weit bringen, überhaupt Ja zu sagen. Er streckte die Hand aus und zog sie zu sich heran. »Wir sind Zwillinge. Niemand wird etwas merken.«

»Aber ...«

Er nickte. »Ich weiß, was du sagen willst. Aber ich habe darüber nachgedacht. Du schneidest dir die Haare ab. Die Traumfilme sind das Einzige, das die User von mir gesehen haben. Sie kennen mich nicht wirklich. Egal, wer der Absender der Mail und der Initiator dieses seltsamen Spiels ist – er weiß nicht genau, wie ich aussehe.«

»Er weiß, dass du ein Junge bist.« Sie griff sich in ihr lockiges Haar und zupfte an einer Strähne, die ihr bis übers Kinn hing.

»Könnte sein, aber selbst da bin ich mir nicht sicher. Ich laufe in meinen Filmen über ein Seil, das zwischen Hochhäusern oder Bergspitzen gespannt ist. Ich habe noch niemals etwas gesagt. Keiner kennt meine Stimme. Jedem ist klar, dass mein Username Leviathan ein Künstlername ist. Niemanden interessiert, wer seine Helden wirklich sind. Die Leute schauen sich die Träume an, um selbst so was träumen zu können. Nicht mehr und nicht weniger.«

Leah zog die Brauen hoch und runzelte die Stirn. »Das ist eine dämliche Idee. Glaubst du wirklich, dass ich uns damit alle retten kann? So einfach ist das nicht!«

Ihr Widerspruch beeindruckte Mika nicht, denn er hatte damit gerechnet. Bemüht, gelassen zu wirken, nahm er einen Stift und ein Blatt Papier und begann, die Koordinaten des Treffpunktes darauf zu schreiben. Er war sicher, dass es funktionieren würde, und vertraute darauf, dass sein Instinkt ihn nicht täuschte.

Leah verschränkte die Arme vor der Brust. »FYI: Ich kann nicht träumen.« Ihre Stimme klang brüchig. »Jedenfalls kann ich nicht auf diese Art träumen«, fügte sie hinzu.

Sie tat Mika leid, aber auch Leah musste irgendwann erwachsen werden. Wenn die Not es von ihr verlangte, an ihre Grenzen zu gehen, dann konnte er sie zwar dabei unterstützen, aber sie würde es tun müssen. Ansonsten war Vater verloren. Das dachte er und das sagte er ihr auch völlig ungeschönt.

Leah biss sich auf die Unterlippe, dann erwiderte sie: »Ich ... ich weiß. Und irgendwie hast du ja auch recht. Aber ich kann nicht so träumen wie du, selbst wenn ich es wollte, ich *kann* es einfach nicht.« Tränen schimmerten in Leahs Augen und das machte ihn wütend. Er beobachtete, wie sie sich umdrehte und auf die Tür zuging.

Bevor sie verschwinden konnte und seine Chance vertan war, flüsterte er: »Ich glaube nicht, dass du es nicht kannst. Du *willst* es nur einfach nicht!« Dass Leah mitmachte, war der erste Schritt. Danach würde Tayo übernehmen. Mika wusste: Leah brauchte nur ein erstes Erfolgserlebnis, dann würde sie sicherlich so angefixt sein vom Träumen, dass sie bald freiwillig klarträumte. Zero Point zu erreichen, würde schon bald eine willkommene Herausforderung für sie sein.

Sie schnappte nach Luft und wandte sich wieder zu ihm um. »Ich will nicht? Du denkst wirklich, ich würde nicht gern Geld im Traum verdienen? Du glaubst, *du* bist großartig, weil du dich hinlegst und dann davon träumst, in schwindelerregenden Höhen hin und her zu balancieren. Du meinst, du wärst was

Besonderes, weil sie dir auch noch Geld dafür bezahlen? Die Wahrheit ist, dass jedes Kleinkind träumen kann! Dazu gehört nicht viel!«

Mika trat einen Schritt auf sie zu und reckte herausfordernd das Kinn. »Und warum weigerst du dich dann, wenn es doch so verdammt einfach ist?«

***

Leah schluckte. Sie hatte es ja versucht. Damals, als Klarträumen angesagt war und das Internet voll war mit Anleitungen, wie man das luzide Träumen lernen konnte. In der Schule wurde eine Zeit lang von nichts anderem geredet. Es war verlockend, der Regisseur seines eigenen Traumfilms zu sein. Und es war verblüffend einfach, die Technik zu lernen. Man bekam ein Videotutorial, eine kurze Anleitung und ein Traumtagebuch. Am Abend vorm Schlafen sollte man sich nur ganz fest vornehmen, sich am nächsten Morgen an seinen Traum zu erinnern, und das eine Woche lang. Das war ihr überhaupt nicht schwergefallen. Im Gegenteil, Leah war es gewohnt, besonders plastisch und farbig zu träumen. Für sie war es die Gelegenheit, einen Teil dieser Träume in ihren Erinnerungen mit in den nächsten Tag zu nehmen. Danach begann die nächste Stufe, auf die sie sich besonders gefreut hatte.

»Du weißt genau, warum ich das nicht mehr kann. Du bist schließlich dabei gewesen, als ich es gelernt habe.« Leah boxte mit der Hand in die Luft, aber Mika dachte offenbar überhaupt nicht daran, auch nur ein bisschen Verständnis für sie aufzubringen.

Ein höhnisches Lächeln zog seine Mundwinkel nach oben, als er sagte: »Kann mich beim besten Willen nicht daran erinnern, dass irgendetwas Schlimmes passiert wäre. Du machst aus allem ein Problem, was dir nicht sofort gelingt. Stell dich halt nicht so an.«

Leah spürte das Blut in ihren Schläfen pochen. Wenn sie nicht aufpasste, würde sie Mika mal so richtig die Meinung sagen. Immer redete er alles, was mit ihr zu tun hatte, sofort klein, als wären die Gedanken und Sorgen, die sie sich machte, hirnrissig.

Und außerdem hatte sie sich überhaupt nicht zu blöd angestellt. Nachdem sie sich jeden Morgen exakt daran erinnern konnte, was sie geträumt hatte, und dies in das Tagebuch schrieb, sollte sie dazu übergehen, sich am Abend zu überlegen, was sie träumen *wollte*. Sie konnte kaum glauben, dass das möglich sein sollte. Sie selbst sollte Szenarien entwerfen, Geschichten, Situationen, in denen sie sich befinden wollte, und Personen, die mit ihr gemeinsam das erlebten, was sie sich vornahm?

Leah schüttelte den Kopf bei dem Gedanken daran, wie naiv sie gewesen war. Dass Mika sie dabei beobachtete, sie praktisch mit Blicken an die Wand nagelte, war ihr auf einmal egal. Sie war tatsächlich dumm gewesen, hatte überhaupt nicht darüber nachgedacht, dass etwas schiefgehen könnte. Auch wenn sie im Tutorial vor eventuellen Risiken gewarnt und deutlich darauf hingewiesen hatten, dass es durchaus möglich war, den Bezug zur Realität zu verlieren.

»Ich habe die Warnungen einfach ignoriert. Du bist so begeistert gewesen. Ihr alle wart das damals. Ich habe mich von euch anstecken lassen. Ich wollte auch all das erleben können, was ich mir tagsüber ausmalte. Nächte sollten nicht länger verlorene Zeit sein, sondern eine Flucht aus dem Alltag.«

Mika nickte und griff nach ihrer Hand. »Ich weiß, war 'ne coole Stimmung damals.«

Sanft entzog sich Leah seiner Berührung. »Es war alles so düster. Diese Armut, diese Not und eben auch Dads Krankheit.« Mika winkte ab. »Wenn wir damals gewusst hätten, wie rasant sein Verfall weitergehen würde, hätten wir diese Zeit genossen.«

Sie stimmte ihm in Gedanken zu. So aber war es ihnen wie ein Segen erschienen, als GoodDreams auf den Markt kam und die Idee mit den luziden Träumen aufgriff. »Teile deine Träume mit der ganzen Welt« – »Wir kaufen deine Träume«. Mit diesen Slogans hatten sie geworben und alle hatten applaudiert. Als ob Träume die Welt retten konnten, die Energiekrise lösen. Als ob ein Traum Kranke heilen könnte. Wie ein Lauffeuer hatte das Posten von Träumen um sich gegriffen. Die Menschen teilten sich in drei Gruppen: die wenigen, die das luzide Träumen so gut beherrschten, dass sie schon bald zur Elite aufstiegen. Ihre Träume waren heiß begehrt.

Dann die anderen, die große Masse, die auf dem Netzwerk von GoodDreams nach interessanten Träumen suchten, um sie für ihren eigenen Schlaf zu adaptieren. Sie brauchten die Profis, um mit deren Träumen eine Nacht oder einen Traum lang aus der Wirklichkeit zu entkommen.

Und es gab den kläglichen Rest, der das soziale Netzwerk komplett ablehnte. Diese Minderheit brüllte nach Datenschutz und Privatsphäre. Doch der Trend des Träumens und der Wunsch dazuzugehören, war für die User stärker gewesen.

Leah wollte damals zur ersten Gruppe gehören. Am Anfang war es noch schwierig gewesen, aber dann ...

Mikas Stimme riss sie aus ihren Erinnerungen. »Ich weiß, dass du dir geschworen hast, es nicht wieder zu tun. Es muss nicht wieder genauso sein wie damals. Glaub mir.«

»Doch, das wird es ganz sicher!« Ihre Stimme überschlug sich fast. »Es ist immer noch dasselbe. Und ich weiß genau, was dabei herauskommt!«

Mika winkte ab. »Das kriegst du in den Griff. Wir üben und dann ...«

Sie schüttelte ihren Kopf so heftig, dass ihr kurz schwarz vor Augen wurde. »Weißt du überhaupt, wovon du redest? ICH HABE ANGST! *Todesangst.*« Bei diesen Worten begannen ihre Finger unkontrolliert zu zittern.

Mika trat auf sie zu, legte seine Hände auf ihre Schultern und wollte sie an sich ziehen, doch sie schüttelte ihn ab. »Es ist genauso, wie es nicht sein sollte. Ich habe *keine* Kontrolle über meine luziden Träume. Schlimmer noch, ich verliere sie, jedes Mal. Es ist egal, was ich mir vornehme – ich lande immer in einem Albtraum. Mir wird kalt und heiß, ich bekomme keine Luft mehr, ich kann mich nicht bewegen, nicht aufwachen.«

»Es sind nur Träume. Das musst du dir bewusst machen.«

Sie nickte. »Es sind Träume, aber die Angst ist real. Ich kann sie körperlich spüren. Ich habe Angst, nie wieder aufzuwachen. Nie wieder den Morgen zu erleben.« Sie sah zu Boden und fügte leise hinzu: »Es ist, als würde ich beim Einschlafen eine Tür öffnen, in einen Raum treten, aus dem ich nie wieder entkommen kann.« Sie rang die Hände. »Mika, glaub mir einfach. Ich werde nicht wieder aufwachen, wenn ich es noch einmal probiere. Da ist irgendwas in dieser Traumwelt, das nur darauf wartet, dass ich wiederkomme.«

Allein bei der Erinnerung wurde ihr schlecht. Sie schlang die Arme um den Körper. Obwohl sie sich seit Jahren nicht mehr im luziden Träumen versucht hatte, konnte Leah noch immer die Gefühle zurückholen, die Angst und die Qualen, die sie im Traum hatte durchmachen müssen.

»Dann war dein Traum von der Bibliothek gar kein luzider

Traum? Dann hast du es nicht mal versucht?« Mikas Stimme klang jetzt sanfter.

Sie hob den Blick. »Ich habe mich nicht getraut.«

»Aber er wirkte so echt ... so geplant.«

Leah spürte, dass sie sich langsam wieder entspannte. Mika war ihr Bruder. Er verstand sie, würde niemals etwas von ihr verlangen, was so furchtbar war. Sie flüsterte: »Es war ein normaler Albtraum, ohne Plan, ohne Kontrolle. So etwas kommt vor, einer von der Sorte, bei denen du aufwachst und dich freust, dass alles nur ein Traum gewesen ist. Kein Vergleich zu meinen Klarträumen von damals.« Sie seufzte laut. Um zu verhindern, dass sich jemals wieder das Grauen in ihren Schlaf schleichen würde, verbannte sie tagsüber jeden Gedanken daran aus ihrem Kopf. Sie schrieb ihre Träume nicht mehr auf, hatte ihr Konto bei GoodDreams gelöscht. Alles, damit sie bloß nie wieder luzid träumte.

»Und wenn ich bei dir bleibe, während du träumst, wenn ich auf dich aufpasse?« Mikas gespannter Blick ruhte auf ihr und er wartete auf eine Antwort.

In Leahs Gesicht zuckte ein Muskel, ihre Knie bebten. »Ich habe noch nie versucht, im Traum Orte zu besuchen, von denen ich nur die Koordinaten kenne«, sagte sie.

»Das können wir üben.«

»Und ich habe mich im Traum noch nie mit Menschen getroffen, die ich nicht kenne. Ich weiß gar nicht, wie das geht.«

»Ich helfe dir«, sagte Mika bestimmt. »Wir fangen gleich heute Nacht damit an.«

Als Leah am nächsten Morgen erwachte, fühlte sie sich zerschlagen und ausgelaugt, was kein Wunder war nach dieser Nacht. Müde erhob sie sich und warf sich schlaftrunken den Bademantel über.

Mika saß an ihrem Schreibtisch. Sein Kopf war auf die Brust gesunken. Tiefe Atemzüge verrieten ihr, dass er schlief. Endlich. Mika hatte es bitter nötig, sich zu entspannen. Es musste furchtbar sein, unter chronischer Schlaflosigkeit zu leiden. Er hatte sein Versprechen gehalten und die ganze Nacht mit ihr geübt.

Gerade, als sie sich in die Küche schleichen wollte, erwachte er, schlug die Augen auf und grinste sie an.

»Siehst du, es hat geklappt.« Mit einem zufriedenen Nicken rieb er die Augen und rekelte sich.

»Nichts hat geklappt. Das weißt du ganz genau!«

Leah hatte keine Ahnung, wieso Mika die vergangene Nacht als Erfolg wertete. Fünfmal hatte er sie geweckt, weil sie im Schlaf geweint und gebrüllt hatte und sie damit vor dem – gefühlt – sicheren Tod bewahrt. Gemeinsam hatten sie ihre Klarträume vorbereitet, hatten sich von Orten erzählt, die Leah zwar kannte, aber lange Zeit nicht mehr aufgesucht hatte. Sie hatten jedes kleinste Details aufgezählt und in allen Farben geschildert, damit Leah sich anhand der Einzelheiten an diesen Ort würde träumen können. Das Haus am Meer, wo sie in besseren Zeiten die Ferien verlebt hatten. Die Küche ihrer Großmutter, die in Leahs Erinnerung noch immer nach Apfelstrudel und Erdbeermarmelade roch. Leah war tatsächlich kurz in Hochstimmung gewesen, als sie merkte, dass ihr der Besuch dieser Orte ohne große Mühe gelungen war. Und dass sie dank Mika keine Angst haben musste, im Traum gefangen zu sein. Ihm gegenüber hatte sie es nicht zugegeben, aber bald schon war sie bereit gewesen für mehr. Für einen Ort jenseits ihrer Erinnerungen.

Mika schickte sie an einen Ort, an dem sie nie zuvor gewesen war – es sollte die Krönung dieser Nacht werden. Er erzählte ihr von dem Kartenraum, der an das Klassenzimmer grenzte, in dem er Erdkundeunterricht am Albert-Einstein-Gymnasium hatte. Kaum einer der Schüler wusste, was sich hinter der Tür verbarg, die am Ende des Raumes lag. Mika erzählte ihr, wie er sich eines Tages nach Schulschluss hineingeschlichen hatte, weil ihn das Rätsel der geheimnisvollen Tür nicht losließ. Genau diesen Raum sollte Leah finden, ihn betreten und ihn anschließend beschreiben.

Euphorisiert von den bisherigen Erfolgen machte sie sich auf den Weg. Sie schlief problemlos ein, eilte im Traum zur Schule. Sie träumte sich in das alte Backsteingebäude, in dem der Geruch nach Kreidestaub selbst nach den vielen Jahrzehnten, in denen keine Tafelkreide mehr verwendet wurde, in der Luft hing. Dann lief sie die Gänge entlang, spürte die Kühle des alten Gemäuers und schwebte hinauf in den dritten Stock, wo sich die Chemie- und Physikkabinette befanden sowie der Raum, in welchem seit Generationen Erdkunde unterrichtet wurde. Mit traumwandlerischer Sicherheit fand sie die Tür, von der Mika berichtet hatte, und drückte die Klinke hinunter.

In diesem Augenblick wurde es dunkel. Leah tastete sich weiter voran in der Hoffnung, irgendwo einen Lichtschalter zu finden. Doch kein Licht, kein Geräusch, nicht der leiseste Geruch nach irgendetwas drang zu ihr. Es war, als sei sie in vollkommener Leere gelandet.

Sie tastete sich durch die tiefschwarze Finsternis, aber da war nichts. Das Gefühl der Leere griff um sich, griff in sie hinein, erfüllte sie bis in den letzten Winkel ihres Bewusstseins. Leah kannte das Gefühl und konnte nichts anderes tun, als sich schluchzend hinzuhocken. Tränen liefen ihre Wangen herunter. Es war dunkel, totenstill und auf einmal entsetzlich kalt. Sie hatte einen Fehler gemacht, sich zu früh an einen unbekannten Ort begeben. Sie konnte hier nicht bleiben, die ewige Stille würde sie finden und nie mehr loslassen.

Ihr Herz wummerte. Sie würde den Ausgang nicht finden. Denn hier galt kein physikalisches Gesetz, keine Regel. Und dann. Kam das Wasser. Es war auf einmal da – und sie mitten darin. Eine wild tobende See, der sie ausgeliefert war. Es griff nach ihr. Sie ruderte mit Armen und Beinen, stieß sich hoch und wurde sofort wieder von einem Strudel nach unten gezogen. Wasser in ihrem Mund, ihrem Hals und in der Lunge. Ein paar wenige klare Momente, in denen die Erinnerungen an Mikas Worte durch ihr Hirn zuckten wie Blitze. Niemand könne im Traum sterben, hatte er gesagt. Doch er wusste nichts. Gar nichts!

Sie hatte anscheinend im Schlaf geschrien und Mika hatte ihren Körper aus dem Traum gerissen. Doch die Panik blieb. Sie lauerte tief in ihr und schien nur auf eine Gelegenheit zu warten, wieder hervorzubrechen, sie mit sich zu reißen.

Leah versuchte in den folgenden Stunden dennoch weiter, luzid zu träumen und wunderte sich selbst darüber, mit welcher Verbissenheit sie nun an die Sache heranging. Vielleicht gab Mika ihr die Sicherheit, die sie brauchte – er war ihr Anker in der Realität, nur im Traum fand sie nicht immer Halt. Es gelang ihr zwar viel besser, das zu träumen, was sie sich vorgenommen hatte, den Kartenraum jedoch konnte sie nicht mehr betreten. Einmal noch öffnete sie die Tür zum Klassenraum, fand sich aber in einem Schwimmbad wieder. Es war eines dieser uralten Bäder mit glitschigen Fliesen und bunter Deckenmalerei und sie konnte den Geruch nach Chlor fast körperlich spüren. Das Wasser sah einladend aus, aber sie wagte sich nicht hinein. Das Risiko war zu groß, hinuntergezogen zu werden und zu ertrinken.

Mika aber schien zufrieden. Und die Möglichkeit, in vier Tagen am Zero Point zu landen, um 250.000 Dollar zu spielen und all ihre Probleme zu lösen, rückte für Leah in greifbare Nähe.

Dass sie sich in diesem Spiel nicht nur an einen unbekannten Ort träumen, sondern auch den Regeln eines unbekannten Gamemasters aussetzen müsste, verdrängte Leah erfolgreich.

***

Bereits im Morgengrauen war Yuna zum Meer gegangen, um in Ruhe nachdenken zu können, bevor sie mit ihrer Arbeit im Hostel begann. Nun saß sie schon seit einer Stunde am Pazifik und starrte auf die aufgehende Sonne, die das Wasser mit einem rosa Zuckerguss überzog. Sie vergrub ihre Zehen in dem dunklen Sand, der feucht war von der letzten Flut. Um sie herum erwachte langsam das Leben. Knatternde Motorboote, von Rost zerfressen, schaukelten weit draußen auf den Wellen – in ihnen die Fischer, die darauf hofften, aus dem leer gefischten Ozean noch irgendetwas in ihren Netzen an Bord ziehen zu können.

Sanfter Wind strich über ihre nackten Beine und ließ sie frösteln. Blaues Meer, weißer Strand, kleine Schaumkronen, die auf den Wellen tanzten. Alles wohl das Rezept für eine Idylle. Als sie gekommen war, hatte sie genauso gedacht. War so heiß darauf gewesen, ein paar Wochen hier zu verbringen. Wärme, Licht und ein Ferienjob, der sich nicht anstrengend angehört hatte. Und jetzt sah sie jeden Morgen im Spiegel den verbitterten Zug, der sich um ihre Mundwinkel gegraben hatte. Nichts war geblieben von der erhofften Ferienromantik. Alle Schüler und Studenten, mit denen sie anfangs Zeit verbrachte, waren weg. Mit Schiffen und Flugzeugen. Alle hatten das Weite gesucht, solange es noch irgendwie ging. Nur sie war zurückgeblieben, weil sie gehofft hatte, es würde alles nicht so schlimm kommen.

Dabei war sie so aufgeregt gewesen bei der Ankunft. Schon der Blick aus dem Flieger hatte sie fasziniert: die vielen kleinen Inseln im blauen Pazifik, die Sonne. Selbst Hayashi war anfangs nett und freundlich gewesen mit den bunten Hemden, die er trug. All das hatte an Hawaii erinnert. Jedenfalls stellte sie es sich dort so vor.

Die Hoffnung stirbt immer zuletzt, dachte sie bitter, erhob sich langsam und kickte mit dem Fuß eine Muschel ins Meer.

***

Am nächsten Abend, drei Tage vor Spielbeginn, beschloss Mika, Leah endlich von seinem Plan zu erzählen. Er konnte zwar über ihren Schlaf wachen, aber in den Traum konnte er ihr nicht folgen. Es war Zeit, dass er Tayo ins Spiel brachte.

Auf dem Weg in die Küche hörte er Leahs leises Lachen aus dem Schlafzimmer. Ihre Stimme drang bis in die Küche und er hörte, dass sie Dad vorlas. Mika war froh, dass Leah sich so liebevoll um ihn kümmerte. Erst gestern hatte Mika festgestellt, dass sein Vater im halbdunklen Zimmer saß und einfach nur in die Luft starrte, als er ihm seine Medikamente verabreichen wollte. Noch vier Pillen waren in der Packung. Mika hoffte, dass er schon bald von Leahs im Traum verdienten Likes neue kaufen konnte. Die *Schatzinsel* hatte vor Dad auf dem Boden gelegen. Mika war zu ihm getreten und hatte den Roman von Stevenson aufgehoben. Aber Albert Goldstein hatte nur abgewinkt. Er könne seine Hände nicht mehr bewegen und auch seine Sicht sei zu schlecht geworden. Mika mochte sich seinen Vater ohne ein Buch in der Hand nicht mal vorstellen – dieser Gedanke machte ihm Angst.

Leise ging Mika nun hinüber und stieß die Tür zum Zimmer auf. Leah kniete vor dem schmalen Bett, in dem ihr Vater lag, streichelte Dads Hand und las langsam und bedächtig aus dem gemeinsamen Lieblingsbuch der beiden vor. Sie las, als würde sie über jedes Wort nachsinnen, als wäre jedes Wort wertvoll genug, um es sich langsam auf der Zunge zergehen zu lassen. Mika fühlte sich fast, als würde er stören. Genau wie sein Vater lebte Leah in der Welt der Bücher. Sie verbrachte jede freie Minute mit ihnen. Einen Moment lang blieb er in der Tür stehen, ohne sie zu unterbrechen. Albert Goldstein hob den Kopf und öffnete den Mund, um seinen Sohn zu begrüßen, doch Mika bat ihn mit einem Handzeichen darum zu schweigen.

Irgendwann schlug Leah das Buch zu und gab ihrem Vater einen Kuss auf die Wange. »Ich muss zu Mika. Er wartet sicher schon auf mich und ist sauer, weil ich so lange wegbleibe, statt zu träumen.«

Mika konnte ein Lächeln nicht unterdrücken. Ein warmes Gefühl breitete sich in seiner Brust aus. »Ich bin nicht sauer. Komm, wir gehen in dein Zimmer und reden darüber, wie es weitergehen soll. Gute Nacht, Dad.«

In Leahs Zimmer angekommen, schloss er die Tür hinter sich. Seine Schwester saß bereits auf dem Bett.
»Noch drei Tage, bis es losgeht, aber so richtig sicher fühle ich mich immer noch nicht.« Leah schüttelte den Kopf. Sie wirkte jetzt regelrecht verzweifelt. »Wie soll ich das bloß schaffen?«
Mika ahnte, dass sie nur mitmachen würde, wenn sie das Gefühl hätte, dass sie selbst auf die Idee gekommen war. Genug Ehrgeiz hatte sie inzwischen entwickelt: Sie *wollte* bei diesem Spiel mitmachen. Das war gut. Also sagte er: »Ich kann es dir noch mal erklären ... also ...«
Leahs Blick huschte über sein Gesicht. Dann unterbrach sie ihn: »Du hast ja recht. Ich glaube auch, dass ich das alles lernen könnte. Theoretisch, aber nicht praktisch. Wenn ich mehr Zeit hätte oder einen Lehrer oder einfach nicht vollkommen alleine wäre in diesen Träumen, dann vielleicht. Meine Angst ist immer da. Ich kann sie schon viel besser verdrängen und ich weiß ja, dass du mich aus dem Traum holen kannst, aber ich bin nicht frei. Ich kann nicht einfach tun, was ich möchte, weil ich immer daran denken muss, was passieren könnte.«
Mika legte einen Finger an seine Unterlippe und tat so, als grübelte er. »Du hast recht. Alle Theorie bringt nichts und ich kann es dir noch so oft erklären ... du brauchst Unterstützung. Im Traum.« Mika zog die Stirn in Falten und er wusste, nun hatte er Leahs gesamte Aufmerksamkeit.
»Wie hast du es denn damals gelernt?«, fragte sie.
»So ähnlich, wie du es gerade gesagt hast. Ich hatte einen

Mitträumer, der mich unterstützte.« Er machte eine Pause und konnte Leah ansehen, dass sie vor Neugier platzte. »Ich hatte Tayo. Er konnte es, war schon damals Profi. Wir haben uns einfach zu einer bestimmten Zeit an einem Ort getroffen, den ich kannte. Er hat mich im Traum praktisch an die Hand genommen und mir alles beigebracht, was ich wissen musste. Ich glaube, ohne ihn hätte ich es nie geschafft.«

Er erinnerte sich genau daran, wie schwer es ihm gefallen war. Wie konnte man sich an einen Ort träumen, von dem man gar keine Vorstellung hatte? Damals war das auch für ihn ein Widerspruch gewesen. Und auch er konnte es nicht lernen, weil er es nicht zulassen wollte, die Grenzen der Logik zu sprengen.

Er sah Leah an, wie sie mit sich rang, und Mika wusste, dass es geklappt hatte. Sie kniff die Lippen aufeinander, dann sagte sie: »Na ja, vielleicht ... könntest du Tayo ja mal fragen, ob er diesmal *mir* helfen würde?«

***

»Natürlich. Ich bin ja nicht blöd.« Leah spielte mit dem Kunststoffarmband der Uhr, die ihr Mika vor wenigen Minuten gegeben hatte. Ein klobiges schwarzes Plastikteil mit seltsamer Digitalanzeige. »Ich finde es nur total dämlich, mir jetzt auch noch eine andere Art der Zeitrechnung anzugewöhnen. Als ob ich nicht schon genug hätte, was ich mir merken soll.«

»Mimimi. Du bist ein echter Jammerlappen.«

»Du nennst mich einen Jammerlappen?« Sie gab ihrem Bruder einen Klaps auf den Arm. »Wer von uns beiden schläft nicht mehr, seit diese Melanie ihm das Herz gebrochen hat, hm?«

Mika seufzte tief, sodass Leah hinterherschob: »Sorry, sollte eigentlich nur ein Scherz sein. Wir schaffen das schon. Du, Tayo und ich. Irgendwie. Aber diese ganze Zeitsache ist echt kompliziert.«

»Schon gut ...« Mika lächelte. »Ich bin ja froh, dass du überhaupt mitmachst. Und die Sache mit der Uhrzeit ist wichtig wegen der Zeitverschiebung. Du probierst es heute Abend einfach mit Tayo aus. Außerdem kannst du die Koordinaten des Traumtreffpunkts auf dem Display ablesen, damit du auch wirklich sicher bist, an der richtigen Stelle angekommen zu sein. Und zur Not erklärt es dir Tayo, okay?«

Besänftigend strich sie über Mikas Arm. »Okay. Ich habe nur Angst, dass ich etwas vergesse.«

Mika lächelte.

»Wie soll ich mich überhaupt mit ihm unterhalten? Welche Sprache sprechen sie denn in Namibia?«

»Das ist völlig unwichtig. Die Sprache der Träumer ist Englisch. Es ist wirklich ganz einfach. Du wirst sehen.«

Gegen 21 Uhr schaltete Leah den Computer aus und lehnte sich auf dem Schreibtischstuhl zurück. Das Skypen mit Tayo hatte ihren Kopf mit Informationen angefüllt und sie war sich nicht sicher, ob sie in den verbleibenden zwei Stunden bis zum Treffen in der Lage sein würde, alles zu verarbeiten. Es war so viel, was sie beachten musste. Alles Mögliche konnte schiefgehen. Falsche Uhrzeit, falscher Ort, keine ausreichende Konzentration, um den Traum festzuhalten ... All das verunsicherte sie zutiefst.

Und vor allem sollte Tayo ja nicht auf die Idee kommen, sie wieder anzubaggern. Sie hatte sich vorgenommen, ihn sofort in seine Schranken zu weisen. Leah seufzte. Das war ja wohl mächtig nach hinten losgegangen. Keine zehn Minuten – dann hatte sie förmlich an seinen Lippen geklebt. Im Gegensatz zu

Mika schien Geduld Tayos zweiter Vorname zu sein. Sie hoffte, er wusste, dass sie nichts von ihm wollte – abgesehen davon, dass er ihr half, dieses Spiel zu gewinnen. Ein Blick auf die Uhr ließ sie aufstehen und das Foto aus dem Drucker nehmen, das Tayo ihr ganz zum Schluss noch zugemailt hatte.

»Präge dir mein Gesicht gut ein. So gut, dass du es vor dir sehen kannst, wenn du deine Augen schließt«, waren seine Worte gewesen.

Super Taktik, hatte sie gedacht. Damit erreicht er ja genau das, was er immer wollte. Allerdings machte es Sinn. Wenn man sich mit jemandem im Traum treffen wollte, war das natürlich einfacher, wenn man wenigstens wusste, wie er aussah.

Als die Skypesitzung beendet gewesen war, hatte sie Tayos Foto so stark vergrößert, dass sie jede einzelne Pore und jeden Leberfleck auf seiner braunen Haut erkennen konnte. Nun hielt sie es in der Hand, als sie sich auf ihr Bett legte. Sie versuchte, sich zu entspannen, aber ihr Herz klopfte immer schneller vor Aufregung. Sie betrachtete das Bild, kroch fast hinein, so dicht hielt sie es vor sich. Immer wieder fielen Leah neue Details auf, wurden andere Dinge sichtbar, die Tayo zu dem machten, der er war. Seine Nase wölbte sich leicht nach unten, der Mund saß nicht ganz mittig im Gesicht. Und er hatte winzige Falten, die sich von den Mundwinkeln nach oben zogen. Aber man sah sie nur, wenn man genau hinschaute. Und das tat sie.

Mit Tayos Bild vor Augen schlief Leah ein und machte sich auf den Weg zum Schwimmbad, das sie als Treffpunkt ausgesucht hatte. Tayo war das Ziel, ihn galt es zu finden in diesem Traum. Und obwohl das Einschlafen einfach gewesen war, saß die Angst selbst im Traum als ständiger Begleiter auf Leahs Schulter. Sie hörte das Flüstern, das sie davon abhalten wollte weiterzumachen. Sie wehrte sich dagegen und schritt schneller aus. Und es war schwierig zu gehen, denn sie hatte das Gefühl zu schweben. Aber Tayo hatte sie gewarnt. Im Traum war es besonders wichtig, die Bodenhaftung zu behalten. Nicht schweben, nicht fliegen oder gleiten, hatte er gesagt und Leah hielt sich daran.

Sie schüttelte die Furcht ab, am falschen Ort zu landen. Fast rannte sie in ihrem Traum durch Berlin-Zehlendorf. Sie spürte die dichte Dunkelheit des verlassenen Stadtteils förmlich auf der Zunge, schmeckte die kühle Nachtluft. Und es kam ihr vor, als sei die Zeit stehen geblieben. Als sei sie der einzige Mensch, der übrig geblieben war von den Millionen Menschen, die sonst die Häuser und Straßen belebten. Bilder stiegen aus der Erinnerung empor. Ihr Vater – gesund und strahlend vor Freude. Ihre Großmutter in der Küche, die Hände vollkommen im Kuchenteig versenkt. Und immer wieder Tayo, der ihr zuzuwinken schien.

Auf den ersten Blick wirkte das Freibad verlassen. Beide Becken waren leer, aber da war jemand. Tayo!

Er stand bei den Startblöcken und winkte ihr aufgeregt zu. Eigentlich schlief er in Windhuk in seinem Bett und doch stand er hier im Traum wahrhaftig vor ihr. Es war unglaublich.

»Leah! Du hast es geschafft. Ich wusste es.«

Sie sah den Jungen vor sich, dessen Gesicht sie vor wenigen Minuten noch auswendig gelernt hatte ... ja, sie erkannte ihn wieder, mit jeder Pore, jedem Leberfleck: Es war wahrhaftig Tayo, den sie noch nie im richtigen Leben getroffen hatte. Langsam, sehr langsam näherte sie sich ihm und fragte sich beklommen, wie sie ihn begrüßen sollte.

Doch Tayo machte ihr die Entscheidung leicht und schloss sie in seine Arme. Es war eigenartig. Sie spürte ihn, als wäre er wirklich da. Seine Haut, den Druck seiner Hände. Sie nahm seinen Körper wahr und seinen Geruch. Die breiten Schultern, das krause Haar, das ihre Wange kitzelte. Sie sah seine leuchtenden braunen Augen und strahlte zurück. Es war verrückt. Sie stand Tayo gegenüber, einem Jungen, der genau in diesem Moment Tausende von Kilometern entfernt in seinem Bett lag, schlief und träumte.

Von ihr träumte. Mit ihr träumte.

Wahnsinn, sie hatte es wirklich geschafft! Leah hätte kreischen können vor Stolz und Tayo schien ihr diese Gefühle ansehen zu können.

Er lächelte und zog die Schultern nach oben. »Und? Hast du es dir so vorgestellt?«

Leah nickte, ohne zu wissen, ob er den Traum meinte oder sich selbst. Zog er beim Lächeln seine Mundwinkel wirklich so seltsam in die Höhe oder war es ihr Hirn, das aus den verschiedenen Informationen, die es über Tayo gespeichert hatte, ein Bild zusammensetzte, das vielleicht nur entfernt dem echten Tayo glich?

Die Fülle an Details ließ sie ihre Angst für einen Moment vergessen. Sie war immerhin nicht mehr allein – aber all das war so kompliziert und sie wusste wieder genau, warum sie seit Jahren einen riesengroßen Bogen um Träume und alles, was damit zu tun hatte, machte. Und doch spürte sie, wie die Aufregung auf ihrer Zunge prickelte.

»Bist du bereit? Können wir anfangen?«, fragte Tayo.

Leah nickte. »Was soll ich tun?«

Er wies auf das leere Becken. »Spring!«

»Bist du irre? Es ist leer.«

»Das hier ist dein Traum. *Du* bestimmst, was passiert. Wenn du willst, dass im Becken Wasser ist, dann ist es das auch. Stell es dir einfach vor.«

Sich Wasser in diesem Becken vorzustellen, war mit Sicherheit das Letzte, was ihr einfallen würde. Genau davor fürchtete sie sich. Sie wollte auf gar keinen Fall Wasser um ihren Körper spüren, das nur darauf wartete, nach ihr zu greifen.

Leah drückte den Rücken durch und sah ihr Gegenüber fest an. »Du meinst, ich muss nur ganz fest daran glauben und dann passiert mir nichts?«

Er grinste und sie mochte dieses Lächeln auf einmal nicht mehr. Es war so ... von oben herab. »Das hat mit Glauben überhaupt nichts zu tun. Nur mit dem, was du dir für diesen Traum vorstellst. Du bist der Boss. Du bestimmst, was passiert.«

»Aber ...«

»Sieh einfach genau hin. Für mich ist das Becken mit Wasser gefüllt bis kurz unter den Rand. Die Oberfläche glitzert in der Sonne. Es hat genau die richtige Temperatur. Es ist so, wie ich es haben möchte. Einfach perfekt.«

Dass sie jegliches Wasser in ihren Träumen mied, das konnte sie ihm wohl kaum hier und jetzt erklären, ohne dazustehen wie ein verdammter Angsthase.

Leah schüttelte sich. »Ich soll in dieses Becken springen? Im Ernst? In ein Becken, dass es nicht wirklich gibt. In Wasser, das nicht wirklich da ist. Weil mir das ein Kerl sagt, der eigentlich auch nicht hier ist. Du schläfst in Namibia. Du kannst mir nicht helfen, wenn ich mir alle Knochen breche.« Die letzten Sätze flüsterte sie nur noch. *Und du kannst mich auch nicht retten, wenn ich sterbe,* ergänzte sie in Gedanken. Dann wandte sie ihren Blick ab, presste die Lippen aufeinander und starrte in den dunklen Himmel.

Tayo schnaubte kurz, dann rieb er beruhigend über ihre Schulter. »Ich kann es dir nicht oft genug sagen: Es ist *dein* Traum und es passiert genau das, was *du* möchtest. Ich mische mich nicht ein und tue nichts, was dich irgendwie daran hindert, das zu machen, was du willst. Okay?«

Er drehte sie zu sich und schaute ihr prüfend in die Augen. Als sie zögerlich nickte, fügte er hinzu: »Es ist wirklich wichtig, dass du das begreifst, denn die eigentlichen Schwierigkeiten beginnen erst. Ich bin hier, um dir zu helfen. Und ich glaube daran, dass du es schaffen kannst. In deinem Traum hier ist es noch einfach, denn ich ordne mich dir unter und helfe dir, deine Ziele zu erreichen. Ab dem Moment, in dem du dich mit den anderen Spielern im Traum triffst, interagieren eine Menge unterschiedlicher Menschen im selben Traum. Und ich würde meinen Arsch darauf verwetten, dass die nicht alle dein Ziel verfolgen.«

Leah schnappte nach Luft, als ihr zum ersten Mal so richtig klar wurde, was das bedeutete. Sie war drauf und dran, sich auf einen Wettkampf einzulassen. Die anderen Teilnehmer würden ihre Gegner sein. Es ging nicht nur darum, dass sie in kürzester Zeit lernen musste, einen Ort aufzusuchen, der nur in ihren Träumen existierte, und sich mit Menschen zu treffen, die sie nicht kannte. Sie würde ihren Traum und die Vorstellung davon, was passierte, gegen die anderen Spieler durchsetzen müssen.

Angeblich war alles nur eine Frage der Konzentration. Und Leah wollte ja. Sie schaute auf das Becken und suchte in ihrer Fantasie nach einem Bild vom Wasser darin. Als es nicht klappte, stöhnte sie entnervt auf.

»Konzentriere dich, dann schaffst du es.« Sein wohlwollendes Lächeln brachte sie zum Kochen.

»Konzentrieren. Dass ich nicht lache. Weißt du, was ich in diesem Moment gerade tue? Ich schlafe in meinem Bett. Und ich und Wasser? Keine so gute Idee.« Sie zögerte, bevor sie weitersprach. »Wenn ich Wasser sehe in meinen Träumen, dann brodelt es und wogt. Und irgendwas ist darin, das nach mir greift. Können wir nicht irgendwas anderes versuchen?« Jetzt hatte sie es doch gesagt.

»Es ist ein Schwimmbad. Da ist nichts unter dir, was du nicht selbst hinträumst. Reiß dich einfach zusammen.«

Leah schnaubte. Tayo klang plötzlich wie Mika. »Wenn es so einfach ist, dann zeig es mir doch.«

Tayo sah sie entschuldigend an. »Geht nicht, ich darf nicht in deinen Traum eingreifen.«

Leah lachte höhnisch. »Wer sagt das?«

»Es ist quasi eine Regel. Ein ungeschriebenes Gesetz.«

Sie fuhr sich mit der Hand durch die Haare. »Kommt dann die Traumpolizei und verhaftet dich oder was?« Sie wartete seine Antwort nicht ab, so viele Fragen lagen ihr auf der Zunge. »Was passiert eigentlich, wenn ich mir vorstelle, dass es einfach nur ein gefülltes Schwimmbecken ist, aber die anderen träumen das Gegenteil?«

Tayo wiegte den Kopf. »Das ist eine kluge Frage. Ein totales Chaos wäre das Ergebnis. Aus diesem Grund gibt es ja die Regel, die du niemals vergessen solltest. Wenn es dein Traum ist, gilt das, was du dir in deiner Fantasie ausmalst. Bewegst du dich im Traum eines anderen, musst du dich unterordnen.«

»So wie du jetzt?«

»Ganz genau. Sonst kann alles zusammenbrechen.« Tayos Gesicht wirkte plötzlich seltsam unruhig, dann war er wieder klar und deutlich vor Leah. »Ich weiß, dass du es schaffst, und ich bin der beste Lehrer, den du dir vorstellen kannst.«

Leah hatte bereits angefangen, sich auf die Seitenwände des Beckens zu konzentrieren, und versuchte gerade sich etwas Weiches vorzustellen. Bei diesen Worten jedoch konnte sie nicht widerstehen. Sie rümpfte demonstrativ die Nase. »Riechst du das auch?«

Er zuckte mit den Schultern.

»Hier stinkt es gerade mächtig.« Als er immer noch nicht verstand, fügte sie hinzu: »Eigenlob. Ist das so üblich unter euch Träumern?«

Es war ein wahrer Genuss zu sehen, wie er peinlich berührt zu Boden schaute. Doch Leah gab sich dem guten Gefühl nicht lange hin. Sie fand es zwar schön, in diesem Traum so eine Art Normalität und Sicherheit zu spüren – aber sie wusste auch: Es lag noch viel Arbeit vor ihr. Außerdem hatte sie nicht vor, Tayo gegen sich aufzubringen. Sie schaute auf das Becken, dann wieder auf Tayo, der ihre Spitze offenbar verkraftet hatte.

»Spring!«

Leah zögerte einen winzigen Moment, dann stießen sich ihre Füße ab. Sie nahm Anlauf, rannte über den rauen Boden, riss vor Überraschung die Augen auf, als unter ihr Unmengen von bunten Schaumgummibällen auftauchten. Es war ganz genau so, wie sie es sich vorgestellt hatte: große und kleine Bälle in verschiedenen Farben. Und sie wirkten echt. Total echt. Sie spannte die Muskeln an, sprang, flog scheinbar endlose Sekunden durch die Luft und landete.

Es war genauso weich, wie sie es sich erträumt hatte. Die Bälle nahmen ihren Körper auf und ließen ihn hoch- und wieder herunterfedern. Sie hätte kreischen können vor Glück. Mit den Händen schob sie die Bälle zur Seite und kämpfte sich zum Beckenrand.

Tayo applaudierte, als hätte sie einen Rekord gebrochen. Der Stolz in ihrer Brust raubte ihr kurz den Atem. Dann nickte sie ihm zu und streckte den Daumen in die Luft.

***

Zwei Nächte später war es so weit. Und ausgerechnet heute konnte Leah nicht einschlafen. Immer wieder checkte sie die Internetzeit auf der seltsamen Uhr an ihrem Handgelenk. @418! Sie war schon jetzt zu spät. Die Packung mit dem Morph lag unangetastet auf ihrem Nachttisch, obwohl Mika ihr dringend geraten hatte, wenigstens eine kleine Dosis zu nehmen, um besser schlafen und länger träumen zu können. Aber Leah wollte nicht. Sie hatte Angst vor diesen Drogen. Außerdem war nur noch eine Tablette übrig und die wollte sie nicht verschwenden. Konnte gut sein, dass Mika oder sie das Zeug einmal dringend brauchen würden.

Mika war unendlich stolz auf sie gewesen, als sie ihm von ihrem Bad in den Bällen erzählt hatte. Seitdem hatte sie mit Tayo weiter geübt und erst gestern hatte sie ihn in einem seiner Träume besucht. Leah hatte sich alles andere als sicher gefühlt und konnte keinen festen Boden unter den Füßen spüren. Aber Tayo würde auch heute Nacht an ihrer Seite sein und sie würde die erste Runde im Spiel um 250.000 Dollar bestehen, beschloss sie.

Sie hatte mit allem Möglichen gerechnet, sich ausgemalt, wie es sein würde. Aber nicht ein einziges Mal hatte sie darüber nachgedacht, dass sie in der wichtigsten Nacht ihres Lebens nicht einschlafen könnte! Vielleicht war es, weil sie Angst hatte. Große Angst sogar. Den Ort nicht zu finden. Sich zu blamieren vor den anderen, nicht gut genug zu sein. Und vor allem graute ihr vor der Vorstellung, ihre Gegner könnten merken, dass sie nicht zur Träumerelite gehörte.

Aber sie war froh, dass sie sich gestern getraut hatte, Tayo zu fragen, ob er sie nicht begleiten könne, obwohl sie das große Überwindung gekostet hatte. Aber seit er damit geprahlt hatte, auch eine Einladung zum Zero Point erhalten zu haben, war ihr diese Möglichkeit im Kopf herumgegeistert – Tayos Präsenz im Traum würde ihr Sicherheit geben und auch Mika hatte versprochen, über sie zu wachen, sobald sie fest eingeschlafen war.

Sie hatte noch nie ein Date mit einem Jungen gehabt. Aber genauso musste es sich anfühlen, wenn man zur ersten Verabredung mit seinem großen Schwarm unterwegs war und wusste, dass man zu spät kommen würde. Es war das Gefühl, dass alles verloren sein konnte, wenn nicht genau in diesem Moment ein kleines Wunder passierte.

Sie seufzte und versuchte, die Aufregung herunterzuschlucken. Alleine ihr Herzklopfen war so laut, dass nicht einmal daran zu denken war einzuschlafen. Ihr war warm, aber sie traute sich nicht, aufzustehen und das Fenster zu öffnen.

Im Nebenzimmer hustete ihr Vater. Sie lauschte. Ihre Wahrnehmung war geschärft, seit er krank war. Kaum eine Nacht schlief sie durch, war immer in Habtachtstellung. Mikas Zimmer lag am Ende des Ganges. Er würde nichts mitbekommen. Dann hörte sie ein Röcheln. Vater brauchte Hilfe. Jetzt! Sonst würde er möglicherweise ersticken.

Leah sprang auf und rannte aus dem Zimmer.

8

Die Umgebung, in der Ben landete, reizte seine Augen. Alles um ihn herum war hell. Hochhäuser mit mindestens fünfzig Stockwerken säumten den Platz, auf dem er stand. Der Himmel war so nah oder so fern, dass er kaum sichtbar war. Es schien kein Oben und kein Unten zu geben. Nur Häuser und Straßen. Nichts störte die weiße Stille. Sie brannte in seinen Augen, löste ein Unbehagen in ihm aus. So muss es sein, wenn jemand schneeblind ist, dachte er und ahnte, dass dieser Effekt beabsichtigt war.

Hier war ein großer Könner am Werk. Jemand, der noch professioneller träumte als er und der nur mithilfe seiner Fantasie etwas absolut Perfektes erschaffen hatte. Etwas, dem nicht ein einziger Makel anhaftete. Dieser Typ wollte von Anfang an zeigen, wer hier der Boss war.

Ben kniff die Lider zusammen, um sich an die ungewohnte Helligkeit zu gewöhnen. Sehr gerne hätte er der Umgebung einige Unregelmäßigkeiten hinzugefügt. Ein paar winzige Störfaktoren, die die Perfektion durchbrachen. Es wäre ohne Weiteres möglich gewesen, ein warmes Zwielicht zu erträumen, bunte Fassaden, eine im Wind umherfliegende Plastiktüte, doch er wollte auf keinen Fall bereits am Anfang aus dem Spiel ausscheiden, weil er die ungeschriebene Regel brach. Wenn das einer der anderen Teilnehmer tat, konnte es ihm nur recht sein, denn weniger Konkurrenz bedeutete bessere Chancen für ihn.

Fast automatisch wanderte sein Blick zu der grünen Plastikuhr am linken Handgelenk. Point (000,00,19). Verdammt. Warum nicht Zero Point (000,00,00)? Wie war das möglich? Ben konnte sich nicht daran erinnern, schon einmal die Koordinaten eines Treffpunkts verpasst zu haben.

Er schaute sich um, doch die Stadt sah in allen vier Himmelsrichtungen ähnlich aus. Häuserzeilen mit Erkern, Vorsprüngen, Balkons und Giebeln, hoch hinaufstrebende Wolkenkratzer, wohin er auch schaute. Alle in Weiß. Über allem lag ein dünner Schleier. War es Nebel, Feuchtigkeit? Ben wusste es nicht, und als er nach unten schaute, nahm er wahr, dass er auf einer gigantischen Glasplatte stand, die auf einer Wasserfläche ruhte. Sie wies nicht die kleinste Fuge auf, schien aus einem einzigen Teil zu bestehen. Grüne und blaue Algen wogten wie Tänzerinnen unter seinen Füßen. Sollte er aufwachen und noch einmal von vorne beginnen? Vor ihm begann die Luft zu flimmern.

Er blinzelte und konzentrierte sich auf die Gestalt, die sich gerade aus dem Nichts materialisierte. Das Schauspiel machte ihm keine Angst, denn es passierte immer dann, wenn jemand in einen gemeinsamen Traum eintrat. Er wartete geduldig ab, bis das Mädchen nur wenige Atemzüge später vor ihm stand. Kurz schüttelte sie sich wie ein Hund und schaute sich dann mit ähnlicher Verwirrung um wie er selbst vor wenigen Minuten. Ben fiel auf, dass hinter ihr kein Schatten auf die Glasplatte fiel. Er sah zu Boden und fand auch bei sich selbst keinen. Das Licht schien so allumfassend zu sein, dass um sie herum nichts als Helligkeit herrschte.

»Hier scheint jemand auf Weiß zu stehen«, sagte sie und nickte ihm grüßend zu. Ihre asiatischen Gesichtszüge wirkten starr, ihr Ausdruck kühl und er konnte nicht einschätzen, ob sie tatsächlich so cool war oder nur Eindruck bei ihm schinden wollte.

»Auf Weiß und auf Sauberkeit, schätze ich. Auf diesem Boden könnte man operieren«, gab er zurück und wies auf die weißen Straßen, deren Belag trotz des milchigen Lichtes glitzerte und deren tiefe Reinheit kein Stäubchen trübte. Kein Dreck, kein Abfall waren zu sehen. Der Unterschied zur Wohnwagensiedlung Slab City konnte nicht größer sein.

Sie reckte ihren Hals und schaute nach oben. Ben folgte ihrem Blick. Es gab keine Wolke am Himmel. Er konnte nicht einmal mit Sicherheit sagen, dass sich über ihm ein Himmel befand. Da war einerseits ein Gefühl von Weite, die in die Höhe wuchs. Andererseits aber auch nicht. Ihm schien es vielmehr so, als stünde er direkt in der Unendlichkeit.

»Wir sind falsch hier«, sagte er und tippte auf die Anzeige seiner Uhr.

Ihr Gesicht verzog sich zu einem höhnischen Grinsen. »Kann nicht sein, ich mache keine Fehler.«

Er wartete gelassen ab, bis sie die Koordinaten selbst überprüft hatte. Ihr entsetzter Blick verriet ihm, dass es nicht an seinem Gerät lag und wohl auch nicht an seinen Fähigkeiten.

»Ich verstehe das nicht. Point (000,00,19).« Sie biss sich auf die Unterlippe und tippte mit den Fingerspitzen auf das Display, als könne sie so die gewünschten Koordinaten hervorlocken.

Schadenfreude stieg in ihm hoch. Er kannte das Mädchen natürlich, hatte sogar damit gerechnet, dass sie dabei sein würde. Sie gehörte zu den Besten – genau wie er.

»Jeanne?«

Sie nickte und verbesserte: »Yuna. Nenn mich bitte Yuna. Kamikaze Kaito Jeanne bin ich nur in meinen Träumen.«

»Aber dies ist ein Traum.«

»Aber nicht meiner. Fühlt sich für mich irgendwie richtiger an. Außerdem bin ich in Zivil, wie du siehst.«

In der Tat. Sie trug Jeans und ein T-Shirt mit dem Bild eines Mangamädchens und dem Aufdruck »I'm ready«. Bisher hatte er sie in ihren Traumfilmen stets in der blauen Schuluniform japanischer Mädchen oder in den Lederklamotten einer Kämpferin gesehen. Jeanne, oder besser Yuna, gefiel ihm schon lange. Es hatte Zeiten gegeben, da wartete er jeden Tag auf den Film, den sie posten würde, und dank ihrer Träume war es so, als hätte er Kamikaze Kaito Jeanne schon mal in Wirklichkeit gegenübergestanden.

Sie war groß für eine Japanerin und trug den typischen akkurat geschnittenen Pagenkopf, jedoch aufgelockert durch eine blaue Strähne über dem rechten Ohr.

»Ich bin Ben«, sagte er und streckte ihr die Hand hin. Er wartete einen Augenblick, dann zog er sie zurück, als sie nicht einschlug.

»Der Surfer?« Yuna schaute mit spöttischem Blick auf die abgeschnittene Jeans und das zerfranste Shirt, das er trug.

»Genau der.«

Sie schien nicht besonders beeindruckt zu sein und auch nicht gerade gesprächig. Das passte zu dem Bild, das er von ihr hatte. Small Talk war auch nicht sein Ding. »Was machen wir jetzt?«, fragte er daher knapp und versuchte, die Aufregung in seiner Stimme zu verbergen. So viel hing von diesem Spiel ab. Es war verdammt noch mal eine Riesenchance und er würde sie nutzen, das hatte er sich fest vorgenommen. Das Geld würde Abby und ihn aus dem Elend holen. Würde es ermöglichen, dass er endlich einmal nicht nur im Traum surfen konnte. Er wollte das Meer sehen. Musste unbedingt wissen, wie sich das Salzwasser auf seinen Lippen tatsächlich anfühlte. Und der Wind und das Board unter seinen Füßen.

Ben riss sich von seinen Gedanken los und sah sich um. »Wenn wir falsch sind, ist es wohl sinnlos, auf die anderen Spieler zu warten. Ich frage mich nur, wie mir das passieren konnte.«

Yuna lachte leise und ihre Zähne blitzten. In ihrem Blick brannte derselbe Ehrgeiz, den Gewinn einzustreichen, der auch Ben antrieb. *Das wird hart werden.*

»Keine Ahnung. Ich bleibe auf jeden Fall hier. Wie gesagt: Ich mache keine Fehler. Da werden schon noch einige Spieler kommen. Ich dachte, dass dieser Leviathan auf jeden Fall dabei sein wird. So, wie der zwischen Hochhäusern balanciert und dafür Likes kassiert, wäre es ein Wunder, wenn er keine Einladung erhalten hat.«

Ben nickte. »Allerdings hat er bestimmt seit zwei Wochen nichts mehr gepostet. Vielleicht hat er das Träumen aufgegeben.«

Yunas Lippen kräuselten sich. »Könntest du es aufgeben?«

»Niemals.« Er hätte gern mehr dazu gesagt, aber Yuna runzelte die Stirn und zeigte auf etwas hinter ihm. Ben schnellte herum und sah eine Gestalt, die sich auf der Erde krümmte.

Es war ein Mädchen, das mit dem Gesicht nach unten auf der glänzenden Fläche des Platzes lag, vielleicht zehn Meter von ihnen entfernt. Ben schirmte die Augen gegen das gleißende Licht ab, um sie besser sehen zu können, doch ihre Gestalt blieb unscharf. Die Luft, die ihren Körper unmittelbar umgab, flimmerte mal mehr, mal weniger und hüllte ihn in einer Aura ein. Irgendetwas schien sie davon abzuhalten, sich vollständig zu materialisieren.

»Sie schafft es nicht, den Traum zu halten.« Yuna fixierte das Mädchen mit spöttischem Blick.

Von einem Augenblick auf den anderen zogen sich Wolken vor die milchige Helligkeit und eine Art Dämmerung setzte ein. Ben atmete erleichtert auf und im gleichen Moment gingen Yuna und er auf den liegenden Körper zu, doch jemand war schneller. Ein Junge mit kaffeebrauner Haut, der eben noch nicht da gewesen war, huschte wie ein Schemen an ihnen vorbei und riss das Mädchen nach oben.

»Lass das Licht so! Du darfst nicht in einen fremden Traum eingreifen!«, brüllte der Junge.

Endlich schärften sich die Konturen des Mädchens und Ben erkannte es.

Leviathan strich sich über die Stirn und schien nicht zu wissen, wo sie sich befand. Der Kleinen klapperten doch tatsächlich die Zähne. Vor Angst? Vor Aufregung? Viel Spaß schien ihr die Sache hier jedenfalls nicht zu machen, dazu wirkte sie zu verwirrt.

Sie räusperte sich, krächzte heiser und schaute sich um. Erst dann bemerkte sie wohl, dass sie jemand an den Schultern nach oben zog. »Tayo?«

Der kaffeebraune Junge nickte. »Wir waren verabredet. Hast du das vergessen?«

Die beiden schienen sich zu kennen, aber das wunderte Ben nicht. In der Community kannten sich alle mehr oder weniger gut. Er kramte in seinem Gedächtnis nach dem Namen – Tayo. Das musste der Junge aus Namibia sein, der eine lange Zeit Träume veröffentlicht hatte, die überhaupt nichts Spektakuläres an sich hatten. Es waren Filme von schönen Landschaften, von Menschen, die tanzten und lachten. Nichts Besonderes eigentlich. Und obwohl sich Ben darüber gewundert hatte, dass diese Träume so viele Likes bekamen, konnte er sich dem Zauber selbst nicht entziehen, den die Bilder bargen. Ben bewunderte

Tayo insgeheim dafür, dass er sich getraut hatte, mal etwas ganz anderes zu versuchen.

Yuna ging auf Tayo zu und schlug ihm lächelnd auf die Schulter wie einem alten Bekannten. »Habe ich doch geahnt, dass du hier sein wirst. Was sagt dein Vater dazu?«

Tayo zog die Schultern hoch und verdrehte die Augen. Ben kam sich etwas überflüssig vor zwischen den drei anderen, die anscheinend persönliche Dinge voneinander wussten, und nahm sich vor, diesen Nachteil so schnell wie möglich auszugleichen.

»Kennt ihr Leah? Bei GoodDreams nennt sie sich Leviathan.« Tayo wies auf das zierliche Mädchen mit dem kurzen Lockenschopf, das noch nicht richtig zu sich gekommen zu sein schien. »Das sind Yuna und Ben.«

Leah hieß sie also. Ben konnte nichts gegen das Grinsen tun, das sich in sein Gesicht schlich. Er hätte nie gedacht, dass Leviathan ein Mädchen war! Noch dazu war sie irgendwie süß, die Kleine. Erinnerte ihn an Alice im Wunderland, die durch das Kaninchenloch in eine fremde Welt gefallen war. Wie auf Kommando stolperte Leah alias Leviathan in die Mitte der Runde und streckte Yuna die Hand entgegen.

Die zögerte einen Moment, schlug dann aber ein und musterte die andere mit hochgezogenen Augenbrauen. »Leviathan habe ich mir ganz anders vorgestellt. Keine Ahnung, wie ich darauf kam, aber ich dachte, du bist ein Junge«, sprach die Japanerin Bens Gedanken aus.

Ben nickte. Er konnte seinen Blick nicht von der Kleinen lösen, sie wirkte irgendwie verschlossen und hatte noch kein Wort gesagt. Er erhob das Wort: »Tayo, Leviathan, willkommen. Die ganz Großen weilen also unter uns. Was sagt ihr denn zu den Koordinaten?«

***

Bens musternder Blick bohrte sich in sie. Was erwartete er von ihr? Was war mit den Koordinaten nicht in Ordnung? Demonstrativ blickte sie auf ihre Uhr und tat so, als wüsste sie, worum es ging.

Leah hatte das Gefühl, auf einer Bühne zu stehen. Es war, als hafteten die erwartungsvollen Blicke des Publikums an ihr und sie hatte den Text vergessen und wusste überhaupt nicht, welche Rolle sie spielen sollte. Sie fuhr sich mit der flachen Hand über den Kopf. Die kurzen Haare fühlten sich fremd an und steigerten ihre Unsicherheit. Aber es hätte schlimmer kommen können. Wenigstens war weit und breit kein Wasser in Sicht – außer zu ihren Füßen. Aber dieses Wasser war gebändigt hinter Glas. Zur Sicherheit streckte sie den Hals vor und spähte so unauffällig wie möglich die Umgebung aus. Sie bemerkte aus den Augenwinkeln, wie Tayo mit Yuna tuschelte, ihre Köpfe waren über die Uhren gebeugt. Worüber redeten sie? Leah senkte den Kopf vor Bens prüfendem Blick. Seine blauen Augen funkelten und ein amüsierter Zug lag auf seinen Lippen, als er sie immer noch unverwandt ansah. Musterte er sie nur, weil er und diese Yuna überrascht waren, dass sie ein Mädchen war? Oder ... ahnte er etwas? Sie blinzelte kurz und versuchte, sich zu entspannen. Doch im selben Moment spürte sie ein komisches Gefühl im Bauch. Es war, als würde die Welt sich schneller drehen. Nicht unangenehm, eher aufregend und wie Vorfreude. Es war fast so, wie mit dem Karussell zu fahren.

Verdammt. Sie musste ihre gesamte Konzentration und Kraft einsetzen, um den Traum überhaupt festhalten zu können. Wenn sie nicht aufpasste, würde sie aufwachen – und wäre als Traumversagerin entlarvt. Endlich wandte sich Ben ab und ging lässigen Schrittes hinüber zu den anderen. Das Kribbeln in Leahs Bauch ließ nach.

»Leah!« Tayo rief sie zu sich und wollte ihre Uhr sehen. 000,00,19 stand auf der Digitalanzeige.

»Derselbe Mist wie bei uns«, sagte er dann zu den anderen.

»Und was machen wir jetzt?« Ein Hauch von Unsicherheit schwang in Bens Stimme mit.

Leah trat zu den anderen. Yuna lachte gerade über etwas, das Tayo gesagt hatte. Der schien hier unter diesen Fremden wie in seinem Element. Leah beobachtete, wie Yunas Blicke an Tayos Lippen hingen.

»Ich glaube, wir sind nicht so weit entfernt vom eigentlichen Ziel. Ich kann es mir zwar immer noch nicht erklären, wie uns allen derselbe Fehler passieren konnte, aber aufzuwachen und wieder von vorne anzufangen, finde ich ziemlich dämlich.«

Ben stimmte Tayo zu. »Damit verlieren wir kostbare Zeit. Die anderen Spieler sind wahrscheinlich schon voll dabei.«

Leah räusperte sich. »Warum gehen wir nicht einfach los?« Hatte sie das wirklich gesagt? Aber es war doch logisch. Gebannt starrte Leah in die Runde und hoffte inständig, dass sie sich nicht als total traumunerfahren geoutet hatte. Aber es schien alles in bester Ordnung zu sein, sogar Yuna nickte. Trotzdem war Leah unsicher, wie sie das andere Mädchen einschätzen sollte. Sie wirkte so ... perfekt. An ihr stimmte einfach alles. Mittelgroß, schlank und mit einem Glanz im schwarzen Haar, bei dem man nur neidisch sein konnte, wenn man selbst mit wilden Locken gestraft war. Gewesen war, wie sie bemerkte, als ihre Finger sich wie automatisch in die kläglichen Reste ihrer Haare gruben. Yuna wirkte berechnend. Ehrgeizig und wie eine Einzelgängerin.

Und dieser Ben? Der starrte sie weiter unverhohlen an und es kam ihr so vor, als taxiere er ihre Fähigkeiten als Träumerin. Das machte sie nervös. Viel besser wäre es, wenn sie sich entspannen könnte, wie es ihr Tayo gepredigt hatte. Aber dieses Bauchkribbeln und damit die Gefahr, jeden Augenblick aus dem Traum zu kippen, ging einfach nicht weg.

Alle schienen nur darauf zu lauern, dass sie einen Fehler machte. Oder irrte sie sich? Leah biss die Zähne zusammen. Sie wollte sich lieber nicht vorstellen, was passieren würde, wenn herauskam, dass sie eine lausige Hochstaplerin war. *Was sollte dann aus Dad werden?*

Gerade reckte Ben den Hals und hielt das Gesicht ins Licht. Leah sah die weißblonden Wimpern, die dieselbe Farbe hatten wie seine Haare. Aus dem Zopf hingen ein paar lose Strähnen, aber das störte ihn anscheinend nicht. Er war wohl einer dieser Jungen, die nur wenig Wert auf ihr Äußeres legten. Das machte ihn sympathisch. War bestimmt schön, mit ihm befreundet zu sein.

Ihm schien es umgekehrt mit ihr ganz und gar nicht so zu gehen. Im Gegenteil. Er machte keine Anstalten, sie mit in das Gespräch einzubeziehen. Die anderen wirkten, als hätten sie eine Mauer um sich hochgezogen. Jede Geste von Yuna und Ben war abweisend und Tayo merkte es entweder nicht oder es war ihm egal. Vielleicht war das normal in der Träumer-Community?

Leah zwang sich zu einem Lächeln. »Habt ihr euch geeinigt? Laufen wir jetzt los?« Bei diesen Worten erntete sie erstaunte Blicke. *Ist nur ein Traum. Und träumen kann schließlich jedes Kind. Reine Kopfsache.*

»Fragt sich nur, in welche Richtung wir gehen müssen. Oder?« Yuna warf einen skeptischen Blick auf ihre Uhr und sah sich dann auf dem Platz um. »Ich habe nicht ewig Zeit und wir sind schon bei @440. Länger als zweieinhalb Stunden kann ich nicht von meinem Arbeitsplatz wegbleiben. Wir müssen endlich was Sinnvolles tun.«

Leah überlegte. »Ich denke, wir müssen nach Osten«, sagte sie und hoffte, dass sie die Sache mit den Längen- und Breitengraden richtig verstanden hatte.

»Und wo ist Osten? Kannst du uns das sagen, Madame Superschlau?«, gab Yuna ätzend zurück.

»Mmh.« Leah knabberte an ihrer Unterlippe. Von oben strömte schiere, blendende Helligkeit auf sie herab, eine Sonne schien es nicht zu geben – und dementsprechend vielleicht auch keine Himmelsrichtungen. Das half also nicht weiter.

Ben winkte ab. »Lass sie in Ruhe, Yuna. Ich schlage vor, wir beginnen, in dieser Richtung zu suchen.« Er wies nach rechts.

Leah nickte. Bens Beistand hob ihre Stimmung und ließ sie ruhiger werden. Vielleicht war ja doch alles nicht so schlimm, wie es schien. Und mit Yuna würde sie schon klarkommen.

»Wir sehen ja dann an den Koordinaten auf den Uhren, ob wir dem Ziel näher kommen«, sagte Ben und lief los. Tayo folgte ihm.

»Er will das Spiel unbedingt gewinnen, aber gegen mich hat er keine Chance«, presste Yuna zwischen ihren Zähnen hindurch und eilte hinterher, als könne sie etwas Wichtiges verpassen. Dank Yunas verbissenem Gesichtsausdruck war Leah klar: So jemand konnte nicht verlieren. Würde nicht verlieren.

Sie beeilte sich, mit den anderen Schritt zu halten, und lief an Tayo vorbei. Schnell war sie mit Ben auf einer Höhe.

»Was würdest du mit dem Gewinn anfangen?«, fragte er leise, sah sie prüfend an und verlangsamte sein Tempo. Leah war unsicher, was sie sagen sollte. Sie kannte ihn doch gar nicht!

Hilfe suchend hielt sie Ausschau nach Tayo, aber der war nun an Yunas Seite und unterhielt sich mit ihr.

»Ich bin noch nicht mal ganz sicher, ob das mit diesem Gewinn überhaupt stimmt. Ich bin hier aus Neugier. Und du?«, versuchte sie abzulenken. In ihrem Kopf setzte ein Brummen ein, als ihr klar wurde, wie dämlich die Antwort klingen musste, dabei hatte sie versucht, cool und unbeteiligt zu wirken wie die anderen.

Yuna war zu ihnen aufgestoßen, lächelte spöttisch und schien sich an ihrer Unsicherheit zu weiden.

Ben musterte sie wieder mit diesem intensiven Blick. »Das kann nicht dein Ernst sein. Du spielst hier mit, ohne dir tausendmal überlegt zu haben, was du mit 250.000 Dollar tun würdest?«

Leah schnaubte. »Solange ich das Geld noch nicht in der Hand habe, überlege ich gar nichts«, gab sie cool zurück, wie sie fand.

Yuna verzog ihr Gesicht. »Wer's glaubt. Sie scheint dir nicht verraten zu wollen, was sie mit 250.000 Dollar anstellt, würde ich sagen«, sagte sie und hakte sich bei Ben unter. War das Yunas ganz besondere Masche, sich abwechselnd beliebt und unbeliebt zu machen? Alle waren so komisch selbstsicher, so überzeugt davon, dass sie wirklich eine Chance auf den Gewinn hatten. Allein die Art, wie Yuna das Kinn reckte, als Ben ihr erklärte, warum er das Geld dringend brauchte.

»Ich will endlich raus aus der Wüste. Ich möchte in einem echten Haus wohnen, in einem Bett schlafen. Aber alles, was ich habe, ist eine vergammelte Matratze in einem rostigen Schulbus.«

»Du Armer«, spottete Yuna, aber Ben lachte nur.

»Ich möchte studieren«, fuhr er fort. »Mir und meiner Mutter ein anständiges Leben schaffen. Und ich möchte das Meer sehen.«

Leah mochte die Begeisterung, mit der Ben von seinen Wünschen sprach, und sie wünschte, sie könnte auch derartigen Träumen nachhängen. Aber sie wusste, die brachten überhaupt nichts, sondern vergeudeten nur Zeit. Die Zeit, die ihrem Vater noch zum Leben blieb.

»Du bist hier nicht der Einzige, der das Geld braucht, Mr Perfect.« Yuna warf ihren Kopf in den Nacken und schüttelte die glänzenden Haare. »Denkst du vielleicht, wir sind nur zum Spaß hier?« Die Japanerin ließ ihren Blick über die anderen schweifen und wischte sich eine Strähne aus der Stirn. »Ihr habt es gut. Ihr sitzt zu Hause vor euren Computern und ladet in Ruhe jeden Morgen eure Träume hoch. Wenn irgendwas nicht klappt, streicht euch Papa über den Kopf und tröstet euch. Mittags kocht Mama Essen und serviert es dann. Schön heiß und frisch. Ist es nicht so?«

Nichts gegen Vorurteile, Leah hatte ja selbst genug davon. Aber das ging zu weit. Sie wollte den Kopf schütteln. Widersprechen. Yuna klarmachen, dass alles ganz anders war. Dass sie keine Mutter hatte. Und kein Geld, um Essen zu kaufen. Und dass ihr Vater …

»Ich hänge auf Okinawa fest und muss in einem Hostel jobben, um überhaupt einen Platz zum Schlafen zu haben. Mein Boss ist am ganzen Körper behaart wie ein Affe und begrabscht mich bei jeder sich bietenden Gelegenheit.« Es war ihr anzusehen, wie wütend sie war.

Ben grinste sie an. Mimte Mitleid und Leah war klar, dass er Yuna verunsichern wollte. Tayo ging genauso unbeteiligt neben den beiden anderen her, wie sie es von ihm erwartet hatte.

Sein Blick wanderte zu Leah und er lächelte. Er formte seine

Lippen zu einem stummen »Gut gemacht bisher«. Und Leah war ihm dankbar, dass er da war.

Sie räusperte sich. »Findet ihr es nicht auch seltsam, dass wir gar nichts über das Wohin und Warum von diesem Spiel wissen? Wir wissen nicht einmal, ob wir mit- oder gegeneinander spielen. Ich meine, wegen dieses Gewinns sind wir zwar alle hier – aber mal ehrlich, das könnte doch Spam gewesen sein oder ein Scherz, oder?«

Yuna schaute sie herausfordernd an, aber Tayo neben ihr nickte. »Wir sollten schleunigst 000,00,00 erreichen, dann sehen wir ja, ob es was zu gewinnen gibt.«

Ben sah auf seine Uhr. Leah folgte seinem Blick. »000,00,17«, stellte sie verblüfft fest. »Heißt das, wir sind auf dem richtigen Weg?«

»Sieht ganz so aus. Bisher scheint niemand zu kommen, der uns die Lösung auf einem Silbertablett serviert. Also besorgen wir sie uns, Leute, bevor die Nacht vorbei ist und wir überhaupt nichts erreicht haben!« Er klatschte in die Hände. »Falls wir tatsächlich ein Team bilden und nicht doch gegeneinander antreten müssen, sollte einer hier das Sagen haben.«

Yuna stieß ein spöttisches Lachen aus. »Ach, und diese Führungsrolle beanspruchst du natürlich für dich. Habe ich recht?«

***

Natürlich beanspruchte Ben diese Rolle für sich. Aber er hatte nicht vor, das mit Yuna auszudiskutieren. Er setzte lieber auf seine natürliche Autorität, von der er sicher war, dass die anderen sie bald wahrnehmen würden. Dann nämlich, wenn es darum ging, Wettkämpfe zu bestehen, Rätsel zu lösen oder andere Dinge dieser Art zu tun. Er zweifelte nicht daran, dass sich in diesem Spiel schlussendlich der Beste durchsetzen würde. Der Schnellste, der Klügste, der Geschickteste. Und noch weniger zweifelte er daran, dass er das war.

Er schenkte Yuna den charmantesten Blick, zu dem er sich in der Lage fühlte. Schließlich war sie ein Mädchen und die standen auf so etwas. »Lass uns das später klären. Jetzt sollten wir weitergehen. Kommst du mit, kleine Alice, oder wolltest du nur mal schauen, wohin das Kaninchen geflohen ist?«

Dabei streifte sein Blick Leah, die wie versteinert dastand und einen leisen Schrei ausstieß. Mit offenem Mund und ausgestrecktem Finger wies sie auf den Eingang eines riesigen weißen Gebäudes an der linken Seite des gläsernen Platzes, der wie von Geisterhand völlig lautlos aufgeschoben wurde.

Zunächst öffneten sich die Türflügel nur einen Spalt weit, dann schwangen sie vollends auf. Licht schien aus dem Inneren zu strahlen und einen kurzen Moment lang geschah nichts, dann waberten Hunderte Gestalten aus der Öffnung. Weiß gekleidete Menschen mit silbrig glänzenden Gesichtern strömten die Straße herunter, um sich vor ihnen auf dem Platz zu versammeln.

Sie wirkten in ihrer Erscheinung fast identisch, doch als Ben sich ihnen näherte, erkannte er die Unterschiede. Da war ein Mann mit dünnen weißen Haaren, die aussahen, als wären sie gefärbt. Er trug eine weiße Clownsnase und eine Art Kaftan, der vorn weit offen stand und einen Blick auf seine nackte magere Brust erlaubte. Es gab Musiker, sie balancierten weiße Instrumente vor sich her, Geigen, Trompeten, Gitarren. Eine Frau mit einem weißen Umhang und Absatzschuhen lachte lautlos und hob die Arme zum Himmel. Ihr Mund war blutrot geschminkt, das Gesicht bleich wie die anderen um sie herum. Und es kamen mehr. Die Art, wie sie sich bewegten, glich einer Prozession. Die Gesichter dem Himmel zugewandt, schweigend und gleichförmig schritten sie in Zweierreihen heran und stellten sich am Fuße des Hochhauses auf, aus dem sie gekommen waren. Niemand sagte ein Wort. Kein Geräusch durchschnitt die Stille. Keine Störung brachte Unruhe in das fast hypnotische Bild.

Unschlüssig verlagerte Ben sein Gewicht von einem Bein auf das andere und suchte Blickkontakt zu Tayo. Der zuckte mit den Achseln. »Keine Ahnung, was das ist. Auf GoodDreams habe ich noch nie so was gesehen. So einen stilisierten Traum, ich wusste gar nicht, dass man so perfekt träumen kann.«

Ben nickte. »Lasst uns erst mal weitergehen. Wir sind in einem fremden Traum, da müssen wir wohl auch mit den Fantasien eines Perfektionisten klarkommen, wenn wir gewinnen wollen.« Ein Gefühl, das er nicht beschreiben konnte, bahnte sich den Weg in sein Bewusstsein. Zunächst Respekt vor dem Erschaffer dieses Traums, der aber sofort umschlug in eine Furcht, die es ihm unmöglich machte, sich zu bewegen.

Gebannt starrte er auf die Menschen, die sich vor ihnen und nun auch hinter ihnen formierten. Es wurden immer mehr. Sie ordneten sich um die Jugendlichen herum zu einem Raster, ohne ihnen Beachtung zu schenken, und füllten die Glasfläche bald vollkommen aus. Jeder hielt einen Abstand von etwa einem Meter zum Vorder-, Neben- und Hintermann ein. Niemand gab Kommandos. Alles geschah wie automatisch, als würde eine unsichtbare Macht die Menschen steuern. Und auch Ben fühlte sich, als erhielte er von einem Unbekannten den Befehl, an Ort und Stelle zu verharren, sich nicht zu bewegen. Er traute sich fast nicht zu atmen, so gefangen war er vom Anblick der Szenerie. Mit größter Kraftanstrengung gelang es ihm, den Blick von der Menschenansammlung zu lösen und seinen Kopf zu Yuna zu wenden. Auch die Japanerin wirkte wie zur Salzsäule erstarrt.

Was sollen diese weiße Stadt, diese weißen Menschen, diese weiße Stille? Will uns der Träumer, der das alles geschaffen hat, einschüchtern?

Wie eine Welle zuckten mehrere Schatten durch die Menge und materialisierten sich wenige Meter von Ben entfernt als Gestalten, die in schwarze, formlose Overalls gehüllt waren. Ihre Gesichter blieben verschwommen, was sie geschlechtslos wirken ließ. Die Augen waren von silbernen Metallbändern bedeckt, die sich um den ganzen Kopf zogen. Ben kniff die Lider zusammen, aber er konnte nichts Genaues erkennen. Als die Gestalten synchron die Bänder von ihren Gesichtern nahmen, wurden silbern glänzende Augen sichtbar. Jetzt wusste er, welches Gefühl ihn heimsuchte: Es war Angst.

Ben stieß die Luft aus. »Wir sollten verschwinden«, flüsterte er.

»Ich glaube, ich kann mich nicht bewegen.« Aus Leahs Worten sprach ebenfalls die nackte Furcht. Ben versuchte, einen Schritt zu machen. Seinen linken Fuß ein winziges Stück nach vorn zu setzen. Aber es war, als hingen tonnenschwere Gewichte daran.

Die Schwarzen mit den Silberaugen glitten durch die Menge und musterten die weißen Menschen still einen nach dem anderen. Vor einer alten Frau mit kahl geschorenem Kopf verharrten sie. Einer von ihnen streckte seine porzellanweißen Hände aus. Ben keuchte, als er sah, wie die Frau zunächst den Blick senkte, dann schloss der Mann die Augen und im nächsten Moment war die Greisin verschwunden.

»Fuck. Habt ihr das gesehen? Sie ist weg, dabei war sie doch eben noch da.« Tayo flüsterte nur, aber sein Entsetzen war spürbar. Auch Ben konnte den Blick nicht von der leeren Stelle abwenden.

»Echt gruselig, aber es ist ein Traum. Wir müssen keine Angst haben. Oder?« Leahs Bild flackerte kurz, doch Tayo legte seine Hand auf Leahs Arm und sofort wurde ihr Bild wieder klar.

Ben wollte Leah antworten, dass es ein Traum war. Nur ein Traum. Doch er fühlte sich alles andere als sicher. Die Gestalten kamen immer näher. Ein seltsam beißender Geruch wehte ihnen voraus, so als wäre Metall mit Plastik verschmolzen.

Wir müssen hier weg, dachte er. Aber wie?

Unvermittelt traf ihn eine leichte Brise und kühlte die Schweißperlen auf seiner Stirn. Die Menschen auf dem Platz schienen sie ebenfalls zu spüren, denn eine Bewegung ging durch die Menge und die geometrische Formation löste sich auf. Die dunklen Gestalten begannen zu flimmern. Ben glaubte zunächst, seine Augen spielten ihm einen Streich, aber dann lösten sich die Schwarzen auf und waren verschwunden.

Fast so, als hätte es sie nie gegeben.

Die Weißen begannen, aufeinander zuzugehen, sich zu begrüßen und sich zu unterhalten. Es war, als würden sie einander erst jetzt wahrnehmen. Als wären sie aus einer Art Trance erwacht. Auch in Ben löste sich die Spannung. Er wankte auf Tayo zu. Leah schwankte ebenfalls ein wenig, fing sich dann aber und wirkte sichtbar erleichtert.

»Echt strange. Aber ist ja noch mal gut gegangen.« Yuna hatte sich schnell wieder im Griff. Ben lächelte, als ihm klar wurde, dass Yuna ihre Furcht nie und nimmer zugeben würde. *Sie ist genau wie ich.*

»Mist.« Tayo zeigte auf eine Gruppe von etwa zwanzig Männern und Frauen, die sich ihnen bereits bis auf wenige Schritte genähert hatten, ohne dass jemand von ihnen es bemerkt hatte. Die Männer trugen Frack und Zylinder – in Weiß natürlich. Die Frauen waren in Abendgarderobe gekleidet, ihre Handflächen glänzten zinnoberrot, abgesehen davon waren sie weiß gekleidet, der Tüll ihrer Kleider umgab sie wie Nebelschwaden. Sie lächelten und schienen sich zu unterhalten, obwohl Ben kein Geräusch hören konnte. Nur die Münder bewegten sich, als tuschelten sie miteinander. Als die weißen Menschen an ihnen vorbeigingen, war es im nächsten Moment so, als wären sie nicht da gewesen. Kein Geräusch. Keine Luftbewegung, nicht einmal der winzigste Geruch. Fast wie Geister.

Ja, dies war eine Geisterstadt – buchstäblich. Die Leere und Stille war trotz der Anwesenden beinahe körperlich zu spüren. Die Leere der Wüste von Slab City war nichts dagegen.

Sie kamen an Häusern mit Marmorfronten vorbei, liefen auf glänzenden weißen Straßen und kontrollierten immer wieder die Koordinaten. Doch obwohl sie immer weitergingen, kamen sie dem Ziel kein winziges Stück mehr näher. Sie wechselten die Richtung, doch auf der Anzeige der Uhren änderte sich nichts. Weder entfernten sie sich von dem, was sie für den eigentlichen Treffpunkt hielten, noch gelang es ihnen, sich ihm zu nähern. 000,00,17 stand auf ihrer aller Uhren.

Alle paar Meter blieb Ben stehen und hielt aufmerksam Ausschau nach den seltsamen Männern. Er sah nichts, dennoch hatte er das Gefühl, beobachtet zu werden. Leah und den anderen schien es ähnlich zu gehen. Die Kleine reckte den Hals, drehte sich in alle Richtungen und hatte offenbar Schwierigkeiten, den Traum zu halten. Er wandte sich zu ihr und nahm ihre Hand, denn er wusste, dass das manchmal half. Ihre Finger fühlten sich zart und warm an.

»Sie sind weg, Alice, du musst keine Angst mehr haben.«

Leah nickte und sah ihn fragend an. »Du hast mich vorhin schon Alice genannt. Warum?«

»Weil du mir vorkommst wie Alice im Wunderland. So orientierungslos. So staunend und verblüfft.«

Sie runzelte die Stirn und schenkte ihm einen aufmerksamen Blick. »Ihr habt mir vorhin nicht geantwortet. Müssen wir Angst haben?«

Ben zuckte mit den Schultern, er wollte vor den anderen keine Schwäche zeigen.

Yuna verschränkte die Arme vor der Brust. »Der Sieg gehört den Furchtlosen. Du bist also schon mal raus, Süße.«

Ben hielt die Luft an. Wenn ihn etwas so richtig ankotzte, dann waren es Zickereien unter Mädchen. »Los, Leute, lasst uns endlich versuchen, in diesem Traum noch was Sinnvolles zu erledigen und wenigstens diese Stadt erkunden.« Ohne sich noch einmal umzudrehen, marschierte er los.

Jemand hielt ihn am Ärmel fest. »Warte, verdammt noch mal.« Yuna war vollkommen außer Atem, auf ihrer Stirn standen Schweißtropfen. Sie musste ihm im Laufschritt gefolgt sein. War er wirklich so schnell gewesen?

»Was ist?«

Sie legte den Zeigefinger auf die Lippen und wies auf eine schmale Gasse, die von der großen Straße abging, auf der sie gerade liefen. »Sieh dir das an«, wisperte sie. Dort rannte eine Gruppe von Kindern durch die Nebenstraße. Sie trugen zerlumpte Kleidung und sprinteten im Zickzack, so als überquerten sie ein Minenfeld. Weiße Schlieren in ihren staubigen Gesichtern zeigten deutlich den Weg, den Tränen genommen hatten. Ein Junge schrie und klammerte sich an einem etwas größeren Mädchen fest. Die anderen schauten sich gehetzt um und richteten ängstliche Blicke auf die vier Jugendlichen.

Dann, wie aus dem Nichts, erschienen die Gestalten in den schwarzen Overalls. Die Augen waren wieder von den silbernen

Bändern bedeckt, als sie im Gleichschritt auf die Kinder zurannten und ihnen mit lautlosen Gesten befahlen zu verschwinden. Es lag ein Zischen in der Luft, wie durch ein schmales Loch gepresst. Im Gegensatz zu den Kindern wirkte alles andere an dieser Szenerie leblos und kalt. Ben spürte, wie neben ihm Leah und Tayo zum Stehen kamen, Yunas Hand lag noch immer auf seinem Arm. Ein Geruch nach Gummi hing in der Luft.

Dann traten die Dunklen auf die Kinder zu. Leah schlug die Hand vor den Mund. Ben erstarrte, denn in dieser Sekunde löste sich eines der Kinder aus der Gruppe und rannte genau auf sie zu.

Ben brachte nur mühsam die Worte hervor: »Wir müssen etwas tun. Sie bringen uns in Gefahr.«

Tayo schüttelte den Kopf. »Wir wissen nicht, was hier los ist.«

Das Mädchen kam näher. Noch hatten die mit den silbernen Bändern ihre Flucht nicht bemerkt, aber es konnte nicht mehr lange dauern. Ben sah sich um, aber es gab kein Versteck, keine Möglichkeit, irgendwo unterzutauchen.

Leah neben ihm war kreidebleich.

Anscheinend wusste keiner von ihnen, was zu tun war. Umdrehen und fliehen? Den Kindern helfen? Gehörte das zum Spiel? War es eine Prüfung? Wenn ja, auf welche Weise konnte er sie bestehen? Ben ahnte instinktiv, dass es nicht sinnvoll war, die Aufmerksamkeit der Dunklen auf sich zu ziehen.

Das kleine Mädchen war dünn und schmächtig. Seltsam alterslos. Das kurze Kleid mochte irgendwann einmal rot gewesen sein, nun war es verblichen, an einigen Stellen zerrissen und bedeckte kaum mehr die dünnen Beinchen, die vor Dreck starrten. Weißblonde Haare hingen zerzaust vom Kopf. Sie trug keine Schuhe. Ihr Gesicht war mit Ruß und Ölflecken bedeckt, die Augen weit aufgerissen. Sie rannte weiter auf sie zu und starrte Ben und die anderen an.

Eine der schwarzen Gestalten sah sich suchend um. Ihr Blick blieb an dem Mädchen hängen. Sie rief einem anderen etwas zu und setzte sich in Bewegung. Ben fluchte.

Der Fremde hob die Hand an seine Augen. Ben wandte sich um und zog Yuna mit sich. Ihm wurde schlecht bei dem Gedanken, was hier gleich passieren konnte – sie hielten nun genau auf Ben zu. Das war nicht gut, ganz und gar nicht gut. Starr vor Schreck wartete er darauf, dass sie entdeckt würden, und beobachtete aus den Augenwinkeln, wie Leah neben ihm die Schultern straffte, ein paar Schritte auf das Mädchen und die dunkle Gestalt zulief und dann vor dem Kind in die Hocke ging.

Ben stockte der Atem.

Sanft strich Leah dem Mädchen über den blonden Schopf. »Hallo, ich bin Leah. Wie heißt du?«

»Ich bin Sarah. Ihr müsst hier weg. Die Wächter werden euch vernichten. Sie jagen alles, was hier nicht hingehört oder beschädigt ist.«

»Beschädigt?«

Die Kleine rannte ohne Antwort weiter und entkam dem Blick des Wächters nur knapp. Ben sah, wie Leah kurz die Augen schloss, und auch Ben wandte sich ab. Als er wieder hinschaute, lief das Mädchen in einer Seitengasse davon.

»Ist sie …?« Leah japste.

»Nein, keine Sorge. Sie hat es geschafft.« Ben legte seinen Arm um Leahs schmale Schultern. Klein und zerbrechlich wirkte sie auf ihn. Beschützenswert. Da begann ihr Bild zu flimmern.

Bitte nicht jetzt. Nicht aus dem Traum gleiten! Es war ihm selbst in seinen Zeiten als Anfänger oft genug passiert, dass er einen Traum verlor, weil er sich nicht ausreichend konzentrieren konnte. Jetzt aber machte ihm das keine Probleme mehr. Das war es schließlich, was einen Profi von einem Anfänger unterschied.

»Leah!«, brüllte er, um ihre Aufmerksamkeit wieder auf den Traum zu lenken.

Sie blinzelte ihn an, als wäre sie gerade aus einem Nickerchen erwacht. Dann schüttelte sie den Kopf und blickte sich um. Binnen weniger Sekunden schärften sich die Konturen ihrer Erscheinung wieder und Ben stieß erleichtert die Luft aus.

Da drehte der Wächter den Kopf und richtete seine Augen auf Yuna.

»Verdammt. Er sieht uns! Lauft!« Ben griff nach Leahs Hand und rannte los.

***

Leahs Herz pochte schmerzhaft gegen die Rippen. Sie wollte vor den Wachen fliehen, doch da war auch Sarah. Das Mädchen brauchte Hilfe. Doch sie war einfach weg! War sie wirklich entkommen?

»Wächter« hatte das Kind die Gestalten genannt. Aber was bewachten sie denn? Leah ließ sich willenlos von Ben mitziehen. Sie rannten auf ein hohes Gebäude mit riesigen Fensterfronten zu.

Wir müssen Sarah und den anderen Kindern helfen, nur wie? Leah schaute noch einmal zurück, während Ben sie immer weiterzog. Beinahe wäre sie über ihre Füße gestolpert, als sie sah, dass Yuna zurückgeblieben war. Die Japanerin zögerte. Sie schien nicht bereit zu sein, Bens Befehlen zu folgen.

»Weg hier!«, brüllte Tayo, als der Wächter den silbernen Streifen über seinen Augen entfernte, und folgte Ben im Laufschritt.

Leah blickte sich um; keine Spur von Sarah.

Sie riss sich von Ben los und stürzte zu Yuna, die offensichtlich nicht begriff, was hier vor sich ging.

»Nun mach schon«, stieß Leah hastig hervor, ergriff die Hand der Japanerin und zog sie einfach hinter sich her, ohne sich um ihr Sträuben zu kümmern.

Leahs Puls raste, ihr Atem ging stoßweise, und als sie die Stufen zu einem der Hochhäuser emporstürmte, entglitt ihr Yunas Hand. Gehetzt wandte sie sich um und erkannte ihre eigene Angst in Yunas Blick. Deren schmales Gesicht war noch blasser als vorhin. Die Selbstsicherheit der zuvor noch so kämpferischen Japanerin war wie weggeblasen.

Leah zog Yuna weiter, die beiden Türflügel des hochstrebenden Gebäudes standen weit offen. Sie stürmten hinein. Tayo und Ben erwarteten sie bereits und stießen hinter ihnen den Eingang zu.

Leah beugte ihren Oberkörper vor und ließ Kopf und Arme nach unten fallen. Ihr wurde heiß und kalt, Blitze zuckten vor ihren Augen und es gelang ihr nur mit Mühe, die Atmung unter Kontrolle zu bringen. Als sie sich langsam wieder aufrichtete, erblickte sie eine weitläufige Halle. Die Wände waren mit einer gold gemusterten Tapete bespannt, auf dem Boden lagen bunte, orientalische Teppiche. Der Raum war mindestens zehn Meter hoch und wurde durch Säulen gestützt.

An der Wand gegenüber sah sie zwei Paternosterkabinen, deren Aufzüge jedoch still standen. Sofas und Sessel aus dunkelgrünem Leder standen in Sitzgruppen angeordnet und waren im Saal verteilt. Kleine Lampen mit grünen Glasschirmen tauchten die Umgebung in ein warmes Licht. Ein Messingkäfig mit einem weißen Ara darin stand auf dem Empfangstresen aus poliertem Holz.

Leah fröstelte. Wo waren sie hier gelandet? Die Einrichtung erinnerte sie an ein luxuriöses Hotel. Doch wo waren die Gäste und das Personal?

»Das ist ja noch mal gut gegangen.« Leah keuchte noch ein wenig, entspannte sich aber langsam.

»Wer bist du?« In Ben Stimme schwang ein drohender Ton mit und sein forschender Blick wanderte über ihr Gesicht.

Sie erschrak. Bens Kiefer mahlten, so fest drückte er sie aufeinander. Er schien einen Wutausbruch nur mit Mühe unterdrücken zu können.

Hilfe suchend sah sie sich nach Tayo um, der den Blick gesenkt hielt. Yuna hatte sich anscheinend von ihrer Schockstarre erholt und lachte höhnisch. Leahs Herzschlag beschleunigte sich erneut. Sie durfte nicht zeigen, dass sie sich Sorgen machte.

»Was meinst du?« Sie hob den Kopf.

»Genau das, was ich gesagt habe«, schleuderte Ben ihr entgegen. »Nie und nimmer bist du ein Profiträumer. Ich habe genau gesehen, dass du fast aus dem Traum gekippt bist da draußen. Und auf dem Platz – gleich am Anfang – wolltest du die Helligkeit wegträumen. Du bist keine von uns!«

Leah schluckte hart und knetete die Fingerknöchel.

»Und was fällt dir außerdem ein, mit diesem kleinen Mädchen zu sprechen? Der Wächter hat den Strahl erst abgeschossen, nachdem du das Wort an sie gerichtet hast!«

»Ich wusste nicht ...«, stammelte Leah.

»Du scheinst gar nichts zu wissen. Nicht, wie man träumt, und vor allem nicht, wie man sich im Traum eines anderen benimmt. Ich will gewinnen, verdammt. Und du machst nur Mist!«

Yuna grinste und nickte zustimmend.

Leahs Mund wurde trocken. Sie versuchte, sich nach Bens Urteil nichts anmerken zu lassen. Aber es gelang ihr nicht, die

Fassung zu bewahren. Es passierte genau das, wovor sie die meiste Angst gehabt hatte. Ben durchschaute sie, Yuna behandelte sie geringschätziger als vorher und Tayo machte keine Anstalten, sich auf ihre Seite zu schlagen. Sie konnte nichts weiter tun, als alles zuzugeben und von ihrem Vater zu erzählen. Vielleicht gelang es ihr ja, in Ben und Yuna so etwas wie Mitgefühl zu wecken.

»Ihr habt recht …«

»Lasst uns von hier verschwinden«, unterbrach Tayo sie grob. »Wir sollten uns erst in Sicherheit bringen. In dieser Halle sitzen wir wie auf dem Präsentierteller.«

»Draußen warten die Wächter«, gab Ben lakonisch zurück.

Yuna ballte die Fäuste. »Ich denke überhaupt nicht daran, jetzt schon aufzugeben. Wir sollten uns fragen, was das für Männer sind. Was sie bewachen und warum sie es auf uns abgesehen haben. Vielleicht gehört das alles zum Spiel. Ich mache jedenfalls weiter«, sagte sie und ging auf den Ausgang zu.

Als ein gellender Alarmton durch die Halle jaulte, zuckte Yuna zusammen. Die Türen wurden aufgerissen und weiß gekleidete Menschen strömten an ihnen vorbei. Mit ihnen geriet alles in Bewegung. Die Paternoster schossen hoch und runter. Ein junger Mann in grauweißer Uniform und mit einem winzigen Käppi auf dem Kopf zog ein Handy hervor und stammelte etwas von einer Invasion. Immer mehr Menschen stürmten die Halle, doch niemand beachtete die vier Spieler.

»Weg hier!« Wieder war es Ben, der das Kommando übernahm.

»Nach oben?«

Ben nickte und stürmte zur Treppe. Yuna folgte ihm ohne Diskussion. Leah zögerte und brachte vor Entsetzen kein Wort hervor. *Ist das hier alles wirklich meine Schuld?*

»Brauchst du eine Extraaufforderung?«, unterbrach Tayo ihre Gedanken.

Sie schüttelte den Kopf und rannte los.

Auch im ersten Stock erinnerte alles an ein Hotel. Links und rechts der Treppe gingen breite Flure ab, über die sich dicke grüne Teppiche zogen, und führten wohl zu den Zimmern.

Nach wenigen Augenblicken stand Leah keuchend neben Tayo, der sich suchend umschaute. »Verdammter Mist, wir haben die anderen verloren!«

Unter ihnen in der Halle brach Geschrei aus.

»Zur Seite treten!«, zischte eine kalte Stimme im Befehlston. »Wir müssen durch.«

Leah zuckte zusammen, als ein Schuss fiel.

Ein Schuss! Das konnte nur bedeuten, dass jemand dieses Spiel auf Leben und Tod angelegt hat. Leah durchfuhr es eiskalt.

»Wir sind geliefert«, sagte Tayo.

Sie nickte und zitterte am ganzen Körper. Hier ging es um Leben und Tod – und sie kannte die Regeln nicht. Zu Hause in ihrem Bett war sie sicher. Keine weiß gekleideten Menschen, keine zerlumpten Kinder und vor allem keine Wächter, die alles, was ihre Blicke trafen, dem Erdboden gleichmachten.

Tayo ergriff ihre Hand und zog sie mit sich. Zur Treppe zurück, dann nach oben. Immer weiter. Sie ließen die leeren Flure im zweiten Stock links liegen. Auch die im dritten und vierten. Mit langen Schritten jagten Leah und Tayo die Treppenstufen hinauf.

Leahs Lunge brannte. Ihr Herz wummerte gegen die Brust. Sie keuchte und auch Tayo blieb stehen und atmete tief ein und aus. Nun nahm Leah seine Hand und zog ihn mit sich. Je höher sie kamen, umso schmaler wurde der Aufgang. Der Teppichboden machte einem Holzboden aus rohen Dielen Platz.

Als es nicht mehr höher ging, riss er sich von ihr los und funkelte sie an. »Was für eine Superidee, bis hier hochzulaufen.«

Leah legte den Zeigefinger auf die Lippen und lauschte. Einige Stockwerke unter ihnen zischten die Wächter Warnrufe.

»Wir sitzen in der Falle. Sie werden hochkommen und wir haben keine Möglichkeit zur Flucht.« Leah sprach die Worte aus, als wäre sie nicht betroffen. Als hätte das ganze Dilemma nichts mit ihr zu tun. Das war besser, als alles an sich heranzulassen. Das alles hier war so weit weg von ihrem normalen Leben. So anders, so gefährlich, so beängstigend. Es freute sie fast, dass jetzt alles vorbei war. Vorbei sein musste, wenn die Wächter ins oberste Stockwerk vordrangen.

Aus den Augenwinkeln sah sie, wie sich zwei Zimmer weiter eine Tür einen Spalt weit aufschob. Ben streckte seinen Kopf heraus und fuchtelte hektisch mit den Armen.

Leah winkte Tayo zu, der nichts bemerkt zu haben schien. Sie deutete nach vorn und riss Tayo wieder mit sich. »Ich glaube, sie sind dahinten.«

Sie rannten zu Ben, der erst Tayo ins Zimmer zog, dann Leah. Sein Misstrauen ihr gegenüber war ihm ins Gesicht geschrieben. Er schlug die Tür zu und schob rasch eine Kommode davor. Yuna saß auf einem ordentlich gemachten Bett und keuchte. Die Einrichtung war einfach und sauber.

Auf dem Gang wurden Stimmen laut. Befehle hallten an Leahs Ohren. »Drei nach rechts, drei nach links. Die anderen sichern die Treppe, sodass sie uns nicht nach unten entkommen können.«

Damit war auch der letzte Zweifel vom Tisch, dass sich diese Wächter für irgendjemand anderen hier interessierten als für sie. Und alles nur, weil Leah in den Lauf dieses Spiels eingegriffen hatte! »Was sollen wir jetzt tun?«, fragte sie.

Ben war tiefrot angelaufen, an seiner Schläfe pulsierte eine Ader. Er blitzte sie böse an. »Wäre besser gewesen, du hättest dir früher Gedanken darum gemacht.«

Yuna stand auf und ging zu dem Fenster unter der Dachschräge, das so klein war, dass sie Mühe hatte, ihren Kopf und die Schultern gleichzeitig hindurchzustecken. Sie lehnte sich so weit hinaus, wie es möglich war. Als sie sich wieder ins Zimmer umwandte, lag ein Funkeln in ihrem Blick. »Da draußen geht es fünfzehn Stockwerke in die Tiefe.«

Leah holte tief Luft, um sich erneut dafür zu entschuldigen, dass sie wegen ihr in der Zwickmühle saßen.

Doch Yuna ließ sie nicht zu Wort kommen. »Wir könnten ...«

Da meldete sich Tayo zu Wort, auch in seinen Augen blitzte es, als sei ihm eine geniale Idee gekommen. »... eingreifen? Ein wenig zaubern?«

Ben schien ganz genau zu verstehen, worauf die beiden abzielten. »Niemals«, keuchte er. »Es ist verboten. Wir werden das Spiel verlieren, wenn wir das machen. Es muss eine andere Lösung geben!«

Yuna zuckte mit den Schultern. »Es ist ein ungeschriebenes Gesetz. Aber so richtig verboten ist es nicht, soviel ich weiß. Ich sehe keinen anderen Ausweg. Außer du willst dich von Blicken töten lassen. Ansonsten ...« Yuna war vollkommen cool. Sie hatte plötzlich die Kontrolle übernommen und schaute Ben fest in die Augen, als wolle sie ihn herausfordern, ihr zu widersprechen. Er wich ihrem Blick aus und wandte sich hektisch zur Tür um.

»Wir müssen hier weg – egal, wie«, wandte Tayo ein und trat einen Schritt auf das Fenster zu.

Yuna nickte. »Wir machen nur etwas ganz Unauffälliges. Nichts Großartiges«, schlug sie vor.

Wenige Minuten später stand Leah allein im Zimmer und presste ihre Stirn gegen den Fensterrahmen. Sie zwang sich, ruhig zu atmen, konnte jedoch die Panik in ihrer Brust nicht unterdrücken. Übelkeit stieg in ihr auf, als sie beobachtete, wie die anderen drei vorsichtig und langsam über das dünne Kunststoffseil balancierten, das Yuna aus dem Nichts geschaffen hatte. *Warum nicht einen Steg oder eine Brücke?* Sie hatte nicht gewagt, diesen Vorschlag laut vorzubringen. Nicht wenn die anderen zumindest noch halbwegs davon ausgingen, dass sie Leviathan war, die talentierte Drahtseiltänzerin. Es wäre sofort vorbei, wenn sie jetzt vor allen zugab, dass sie Höhenangst hatte und noch nie auf einem Seil balanciert war.

Dann war alles schnell gegangen: Yuna hatte das Seil, das Leah dünn wie ein Haar vorkam, allein durch die Kraft ihrer Vorstellung erschaffen. Nun waren die anderen bereits etwa dreißig Meter vom Fenster entfernt und balancierten weiter in Richtung des weißen Marmorgebäudes gegenüber.

Leah kletterte erst gar nicht aus dem Fenster. Der Gedanke, ihr Leben einem Seil anzuvertrauen, das nur in ihrer Fantasie existierte, erschien ihr absurd, gefährlich und riskanter als alles, was sie je getan hatte. Die anderen schauten sich nicht einmal nach ihr um. *Niemanden interessiert, ob ich nachkomme.* Der Gedanke schmeckte bitter. Sollten sie mutig sein, sollten sie um das Preisgeld spielen und alles daran setzen zu gewinnen. Leah stieß das Fenster zu.

Schritte näherten sich auf dem Korridor. Nur noch wenige Sekunden, dann würden die seltsamen Wächter die Tür aufreißen. Die Kommode war nur eine lächerliche Barrikade, das wusste sie.

Als jemand versuchte, von außen die Tür aufzustoßen, flimmerte das Zimmer vor Leahs Augen. Das Licht brach sich in den

Scheiben vor ihr und malte wirre Bilder auf ihre Netzhaut. Sie musste sich zusammenreißen, sonst würde sie aus dem Traum gleiten und sich Mikas Donnerwetter ausliefern müssen. Sie richtete sich auf.

Ihr Vater brauchte neue Medikamente und sie würde alles daransetzen, das Geld dafür zu beschaffen. Wie ferngesteuert riss sie das Fenster wieder auf, sah die Umrisse der anderen, die schon fast am Ziel waren, und kletterte hinaus. Hinter ihr gab die Tür mit einem Krachen nach.

Für einen Augenblick kribbelte es in ihrem Bauch und sie sah das Bild eines Kettenkarussells vor sich. Im nächsten Moment verschwamm alles und wurde schwarz.

9

Die Welt drehte sich, Blitze zuckten vor ihren Augen, ihr Körper wurde wie schwerelos umhergewirbelt. Irgendetwas zog sie in einen Tunnel aus Dunkelheit. Da gab es nichts, das ihr Halt bot. Nichts, das ihren Sturz durch die Unendlichkeit aufhielt.

Nach einer gefühlten Ewigkeit des freien Falls erwachte Leah im Bett. In ihren Ohren sirrte es. Sie rappelte sich hoch und stürzte durch den Flur ins Bad. Dann übergab sie sich.

Das Aussehen des Mädchens, das sie im Spiegel sah, jagte ihr einen Schrecken ein. Die Augen lagen tief in den Höhlen, darunter zeigten sich dunkle Schatten. Und hatten sich in dieser Nacht tatsächlich kleine Fältchen neben den Mundwinkeln gebildet? Sie warf sich kaltes Wasser ins Gesicht.

Vor dem Fenster tobte ein Unwetter. Blitze zuckten durch die Dunkelheit und es folgten heftige Donnerschläge. Regen peitschte gegen das winzige Fenster. Das Wetter passte zu ihrer Stimmung. Es tobte ein Sturm in ihr. Weil sie versagt hatte, weil Mika enttäuscht sein würde, weil Leah wusste, dass sie nach diesem Reinfall nichts, aber auch gar nichts für ihren Vater tun konnte.

Beim nächsten Blitz sah sie auf die Uhr. Vielleicht sollte sie versuchen, den Traum fortzusetzen. Sie wusste nicht, was richtig war. Hatte Angst davor, was passieren würde, wenn sie in die weiße Stadt zurückkehrte. Die Wächter würden dort sein. Und die anderen. Konnte sie ihnen noch unter die Augen treten, nachdem sie wie ein totaler Stümper aus dem Traum gekippt war?

Fast lautlos öffnete sie die Badezimmertür und schlich sich zurück in ihr Zimmer. Die Tür knarrte, wenn man sie schloss, deshalb ließ Leah sie offen stehen und kroch in ihr Bett.

Sie zwang sich, möglichst an nichts zu denken. Nicht an die weiße Stadt und nicht an die Wächter. Sie musste unbedingt vermeiden, von ihnen zu träumen.

Zwei Stunden später rüttelte Mika an ihrer Schulter und riss sie aus dem Schlaf. »Und? Wie ist es gelaufen?«

Leah seufzte. Sie hatte gehofft, etwas Zeit zu haben, sich ihre Worte zurechtzulegen. Nun musste sie ihm ohne Vorbereitung Rede und Antwort stehen. Sie wappnete sich innerlich. »Ich bin nicht sicher.« Ihr Flüstern klang heiser.

»Was meinst du damit?«

Sie zuckte mit den Schultern und suchte nach den passenden Worten für das Dilemma.

»Jetzt lass dir nicht alles aus der Nase ziehen. Bist du am richtigen Ort angekommen? Worum geht es in dem Spiel? Hat alles funktioniert? Wer sind deine Gegner?«

»Lass mich doch erst mal wach werden!«, unterbrach sie ihn und sank erschöpft zurück auf das Kissen. »Es ergibt alles überhaupt keinen Sinn. Wir waren nur zu viert. Tayo war natürlich da und dann dieser Surfer Ben und Kamikaze Kaito Jeanne, die eigentlich Yuna heißt.«

Mika nickte. »Habe ich mir fast gedacht, dass sie auch Einladungen erhalten haben.« Triumphierend blickte er auf. »Gut, dass wir ihre Träume zusammen angeschaut haben. Hat es dir Spaß gemacht? Denkst du, du kannst das Spiel gewinnen?«

»Keine Ahnung. Es ist irgendwie einiges schiefgegangen.« Sie legte die Arme um ihren Oberkörper und suchte nach passenden Worten, um es Mika schonend beizubringen. »Wir sind nicht am Treffpunkt gelandet.«

»Sag nicht, du hast es vermasselt!« Mika hieb mit der Faust auf das Bett.

»Wir sind *alle* nicht dort angekommen, wo wir wollten«, fügte Leah mit fester Stimme hinzu, bevor ihr Bruder völlig ausrastete. Sie erzählte ihm, was im Traum passiert war. Er stöhnte auf, als sie ihm schilderte, dass sie mehrmals fast aus dem Traum gekippt war und zum Schluss sogar richtig.

Seine Finger trommelten auf die Bettkante. »Dann kannst du davon ausgehen, dass sie wissen, dass du kein Profi bist. Jemandem mit Erfahrung passiert so etwas nicht.«

Jetzt kochte die Wut endgültig in Leah hoch. Sie fuhr ihren Bruder an: »Ich kann daran nichts ändern! Ich habe mein Bestes gegeben. Ich bin froh, dass ich den Mist heil überstanden habe! Da werden Leute *getötet* von irgendwelchen abgefahrenen Wächtern. Sie töten uns! Verstehst du? Sie haben es auf uns abgesehen. Keiner von uns weiß, wie dieses Scheißspiel überhaupt funktioniert! Wir haben nicht einmal herausgefunden, wer da gegen wen antritt! Und du hast echt nichts Besseres zu tun, als mich nach so einer Nacht rundzumachen?! Wenn du es besser kannst, geh beim nächsten Mal selbst hin.«

Mika war einen Moment sprachlos. Wahrscheinlich weil Leah lange nicht mehr so viel und so emotional mit ihm gesprochen hatte. Er wollte sie tröstend an sich ziehen, aber sie stieß ihn fort.

»So war das nicht gemeint. Und das weißt du. Tut mir leid,

wenn ich dich verletzt habe.« Mika warf ihr einen forschenden Blick zu, doch Leah verzog nur den Mund.

»Ich mache dir jetzt erst mal eine Tasse Tee. Du bleibst solange liegen und ruhst dich noch ein wenig aus. Danach überlegen wir, wie es weitergeht. In Ordnung?«

Sie nickte stumm und vergrub ihr Gesicht im Kissen. Sie ertappte sich bei dem Gedanken, dass Mika schon eine Lösung finden würde. Alles in ihr sträubte sich dagegen, so schnell aufzugeben, doch es tat in diesem Moment einfach zu gut, von ihm aufgefangen zu werden.

***

Ben wurde von den Sonnenstrahlen geweckt, die durch das schmutzige Busfenster auf seine Matratze fielen. Er zog das Kissen über den Kopf und drehte sich weg, aber an Schlaf war bei der Hitze nicht mehr zu denken. Die Wirkung des Morph hatte ebenfalls lange nachgelassen.

Den Rest der Nacht hatte er sich unruhig auf seinem Lager gewälzt, war ständig wieder aufgestanden und ein paar Schritte im Bus auf und ab gelaufen. Was war nur passiert? Er hatte überhaupt nicht vorgehabt, so schnell zurückzukehren. Er wollte weiter an der seltsamen Challenge teilnehmen. Aber der Traum war von einem Augenblick zum anderen beendet gewesen. Eben noch hatte er Angst gehabt, sein Gleichgewicht auf dem Seil zu verlieren, und im nächsten Moment war er erwacht, als hätte jemand einen Schalter umgelegt. Er hatte nachts kurz überlegt, eine weitere Dosis Morph zu nehmen, sich dann aber dagegen entschieden. Aus irgendeinem Grund war er sich sicher, dass es Yuna genauso ergangen war. Und Tayo und Leah auch.

Ben blickte gedankenverloren aus dem Fenster. Endlose goldene Wüste erstreckte sich vor ihm. Er dachte an die kleine Alice, sie hatte so etwas Zerbrechliches an sich und bewegte sich unsicher wie ein junges Fohlen. Ständig hatte er das Gefühl, sie beschützen zu müssen. Nein, nicht zu müssen. Er *wollte* das! Aber er musste dieses Gefühl unterdrücken. Sie war seine Konkurrentin, das durfte er auf gar keinen Fall vergessen. Das Letzte, was er von der Deutschen wahrgenommen hatte, war ihr ängstlicher Blick, mit dem sie das Seil musterte und sichtbar mit sich rang, ob sie ihnen folgen sollte oder nicht. Er konnte sich nicht daran erinnern, bemerkt zu haben, dass sie es getan hatte. Oder doch? Ben versuchte, seine Erinnerungen zu ordnen. Aber alles, was er zurückrufen konnte, waren diffuse Bilder. Wie hatte es passieren können, dass er aus dem Traum kippte? Verdammt, wenn das Morph versagt hatte, dann musste er sich den Dealer vorknöpfen. Bei dem Preis, den der Kerl verlangte, konnte man doch wohl erwarten, dass es …

Gern hätte er sich weiter das Hirn zermartert. Aber er musste dringend pinkeln und danach den Traum bei GoodDreams posten. Wenn er Glück hatte, brachten die absurden Bilder genug Likes für Essen und Abbys Schnaps. Und für saubere Drogen, die nicht gestreckt waren. Ben zupfte sich die Kontakte vom Kopf und schlich auf Zehenspitzen an seiner Mutter vorbei, die ihren Rausch ausschlief. Die Bustür öffnete sich automatisch auf Knopfdruck und er wankte barfuß hinaus in das Sonnenlicht.

Seine Augen mit der Hand gegen das Sonnenlicht abgeschirmt sah er, dass sich etwa fünfzig Meter weiter neben dem Gemeinschaftswaschraum eine Traube von Menschen gebildet hatte. Ben stöhnte auf, genau da musste er hin.

Sie redeten lautstark durcheinander. Das war an und für sich noch keine Seltenheit in Slab City. Hier redeten die Menschen immer laut und nahmen kein Blatt vor den Mund. Nur schienen sich heute die Aussteiger und die Idealisten, die Gesetzlosen und die Bürgerlichen einig zu sein. Das war noch nie vorgekommen, soweit sich Ben erinnern konnte.

»Das kann nicht wahr sein!!« Jemand stapfte über den flimmernden Sand davon. Andere stemmten die Hände in die Seiten, einige Neuankömmlinge stolperten wie Ben aus ihren Trailern und Blechbaracken auf den Gemeinschaftsplatz. Sie alle starrten wie gebannt den alten John an, der so etwas wie der Ortsvorsteher war. Wenn einer von allen respektiert wurde, dann der alte Cowboy in seinen Lederklamotten, der auf einer Blechtonne stand.

»Die Meinungsumfragen sind manipuliert, anders kann es nicht sein!«, rief er über die Menge hinweg.

Meinungsumfragen? Bens Blase drückte, aber er hatte keine Lust auf Diskussionen. Nicht am frühen Morgen und vor allem nicht nach den Erlebnissen dieser Nacht. Er begann zu grübeln. Hatte er es vermasselt? Wäre es besser gelaufen, wenn er sich anders verhalten hätte? Das Geld lag greifbar nah vor ihm. Seine Chancen standen nicht schlecht, vermutete er. Yuna war eine durchaus ernst zu nehmende Konkurrenz, Tayo wahrscheinlich auch. Ihn konnte Ben schlecht einschätzen, denn er hatte schon lange nichts mehr auf GoodDreams gepostet. Aber selbst wenn – Alice jedenfalls konnte er nicht ernst nehmen. Und irgendwas stimmte mit ihr nicht. Sie bewegte sich im Traum, als wäre sie tatsächlich im Wunderland gelandet. Wer war auf die Idee gekommen, dieses unerfahrene Mädchen überhaupt einzuladen? Und wie war sie in der Lage, diese wunderbaren Träume zu posten, wenn sie bei der kleinsten kritischen Situation aus dem Traum kippte? Ben wollte das Rätsel um sie lösen, so viel war klar – aber er nahm sich vor, sich von der Kleinen nicht vom Gewinn ablenken zu lassen.

Dann fiel ihm ein: Es ging um etwas anderes. Wichtig war, wer diese Leah überhaupt eingeladen hatte! In seinem Kopf hämmerte es. Eine Tasse löslicher Kaffee würde ihm hoffentlich dabei helfen, endlich einen klaren Gedanken zu fassen. Immerhin konnte sein Sieg davon abhängen, ob er die Lage richtig einschätzte.

Er ging an John und den anderen Bewohnern von Slab City vorbei und bog zu den Waschräumen ab, da ließ ihn Johns Stimme aufhorchen: »He, Ben. Wir haben Neuigkeiten für Abby. Mach sie wach. Schütt ihr einen Eimer Wasser über den Kopf, wenn es nötig ist. Aber hol sie her!«

Ben dachte kurz nach. John kümmerte sich um so gut wie alles, was Slab City betraf, und es war keine gute Idee, ihm zu widersprechen. Schon gar nicht, wenn der Rest der Einwohner neben ihm versammelt war. John würde es nicht einfach hinnehmen, sein Gesicht zu verlieren. Außerdem brauchte Ben in spätestens einer Stunde seine Hilfe, sonst konnte er die Likes bei GoodDreams an diesem Tag vergessen. John war der Herrscher über den einzigen funktionsfähigen Generator der ganzen Siedlung und speiste ihn über die zahlreichen Solarmodule auf den Wohnwagen und Bussen. Nicht, dass er je jemandem verwehrt hätte, Strom zu erhalten. Aber es war Pflicht, danach zu fragen. Selbstbedienung war absolut verboten.

Ben hatte den Akku seines uralten Laptops, dessen Gehäuse nur noch mit etlichen Lagen Isolierband zusammengehalten wurde, erst vor wenigen Tagen bei John aufgeladen. Aber es war davon auszugehen, dass die Kapazität nicht mehr ausreichen würde, um den Film vom Traumrekorder auf die Festplatte zu spielen und anschließend bei GoodDreams hochzuladen. Er seufzte. Abby zu wecken, war allerdings eine ganz dumme Idee. Jedes Mal, wenn er seine Mutter aus dem Schlaf riss, war sie unerträglich und belästigte mit ihrer schlechten Laune auch die anderen so sehr, dass die Einwohner von Slab City ihm irgendwann lachend verboten hatten, Abby aus dem Rausch aufzuwecken. *Wenn John wirklich in Kauf nimmt, dass Abby wie eine Furie vor ihm stehen und rumzetern wird, muss es tatsächlich wichtig sein.*

Ben schnaubte und schlenderte hinüber zu den anderen. »Sagt es einfach mir. Ich berichte es ihr später. Wenn sie von alleine aufwacht.«

John nickte und trommelte mit den Fingerspitzen auf seinen mächtigen Bauch. So nervös kannte Ben ihn gar nicht. John war normalerweise pure Besonnenheit. Genau deshalb akzeptierten ihn auch alle als Oberhaupt.

»Hast es nicht leicht mit ihr, Junge.«

Seine Frau Betsy nickte bei diesen Worten.

Ben hatte keine Lust auf ihre mitleidigen Blicke. »Also legt los«, sagte er gepresst. »Worum geht es?«

»Wir alle hier ...« John beschrieb einen Bogen mit beiden Armen. »Wir haben ja große Hoffnungen auf den neuen Präsidentschaftskandidaten gesetzt. Schließlich hat er ein Amnestiegesetz versprochen, dass uns ermöglichen würde, als normale Bürger in die Gesellschaft zurückzukehren.«

Was labert der Alte da? Ich weiß über das Wahlversprechen von Henry Webber genau Bescheid. Jede Zeitungsmeldung dazu hatte Ben im Drugstore in Niland genauestens studiert. Seine Mutter wurde schließlich wegen Mordes gesucht. Ihre Zukunft hing davon ab. *Denkt John wirklich, er berichtet mir Neuigkeiten?*

»Habe ich alles schon mal gehört.« Ben zwang sich, die Ungeduld aus seiner Stimme herauszuhalten.

»Ist mir klar, Junge. Ist mir klar, aber ...« John blickte ihn niedergeschlagen an. »... die Umfrageergebnisse ...«

Ben schnaubte. »Die Umfrageergebnisse sind exzellent. Herausragend geradezu. Das hast du erst neulich selbst gesagt. Worauf willst du jetzt eigentlich hinaus? Noch niemals hatte ein Kandidat der Liberalen so gute Prognosen.«

Er verstand den Alten nicht. Erst neulich hatten sie sich am Feuer darüber unterhalten, dass die Bevölkerung wohl endlich so weit war, sich aufzulehnen. Sie schien es leid zu sein, dass unter der Fuchtel der Postrepublikaner Geld für Kriege ausgegeben wurde, das überall fehlte. Die Kriminalität war in den letzten acht Jahren rasant angestiegen. Die Gefängnisse hoffnungslos überfüllt. Kein Wunder, dass der neue Kandidat Webber alle begnadigen wollte, die für Verbrechen einsaßen, die aus der Not heraus begangen worden waren. Und Abby war ja nicht einmal verurteilt.

»Deine Mutter braucht diese Begnadigung. Schließlich hat sie ihren Mann erstochen.«

»Ist es das, was du mir sagen willst? Deshalb hältst du mich auf? Außerdem war es bei Abby Notwehr, das weißt du genau. Nenn sie noch einmal eine Mörderin und ich werde ...« Ben spürte, wie sich sein Kiefer vor Zorn verkrampfte.

John legte ihm die Hand auf die Schulter. »Ich weiß, Junge. Ich weiß. Es ist nur ... seit einigen Tagen hat sich alles geändert. Mittlerweile liegt Willis sogar schon ein Stück weiter vorn.«

»Dieses erzkonservative und reaktionäre Schwein?« Ben konnte nicht glauben, was er da gerade gehört hatte. Wenn das stimmte, war ein Leben als freier Mensch für seine Mutter auch in den nächsten vier Jahren vollkommen ausgeschlossen. Es würde nicht besser werden. Im Gegenteil. Er wollte sich nicht ausmalen, was ein erneuter Wahlsieg der Postrepublikaner bedeuten konnte.

John blickte ihn verständnisvoll an. Er schien zu ahnen, was in Ben vorging. »Niemand kann diese neuen Entwicklungen erklären. Die ganze Welt wundert sich darüber. Man debattiert in den Zeitungen, im Fernsehen und natürlich auch im Internet. Spezialisten fachsimpeln, Uniprofessoren lassen mittlerweile sogar Studenten darüber nachdenken. Gestern hat ABC eine Sondersendung zu diesem Thema übertragen. Reporter zogen durch alle Bundesstaaten und befragten normale Menschen auf der Straße. Sie alle bezeichneten Webber als ihren Traumpräsidenten. Nur leider sprechen die Umfragen eine andere Sprache.«

Ben spürte, wie sein linkes Augenlid zu zucken begann. Es würde schwer genug werden, Abby das beizubringen, aber jetzt musste er über das Spiel nachdenken. Wie es aussah, war es nun wirklich seine einzige Chance, die Wüste gemeinsam mit Abby verlassen zu können.

***

Stunden später betrat Yuna ihr Zimmer im ersten Stock des Hostels und stöhnte. Es war fast Mittag, aber schon jetzt staute sich die schwüle Hitze in dem kleinen Raum und machte das Atmen schwer. Sie öffnete das Fenster und nahm die Morphtablette. Bevor ihre Wirkung einsetzte, fuhr sie den Laptop hoch und ließ den Kopf auf die Tischplatte sinken. Nicht nur die Hitze war ein Problem. Viel schlimmer war, dass sie jederzeit damit rechnen musste, von ihrem Boss gerufen zu werden. Sie hatte ihn zwar darum gebeten, ein paar Stunden freimachen zu dürfen, aber ob er sich daran noch erinnerte, wenn ein Krug Wasser umkippte oder einer seiner Saufkumpels nach Nachschub verlangte, war fraglich. Yuna hatte darüber nachgedacht, was es bedeutete, dass der Gamemaster den Zeitpunkt der täglichen Treffen auf @417 gelegt hatte. Ben hatte es gut, denn das entsprach 20 Uhr in Kalifornien. Leah musste um 5 Uhr Ortszeit Berlin einschlafen und zu träumen beginnen, Tayo eine Stunde später. Nur sie selbst war wirklich dämlich dran. 12 Uhr mittags in Okinawa. Wer da schlafen und träumen wollte, durfte echt nichts anderes zu tun haben. Aber es nutzte alles nichts, sie musste es versuchen. Das Ticket aus ihrem elendigen Leben war es wert, dass sie dafür ihren Job aufs Spiel setzte.

Als sie sich bei GoodDreams einloggte und die Likes für den letzten Traum kontrollierte, lief ihr ein wohliger Schauer über den Rücken. War das echt? Fünfzehntausend Likes für diesen seltsamen Traum in der weißen Stadt? Und das, obwohl sie ihn unfreiwillig verlassen hatte wie eine blutige Anfängerin? Ihre Hände wurden feucht vor Aufregung und sie wischte sie an der Jeans ab. Und dabei hatte sie noch überlegt, ob sie ihn wirklich posten sollte. Ob es richtig war zuzugeben, dass sie einfach so aus dem Traum gekippt war? Immerhin hatte sie einen Ruf zu verlieren und ihre Fans erwarteten Qualität. Aber wie es schien, waren sie zufrieden mit dem, was sie angeboten hatte. Wahrscheinlich weil es so etwas Ungewöhnliches lange nicht mehr in der Community gegeben hatte.

Nervös klickte sie sich auf der türkisblau funkelnden GoodDreams-Oberfläche durch bis zu Bens Profil und rief seinen Film auf. Sie nahm sich nicht die Zeit, ihn komplett anzuschauen. Genau wie sie hatte er ihn wohl unbearbeitet gepostet. Keine Filter, nichts geschnitten, keine Musik daruntergelegt. Sie lächelte bei dem Gedanken, dass Ben sich nicht die Zeit genommen hatte, irgendetwas zu beschönigen. Rasch kontrollierte sie noch Tayos Film, aber auch auf seinem Profil bot sich dasselbe

Bild. Es war seltsam, denselben Traum aus unterschiedlichen Perspektiven zu sehen.

Yuna lehnte sich am Schreibtisch zurück und verschränkte die Hände am Hinterkopf. Wie würde es weitergehen? Die Anspannung war so übermächtig, dass sie aufstand und ein paar Schritte im Zimmer umherging. Sie musste sich zusammenreißen. Nichts war schlimmer, als vor Aufregung nicht einschlafen zu können wie jemand, der zum ersten Mal klarträumte.

Sie schloss das Fenster, um nicht vom Straßenlärm geweckt zu werden. Dann legte sie sich angezogen auf das Bett und befestigte routiniert die Elektroden am Kopf. Yuna war bereit.

10

An diesem Abend wurde der Schlaf erneut zu Leahs Feind. Sie konnte verstehen, wie Mika sich fühlte. Je mehr sie versuchte, endlich einzuschlafen, um die Challenge fortsetzen zu können, umso mehr wehrte sich ihr Unterbewusstsein dagegen. Die Angst vor dem Ungewissen war zurück. Wer wusste schon, wo sie landete – vielleicht mitten in den Fängen dieser ominösen Wächter? Leah konnte die Hände spüren, die nach ihr griffen, die Beine hinabzogen in die Tiefe. Keuchend schlug sie die Augen auf und rang nach Luft.

Gedankenfetzen tanzten durch ihren Kopf und drängten sich in den Vordergrund, egal, wie sehr sie versuchte, an nichts zu denken, wie es Mika ihr gepredigt hatte.

Minute um Minute verging – dann, endlich, war sie wieder in dem winzigen Zimmer im Hotel. Die Tür hinter ihr war aus den Angeln gerissen, das Holz zersplittert. Von den Wächtern keine Spur. *Noch nicht. Aber sie werden sicher gleich da sein, wenn sie mitbekommen, dass ich zurückgekehrt bin. Und dann?*

Das Fenster stand noch offen und sie wappnete sich, als sie auf den Sims kletterte. Bevor sie hinabblickte, schloss sie kurz die Lider, um ihr Gleichgewicht zu finden und die Angst vor dem zu überwinden, was vor ihr lag. Als sie Mika von dem dünnen Seil erzählte, hatte er gelacht. Und sie konnte ihm ansehen, wie sehr er sich danach sehnte, diese Aufgabe übernehmen zu können.

Sie atmete mehrmals tief ein und aus, um das Hämmern in ihrer Brust unter Kontrolle zu bringen. Dann öffnete sie die Augen einen Spaltbreit. Sie würde es schaffen. Eine Alternative gab es nicht. Sie musste es schaffen. Ihr erster Blick fiel auf den weißen Himmel über ihr, dessen milchiges Licht unentschlossen die Häuserflucht beleuchtete. Das Seil. Es war verschwunden!

Schritte hinter ihr. Zischende Stimmen, die sich näherten. Das Geschehen vom letzten Mal wiederholte sich. Sie war wieder hier gelandet, am selben Ort zur gleichen Zeit. Es gab kein Entkommen vor dem, was sie absolvieren musste und was der Traum von ihr verlangte. Leah schluckte trocken, wenigstens war dort unten kein kochendes Meer, keine Arme, die an ihr zogen. Vielleicht gelang es ihr, hinauszuklettern und sich von außen an das Fensterbrett zu klammern. Sie zwängte sich durch die Öffnung. Wie hatten die anderen das gestern nur geschafft?

Drehen, sie musste sich drehen, noch während sie kletterte. Musste für einen Moment die linke Hand vom Fensterbrett lösen. Ihre Finger zitterten. Schweißperlen liefen an der Stirn herunter und brannten in den Augen. Sie klammerte sich fest, so gut sie konnte. Die Fingerspitzen wurden erst tiefrot und verblassten dann wieder. Wurden taub. Sie spürte nichts mehr. Hörte die Wächter, als sie das Zimmer betraten. Sie sah den Schatten über sich. Den Kopf mit der schwarzen Kapuze, der sich durch das Fenster zwängte. Der Wächter sah sie, brüllte nach hinten zu seinen Kollegen.

Leah ließ los und fiel.

Nur langsam tropfte das Begreifen in ihr Hirn. Erst, als der weiße Boden immer näher kam, verstand sie richtig, was geschehen war. Sie ruderte hektisch mit den Armen, als könne sie damit den Sturz aufhalten. Unter ihr war alles aus hartem weißem Stein. Schon sah sie ihren zerschellten Körper auf der freien Fläche liegen. Nein, nein, das durfte nicht passieren!

Sie wollte aufwachen, aus dem Traum fliehen, aber es gelang ihr nicht. Der Boden kam immer näher und sie konnte nichts tun, als den Blick fest auf das Grauen zu richten, das sie erwartete. Ihr Schrei gellte in ihren Ohren. Sie stellte sich den Aufprall vor und wehrte sich gegen den Schmerz, der kommen würde. Und auf einmal glitzerte eine glatte Wasserfläche unter ihr. Woher kam dieses Becken? Kein Laut, als ihr Körper die Wasseroberfläche durchschnitt. Wie war das möglich? Mit dem Wasser drang Panik in ihre Kehle, als sie schreiend den Mund weit aufriss. Wasser! Sie war im Wasser! War da nicht etwas unter ihren Beinen? Griffen nicht Hände nach ihr? Etwas wartete auf sie, gierte nach ihr. Sie hatte die ganze Zeit befürchtet, dass es passieren würde.

Leah ruderte mit Armen und Beinen, trat nach unten, stieß dabei keuchend die Luft aus. Oben angekommen, atmete sie einmal tief durch, stemmte sich gegen das Grauen. Dann tauchte sie unter und schwamm mit kräftigen Zügen zum Beckenrand.

Keine Pause. Sie musste weiter. Weg hier. Nur ein kurzer Blick auf die Uhr. @437. Sie hatte gewusst, dass sie unpünktlich war. Aber so spät schon? Wo waren die anderen? Hatte sie schon in der zweiten Nacht den Anschluss an die Gruppe verloren? Leah wurde übel, als ihr klar wurde, dass sie vielleicht jetzt schon raus war aus dem Spiel. In Gedanken fluchte sie und stemmte sich aus dem Becken. Das Wasser hatte sie überlebt, aber jetzt brauchte sie einen Plan, sonst war die Sache für sie gelaufen.

Wie gewohnt griff sie sich in die Haare, um sie auszuwringen. Aber – sie waren trocken. Alles an ihr war trocken! Sie bückte sich wieder und streckte eine Hand ins Wasser. Es verschwand vor ihren Augen. Der ganze Pool löste sich auf und machte Platz für weißen, glitzernden Beton. Ungläubig stand sie da, starrte erst auf den harten Boden, dann auf ihre trockene Jeans und die Chucks.

»Heilige Scheiße, was ist das?«

»Was willst du hören, Leah?« Tayo schälte sich aus dem grellen Licht und trat ihr entgegen. Auf seinen Lippen lag ein Lächeln, das seine Augen nicht erreichte.

Leah schwankte und musste sich zwingen, ihm nicht in die Arme zu stürzen aus Dankbarkeit, dass er auf sie gewartet hatte. »Wo kommst du auf einmal her? Und der Pool. Er ist weg!« Sie wies auf die Betonfläche vor ihren Füßen.

Tayo sah sie an. »Ich habe dafür gesorgt, dass er verschwindet. Wie ich auch dafür gesorgt habe, dass er deinen Sturz abfängt. Was hast du dir überhaupt dabei gedacht, aus dem Fenster zu springen? Ich musste in den Traum eingreifen. Du hast mich dazu gezwungen.«

Leah schüttelte verwirrt den Kopf. Sie war gefallen und nicht gesprungen. »Was hätte ich deiner Ansicht nach tun sollen? Ich bin gefallen. Ich könnte tot sein.«

Tayo rümpfte die Nase. »Das ist ein Traum. Niemand kann in einem Traum sterben.«

»Aber warum hast du dann den Pool geträumt? Dann hättest du mich doch einfach herunterfallen lassen können.«

Tayo zuckte mit den Schultern. »Weil ich dämlich bin. Das war nur Sorge um dich und nackter Instinkt. Und ich könnte mir selbst dafür in den Hintern treten. Deine Schuld, wenn wir rausfliegen. Soll ich es dir buchstabieren? Niemand stirbt in einem Traum!«

Leah rang die Hände. Wie konnte er da so sicher sein? Sie war überzeugt davon, dass es möglich war. Aber sie traute sich nicht, diesen Gedanken laut auszusprechen. »Aber ihr habt doch selbst gestern dieses Seil ...«

»Ich fand das auch schon grenzwertig. Aber mal ehrlich, Leah. Ein ganzer Pool ist mir da für dich aus meiner Fantasie gesprungen! Wenn ich gewusst hätte, dass ich hier deinen Babysitter spielen muss, dann hätte ich mir die Sache noch mal überlegt.«

Bei diesen Worten wandte er sich um und ging. Leah rannte hinter ihm her, durch die Lobby und die weit geöffnete Eingangstür. Licht schlug ihr entgegen und sie brauchte einige Augenblicke, bis sie sich an die Helligkeit gewöhnt hatte. Tayo wartete auf der Treppe auf sie. Froh, dass er da war, machte sie einen Schritt auf die nächste Stufe und zuckte zurück. Hier oben, dicht beim Hotel fühlte sie sich im Moment fast sicher. Keine Spur mehr von den Wächtern, die darauf aus waren, sie auszulöschen. Doch sie wollte sich gar nicht ausmalen, was sie erwartete, wenn sie weitermachte. Dies war der Traum eines Fremden. Wusste sie, welche Gefahren er für sie bereithielt? Vielleicht waren die Männer mit den tödlichen Blicken noch harmlos gewesen. Durchaus möglich, dass hinter jeder Tür ein Monster lauerte, das nur darauf wartete, dass sie näher kam. Was hatte sich Mika überhaupt dabei gedacht, sie an seiner Stelle herzuschicken? Und was war in ihrem Kopf vorgegangen, als sie Ja gesagt hatte?

»Jetzt komm schon, Leah. Wir müssen die anderen suchen«, murrte Tayo.

Leah stürmte die Stufen hinunter, um es sich nicht doch noch anders zu überlegen. Tayo folgte ihr. Am Fuß der Treppe hielten sie einen Moment inne, um zu überlegen, welcher Weg wohl der richtige wäre, aber es gab keinen Hinweis darauf. Die ganze Stadt schien verlassen zu sein. Kein Geräusch durchbrach die Stille, kein Mensch war zu sehen. Vielleicht warteten die Einwohner wie am Vortag auf den Ton der Sirene, um dann aus den Häusern zu strömen. In Gedanken schaute sie auf ihre Uhr und kniff dann die Augen zusammen. Wie in Trance hielt sie Tayo zurück, der losgehen wollte.

»Kannst du dich noch erinnern, bei welchen Koordinaten wir gestern gelandet sind?«

Er überlegte. »Point (000,00,19).« Er tippte mit dem Fuß auf den Boden.

Mit einer Handbewegung bat Leah ihn um Geduld und wies auf das Display ihrer Uhr. »Wir haben es gestern nicht geschafft.« Sie holte Luft, um weiterzusprechen, doch Tayo unterbrach sie.

»Echt, Leah. Ja, ich habe begriffen, dass dir das hier alles fremd ist und die Koordinaten ein Rätsel. Und auch, dass du am liebsten hier stehen bleiben würdest und 250.000 Dollar mit Nichtstun gewinnen willst. Aber glaube mir: So wird das nichts. Setz endlich deinen Hintern in Bewegung und überlass das Nachdenken mir.«

Leah schnaubte. »Da wären wir aber aufgeschmissen. Ist dir aufgefallen, dass sich das Hotel heute an anderen Koordinaten befindet als gestern? Gestern sind wir bei Point (000,00,19) gelandet und haben es dann zu (000,00,17) geschafft. Auch im Hotel wurden noch diese Koordinaten angezeigt, ich erinnere mich genau. Jetzt wird aber Point (000,00,21) angezeigt. Wir sind also noch weiter weg von unserem Ziel als letzte Nacht! Ist dir klar, was das bedeutet?«

Tayo glotzte auf seine Uhr, schüttelte das Handgelenk, starrte wieder darauf und verglich seine Anzeige mit Leahs. »Fuck«, gab er tonlos von sich. »Mist, Mist, Mist.«

»Da ich ja zu blöd bin, kann ich es nicht genau wissen. Aber es hat den Anschein, als könnten wir uns hier auf nichts, aber auch gar nichts verlassen«, flötete sie und tänzelte an Tayo vorbei.

Tayo folgte ihr wortlos, als hätte es ihm die Sprache verschlagen. Leah kümmerte sich nicht um ihn, sondern lief Straßen und Gassen hinunter und begann bald, ihre Habtachtstellung aufzugeben. Alles ähnelte sich, sah irgendwie gleich aus. So, als hätte jemand wahllos aus weißen Legosteinen eine Stadt errichtet, ohne Sinn und Zweck. Es gab Einfamilienhäuser mit steinernen Vorgärten, dann wieder Hochhäuser mit Balkonen an den Fassaden, die allesamt in monotonem Weiß gehalten waren. Die Gehwege waren makellos, alles strahlte und glänzte.

Sie hörte Tayos Schritte hinter sich, was sie beruhigte und gleichzeitig ärgerte. Tayo hatte ihrem Bruder versprochen, ihr im Traum zu helfen – was meckerte er sie also an? Der Deal war klar oder hatte Tayo plötzlich selbst Ambitionen, den Gewinn einzustecken?

Innerlich schnaubte sie und beschloss trotzig, sich nicht mehr von den vermeintlichen Profis einschüchtern zu lassen. Ben, Yuna, Tayo: Waren sie nicht alle ebenso hilf- und ahnungslos wie sie hier gelandet? Keiner von ihnen wusste, wohin der Traum sie führen würde. Das gab ihr mindestens dieselben Chancen auf das Geld wie den anderen. Sie sah auf ihre Uhr: Point (000,00,21) stand dort immer noch.

»Leah, warte auf mich!«

Sie wandte sich um. Tayo stürmte heran und lief neben ihr her, als sie sich zum Weitergehen wandte. »Es tut mir leid. Ich kann verstehen, dass du sauer bist. Also lass uns zusammen weitermachen. Bitte.«

Leah verkniff sich die schnippische Erwiderung, die über ihre Lippen wollte, und nickte.

Die Erleichterung war Tayo anzusehen. »Du legst ein Tempo vor, als hättest du ein Ziel. Was ist dein Plan?«

Im Grunde hatte sie nur so viel Abstand wie möglich zwischen sich und die Wächter bringen wollen. »Erst mal die anderen suchen, dachte ich, und näher zu den Zielkoordinaten kommen.« Sie deutete auf ihre Uhr.

Tayo nickte, also war er mit diesem Vorgehen wohl einverstanden. Sie atmete einmal tief ein. Die Luft war klar und sauber – das kannte sie so aus Berlin gar nicht. Als sie um die nächste Ecke bog, erhob sich ein majestätisches Gebäude vor ihr, das von einem hohen eckigen Turm und einer riesigen Eingangstür geziert wurde und ansonsten so schlicht und nüchtern war wie alles andere hier. Eine Kirche vielleicht?

Das Gebäude hatte irgendetwas, das sie anzog. Bevor Tayo sie in eine Diskussion verwickeln konnte, zog sie die Tür auf, versuchte, jedes Geräusch zu vermeiden, und schlüpfte hinein.

Leiser Gesang drang an ihr Ohr und wie von unsichtbarer Hand gezogen, ging sie weiter den Mittelgang entlang, an leeren Stuhlreihen vorbei, auf den Altar zu, hinter dem sich weiß gekleidete Nonnen versammelt hatten und einem unbekannten Gott ihren Gesang darboten. Der Schein unzähliger Fackeln tauchte das Mittelschiff in ein warmes Licht, das viel angenehmer war als die Helligkeit draußen.

Die Kühle im Raum und die wunderbar klaren Stimmen jagten eine Gänsehaut über Leahs Arme. Sie beobachtete die Frauen, die wie reglose Statuen dastanden, nur ihre Münder öffneten und schlossen sich gleichzeitig im Takt. Eine einzelne

Nonne, die Äbtissin vielleicht, stand mit dem Rücken zu Leah und hob und senkte die Arme und dirigierte den Chor.

Um den beeindruckenden Gesang nicht zu stören, zwängte sich Leah leise in eine der Sitzreihen. Zufriedenheit erfüllte sie und das Bedürfnis, jemanden zu umarmen. Am liebsten die ganze Welt. Als die Orgel verklang, sah sie Tayo neben sich, der sich gerade verstohlen die Tränen aus den Augenwinkeln wischte. Es war Zeit zu gehen.

Leah erhob sich und wandte sich um. Beißender Gestank raubte ihr plötzlich den Atem. Im Schein der Fackeln sah sie, wie eine Gruppe Wächter in die Kirche huschte. Hektisch machte sie Tayo darauf aufmerksam. An der Rückseite des Altars, hinter den Nonnen, gab es eine kleine Tür. Einen anderen Fluchtweg konnte sie so schnell nicht ausmachen. Noch waren sie zwischen den Sitzbänken verborgen. Wenn sie sich erhoben und an den Nonnen vorbeieilten, würden sie sämtliche Aufmerksamkeit auf sich ziehen. Wenn sie blieben, saßen sie in der Falle.

Schon bildeten die Männer drei Gruppen und bewegten sich in geordneter Formation auf den Altar zu. Jeweils fünf von ihnen in dem rechten und dem linken Gang. Der Rest hatte den Mittelgang übernommen. Leahs Herz hämmerte so laut, dass sie fürchtete, die Wächter würden es hören. *Nicht aus dem Traum kippen vor Angst, sonst ist auch diese Nacht verloren.* Sie blickte auf die Äbtissin, die sich umgewandt hatte und stumm die Wächter beobachtete.

Die Furcht hielt sie fest im Griff, ließ sie erstarren. Egal, was sie sich einredete: Sie war dieser Sache nicht gewachsen, dieser Ungewissheit, was als Nächstes passieren würde. Und dennoch hinderte sie etwas daran, aus dem Traum zu kippen. Sie spürte fest den Boden unter ihren Füßen, sie war stark.

Langsam erhob sie sich ein Stück weit und bemühte sich, kein

Geräusch zu machen. Tayo zog sie mit sich. Gebückt und erstaunt über ihren eigenen Mut schlich sie sich in der Bankreihe bis zum Ende und sah sich zu den Männern um, die nur noch etwa zehn Meter entfernt waren.

Die Äbtissin räusperte sich. Leah schaute sie an. Das bleiche Antlitz der Nonne war starr wie eine Maske. *Sie hat keine Augenbrauen und nicht eine einzige Falte. Zwinkert sie mir etwa zu?* Leah musterte sie aufmerksam. In ihrer gebückten Haltung war es schwer, etwas Genaues zu erkennen, aber die Nonne blickte immer wieder nach links. Auffällig nach links. Leah folgte ihrem Blick und ...

»Meine Herren! Sosehr ich es begrüße, dass Sie offenbar Gott suchen und in diesem Haus auch finden werden. Aber Sie stören unsere Chorprobe.«

Die Äbtissin war von der Empore gestiegen und ging den Männern auf dem Mittelgang entgegen. Der Ornat raschelte, die Füße huschten fast lautlos über den weißen Marmorboden.

Der Anführer hob die Hand, die anderen stoppten auf ihrem Weg nach vorne. »Mutter.« Er verneigte sich tief. »Wir sind auf der Suche nach ...«

»Sie müssen sich nicht erklären. Jeder ist uns willkommen. Wenn Sie jedoch bitte Platz nehmen würden, bis wir fertig sind.«

»Mit Verlaub. Ich muss Euch darauf aufmerksam machen, dass wir eine Aufgabe zu erfüllen haben.« Der Wächter hob eine Hand an seine Augenbinde.

Die Äbtissin verbeugte sich. »Das ist mir bewusst. Und ihr erweist uns allen einen großen Dienst damit. Ich habe schon dafür gesorgt, die Novizin, die euch kürzlich aufgefallen ist, aus dem Verkehr zu ziehen. Sie ist in Quarantäne und dort wird sie bleiben, bis die Gefahr vorüber ist. Seid versichert.«

Der Wächter nickte und ließ die Hand wieder sinken. Die Äbtissin atmete hörbar erleichtert aus.

»Gut, dass Ihr ein Einsehen hattet. Derartige Viren stellen eine ungeheure Gefahr dar. Man kann nicht vorsichtig genug sein. Heute jedoch sind wir auf der Suche nach anderen Eindringlingen.« Er winkte seinen Männern, sich zu setzen.

Leah nutzte den winzigen Moment des Durcheinanders, der entstand, als sich die Wächter Plätze suchten. Ihre Blicke waren nach oben auf die Kanzel gerichtet, die die Mutter Oberin in diesem Moment wieder erklomm. Sie wartete kurz, hob dann die Arme und begann, ein neues Stück zu dirigieren. Zunächst setzte die Orgel ein, dann eine Schwester nach der anderen, bis ein vielstimmiger harmonischer Chorgesang die Kirche erfüllte. Fast bedauerte es Leah, gehen zu müssen, aber es würde keine zweite Chance geben. Jedes Geräusch vermeidend schlich sie in die Richtung, die die Schwester ihr mit Blicken gewiesen hatte. Tayo folgte ihr lautlos.

Endlich konnten sie aus dem Schein der Fackeln treten und durchatmen. Sie schauten nach rechts und nach links, nach oben an die hohe Decke und auf den nackten Steinboden zu ihren Füßen. Aber da war nichts. Kein Schlupfloch, in dem sie sich verstecken konnten. Leah schob sich an die Wand gepresst bis zur hintersten Ecke. Dort verharrte sie kurz und tastete sich weiter. Ihre rechte Schulter streifte einen Wandbehang. Sie befühlte ihn. Ein leiser Lufthauch drang dahinter hervor. War es möglich ...?

Da griff eine Hand nach ihrem Arm und zog sie grob hinter den Vorhang. »Warum seid ihr in die Kirche gegangen?«, zischte Ben.

Ihr seid doch auch hier, wollte Leah schnippisch zurückgeben, doch eine zweite Stimme erklang: »Ich frage mich, warum wir überhaupt losgegangen sind, um sie zu suchen. Sie gehört nicht zu uns.« Das war Yuna.

Und auch wenn Leah im Dunkeln ihre Gesichter nicht erkennen konnte, ahnte sie, wie wütend die beiden waren. Ohne ein Wort presste sie sich an ihnen vorbei und kletterte durch das Fenster hinter dem Vorhang nach draußen.

Sie rannten durch Straßen und Gassen, bis Leah vollkommen die Orientierung verlor und die Kirche längst außer Sichtweite war. Ben ging voran, als wüsste er genau, wohin. Yuna blieb die ganze Zeit auf seiner Höhe. Sie unterhielten sich angeregt.

Tayo, der neben Leah ging, sagte kein Wort, wirkte aber schuldbewusst, obwohl sie überhaupt nichts falsch gemacht hatten.

Irgendwann stoppte Leah und holte tief Luft. »Wartet.« Sie gab ihrer Stimme einen festen Klang, obwohl sie außer Atem war.

Yuna wandte sich um und warf ihr einen Blick zu, in dem ihre ganze Abneigung gegen Leah lag. »Wie kann sie eine Pause brauchen?« Sie schaute von Tayo zu Ben und mied jeden direkten Blickkontakt mit Leah. »Sie hat doch bisher nichts weiter getan als Unsinn.« Yuna hielt es wohl nicht für nötig, das Wort direkt an Leah zu richten.

Leah ärgerte sich maßlos über die Arroganz der Japanerin und spürte, wie ihre Haut zu glühen begann. »Du weißt wieder alles ganz genau. Stimmt's? Warum seid *ihr* denn in die Kirche gegangen?« Sie schnaubte vor Wut und wartete Yunas Antwort nicht ab. »Sie hat euch magisch angezogen. Ist es nicht so?«

Yuna streckte den Hals nach vorn, als wolle sie auf Leah losgehen. »Das ändert nichts daran, dass du nur Blödsinn machst.«

Leah lachte höhnisch. »Dann ist es wohl Blödsinn, was ich herausgefunden habe?«

Ben schob sich zwischen die beiden Mädchen. »Erzähl.«

Leah bemühte sich, ihre Atmung unter Kontrolle zu bringen. Sie war so wütend auf Yuna. »Habt ihr schon mal einen Blick auf die Koordinaten geworfen?«

Wie auf Befehl senkten Yuna und Ben die Köpfe und hoben sie wieder. Leah genoss ihre entsetzten Blicke und nickte. Ihre Uhr zeigte Point (000,00,21).

»Genau. Wir sind heute weiter vom Ziel entfernt als gestern.«

Yuna hatte sich offenbar wieder gefasst. »Vielleicht sind wir in die falsche Richtung gelaufen.«

»Glaube ich nicht«, sagte Tayo. »Es muss etwas anderes schiefgelaufen sein.«

Ben biss sich auf die Unterlippe und zog die Stirn in Falten. »Dann besteht die Challenge wohl allein darin, genau zu diesem Ziel zu kommen. Wäre doch möglich.« Er sah sich nach Yuna um.

Sie schlug ihm mit mitleidigem Blick auf die Schulter. »Blitzmerker, was für eine super Idee. Du gehst in die richtige Richtung, entfernst dich aber dennoch immer weiter vom Ziel. Das nenne ich mal eine wirklich beschissene Challenge. Hat jemand eine Idee, wie es weitergehen soll?« Die Japanerin stellte sich betont lässig neben Ben.

»Wäre es möglich, dass die höheren Koordinaten eine Strafe sind?« Alle Köpfe fuhren herum zu Tayo, der nachdenklich in die Runde schaute.

»Wie meinst du das?«, fragte Ben.

Tayo zuckte mit den Schultern. »Ist nur so eine Idee. Vielleicht sind wir heute weiter entfernt, weil wir in den Traum eingegriffen haben.«

»Pah«, schnaubte Yuna. »Das Seil war so dünn. Das hat niemand bemerkt.«

»Aber Leah hat diesen Pool herbeigeträumt«, gab Tayo zurück.

Leah zuckte zusammen und stieß Tayo in die Seite. »Was redest du da? Ich würde niemals freiwillig von Wasser träumen. *Du* warst das.«

Tayos Blicke flogen von einem zum anderen. Dann biss er die Zähne aufeinander und stieß hervor: »Vielleicht war ich es, vielleicht auch nicht. Fakt ist, du wärst voll auf den Boden geknallt, weil du einfach so aus dem Fenster gesprungen bist. Ohne nachzudenken!«

»Aber ...« Leah hätte gern weitergesprochen und alles richtiggestellt, doch Ben unterbrach sie.

»Seid ihr komplett irre? Einen ganzen verdammten Pool habt ihr in diesen Traum geschmuggelt? Das kann nicht euer Ernst sein. Hat das jemand gesehen?«

Leah sah aus den Augenwinkeln, dass Yuna die Arme vor der Brust verschränkte und höhnisch grinste. Sie senkte den Blick und gestand leise: »Nur die Wächter.«

»Nur die Wächter? NUR?«, zischte Ben und seine Stimme wurde immer lauter. Immer wieder tippte er auf die Anzeige seiner Uhr. »Kannst du das sehen? Ist dir klar, dass es allein deine Schuld ist, dass wir hier in der Gegend rumlatschen und dem Ziel nicht ein winziges Stück näher kommen? Ist dir klar, dass dir sonst was hätte passieren können?«

Leah wurde übel. War es tatsächlich ihre Schuld, dass sie in diesem Dilemma waren? Sie hatte oben im Hotelzimmer einfach den Halt verloren. Und wieso erzählte Tayo Lügen? Er war doch hier, um sie zu beschützen. Stattdessen schwärzte er sie an.

Sie fuhr sich durch die kurzen Haare. »Wie geht es jetzt weiter?«, fragte sie und kratzte unsichtbaren Dreck unter den Fingernägeln hervor, um den anderen nicht in die Augen schauen zu müssen.

»Für dich gar nicht, wenn es nach mir geht«, erwiderte Yuna. Ben nickte mit ernstem Blick.

Tayo legte Leah schützend den Arm um die Schulter. »Leute. Beruhigt euch. Das kann nicht die Lösung sein.«

»Doch. Ich kann es mir nämlich nicht leisten, wegen ihr das Spiel zu verlieren.« Bens Stimme klang rau.

Leah konzentrierte sich auf ihre Fußspitzen, Tayo schüttelte ihren Arm. »Nun sag schon was!«

»Ich konnte nicht einschlafen. Deshalb war ich so spät da. Das Seil war weg und ihr auch und ich musste ...«

»Du machst uns nicht ernsthaft noch Vorwürfe, dass wir nicht ewig auf dich gewartet haben?«

Leah war sich sicher, dass Yuna sie mit Absicht falsch verstand. Doch bevor sie etwas erwidern konnte, sich erklären oder richtigstellen, setzte Yuna schon nach: »Du bist keine von uns. Dir entgleiten Träume, du kannst nicht einschlafen, und wenn du endlich da bist, hast du nichts Besseres zu tun, als einer Gruppe von Wächtern in die Arme zu laufen und mal schnell einen Pool herbeizuzaubern.« Sie rümpfte die Nase und winkte sofort ab, als Leah den Mund öffnete. »Wie ich schon sagte. Du bist uns bisher nur ein Klotz am Bein gewesen und ich kann mir nicht vorstellen, dass sich das ändern wird. Ich finde, du solltest gehen und nicht wiederkommen.«

Leah schaute von einem zum anderen. Ben strich sich eine blonde Strähne aus dem Gesicht und Tayo stand nur reglos da. Da platzte ihr der Kragen. »Wisst ihr, was? Ihr könnt mich mal«, sagte Leah. Sie würde Yuna und den anderen nicht zeigen, wie sehr sie die Worte der Japanerin getroffen hatten. Noch niemals in ihrem Leben hatte ihr jemand so offen gesagt, dass er sie nicht dabeihaben wollte. Sie war sprachlos, verletzt und wütend.

»Steigst du freiwillig aus?« Yuna spuckte die Worte regelrecht hervor.

»Verzichte ich freiwillig auf 250.000 Dollar? Sicher nicht!«, gab Leah cool zurück. Sie wunderte sich selbst über ihre Kaltschnäuzigkeit, aber vor diesen sogenannten Mitspielern würde sie sich nicht schwach zeigen. Nicht mehr. Wer hatte Yuna eigentlich das Kommando übertragen und wieso sagte Tayo kein Wort? Ebenso wenig wie Ben, der ihren Blick jetzt erwiderte.

Yuna zuckte mit den Achseln. »Dann spielen wir eben Demokratie und stimmen ab. Also wer ist dafür, dass Leah geht?« Sie hob blitzschnell die Hand, Ben folgte ihrem Beispiel und schaute dabei betreten. Yuna grinste zufrieden. »Und wer ist dagegen?«

Leah zögerte einen Moment und sah auf Tayo, um seine Reaktion abzuwarten. Als er seine Hand nicht bewegte, hob sie den Arm.

»Du enthältst dich?« Yunas Verachtung für Tayo war greifbar.

Der Junge nickte nur und wandte sich ab.

»In Ordnung. Die Mehrheit ist also dafür, dass Leah verschwindet.« Yuna wandte sich ihr zu. »Dann wach jetzt bitte auf. Und ich meine das nicht im übertragenen Sinne, sondern wörtlich. Ich habe nicht ewig Zeit und will mein Morph nicht für sinnlose Diskussionen mit dir verschwenden. Du hast deine Chance gehabt. Lass uns unseren Job machen und steh uns nicht länger im Weg.« Sie schnipste mit den Fingern, als könnte sie damit Leah aus dem Traum aufwecken.

Leah sah sich unschlüssig um. *Das kann sie doch nicht ernst meinen. Es kann doch nicht schon jetzt zu Ende sein!* Yuna klatschte ungeduldig in die Hände, dann trat Tayo ein paar Schritte vor und stellte sich neben die anderen beiden.

Sie hatten entschieden! Leah musste nichts weiter tun – schon glitt sie aus dem Traum.

11

Als Yuna in ihrem Bett in Okinawa erwachte, war es früher Nachmittag. Sie brauchte eine Weile, bis sie wusste, wo sie sich befand. Das gute Gefühl, Leah aus der Gruppe gekickt zu haben, hallte noch in ihr nach. Sie hatte gesehen, wie sich langsam die Konturen der Deutschen auflösten, und gewusst, dass sie gewonnen hatte. Ben war auf ihrer Seite und das verschaffte ihr ein ungeheures Gefühl der Zufriedenheit. Dass sie jetzt erwacht war, gehörte jedoch nicht zu ihrem Plan. Wie hatte ihr das nur passieren können?

Sie musste zurück in die weiße Stadt und unbedingt dafür sorgen, dass es weiterging! Mit geschlossenen Augen versuchte sie, sich den Ort vorzustellen. So ging sie stets vor, wenn sie den Traum der vorherigen Nacht weiterträumen wollte. Sie wusste, dass es verschiedene Techniken gab, die Profiträumer anwandten, um kontrolliert zu träumen. Aber für sie klappte es am besten, wenn sie so etwas wie unsichtbare Fühler nach dem Ort ausstreckte. Ihn abtastete, ihn regelrecht roch, vor sich sah und mit allen Sinnen erspürte.

Sie rekelte sich entspannt und versuchte dann, sich die weiße Stadt vorzustellen.

Es gelang ihr nicht.

Kein scharfes Bild wollte vor ihrem inneren Auge entstehen. Es fühlte sich vielmehr an, als läge eine Art Wasserzeichen darauf. Mist.

Egal, wie oft sie es versuchte, es klappte nicht – als würde jemand sie bewusst daran hindern, in den Traum zurückzukehren. Aber wer? Und vor allem, warum?

Mit fahrigen Bewegungen sprang sie auf und ließ die Fingerknöchel knacken. Am liebsten hätte sie geheult. Aber eine Jeanne weinte nicht. Nicht einmal dann, wenn niemand zuschaute. Sie begann, auf und ab zu laufen wie ein gefangenes Tier. Natürlich konnte sie bis zum nächsten Tag warten. Aber würde sie es schaffen, Ben und Tayo einzuholen? Würde sie deren Vorsprung wieder aufholen können?

Sie hatte nicht vor, den Jungs hinterherzuhecheln wie eine elendige Verliererin, während die anderen eine Aufgabe nach der anderen lösten. Und überhaupt: *Sie* hatte dieser Leah gesagt, dass sie verschwinden sollte. Die Kerle hatten nur betroffen danebengestanden und auf ihre Fußspitzen gestarrt. *Sie* hatte das Problem erkannt und es gelöst. So einfach war das.

Yuna wollte zurück in diese Stadt. Alles andere nutzte ihr überhaupt nichts. Ihre Finger trommelten auf den geschlossenen Deckel des Laptops. Sie würde nichts haben, was sie am Morgen posten konnte. Keinen abgeschlossenen Traum. Schon die zweite Nacht. Nichts. Nada. Nothing. Einmal hatten die Fans es ihr durchgehen lassen, aber jetzt musste sie ihnen endlich wieder die gewohnte Qualität bieten. Yuna merkte, wie sie die Kiefer aufeinanderpresste. Alles war egal, wenn sie nicht in die Stadt zurückkehren konnte. Jetzt. Sofort!

Einem Impuls folgend, riss sie den Deckel des Notebooks hoch und schaltete es an. Ungeduldig wartete sie das Booten ab und loggte sich sofort bei GoodDreams ein. Vielleicht hatte sie

Glück und Tayo und Ben waren auch gegangen. Vielleicht waren sie fair und warteten bis zum nächsten Treffen. Aber Yuna ahnte, dass die Chancen schlecht standen. Ben würde sich eher besonders in Zeug legen – jetzt, da sie und damit seine größte Konkurrentin weg war. Er war so ehrgeizig. Bei dem Gedanken daran, was genau jetzt in der weißen Stadt passieren konnte, wurde ihr übel.

Endlich öffnete sich ihre Startseite. Noch vor wenigen Stunden hatte sie Marker auf die Profile der anderen Spieler gesetzt und sich dort etwas umgeschaut. In einer Schlacht war es von Vorteil, seine Gegner so gut wie möglich zu kennen. Aber es hatte nicht viel gebracht. Die anderen hatten ihre Privatsphäreeinstellungen ziemlich gut im Griff.

Leviathan hatte noch keinen neuen Traumfilm gepostet – ganz, wie sie es vermutet hatte. Was sollte die Kleine aus Berlin auch veröffentlichen? Yuna grinste hämisch. Auch bei Ben und Tayo sah sie seit dem Vortag keine Veränderung.

Das akustische Signal einer eingehenden Nachricht unterbrach ihre Gedanken. Sie tippte auf das Touchpad und öffnete sie.

Ben: War(m trä(mst d(nicht?

Ben? Der Ben? Sie blinzelte und schaute sich den Absender genauer an. BenW@gooddreams.dream.

Er träumte also nicht, befand sich nicht in der weißen Stadt. Er war online! Ihr Herz machte einen kleinen Sprung vor Erleichterung.

Yuna: Bin aufgewacht. Kann nicht mehr zurück.

Ihr Cusor schwebte über dem Senden-Button, doch sie schickte die Nachricht nicht ab. Es war mit Sicherheit nicht von Vorteil, Ben ihr Versagen brühwarm mitzuteilen. Sie zögerte einen Moment, dann löschte sie das Getippte.

Yuna: Jemand hat an meine Tür gehämmert, da bin ich aufgewacht.

Auch nicht viel besser, aber das war wohl jedem Träumer schon einmal passiert. Sie schickte die Nachricht ab und wartete.

Ben: D(lügst!

Yuna sprang auf und wanderte durchs Zimmer. *Wieso glaubt er, ich lüge? Er kann unmöglich wissen, dass es nicht stimmt.* Dann lief sie zum Schreibtisch zurück – das Tape über der eingebauten Kamera klebte noch an Ort und Stelle. Er konnte sich nicht in ihren Rechner gehackt und sie heimlich beobachtet haben. Sie stellte sich vor, wie Ben grinsend vor dem Computer saß und ihre Antwort erwartete. Er wusste offenbar mehr als sie und genoss es auch noch.

Yuna: Was willst du von mir?

Ben: Ich will wissen, war(m d(online bist. D(solltest in der weißen Stadt sein und deine Chancen a(f den Gewinn vergrößern

Yuna: Klugscheißer

Ben: Nenn mich r(hig so, wenn es dir dann besser geht. (nd d(m(sst es a(ch nicht z(geben. Ich weiß ganz gena(, war(m d(gerade fr(striert vor dem Comp(ter sitzt (nd mit mir chattest, statt in der Stadt z(sein (nd (m den Gewinn z(kämpfen :-)

Ein spöttischer Smiley zierte diesen Post und Yuna konnte Bens Blick fast vor sich sehen. Nichts wusste er. Gar nichts. Oder?

Ihre Finger schwebten über der Tastatur. *Er will mich provozieren. Das passt zu ihm, das ist genau seine Art. Den Gegner verunsichern, wo es nur geht, und dann siegen.* Fair war das nicht, aber Yuna gestand sich ein, dass sie wohl genauso handeln würde. Er schien etwas zu wissen, das für das Spiel von

Bedeutung war. Und sie würde es nur erfahren, wenn sie einen Schritt auf ihn zuging.

Yuna tippte: Bin aus dem Traum gekippt. Ist mir seit Jahren nicht passiert. Kann nicht zurück.

Doch bevor sie die Nachricht absenden konnte, beobachtete sie den Bildschirm und sah, dass auch Ben etwas schrieb. Sie wartete, doch nichts passierte. Yuna lächelte. Auch Ben musste gesehen haben, dass sie an einer neuen Nachricht tippte. Und auch er schien darauf zu warten, was sie ihm schrieb. Bescheuert. Würden sie jetzt umeinander herumschleichen wie Raubkatzen? Wer würde als Erster zum Sprung ansetzen?

Sie war müde. Und sie hatte die Nase voll von diesem Game. Sie schickte ihre Nachricht ab.

Es dauerte keine zwei Sekunden, bis die Antwort kam.

Ben: Ha!

Yuna schnaubte. Der Kerl war genauso dämlich wie alle anderen Jungs in seinem Alter und genau wie sie unreif und albern. Sie sprang so heftig auf, dass der billige Holzstuhl, auf dem sie saß, mit einem Knall umfiel. Erschrocken hielt sie inne. Das Letzte, was sie jetzt gebrauchen konnte, war die Aufmerksamkeit von Hayashi und seinen Kumpels. Sie lauschte, aber nichts war zu hören. Gut. Ihr blieben noch etwas mehr als zwei Stunden, bis sie die Zimmer putzen musste wie jeden Nachmittag.

Ein Pling verkündete den Eingang einer Nachricht. Yuna schielte auf den Bildschirm. Sie zog den Stuhl vor den Schreibtisch, setzte sich wieder und las aufmerksam die zwei Zeilen.

Ben: Ist dir peinlich, a(s dem Tra(m gefallen z(sein. Ging mir aber gena(so. (nd Tayo a(ch ...

Tayo auch? Yuna riss die Augen auf und starrte ungläubig auf Bens Worte. Das bedeutete, dass sie alle drei einfach hinausgeworfen worden waren aus der weißen Stadt. Drei Profiträumer waren nicht in der Lage gewesen, einen Traum festzuhalten?! Sie schüttelte den Kopf und konzentrierte sich wieder auf Bens neue Nachricht.

Ben: Kein sanftes Erwachen wie gewohnt. Eher ein Höllenritt d(rch einen Str(del von Licht. Dachte, ich m(ss kotzen. Dann Chatnachricht von Tayo. Hat eine Weile geda(ert, bis mir klar war, dass er nicht gleichzeitig chatten (nd trä(men kann.

Yuna lachte leise. Sie konnte sich bildlich vorstellen, wie ein verwirrter Ben sich mit einem Gesicht so blass wie Tofu über den Laptop beugte. So schwer hatte es sie nicht getroffen. Glück gehabt. Sie las weiter.

Ben: Weiß, dass d(jetzt lachst, hab a(ch keine Ahn(ng, was passiert ist. Tayo ist aber was a(fgefallen.

Atemlos scrollte Yuna weiter, jedoch endete der Text an dieser Stelle.

Yuna: Jetzt rück schon raus!

Ben: Moment

Sie verdrehte die Augen.

Es wäre wirklich ein Segen, wenn sie so cool sein könnte wie Jeanne. Ihre Heldin würde jetzt den Laptop zuknallen und es wäre ihr völlig egal, was Ben ihr verschwieg. Einmal mehr musste sich Yuna eingestehen, dass sie wohl nicht anwesend gewesen war, als Geduld und Gelassenheit verteilt worden waren. Gebannt starrte sie auf das Display.

Der Computer meldete den Eingang einer neuen Nachricht. Ben hatte sie zu einer Gruppe hinzugefügt, die er »Members of the white City« genannt hatte. Stirnrunzelnd klickte Yuna auf den angegebenen Link und landete in einer GoodDreams-Gruppe, die mit »geheim« gekennzeichnet war. Ein Gruppenchat hinter den Kulissen – wie eine Geheimgesellschaft. Das gefiel ihr. Sie grinste und drückte ihre Finger durch, bis sie knackten, um ihre Fragen in die Tastatur zu hämmern.

Tayo: Hi

Yuna: Hallo Tayo

Ben: Ich versuche, das, was passiert ist, mal kurz zusammenzufassen. Wir sind aus dem Traum gekippt. Und das, obwohl uns das allen seit Jahren nicht mehr passiert ist – richtig? Obwohl wir unser Erwachen ansonsten immer unter Kontrolle haben. Trotzdem: Denkt noch mal nach. Wart ihr abgelenkt? Hat euch jemand geweckt? Gab es irgendetwas, das euch dazu veranlasst haben könnte, unfreiwillig aufzuwachen?

Yuna zögerte kurz. Dann tippte sie.

Yuna: Nein. Bei mir garantiert nicht. Im Gegenteil, ich habe mich gefreut, endlich durchstarten zu können, nachdem Leah gegangen war.

Tayo: Sie ist nicht gegangen. Ihr habt sie rausgewählt

Ben: Ist doch das Gleiche. Wichtig ist nur, dass ich auch komplett davon überrascht wurde, einfach aus dem Traum zu kippen

Tayo: Bei mir war es ähnlich. Ich bekam nur ein mulmiges Gefühl in der Magengegend. Ich weiß noch, dass ich für einen Moment gedacht habe, mein schlechtes Gewissen meldet sich. Weil wir uns Leah gegenüber so unfair verhalten haben

Gebannt verfolgte Yuna das Gespräch, das zwischen den beiden Jungs hin- und herging. Ein schlechtes Gewissen hatte sie definitiv nicht gehabt. Aber dieses Gefühl in ihrem Bauch ... Sie hatte es eher auf die Aufregung geschoben.

Auf dem Bildschirm passierte schon seit einigen Momenten nichts mehr. Wahrscheinlich warteten die anderen auf ihr Statement.

Sollte sie zugeben, dass sie voller Euphorie gewesen war, weil Leah ausschied? Tayo mochte die Deutsche, er hatte ihr ein paarmal geholfen. Ben war da hoffentlich anderer Meinung. Aber er hatte auch nicht furchtbar viel dazu beigetragen, dass sie endlich ging. Auf gar keinen Fall wollte Yuna, dass Ben schlecht über sie dachte. Sie hätte nicht genau sagen können, warum es ihr so wichtig war, dass er sie mochte. Gut möglich, dass sie mal einen Verbündeten im Traum brauchte, da sollte sie sich Bens Unterstützung nicht verscherzen.

Yuna: Mir war auch irgendwie komisch, als sie ging. Habe aber nicht lange darüber nachgedacht, weil es mich dann sofort aus dem Traum gerissen hat

Ben: Habt ihr versucht zurückzukehren?

Yuna schickte den Daumen-hoch-Icon durch den Äther und tippte, so schnell sie konnte.

Yuna: Klar. Mehrmals sogar. Ich kann eigentlich immer träumen. Zu jeder Zeit. Nur deshalb halte ich es seit Monaten in diesem verdammten Hostel auf dieser verfluchten Insel aus. Aber diesmal hat es nicht funktioniert

Tayo: Mir war sofort klar, dass es nicht mehr klappen würde. So ein seltsames Gefühl habe ich noch nie erlebt

Das, was Tayo da schrieb, brachte Yuna zum Nachdenken. Wollte der Gamemaster nicht, dass sie zurückkehrten? Warum gab es keine Regeln? Oder gab es sie vielleicht, standen sie irgendwo und sie hatten bisher nur die Hinweise nicht entdeckt?

Ben: War vielleicht irgendein blöder Test. Vielleicht wollte er prüfen, wie gut wir uns konzentrieren können

Yuna: Ja, das denke ich auch. Aber ... Dann haben wir also den Test nicht bestanden. Heißt das dann, dass das Spiel vorbei ist, wenn man eine Aufgabe nicht lösen kann? Können wir überhaupt nicht mehr zurückkehren?

Ben: Vielleicht ist man nur für diese eine Nacht gesperrt. Das wissen wir frühestens morgen

Morgen? Yuna hätte Ben am liebsten angebrüllt. Sie sollte bis morgen warten? All ihre Hoffnungen steckten in dieser verdammten Challenge. Wie sollte sie diesen Tag überstehen, wenn nicht sicher war, dass sie noch eine Chance hatte? Jeder hatte eine zweite Chance verdient!

Yuna: Tayo! Was sagst du?

Irgendwie hatte sie die irrige Hoffnung, dass Tayo wusste, was zu tun war. Dass er eine Lösung fand. Doch Tayo antwortete nicht. Dann erklang das Pling einer eingehenden Nachricht.

Tayo: Leute! Wechselt mal die Ansicht und geht auf euer Profil. Ihr werdet staunen.

Cornel stand in seiner Küche und warf gedankenversunken den Teebeutel in den Müll. Er musste sich unbedingt an die Arbeit machen, aber die Angst steckte immer noch in ihm und lähmte ihn.

Er hatte sich diesen Kampf zu einfach vorgestellt. David gegen Goliath – darauf lief es doch hinaus. Er gegen GoodDreams. Wieso war er so anmaßend gewesen und hatte auch nur eine einzige Sekunde geglaubt, er würde es schaffen?

Es war nur noch eine Frage der Zeit, bis sie ihn überführen würden. Sie würden ihn finden. Er konnte lediglich dafür sorgen, dass er ihnen zuvor noch einen heftigen Schaden würde zufügen können. Das war die einzige Hoffnung, die übrig blieb von seiner Idee und dem sorgfältig ausgearbeiteten Plan, der ihm so lückenlos erschienen war. Er war vorsichtig gewesen, hatte die vier E-Mails von einem falschen Account geschickt, hatte sich abgesichert. Aber war das genug? Hatte GoodDreams ihn schon zu diesem Zeitpunkt unter Beobachtung gehabt?

Dabei hätte es klappen können, wenn er schon vor Wochen konsequent agiert hätte. Wenn er mit den Daten und den Machenschaften von GoodDreams an die Öffentlichkeit gegangen wäre – ohne Rücksicht auf Verluste. Ohne Angst davor, selbst zum Opfer zu werden. Aber dazu hatte es nicht gereicht. Mit einem bitteren Lächeln stellte er fest, dass seine Wut wohl nicht groß genug gewesen war. Genauso wenig wie sein Mut.

Als Cornel das Arbeitszimmer betrat, flackerten die Monitore auf. Er hatte es viel zu lange hinausgeschoben. Hatte gehofft, dass es eine andere Möglichkeit gab. Eine, die sicherer war. Die Sache mit der Gefahr hatte sich erledigt – für ihn jedenfalls. Für einen kurzen Moment dachte er darüber nach, ob es in Ordnung war, was er tat.

Aber ... sie waren alle schon jetzt nichts anderes als Laborratten. Ein wenig wohler hätte er sich gefühlt, wenn er das versprochene Preisgeld wenigstens besäße. Aber der Zweck heiligte die Mittel. War es richtig, sie alle mit hineinzuziehen? Sie waren so jung, hatten das ganze Leben noch vor sich. Nun missbrauchte er sie eben für seine Zwecke – so wie sie bereits zuvor von GoodDreams manipuliert worden waren. Was machte das für einen Unterschied?

Er nahm einen großen Schluck Tee. English Breakfast. Heiß und stark, wie er ihn mochte. Kurz hielt er inne und gab sich ganz dem Gefühl hin, dass dies vermutlich die letzte Tasse guten Tees war, die er in seinem Leben genießen würde.

Mit einem Seufzer zog er den Speicherstick aus der Tasche und schob ihn in den dafür vorgesehenen Port. Im Nebenzimmer klingelte das Telefon. Aus einem Reflex heraus erhob er sich. Doch dann lauschte er nur regungslos dem Echo des Klingelns nach, als es schon längst verklungen war, und öffnete die Datei. Cornel wusste, dass ihm nicht mehr viel Zeit blieb, und zwang sich zur Ruhe. Er durfte keinen Fehler machen, eine zweite Chance würde es nicht geben. Es dauerte eine ganze Weile, bis er sich durch die zahlreichen Sicherheitsvorkehrungen navigiert hatte, die er in seinem Homesystem installiert hatte, dann lud er die Datei hoch und blickte dabei ständig auf die Uhr.

Die Minuten krochen dahin. Immer wieder stand er auf und ging zum Fenster hinüber. Durch einen winzigen Spalt zwischen den Vorhängen spähte er auf die Straße, jederzeit bereit zurückzuweichen, wenn sich unten etwas tat. Noch war alles ruhig. Aber für ihn stand zweifelsfrei fest, dass sie kommen würden. In wenigen Minuten. Der Anruf war ein Test gewesen. Dass er ihn nicht angenommen hatte, würde ihn nicht retten.

Mit einem leisen Signalton verkündete der Computer, dass er seine Arbeit getan hatte. Er setzte sich wieder vor die Monitore, warf einen Kontrollblick auf den Fortschrittsbericht – die Datei war vollständig kopiert und hochgeladen.

Er hatte das Herz des Traums eingesetzt, es pochte – und wartete darauf, gefunden zu werden. Jetzt kam die Kür. Der Quellcode des Traums, den er entworfen hatte. Es war an der Zeit, die Regeln zu lockern und der Gruppe ein wenig mehr Freiheit zu geben. Er hatte sie ausgewählt, weil sie die Besten waren. Weil er sicher sein musste, dass sie die Signale verstanden und bis zum Schluss durchhielten. Wenn nicht alle, dann doch wenigstens einer.

Blieb noch etwas zu tun? Er stützte die gespreizten Finger auf der Tischplatte auf und wartete. Als endlich Motorengeräusche zu hören waren, war er fast erleichtert und ging zum Fenster. Nun gab er sich keine Mühe mehr, sich zu verstecken. Sein Werk war vollbracht – sein Traum, den er erschaffen hatte, brauchte ihn, den Gamemaster, nicht mehr. Er würde einen der vier Jugendlichen zum Ziel führen – und die Wahrheit würde ans Licht kommen. Das hoffte er.

Unten standen sechs Männer in dunkler Einsatzkleidung, ihre Gesichter waren hinter Sturmmasken verborgen. Die Security-Männer gestikulierten und schienen sich nicht einig zu sein, wie vorgegangen werden sollte. Einer von ihnen zeigte hoch zum Fenster.

Cornel trat zurück. Als er den Verschluss abdrehte und den Inhalt sorgfältig über dem Computer verteilte, verströmte der Benzinkanister einen Geruch an vergangene Zeiten. Das alte Zippo sprang mit einem leisen Klicken auf und er bedauerte in diesem Moment, dass er nie geraucht hatte. Dann züngelten die Flammen über den Parkettboden und er verließ das Arbeitszimmer, ohne sich noch einmal umzudrehen.

Es konnte nicht mehr lange dauern, bis sie die Wohnungstür eintraten. Die, die GoodDreams größte Geheimnisse hüteten, hatten ihn gefunden. Aber so einfach würde er es ihnen nicht machen.

Cornel lief in die Küche, öffnete das Fenster zum Hof und erklomm die stählerne Feuertreppe.

12

Ben wechselte von dem Chatroom auf die Seite mit seinem GoodDreams-Profil. Es war ein seltsames Gefühl zu wissen, dass Tayo und Yuna in diesem Augenblick dasselbe taten. Er lauschte den leisen Atemzügen seiner Mutter, die wie jede Nacht im vorderen Teil des Busses schlief. Nur der Schein des Monitors durchbrach die Dunkelheit. Ben zog den Laptop etwas zu sich heran, er war schon wieder staubig, obwohl er ihn erst am Vortag geputzt hatte. Dieser verdammte Sand war überall, kroch in jede Ritze. Es war endlich an der Zeit, dass er hier wegkam. Und obwohl alles so war wie immer – der Sand, die Hitze und die unterdrückte Hoffnung, hatte sich doch etwas geändert. Das fühlte er. Denn obwohl Ben weiterhin fest entschlossen war zu gewinnen, tat es ihm nun fast leid, dass sein Sieg gleichzeitig die Niederlage von Yuna und Tayo bedeutete. Bei Tayo war das nicht so schlimm, er brauchte das Geld nicht dringend, sein Vater war stinkreich, wie jeder in der Community wusste. Aber Yuna ...? Und was war mit der kleinen Alice? Mit einer Handbewegung versuchte er, die Gedanken fortzuwischen. Es war ein Spiel. Und es konnte nur einen geben, der den Gewinn einsteckte. Gefühle waren da fehl am Platz.

Dann war die Seite geladen und tatsächlich: Es gab einen

Post in seiner Chronik, der noch vor einer halben Stunde nicht da gewesen war. Er stammte von jemandem, der sich *Gamemaster* nannte, und zeigte ein Foto mit vier Armen unterschiedlicher Hautfarben. Sie hielten jeweils das Handgelenk eines anderen Arms fest und bildeten so ein Quadrat. Ben klickte auf die Detailansicht. Das Bild vergrößerte sich, jedoch waren keine weiteren Einzelheiten zu erkennen. Er sah sich den Text zu dem Post an.

»Einer für alle, alle für einen!«

Cooler Spruch, dachte Ben und ihm fiel ein, dass er das irgendwo schon einmal gehört hatte. Sein Blick fiel zurück auf das Bild. Einer der Arme war eindeutig dunkelhäutig. Der andere war dagegen sehr blass, ohne jeden Makel. Asiatisch vielleicht. Die restlichen zwei Hände und Arme wirkten hellhäutig. Europäer? Nordamerikaner, vielleicht auch Kanadier? Ben wusste nicht einmal, ob das wichtig war.

Als er erneut den Gruppenchat aufrief, war das Gespräch dort in vollem Gange.

Yuna: Ich habe diesen Spruch schon mal irgendwo gelesen. In einem Manga ... aber wie hieß der noch mal?

Tayo: Ihr seid vielleicht ein paar Kulturbanausen. Das Zitat stammt aus einem Roman von Alexandre Dumas. Er heißt *Die drei Musketiere*. Der Spruch ist weltbekannt geworden.

Ben schmunzelte. Tayo entpuppte sich ja als richtiger kleiner Gelehrter. Unsicherheit überkam ihn nach der anfänglichen Belustigung. Brachte das seinen Sieg in Gefahr? Er beschloss, sich nicht verrückt zu machen. Was zählte, war das, was im Traum passierte. Er hämmerte in die Tasten.

Ben: Ein Roman, ein Manga – interessiert mich beides nicht besonders. Die große Frage la(tet doch: Was hat das mit (ns zu t(n?

Yuna: Es sind vier Arme, aber nur drei Musketiere. Bist du sicher, Tayo, dass das irgendwas mit der weißen Stadt zu tun hat?

Tayos Antwort kam schnell, als hätte er mit diesem Einwand gerechnet.

Tayo: Es sind drei Musketiere. Atos, Portos und Aramis. Aber den Spruch hat d'Artagnan gesagt. Er ist der Vierte im Bunde

Ben nickte anerkennend. Tayo hatte was drauf, das musste er zugeben. Dennoch war ihm nicht klar, was dieser Unbekannte damit bezweckte. Wer war der Gamemaster ...? Er wollte gerade auf sein Profil gehen, als eine Nachricht von Yuna eintraf.

Yuna: Ich war auf dem Profil von diesem Typen. Wollte wissen, wer das ist und ob ich ihn kenne. Scheint aber ein Fake zu sein. Keine Angaben zur Person, kein Foto, keine weiteren Statusmeldungen. Nichts. Ich bin mir sicher, dass der Gamemaster dieses Profil nur zu dem Zweck eingerichtet hat, uns das Foto zu zeigen

Tayo: UNSER Gamemaster?!

So schnell, wie die anderen beiden tippten, kam Ben mit seinem lahmen PC nicht hinterher. Das Wi-Fi in Slab City war bei Dunkelheit nicht das stabilste und Ben ärgerte sich ein wenig darüber, dass er den anderen mit seiner rudimentären technischen Ausstattung unterlegen war.

Yuna: Meinst du wirklich, es ist unser Gamemaster?

Ben: Ich dachte dasselbe. Aber war(m meldet der sich plötzlich bei (ns?

Yuna: Keine Ahnung. Kann grad keinen klaren Gedanken fassen.

Yuna gibt tatsächlich zu, dass sie keinen blassen Schimmer hat? Ben grinste und nahm sich vor, den Tag in seinem Kalender zu markieren.

Ben: Vielleicht hat Tayos S(perhirn ja eine Idee

Tayo: Hat es, wartet mal kurz.

Ben: Wir sollten z(sammenarbeiten. Ich will nicht, dass Tayo alle Pl(sp(nkte einsammelt, falls jemand das hier mitschneidet. Ich kann schließlich nichts dafür, dass meine Tastat(r hängt

Yuna: Hör auf zu jammern

Tayo: Jetzt haltet mal für einen winzigen Moment die Finger still. Ich habe eine Idee. Ihr könnt sie euch durchlesen und euren Senf danach dazugeben. In Ordnung?

Yuna schickte einen erhobenen Daumen.

Ben tat es ihr nach. Da traf auch bereits die Antwort ein.

Tayo: Ich habe mir das Profil vom Gamemaster angeschaut und genauso wenig gefunden wie ihr. Seltsam ist, dass der Typ noch nie einen Traum gepostet oder gelikt hat. Stellt sich also die Frage, was er bei GoodDreams macht. Aber er nennt sich Gamemaster und postet verschlungene Arme und einen Spruch auf unsere Chroniken. Wir waren vier Spieler. Ihr habt Leah rausgevotet. Also sind wir noch drei. Eine Asiatin, ein Amerikaner und ich – ein Afrikaner.

Tayos Status zeigte, dass er weitertippte. Bisher hatte Ben nichts erfahren, was er nicht selbst schon wusste. Allein die Sache mit den unterschiedlichen Hautfarben auf dem Foto, die Tayo mit der eigenen Herkunft in Verbindung brachte, war neu.

Dann durchzuckte ihn ein Gedanke. Konnte es sein ... konnte das wirklich sein?

Ben: Ich fass es nicht! Er weiß also, dass wir Leah ra(sgeschmissen haben. Er beobachtet (ns! Vielleicht zeichnet er a(ch alles a(f. Das heißt, dass er (ns absichtlich im D(nkeln lässt. Noch wissen wir nicht, was eigentlich (nsere A(fgabe ist. Aber er SIEHT (NS Z(!

Er atmete tief durch und wartete darauf, dass die anderen

antworteten. Es vergingen nur wenige Sekunden, bis Yunas Nachricht eintraf.

Yuna: Du hast recht, so muss es sein! Wir müssen endlich zu den Zielkoordinaten kommen. Und zwar ohne in den Traum einzugreifen. Er beobachtet uns, das heißt, er bewertet uns. Er greift in das Spiel ein und gibt uns versteckte Infos. Diese kam jetzt über GoodDreams. Wir sollten also damit rechnen, dass er überall Hinweise versteckt.

Tayo tippte noch immer.

Ben: Okay

Yuna: Sign

Ob es Tayo wurmte, dass Ben und nicht er diesen Gedanken hatte? Ben schnaubte. Würde ihn nicht wundern, dass sich Tayo deswegen so viel Zeit ließ.

Dann endlich antwortete auch Tayo.

Tayo: Ich gebe dir recht, Ben. Der Gamemaster hat beobachtet, dass wir Leah dazu gezwungen haben, das Spiel zu beenden. Und er akzeptiert das nicht. Er ermahnt uns. Er erinnert uns daran, dass wir zu viert sind. Wenn einer geht, findet der Traum auch für die anderen ein jähes Ende

Ben stieß die Luft durch die Nasenlöcher aus.

Tayo: Ich weiß, was du denkst, Ben. Und Yuna ist wahrscheinlich ähnlicher Ansicht. Aber die Regeln funktionieren eben anders. Einer für alle – aber auch: Alle für einen! Und das bezieht Leah eindeutig mit ein

Ben: Fuck

Yuna schickte den erhobenen Daumen und schwieg ansonsten.

Tayo: Auf Leviathans Profil ist derselbe Spruch zu sehen und auch das Bild hat er bei ihr in die Chronik gepostet. Ich schätze, das ist der Beweis, dass ich richtigliege

Ben dachte nach. Wenn Tayo die richtigen Schlüsse zog, dann bedeutete das, dass sie nur mit Leah weiterspielen konnten, ansonsten war das Game beendet. Aber vielleicht irrten sie sich auch. Vielleicht interpretierte Tayo viel zu viel in dieses Bild und den Spruch hinein.

Yuna: Ich bin froh, dass sie weg ist. Sie ist das schwächste Glied in der Kette. Sie wird uns alle mit hinunterreißen. Wir warten. Wenn wir nicht reinkommen, sehen wir weiter

Tayo: Sie ist das schwächste Glied in der Kette. Aber es ist unsere Aufgabe, sie zu stärken. Vielleicht ist genau das die erste Challenge. Kameradschaft zu beweisen. Könnte gut sein, dass wir alle viel zu sehr verliebt sind in unsere Fähigkeiten. Der Gamemaster will es anders! Klar könnten wir auf den nächsten Traum warten. Aber wenn wir nicht reinkommen, vergeht wieder Zeit. Im Gegensatz zu uns rechnet sie nicht damit, dass wir sie brauchen könnten. Wir müssen sie kontaktieren. Jetzt!

Auch wenn Ben das nicht in der Runde zugeben wollte, aber Tayos Schlüsse klangen logisch. Während er noch überlegte, wer Leah am besten kontaktieren sollte, verkündete der Signalton eine neue Nachricht von Tayo.

Tayo: Sieht schlecht aus. Ich war gerade noch mal auf ihrem Profil. Sie war seit gestern nicht mehr online. Scheint mir aussichtslos, sie kurzfristig mit einer Nachricht über GoodDreams erreichen zu können

Ben: Schreib ihr trotzdem. Wenn sie sie abr(ft: g(t. Wenn nicht, können wir a(ch nichts ändern. Dann wird der Gamemaster eben akzeptieren müssen, dass wir n(r noch z(dritt weitermachen!

***

Leah vergrub ihr Gesicht im Kopfkissen. Sie hatte nicht geschlafen, aber das war nicht der Grund, warum sie sich vollkommen matschig fühlte. Sie hatte aufgegeben. Hatte das getan, wovor sie ihr Vater gewarnt hatte. Kämpfen, nicht aufgeben, das war sein Wahlspruch. Mika würde sie niedermachen und ihr sehr direkt sagen, was er von ihrer Feigheit hielt. Viel schlimmer war jedoch die Enttäuschung für ihren Vater, wenn sie ihm gestand, dass sie es nicht durchgehalten hatte. Er würde sie nur anschauen und ihr ein liebevolles Lächeln schenken. Und das würde ihr schlechtes Gewissen noch steigern.

Leah lief ein Schauder über den Rücken, so elend fühlte sie sich. *Es hat keinen Sinn, es auf die lange Bank zu schieben. Unangenehme Dinge erledigt man besser sofort.* Auch das hatte sie von ihrem Vater gelernt. Bevor sie es sich anders überlegte, schwang sie die Beine über die Bettkante und blickte zum Schreibtisch, auf dem aufgeklappt der Laptop stand. Gern hätte sie gewusst, was die anderen in dieser Nacht noch erlebt hatten, nachdem sie gegangen war. *Ich muss nichts weiter tun, als mir bei GoodDreams ihre neuesten Träume anzuschauen.*

Sie sprang auf und lief zum Tisch, als ihr bewusst wurde, dass sie eigentlich nur Bens Traum interessierte. Tayo konnte sie anskypen, wenn sie wissen wollte, wie es ihm ergangen war. Und Yuna ... *Wenn Yuna nicht gewesen wäre, wäre ich noch dabei und müsste nicht meiner Familie erklären, dass sie ihre Hoffnungen begraben kann.* Wut überrollte sie. Dass sie aufgegeben hatte, gescheitert war. Dass ihr etwas weggenommen worden war. Sie hatte es genossen dazuzugehören, trotz allem.

Alles war besser, als jetzt hier zu sitzen und ausgeschlossen zu sein. Sie seufzte und rief das GoodDreams-Fenster auf. Als sie darum gebeten wurde, Mail und Passwort einzugeben, stutzte sie. Sie hatte überhaupt keinen eigenen Account mehr. Eigentlich war sie ja froh, mit dieser ganzen Traumcommunity nichts mehr zu tun haben zu müssen. Es war nicht ihr Ding – und auch wenn sie brennend interessierte, was Ben gepostet hatte, ahnte sie, welche Gefühle das in ihr auslösen würde.

»Leah, du blöde Kuh. Was hast du dir dabei gedacht?«

Mit polternden Schritten näherte sich Mika draußen auf dem Flur und fluchte lautstark. Vor Schreck schlug Leah den Deckel ihres Laptops zu, da wurde auch schon ihre Zimmertür aufgerissen.

»Sag mal, denkst du manchmal auch nach, wenn du was tust? Das war die Chance deines Lebens! Unseres Lebens! Vater sitzt drüben im Wohnzimmer und kann sich nicht rühren. Er kann nicht laufen, kaum noch allein sitzen und schon bald wird er nicht mehr sprechen können. Und auch dann wird es nicht vorbei sein. Wenn nichts mehr geht, wird er nicht mehr atmen können. Er wird sterben, und das, obwohl du ihm hättest helfen können. Ich kann es nicht fassen, wie dämlich und egoistisch du bist!« Er spie seine Worte aus.

Leah wirbelte auf ihrem Stuhl herum und brachte einen Moment keinen Ton über die Lippen. »Was meinst du? Wovon redest du?« Leah versuchte, ihre Fassungslosigkeit unter Kontrolle zu bekommen. Woher wusste Mika davon?

»Jetzt stell dich mal nicht blöder, als du bist. Tayo hat mir alles erzählt. Du hast aufgegeben, bloß weil dich diese Yuna ein wenig härter angefasst hat. Ohne Tayo wärst du aufgeflogen. Sie wollen dir eine Nachricht über GoodDreams schreiben.«

Mika redete immer weiter und in Leahs Kopf wirbelten die Gedanken nur so durcheinander. Sie wollten sie kontaktieren? Nach allem, was Yuna ihr an den Kopf geworfen hatte? Nach all dem, was Tayo und Ben *nicht* getan hatten, um sie im Spiel zu halten?!

Sie starrte ihren Bruder wütend an. »Was hätte ich deiner Meinung nach tun sollen? Tayo hat diesen Pool herbeigeträumt. Nicht ich. Und er hat gelogen oder wenigstens die Wahrheit verdreht. So mussten die anderen doch sauer auf mich sein. Wenn er es aber nicht getan hätte, dann gäbe es mich womöglich nicht mehr. Dann wäre ich tot, Matsch, was weiß ich. Ihr wisst immer alles ganz genau. Und du spielst dich genauso auf wie die anderen. Tayo ist feige, er hat mir die Schuld zugeschoben. Und jetzt, nachdem sie mich rausgeschmissen haben, wollen sie mich wieder kontaktieren? Du kannst ihnen ausrichten, dass sie auf meine Anwesenheit in diesem Traum wohl verzichten müssen.« Der Zorn schnürte ihr die Luft ab, aber sie riss sich zusammen und atmete tief durch. Dann fuhr sie fort: »Ich muss mit Dad reden.«

Mika stellte sich ihr in den Weg. »Einen Teufel wirst du tun. Zuerst erklärst du mir, warum du das Spiel aufgeben willst. Vater darfst du die Hoffnung nicht aus einer Laune heraus kaputt machen.«

»Mika, komm mal wieder runter! Was hat Tayo dir denn bitte schön gesagt?«

Er schnaubte. »Ich weiß alles – er hat es mir brühwarm erzählt. Wenn hier eine feige ist, dann ja wohl du.« Er setzte sich und atmete mehrmals tief durch. »Tayo hat gesagt, dass die anderen nicht besonders nett zu dir waren. Aber das ist noch lange kein Grund ...«

Leah schnitt ihrem Bruder das Wort ab. »Ich weiß. Aber warum hat er dich kontaktiert? Was wollte er genau?«

»Sie möchten, dass du wieder mitmachst.« Mika zuckte mit den Schultern.

Leahs Herzschlag beschleunigte sich. Auch wenn sie nicht wusste, was sie davon halten sollte – innerlich machte sie einen

Freudensprung. Ihre Wut von eben war verflogen, zumindest was Tayo anging. Und Ben. *Hat Tayo bei Ben und Yuna ein gutes Wort für mich eingelegt? Bereut Ben seine Entscheidung?* Beim Gedanken an Ben fühlte sie ein Kribbeln in ihrer Magengegend.

Sie lächelte Mika an. »Dann ist es ja gut, dass Tayo deine Skypenummer hat.«

»Klar, sonst hätten wir nie erfahren, dass der Gamemaster höchstpersönlich offenbar darauf besteht, dass ihr zu viert weitermacht.«

Das hatte gesessen. Leah wurde übel, als die Enttäuschung sich in ihrem Magen breitmachte. »Der Gamemaster?«, stieß sie hervor. »*Er* hat sich gemeldet?«

»Scheint so. Die ganze Kommunikation von ihm ist zwar reichlich kryptisch, aber die Schlussfolgerung von Tayo erscheint mir logisch.« Er nahm Leah in den Arm und strich ihr übers Haar. »Schwesterherz. Du darfst niemals einfach so aufgeben, wenn es mal schwierig wird. Oder dir jemand ein Bein stellt. Dann stehst du auf und machst weiter und gibst einen Scheißdreck auf das, was die anderen sagen. Du kannst das, wenn du nur an dich glaubst – selbst wenn die anderen an dir zweifeln.«

Leah wand sich aus Mikas Umarmung. »Du klingst ja wie ein Selfhelp-Ratgeber.« Sie knuffte ihn in den Arm. »Und die anderen sind Tayos Ansicht?«

Mika nickte und wuschelte ihr durch die Haare. Lachend schlug sie seinen Arm zur Seite. »Scheint ein hartes Stück Arbeit gewesen zu sein, sie davon zu überzeugen. Solltest dich in der nächsten Zeit ganz schön zusammenreißen, damit sie es sich nicht noch anders überlegen. Aber es sieht so aus, als ob das Spiel zu Ende ist, wenn du nicht wieder mitmachst. Insofern blieb Ben und Yuna wohl nichts anderes übrig, als Tayo zuzustimmen.«

Er griff nach dem Traumrekorder auf ihrem Nachttisch. »Ich schaue mir das Drama deines glorreichen Scheiterns mal an. Auf jeden Fall werde ich den Film posten. Ich bin echt mal gespannt, wie viele Likes uns ein Zickenkrieg einbringt.«

Leah stöhnte und warf Mika ein Kissen hinterher, während er grinsend aus dem Zimmer tänzelte. Noch immer hallten Mikas Worte in ihr nach. *Die anderen mussten es notgedrungen akzeptieren. Sie werden sich weder entschuldigen, noch haben sie eingesehen, einen Fehler gemacht zu haben. Und alle belächeln mich. Ich bin immer noch der Klotz am Bein.*

Die Stimme ihres Vaters durchbrach ihre Gedanken.

»Leah?«

Sie erinnerte sich daran, was ihre Aufgabe war, zwang sich ein Lächeln auf die Lippen und ging hinüber ins Wohnzimmer. Ihr Vater sah nicht gut aus. Seine Augen waren tief in ihre Höhlen gesunken, das Gesicht wirkte wächsern und glänzte fiebrig. Was Mika gesagt hatte, stimmte. Doch er lächelte und die Wärme in seinem Blick brachte Leahs Gesicht zum Glühen. Sie musste es einfach irgendwie schaffen, ihm seine Medizin zu besorgen.

»Alles in Ordnung?«, fragte er und seine Finger zitterten, als er sie nach ihr ausstreckte. Sie trat näher, küsste ihn auf die Wange und nickte.

»Ich dachte, ich hätte gehört, dass Mika mit dir geschimpft hat. Ich muss ihm sagen, dass er nicht so streng mit dir sein soll.« Ihr Vater lächelte mild, wobei sich unzählige feine Falten um Augen und Mund bildeten.

Leah unterbrach seinen Redefluss und umarmte ihn. Sie nahm seinen Duft tief in sich auf und streichelte über die heiße

Stirn. »Es ist alles in Ordnung, Papa. Mach dir keine Gedanken. Alles wird gut.«

Wenn sie doch nur selbst daran glauben könnte.

13

Es war fast zu schön, um wahr zu sein. Eben noch hatte Leah sich gefragt, was passieren würde, wenn sie wieder so schlecht einschlafen konnte. Jetzt jedoch spürte sie das bekannte Gefühl in der Magengegend, fast ein bisschen so, als wenn sie zu viel gegessen hatte.

Dann stand sie in der Gasse, genau dort, wo sie am Vortag rausgevotet worden war. Ein leises Räuspern. Leah wandte sich um zu Tayo, der eben noch nicht da gewesen war, sie jetzt aber aufmunternd anblinzelte.

Erleichterung durchfuhr sie und trotzdem sie immer noch ein bisschen sauer auf ihn war, konnte sie nicht anders, als ihn stürmisch zu umarmen. »Ich bin da und es ist exakt @417! Diesmal hat es ganz leicht funktioniert. Stell dir vor, ich konnte es ganz automatisch.« Die Worte sprudelten nur so aus ihr raus und tatsächlich fühlte sie sich fest entschlossen und voller Tatendrang, es den anderen zu zeigen. Und irgendwie durchzukommen.

Tayo lächelte sie seltsam an. »Habe ich dir doch gesagt. Und du wirst sehen, es wird jedes Mal leichter.« Er erwiderte ihre Umarmung und strich ihr über den Rücken.

Leah trat einen Schritt zurück. Sie wollte Tayo nicht brüskieren. Zwar hatte er ihr geholfen, wo er nur konnte. Na ja, etwas verletzt war Leah immer noch, dass er sich beim Voting nicht auf ihre Seite geschlagen hatte. Aber seine Nähe war ihr unangenehm. Es fühlte sich fremd an, so eng bei ihm zu sein, obwohl es nur im Traum war, und sie bereute schon, sich in seine Arme geworfen zu haben.

Tayo warf ihr einen enttäuschten Blick zu. Er hatte offenbar all das in Leahs Miene gelesen. Sich räuspernd vergrößerte er den Abstand zwischen ihnen und legte ihr seinen Arm auf die Schulter. »Ich bin stolz auf dich, weißt du. Total stolz. Und du wirst sehen, dass du es schaffen kannst. Ich würde euch den Gewinn so gönnen.«

Leah tat so, als würde sie ihre Chucks neu binden müssen, um Tayos Arm unauffällig abschütteln zu können. Während sie sich wieder aufrichtete, schaute sie nach rechts und links. Wo nur die anderen blieben? Sie war hier, weil der Gamemaster es so wollte, nicht, weil es sich Ben oder Yuna gewünscht hatten. Das würde unangenehm werden, da war sie sich sicher. Wenn es nur endlich schon vorbei wäre!

Sie räusperte sich, um die unangenehme Stille zu durchbrechen. »Wie haben sie gestern reagiert? Ich meine, sie waren doch bestimmt nicht begeistert davon, dass ich wieder mitmache.«

Tayo grinste wissend. »Mach dir keine Gedanken. Sie mussten die Kröte schlucken und das haben sie getan.«

Kröte? Das war nicht das, was Leah hören wollte. »Was hat Ben gesagt? War er sehr enttäuscht?«

Tayo lachte. »Sie wollten es beide erst nicht glauben. Aber letztlich war der Kommentar des Gamemasters überzeugend genug. Und sie wollen gewinnen. Also haben sie sich drauf eingelassen.«

Leah hakte nach: »Yuna war sicher sauer, oder? Aber Ben auch?«

Tayo schaute sie prüfend an. »Na ja, ich würde es nicht als Freude bezeichnen. Wir haben uns im Chat unterhalten. Aber ich wette, wenn du seine Worte gelesen hättest, wäre dir angst und bange geworden.« Dabei warf er ihr einen Blick zu, als wartete er ihre Reaktion ab.

Angst und bange? »Aber ...«

Tayo nahm nun ihre Hand in seine. Sie fühlte sich warm an und fest. Irgendwie beruhigend – und doch entzog Leah sie ihm wieder. Warum hörte Tayo nur nicht auf, seine Chancen bei ihr zu testen?

»Mach dir keine Sorgen. Es wird nicht so schlimm werden, wie du es dir vorstellst. Ich passe auf dich auf. Was interessiert uns schon Ben? Der reißt das Maul gern auf, aber eigentlich ist nichts dahinter. So was kennt man ja.«

Leah hob das Kinn und versuchte, ihre Mimik unter Kontrolle zu bringen, die wahrscheinlich wie immer Bände sprach. »Ich finde ihn eigentlich ganz nett. Deswegen habe ich mich ja gestern so gewundert, dass er ... offenbar kein Teamplayer ist. Wie Yuna.« Sie ließ die Schultern sinken.

Tayo funkelte sie an. »Ganz nett?! Nicht dein Ernst. Dann bist du wohl nicht anders als die anderen. War ja klar. Da kommt dieser braun gebrannte Surfertyp daher und ihr fahrt sofort auf ihn ab. Er ist dein Konkurrent, vergiss das nicht.«

Leah wollte gerade zu einer Erwiderung ansetzen, da redete Tayo weiter: »Der hat außerdem nicht mal 'nen Schulabschluss und hinter seiner coolen Fassade verbirgt sich nichts weiter als ein langweiliger Junge, der in der Wüste in einem Schulbus lebt.« Tayo hob seine Stimme und rang seine Hände. »Du wirst schon noch früh genug merken, dass er nichts draufhat. Gar nichts. Er jedenfalls würde dir nicht helfen. Im Gegenteil. Er war richtig sauer, dass du wieder mitmachst. Er hält dich für einen Klotz am Bein und ich bin in seinen Augen jemand, der niemals für irgendwas kämpfen musste.«

»Tayo ...«, unterbrach Leah seinen Wortschwall.

Doch Tayo schien sie nicht gehört zu haben. »Ich setze hier jedes Mal alles aufs Spiel. Weißt du, was passiert, wenn mein Vater merkt, was ich hier treibe? Er wird mir meinen Internetzugang wegnehmen und damit alles, was ich an Kontakt zur Außenwelt überhaupt habe. Aber das interessiert dich ja nicht.«

Leah holte Luft, da erklang eine Stimme hinter ihnen. »Schön, dass ihr schon da seid. Wie es aussieht, ist die Luft rein. Dann kann es ja losgehen.«

Ben kam lässig in einem blauen T-Shirt und den zerrissenen Shorts auf sie zugeschlendert. Auf dem Shirt war eine Faust abgebildet, von der der kleine Finger und der Daumen abgespreizt waren. Die Farbe brachte das Blau seiner Augen zum Strahlen und seine Haare schimmerten golden. Leah zwang sich, ihn nicht so unverhohlen anzustarren – aber irgendetwas faszinierte sie an Ben. Er war so fokussiert, so ernst und kämpfte mit Leidenschaft für seine Sache. Ganz anders als Tayo, bei dem sie immer mehr das Gefühl hatte, er würde nur herumlabern und sich anbiedern.

Einen Moment später tauchte Yuna auf. »Hi Leute. Alles klar?« Sie zeigte auf ihre Uhr. »Point (000,00,21). Sieht heute genauso schlecht aus wie gestern. Wir sind dem Ziel noch kein Stück näher gekommen.«

»Aber wir haben uns auch nicht weiter davon entfernt«, gab Leah zurück und war froh, etwas sagen zu können.

Yunas Blick streifte sie flüchtig und die Japanerin ließ sich sogar zu einer Antwort herab. »Ja, das ist wenigstens etwas.«

Doch schon ihre nächsten Worte zerstörten Leahs Hoffnung, dass der Konflikt begraben war.

»Du bist wieder dabei. Dagegen kann ich nichts machen. Ich muss es akzeptieren und Ben auch. Aber sobald du uns aufhältst, ausbremst oder sonst irgendwie in die Quere kommst, werde ich dafür sorgen, dass du rausfliegst. Und glaub mir. Ich werde eine Möglichkeit finden. Niemand hier hat Lust, dein Kindermädchen zu spielen.«

Leah nickte mit aufgesetzter Gelassenheit und sagte: »Dann wäre wohl alles geklärt. Also lasst uns beginnen!«

Yuna und Ben sahen sich in alle Richtungen um. Sie standen auf einem Platz, zu ihren Füßen befanden sich weiße Marmorplatten, die im hellen Licht glitzerten. Nur wenige Meter weiter reihten sich kleinere Wohnhäuser in einem Rondell aneinander.

Alles schien wie in der vergangenen Nacht zu sein und doch fühlte sich Leah heute anders. Stärker. Entschlossener. Sie hatte sich mit Yuna eine Feindin gemacht, so viel war klar. Auch wenn Ben vielleicht nicht ihr Feind war, so wollte er doch auf jeden Fall gewinnen und war damit ein weiterer ehrgeiziger Konkurrent. Und Tayos Hilfe wollte sie um keinen Preis brauchen müssen, wenn es sich vermeiden ließ.

Blieb also nur eine Person, auf die sie sich verlassen durfte: sie selbst. Sie ganz allein.

Während Ben und Yuna offensichtlich die Führungsrolle beanspruchten und Tayo beleidigt wirkte, meldete sich die neue, starke Leah zu Wort: »Ich denke, wir sollten hier nicht kopflos durch die Gegend rennen, so wie gestern und davor. Sondern mal lieber unsere Infos sortieren und etwas nachdenken.«

»Ach, hast du etwa eine Idee? Eine bessere als letztes Mal, als du uns fast hast auffliegen lassen?« Yunas Mund zuckte, als würde sie sich eine schärfere Bemerkung verkneifen, und sie warf Ben einen genervten Blick zu. Der sah Leah gespannt an.

Doch Leah ließ sich nicht provozieren, auch wenn ihre Abneigung gegen Yuna weiter wuchs. Sie bedeutete Tayo, näher zu kommen, und sagte dann: »Gestern in der Kirche haben Tayo und ich Dinge gehört, die wichtig sind. Die Wächter sprachen von Eindringlingen, die sie suchen.«

»Schön, dass du mal damit rausrückst.« Yuna schnaubte wütend.

»Ich hätte dich wirklich *gern* informiert«, säuselte Leah zurück. »Leider hattet ihr gestern anscheinend Besseres zu tun.«

»Eindringlinge? Damit meinen sie mit Sicherheit uns«, mischte sich Ben ein.

Leah nickte. »Das sehe ich auch so. Aber es war auch von einem Virus die Rede und von einer Novizin, die aus dem Verkehr gezogen wurde und nun in Quarantäne ist.«

Yunas Mundwinkel fielen herab. »Eine Krankheit also? Hier?« Nervös wischte sie die Hände an ihren Oberschenkeln ab.

Tayo lachte. »Ihr Japaner habt doch sowieso immer Angst vor Ansteckung. Ist es nicht so?«

Yuna warf ihm einen mürrischen Blick zu und langsam fiel die Anspannung von Leah ab. Sie lachte auf. »Ich weiß nicht, um welche Krankheit es ging. Noch nicht einmal, ob wir uns theoretisch anstecken könnten. Aber ich bin sicher, dass uns irgendwer von den weißen Menschen verraten haben muss. Schließlich waren die Wächter so schnell da. Jemand hat sie gerufen, denke ich.«

»Was schlägst du vor?«, fragte Ben und seine Worte hinterließen ein Gefühl von Zufriedenheit bei Leah. Sah sie so etwas wie Anerkennung in seinem Blick?

Sie wies auf das Ladengeschäft neben sich, das sich zwischen eine Bäckerei und einen Mobilfunkanbieter quetschte. Innerlich musste sie schmunzeln, wie normal und alltäglich, ja banal, diese Umgebung wirkte. Eine stinknormale Stadt – und doch steril, unwirklich und ganz in Weiß. In der Wäscherei hingen auf einem riesigen runden Drahtgestell Dutzende von weißen Kleidern, Hosen, Röcken und Oberhemden. Pakete, in denen sie weitere Wäsche vermutete, lagen in weißes Papier eingeschlagen zur Abholung bereit hinter einem Tresen.

»Ich denke, sie jagen uns oder vielleicht auch alle, die hier eindeutig nicht hergehören. Noch ist niemand auf der Straße. Aber wenn wir hier weiter rumstehen, wird sicher in wenigen Minuten die Sirene ertönen. Die Menschen haben uns bisher nicht beachtet. Oder jedenfalls haben sie es nicht gezeigt. Ich denke aber, es wäre nicht schlecht, wenn wir weniger auffällig gekleidet wären.« Sie zögerte einen Moment. Als sie jedoch sah, dass Ben und Yuna einen Blick wechselten und anscheinend überzeugt waren, richtete sie sich auf.

Tayo wiegte nachdenklich den Kopf. »Aber das heißt, wir sollen sie STEHLEN?«

Leah zuckte mit den Schultern. »Das ist das Problem an der Sache ... es könnte sein, dass sie dann natürlich erst recht nach uns suchen, wir sind dann doch Diebe, oder?«

Yuna machte eine wegwerfende Handbewegung. »Ach was, wir nehmen uns doch nur ein paar Klamotten, wem soll das schon auffallen?« Tayo und Ben schienen ihrer Meinung zu sein, auch wenn Leah ein mulmiges Gefühl hatte. Sie hatte noch nie etwas geklaut, auch nicht in Berlin, wenn es ihnen schlecht ging. Sie fand das unehrlich und falsch – und schließlich schadete man zwangsläufig dem Beklauten.

Anstelle einer Antwort streckte Yuna jetzt den Daumen nach oben und ging zu der Wäscherei. Während sie die Hände an das Schaufenster legte und hineinstierte, folgten ihr Ben und Tayo – und nach kurzem Zögern auch Leah. Yuna drehte am Türknauf. Lautlos schwang die Glastür nach innen.

»Sie ist offen. Das ist eine Einladung zum Klauen, glaubt mir.« Sie grinste schräg.

Leah streckte die Hand nach vorn. »Warte. Es könnte eine Falle sein. Die Wächter ...« Weiter kam sie nicht, denn Tayo unterbrach sie.

»Aber Yuna hat recht. Es wäre gut, wenn wir weniger auffallen.«

Ben griff nach Leahs Hand. Sein Lächeln wirkte ehrlich und es schien nur ihr zu gelten. »Na komm, kleine Alice. Ich jedenfalls trage gern Weiß. Ich finde, es steht mir.« Er zwinkerte ihr verschwörerisch zu.

Plötzlich machte sich in Leahs Magen ein Ziehen bemerkbar, ganz leicht nur. Es war, als habe es nur Bens Lächeln gebraucht, um Leah über die Schwelle in den abgedunkelten Laden treten zu lassen.

Wenige Minuten später traten sie neu eingekleidet zurück auf die Straße, als die Sirene losheulte. Schnell entfernten sie sich von der Reinigung und folgten bald darauf dem Strom der weißen Menschen, die wie aus dem Nichts um sie herum aufgetaucht waren. Leah sah sich um und erschrak, als sie bemerkte, wie eine Frau sie musterte, ging aber entschlossen weiter. Tayo und Ben liefen voran, Yuna hatte sich neben ihr in den Strom der Menschen eingereiht. Obwohl so viele Leute unterwegs waren, war es totenstill. Niemand sagte etwas, aber Leah spürte Blicke auf sich. Jetzt schaute ein Mann die Japanerin kritisch an und zeigte auf sie. Ein plötzliches Raunen ging durch die Menge, als Tayo und Ben sich an einer Gruppe weiß gekleideter

Kinder vorbeischoben. Leah lief ein Schauer über den Rücken. *Irgendwas läuft hier falsch!* Die Leute schienen auf sie aufmerksam zu werden. Sie stieß Yuna in die Seite. »Die Tarnung klappt nicht. Im Gegenteil. Jetzt scheint alles viel schlimmer zu sein.«

Yunas Augen waren vor Schreck geweitet. »Was sollen wir tun?«, flüsterte sie.

Darauf wusste Leah keine Antwort. Ben und Tayo waren mittlerweile an der Spitze des Zuges angekommen und wandten sich zu ihnen um, aber Leah hätte brüllen müssen, um ihnen ihre Beobachtung mitzuteilen. Sie überlegte kurz, ob sie winken sollte, gestikulieren. Irgendwas tun, um sie zu warnen.

»Wir dürfen nicht stehen bleiben, bevor die Menschen um uns herum nicht stehen bleiben. Wir dürfen nicht auffallen.« Ihre Stimme war ein heiseres Flüstern. Verdammt, sie hatte es gewusst: Der Diebstahl war keine gute Idee gewesen.

Yuna starrte unsicher nach vorn zu den Jungs. In diesem Augenblick kam ein alter Mann mit weißem Haar auf Yuna zugestürzt. Er näherte sich schnell und Leah starrte gebannt auf die vielen Falten, die sein helles Gesicht zerfurchten. Als er vor Yuna stand, zog ein breites Lächeln seine Mundwinkel auseinander. Das Lächeln wirkte herzlich, seine Augen aber schauten leer. Leah bekam eine Gänsehaut, weil er nun sehr nah vor ihr und Yuna stand. Er machte einen weiteren Schritt, breitete seine Arme aus und zog Yuna an sich, als wolle er eine verloren geglaubte Tochter begrüßen. Yuna wich einen Schritt nach hinten. Doch als der Mann seine Arme auf ihre Schultern legte, zuckte sie zurück, drehte sich um und rannte an ihm und Leah vorbei nach vorn zur Spitze des Zuges. Simultan griffen die Weißgekleideten in ihre Taschen und zogen Telefone hervor. Kein Rascheln war zu hören, kein Rufen. Niemand sagte ein Wort, alle schauten auf Leah, die wie gelähmt in ihrer Mitte stand. Dann fassten Hände nach ihr. Zerrten an ihrem Shirt, zogen an ihrer Hose, befühlten ihre Haare. Leah konnte nicht anders: Sie schrie und schlug wild um sich. Dann rannte sie nach vorn zu den anderen.

Da brach das Chaos los. Ein ohrenbetäubender Alarm gellte in ihren Ohren. Sie mussten hier weg. Sofort!

Auf einen Schlag wurde es wieder still. Der Alarm verhallte, nur sein Echo schien noch in der Luft zu schweben. Vielleicht waren es auch nur Leahs Ohren, in denen das Geräusch immer noch sirrte.

Die Weißgekleideten blickten sich hektisch um. Stimmen ertönten und zischten Befehle. Es roch nach verkokeltem Gummi.

Die Wächter.

Leah setzte einen Fuß vor den anderen, sie konnte die drei anderen in der Ferne erkennen ... dann wieder verschwanden sie aus ihrem Blickfeld. Sie stand inmitten weißer Menschen, die hektisch hin- und herliefen. Dann begannen sie wie auf Kommando, die Straße zu verlassen. Sie wandten sich ihr nun entgegen, schlossen sie in ihrer Mitte ein. Immer wieder dieses Zischen.

Ein Mädchen im weißen Kleid fiel ein paar Meter neben Leah auf die Knie und presste die Hände an ihren Kopf. Da, von einem Moment auf den anderen, löste sich das Mädchen auf, ohne einen Laut von sich zu geben. Die Angst, sie selbst könne die Nächste sein, ließ Leah zittern. Sie hatte die anderen aus dem Blick verloren. Männer und Frauen versperrten ihr die Sicht. Sie lief los, rempelte Menschen an, stolperte. Sie fiel und presste sich die Hand vor den Mund, um nicht vor Schmerz aufzuschreien. Immer wieder drehte sie sich um. Wo waren die Wächter? Richteten sie genau jetzt ihre todbringenden Blicke auf sie? Noch Minuten zuvor war sich Leah so sicher gewesen, dass die neue Kleidung ihnen eine gute Tarnung bot. Doch jetzt hatte sich alles geändert.

Da war Ben. Sie sah ihn deutlich. Er war keine fünfzig Meter entfernt und winkte ihr hektisch zu. Erleichterung durchströmte sie. *Sie haben auf mich gewartet. Wenigstens das.* Noch waren Menschen auf der Straße, die nun wirkten, als würden sie von Magneten in ihre Häuser gezogen. Nacheinander verschwanden sie hinter Türen, die sofort zuschwangen. Gerade kam ihr eine Gruppe von jungen Männern entgegen. Sie hielten geradewegs auf Leah zu, als würden sie sie nicht sehen, als wollten sie sie umrennen. Es war zu spät, ihnen auszuweichen. Sie blieb stehen, kniff die Augen zusammen und zog ihre Arme eng an den Körper. Dann waren sie vorbei, als wären sie durch sie hindurchgegangen. Leah hatte kein Geräusch wahrgenommen, nicht das leiseste Anzeichen vom Geruch menschlicher Körper, keine Berührung, nicht mal einen Lufthauch. Es war gespenstisch. Sie öffnete die Lider, und als sie sicher war, dass niemand vor oder hinter ihr stand und ihr auflauerte, rannte sie, so schnell sie konnte.

Als sie außer Atem bei den anderen ankam, packte Tayo sie am Arm. »Was hast du getan? Warum ist auf einmal alles schiefgegangen?«

Überrascht sah Leah ihn an. »Ich war das nicht!«

Tayo kräuselte skeptisch die Stirn, als wurde er ihr nicht glauben.

Da mischte sich zu Leahs Verwunderung ausgerechnet Yuna ein: »Es war nicht ihre Schuld. Diesmal nicht. Sie waren schon vorher seltsam. Haben uns komisch angeschaut. Aber kritisch wurde es erst, als dieser Mann mich umarmen wollte und ich zurückgezuckt bin.«

Tayos Blicke sprühten Funken. »Dann hättest du eben nicht

zurückzucken dürfen, verdammt. Was ist so schlimm daran, wenn dich jemand umarmt?«

Yuna presste ihre Handflächen aneinander. »Es ist bei uns in Japan nicht üblich, von wildfremden Menschen angefasst zu werden. Ich habe nicht nachgedacht. Es tut mir leid.«

Leah war erleichtert, dass Yuna die Schuld auf sich nahm, auch wenn sie nicht sicher war, ob die Japanerin wirklich die Ursache für das seltsame Verhalten der weißen Menschen gewesen war.

Ben sagte: »Wir sollten uns gegenseitig nicht ständig Vorwürfe machen. Keiner von uns weiß, wie man sich hier richtig benimmt.«

Leah blickte sich um. Etwas schien sich verändert zu haben, aber es dauerte einen Moment, bis sie begriff, was es war.

Die Fensterscheiben, die eben noch im Licht geglänzt hatten, waren von Rollos bedeckt. *Sie müssen sie lautlos heruntergefahren haben. Alle. Das ist doch nicht möglich. Aber hier scheint ja alles möglich zu sein.* Leah wies auf das Gebäude, das ihnen am nächsten stand. »Seht ihr das auch? Sie haben die Häuser verdunkelt.«

Tayo reagierte als Erster. Er drehte sich einmal um seine eigene Achse und betrachtete prüfend die Umgebung. »Sie sind geflohen. Haben sich in Sicherheit gebracht, nachdem die Wächter das Mädchen eliminiert haben. Wir sind die Einzigen, die noch hier sind. Und ich schätze, das ist kein gutes Zeichen.«

»Wir sind die Nächsten, die sich die Wächter vorknöpfen werden, wenn sie zurückkommen. Lasst uns hier verschwinden. Am besten gleich aus dieser Stadt, aus dem ganzen verdammten Traum.«

Ben wirbelte herum und blitzte Leah an. »Das kannst du nicht ernst meinen. Wir machen weiter. Hast du gedacht, es wird ein

Spaziergang? Eine Viertelmillion Dollar! War doch klar, dass es haarig wird oder rätselhaft.«

»Ich will jedenfalls nicht sterben«, sagte Leah mit verschränkten Armen.

»Das wirst du nicht, es ist nur ein Traum«, antwortete Ben und griff nach Leahs Hand. Sie ließ es geschehen und freute sich sogar, dass Ben anscheinend immer wieder ihre Nähe suchte. »Lasst uns verschwinden.« Er sah auf seine Uhr und wies nach Westen. »Da entlang!« Dann rannte er los und zog Leah hinter sich her. Aus den Augenwinkeln sah sie, dass auch Tayo losrannte. Er ließ Yuna einfach zurück und sprintete über den Platz.

Leah ließ Bens Hand los und blieb stehen. Er rannte weiter, schaute sich nur kurz um. Yuna stand wie angewurzelt da und schaute ihnen mit leerem Blick hinterher.

»Yuna, komm schon!«, rief Leah flehend und lief zurück. Nackte Panik stand in Yunas Miene.

»Ich kann meine Beine nicht mehr spüren. Ich kann mich nicht bewegen.«

Fluchend riss Leah Yuna am Arm herum. »Verschieb deine Panik auf später. Wir müssen weg!«

Yuna folgte ihr wie eine Schlafwandlerin. Leah riss sie mit sich, doch da erklang es auch schon wieder. Das Zischen lag in der Luft und drängte sich an sie heran. Sie konnte den beißenden Geruch, der schon zuvor die Wächter angekündigt hatte, auf der Zunge schmecken. Sie mussten ganz nah sein. Wo?

Hand in Hand rannten die Mädchen hinter Tayo und Ben her. Da sah Leah die ersten schwarzen Schatten hinter einer Häuserecke hervorkommen. Da waren sie, schwarz auf weiß – und plötzlich überall.

Ben erbleichte und schaute sich mit hektischen Blicken nach

einem Fluchtweg um. Leah war fest entschlossen, nicht stillzustehen – und so rannten die vier voran.

Aus den kleinen Wohnhäusern und Geschäften wurden Hochhäuser und die schmalen Gassen waren zu einem Boulevard angewachsen, auf dem sie noch verlorener und ausgelieferter waren als ohnehin schon. Die Luft vibrierte von dem Zischen. Die dunklen Männer mit ihren silbernen Augenbinden glitten über den Boden, als würden sie schweben. Sie krochen an den Wänden der umliegenden Häuser empor. Die Wachen tauchten auf und verschwanden. Es war, als pulsiere ein riesiger nachtschwarzer Organismus um sie herum, der die Hände nach ihnen ausstreckte.

»Da entlang«, brüllte Tayo und wies auf eine enge Seitengasse.

Ein Fluchtweg? Leah hoffte es. Keine Zeit zum Nachdenken. Sie rannten los und wurden abrupt gestoppt, als vor ihnen aus dem polierten Boden des Platzes eine Barrikade hochfuhr. Sie kam so schnell aus der Erde, dass es unmöglich war, sie zu überspringen. Leah wandte sich um. Auch hinter ihnen fuhren Absperrungen hoch, die sie an Fluttore erinnerten, wie sie zum Schutz vor Hochwasser installiert wurden.

»Sie haben uns«, krächzte Yuna. Die sonst so kämpferisch wirkende Japanerin war steif vor Schreck. So also reagiert Yuna, wenn sie keine Kontrolle über ihren Traum hat. Keine Spur mehr von Kamikaze Kaito Jeanne, dachte Leah. Wir sind uns vermutlich ähnlicher, als Yuna wahrhaben will.

Hinter den metallenen Barrikaden formierte sich nun eine dunkle Masse mit blitzenden Köpfen. Ein Wächter nach dem anderen näherte sich der Gasse, in der sie in der Falle saßen. Die Gestalten schienen ihre Befehle bereits erhalten zu haben. Im Gleichschritt kamen sie heran, bis sie nur noch etwa zwanzig

Meter entfernt waren. Leah schluckte. Wenn sie die silbernen Streifen entfernten, bedeutete dies das Ende für sie alle.

Sie suchte Blickkontakt zu Ben, aber er starrte mit aufgerissenen Augen an ihr vorbei. Yuna zitterte unkontrolliert und atmete flach. Tayo dagegen wirkte seltsam unbeteiligt, als ginge ihn das Drama, das hier gleich stattfinden würde, überhaupt nichts mehr an. Als hätte er längst mit dieser Stadt, diesem Spiel und auch mit dem möglichen Gewinn abgeschlossen. Leah konnte die Panik, die sich immer weiter in ihr ausbreitete, kaum noch kontrollieren. Sie mussten doch was tun. Irgendwas. Sie konnten nicht einfach hier stehen und abwarten, dass sie eliminiert wurden!

Ein Wächter nach dem anderen schob seine silberne Binde nach oben. Die Augenhöhlen schienen leer zu sein, nur weit hinten leuchtete ein gedämpftes Schimmern.

»Wir sollten vielleicht besser aus dem Traum gleiten«, wisperte Leah. Keiner außer ihr schien zu glauben, dass man im Traum sterben konnte. Und dies war nicht die passende Gelegenheit, es auszudiskutieren, aber sie wollte es auf gar keinen Fall darauf ankommen lassen.

»Bringt nichts: Wir werden auf jeden Fall beim nächsten Mal an derselben Stelle wieder aufwachen.« Yuna schüttelte den Kopf.

»Aber vielleicht ...«, brachte Ben gequält hervor, doch Yuna unterbrach ihn: »Im Hotel hat es auch nicht funktioniert. Wir müssen jetzt einen Ausweg finden, ansonsten ist das Game für uns vorbei.« Yuna reckte das Kinn.

»Ich will nicht sterben.« Leah spürte eine seltsame Leere im Kopf. Dann senkte sie den Blick. Unter ihr bewegte sich etwas. Sie konnte kaum glauben, was sie sah. Der Boden zu ihren Füßen verschob sich wie durch magische Hand. Zitternd machte sie einen Schritt zurück.

»Da«, flüsterte sie und deutete auf den Gullideckel, der sich Zentimeter für Zentimeter zur Seite schob. War da nicht eine Hand, die den eben noch nicht erkennbaren Deckel zur Seite zog?

Bevor ihr jemand antworten konnte, schoss ein weißer Strahl über den Platz. Leah wartete auf den Schmerz, darauf, dass sie verschwand oder aufwachte oder ... War sie getroffen? Aber sie spürte nichts.

14

Bens Schulter brannte, als hätte jemand eine Stange Dynamit in ihr gezündet. Er presste die Hand auf den linken Arm, um die Wunde zu schließen. Es war der blanke Instinkt, der ihn dazu trieb. Aber es half nichts, seine Haut glühte und in ihm tobte ein Feuerball. Der Schmerz zog sich über seine linke Körperseite bis hinunter zu den Füßen. Was, wenn er jetzt aufwachte? Wenn der Schmerz stärker war als das Morph, das ihn in diesem Traum hielt? Er sehnte sich danach, unverletzt im Bus zu erwachen, und fürchtete sich gleichzeitig davor. Sein Platz war hier und er besaß genug Kraft, um alles zu ertragen, was dieser Gamemaster für ihn bereithielt!

Der Gullideckel schob sich zur Seite und ein Fetzen roten Stoffes blitzte für einen Augenblick auf. Ihm war schlecht. Verdammt, er war ein Junge aus der Wüste. Aus einer Wohnwagensiedlung mit knapp dreißig Einwohnern. Es vergingen Tage, da sprach er insgesamt nicht mehr als hundert Wörter. Und die größten Konflikte, denen er ausgesetzt war, waren der ständige Kampf ums Geld und die ewig betrunkene Abby, die nüchtern noch schwerer zu ertragen war. Das hier jedoch war etwas ganz anderes. Alles um ihn verschmolz zu einem heißen Brei, der ihm die Energie, die er eben noch gespürt hatte, entzog. Oder kam es ihm nur so vor? Ben schüttelte den Kopf, die Schmerzen brachten ihn fast um. Sie hatten ihn getroffen, ihm den halben Arm weggelasert – zumindest fühlte es sich so an.

Dunkle, dreckige Ratten strömten jetzt aus dem Gulli zu seinen Füßen. Das, was zunächst als rettender Ausweg erschienen war, wurde gerade in diesem Augenblick zu einem Albtraum. Ben konnte seinen Blick nicht abwenden von den zuckenden Tierleibern, deren graues Fell im Licht stumpf wirkte. Sie kamen aus dem Untergrund hervorgekrochen. Dutzende, Hunderte, Tausende. Sobald sie die Oberfläche erreichten und von dem grellen Licht getroffen wurden, krepierten sie elendig. Sie kreischten, quietschten und schrien vor Qual.

Welches kranke Hirn hatte sie geschaffen, sie erträumt? Ben hätte sich am liebsten die Ohren zugehalten und auch die Augen. Um die Todesqualen nicht zu hören und die unzähligen Leiber, die sich vor ihnen auftürmten, nicht sehen zu müssen. Den Schmerzen an seiner Schulter konnte er sich nicht verschließen, sie übernahmen die Kontrolle über sein Empfinden, sein Denken.

Er hob den Blick. Jenseits der brusthohen Stahlwände standen die Wächter und starrten auf das Geschehen. Sie brüllten sich tonlos an und waren offenbar unsicher, was sie tun sollten.

Jetzt fühlte sich sein Arm an, als würde er nicht mehr zu ihm gehören. Hoffentlich blieb das so. Er war so müde, aber endlich wurde der heiße Schmerz dumpfer. Ben fühlte sein Blut pulsieren. Pochend rann es durch seine Adern, strömte zu der getroffenen Stelle an seinem Arm. Er nahm vorsichtig die Hand von seiner Schulter, machte sich auf einen grausigen Anblick gefasst, aber ... er blutete nicht. Kein roter Fleck auf seinem Shirt, kein Blut auf dem Boden. Und das, obwohl es sich anfühlte, als würde sein Herz mit jedem Schlag Unmengen aus seinem Körper pumpen. Seine nachlassenden Schmerzen, seine blutleere Wunde ... Ben spürte, dieser Traum ging weiter und es lag nicht in seiner Macht, ihn zu verlassen. Der Traum schien sogar die Verletzung zurückzunehmen, um ihn weiterzutreiben.

Jetzt hörte er Leahs Stimme. Sie sah besorgt aus ... und entschlossen. Er hörte auch die anderen reden, nahm sie aber nur verschwommen wahr.

Was ist mit meiner Wahrnehmung? Bin ich schlimmer verletzt als angenommen? Kann ich sicher sein, gesund im Schulbus zu erwachen, wenn ich hier den Tod finde? Es wurde vermutet, es sei unmöglich, im Traum zu sterben. Aber was war dran an den Behauptungen? Hatte es je einer versucht? Ben wusste nicht, was er denken sollte. Seine Gedanken wirbelten in seinem Hirn durcheinander.

Da wurde er gewahr, dass Tayo und Leah aufgeregt auf Yuna zeigten. Ihre Konturen flimmerten, die scharfen Kontraste ihrer schwarzen Haare und der blassen Haut verschwammen wie eine Fata Morgana. Bens Hirn brauchte eine Weile, bis er bemerkte, was vor sich ging. Es war, als ob der Schmerz seine Gedanken lähmte. Doch Tayo reagierte schnell, packte Yuna am Ärmel und zog mit aller Kraft an ihr, als könne er sie so davon abhalten, aus dem Traum zu kippen. Ben wankte hinzu und brüllte Yuna an. Sie war noch immer nur schwach zu erkennen, ihr Bild flackerte, aber wenigstens war sie noch da.

»Komm zurück, Yuna. Wir müssen hierbleiben. Wir brauchen dich.« Leahs Stimme klang flehend. Mit Erstaunen registrierte Ben, wie Yuna auf Leahs Worte reagierte.

Da fasste er einen Gedanken, glasklar manifestierte er sich in seinem Kopf. Er brauchte Leah. Anfangs hatte er gedacht, dass Yuna die Einzige war, die der Situation gewachsen sein könnte, aber offenbar war es Leah, die noch Kraft hatte. Gerade sie – die verwirrte, kleine Alice. Obwohl Ben sich zuerst darüber geärgert hatte, eine Dilettantin mitschleifen zu müssen ... er mochte ihre Entschlossenheit, stets das Richtige tun zu wollen. Sie hatte das dreckige Mädchen vor den Wächtern retten wollen, hatte Skrupel gehabt zu klauen und dachte nicht nur an sich selbst, so viel war ihm klargeworden. Dadurch, dass sie keine Profiträumerin war, war sie nicht auf dem gleichen Egotrip wie Tayo, Yuna oder er selbst.

Er spürte, dass er lächelte. Leah – ja, er hatte sie von Beginn an unterschätzt. Er sah, wie auch sie ihn anschaute, dann starrte sie mit vor Schreck geweiteten Augen auf die Stelle hinter Ben. Er schnellte herum. Genau im richtigen Moment. Ein Wächter war dabei, über die Brüstung zu klettern, und wirkte seltsam menschlich in seinen Bewegungen. Ein Bein hatte der schwarze Mann bereits herübergeschwungen. Was, wenn sie die Fluttore wieder herunterließen? Dann waren sie ihnen schutzlos ausgeliefert.

»Kommt!«

Bens Blick wanderte beim Klang ihrer Stimme wieder zu Leah. Sie deutete auf den Gullideckel. Der Strom der Ratten war mittlerweile versiegt, der Schacht war dunkel. Es war nicht zu erkennen, was darin verborgen lag.

***

Tayo ließ sich als Letzter in den Schacht herab. Er überlegte kurz, ob er versuchen sollte, den Gullideckel wieder hinter sich zuzuziehen. Aber es erschien ihm sinnlos. Er würde kostbare Sekunden verlieren und es waren genug Wächter draußen, die ihn schnell wieder aufmachen konnten.

Er hatte so gehofft, dass Yuna aus dem Traum kippen würde. Dann wäre auch er erlöst gewesen. So hing er weiterhin in dieser weißen Stadt fest und konnte nicht gehen, ohne den anderen die Tour zu vermasseln. Es wäre seine Chance gewesen, aber sogar Leah hatte sich ins Zeug gelegt, um Yuna zu halten. Tayo konnte nicht sagen, wie lange dieser Traum schon dauerte, aber es war definitiv zu viel Zeit vergangen und mit jeder weiteren Minute wuchs die Wahrscheinlichkeit, von seinem Vater erwischt zu werden.

Missmutig trottete er den anderen hinterher durch einen dunklen Gang. Ihre Schritte hallten von den Wänden wider, so hörte er wenigstens, dass sie da waren, auch wenn er nichts erkennen konnte. Die Decke war hoch genug, dass er aufrecht gehen konnte, aber er stieß sich immer wieder die Schultern an dem Tunnel an. Unbehagen breitete sich in ihm aus. Was, wenn es noch enger würde, wenn sie kriechen mussten? Tayo wagte sich kaum vorzustellen, dass sie hier unten im Tunnel festsaßen, vielleicht in eine Falle geraten waren. Es stank erbärmlich und er atmete nur flach. Alle paar Meter bog der Weg ab oder verzweigte sich. Wiederholt landeten sie in toten Gängen, mussten zurücklaufen und eine andere Richtung nehmen. In kurzen Abständen blieben sie stehen und lauschten. Aber es war nichts zu hören als das Tropfen des Wassers, das an den Wänden hinunterlief und sich auf dem Boden sammelte. Große Pfützen versperrten ihnen immer wieder den Weg. Anfangs hatten sie noch versucht, darüberzuspringen. Aber jeder von ihnen war schon mindestens einmal in der trüben Brühe gelandet und mittlerweile scherten sie sich nicht mehr um ihre nassen Schuhe und Füße.

In Gedanken versunken lief Tayo weiter und rannte in Yuna hinein, die stehen geblieben war und fluchend aufstöhnte. »Was ist los? Warum bleibt ihr stehen?«

»Pssst!« Yuna presste ihren Zeigefinger auf die Lippen und wies nach hinten. Dahin, wo Tayo den Gullideckel vermutete. Er lauschte. Waren das Stimmen? Noch ehe er sich darüber klar werden konnte, was die anderen verunsichert hatte und was da von der Oberfläche nach unten drang, zerriss ein ohrenbetäubendes, dumpfes Geheul die Stille.

»Sie haben wieder den Alarm ausgelöst.«

Nur wenige Augenblicke später erkannte er, dass dies das Ende bedeutete.

Eine Druckwelle wogte über ihn hinweg und Tayo dachte für einen Moment an eine Explosion. Dann kam das Wasser. Er rannte los und versuchte, sich in einem der zahlreichen Nebengänge in Sicherheit zu bringen. Die anderen waren bereits etwa zwanzig Meter vor ihm. Tayo riss den Mund auf, um sie zu warnen, doch es war zu spät. Eine Woge Wasser trug ihn mit sich und riss alles um, was im Weg war. Es brodelte, zischte und spritzte. Tayo klammerte sich fest an eine Eisenstrebe, die knapp über seinem Kopf in sein Gesichtsfeld ragte. Das Wasser rauschte an ihm vorbei, drohte, ihn mit sich zu ziehen. Seine Finger schmerzten, wurden taub. Dieses verdammte Spiel. Was dachte sich der Gamemaster dabei, ihn einer solchen Gefahr auszuliefern?! Tayo wollte zurück in sein Bett und schickte ein Stoßgebet zum Himmel. Dann ließ die Kraft seiner linken Hand nach. Ein Finger nach dem anderen löste sich ohne sein Zutun von der Eisenstange. Schon sah er sich fallen und vom Druck des Wassers davongespült werden. Tayo schloss die Augen, und als er dachte, sich nicht mehr halten zu können, und er seine letzten Kräfte schwinden sah, erstarb das Rauschen und das Wasser hörte auf zu steigen. Vorsichtig löste er die verkrampfte Hand von der Stange und glitt ins übel riechende Wasser. Er musste nach den anderen sehen. Schauen, ob sie überlebt hatten. Da kam ihm ein Gedanke. War die Tatsache, dass er noch hier war, ein gutes Zeichen? Bedeutete das, dass auch alle anderen noch im Traum waren – nicht ohnmächtig oder gar tot? Wäre er nicht aus dem Traum gefallen, wenn es einen von ihnen erwischt hätte?

Tayo watete durchs Wasser nach vorn, wo der Tunnel noch dunkler wurde. Er hoffte, dass er recht behalten würde.

***

Wasser drang in Leahs Mund. Um sie herum war es dunkel. Keiner zu sehen, kein Geräusch außer dem Gurgeln in ihrem Hals. Sie versuchte mit aller Kraft, wieder an die Oberfläche zu kommen. Aber wo war oben? Wo unten? Wieder diese Angst. Diese Gewissheit, dass sie ertrinken würde. Hier in diesem Tunnel!

Leah bäumte sich auf, stieß mit den Füßen nach unten und riss die Arme hoch. Ruderte, kämpfte. Sie wollte nicht sterben. Nicht jetzt und nicht hier! Endlich kam sie an die Oberfläche und holte keuchend Luft. Sie musste hier raus! Irgendwas riss an ihren Beinen, zog sie wieder herab in die Tiefe. Sie tauchte unter. Das Wasser war so kalt, so tot. Leah versuchte, sich erneut abzustoßen und nach oben zu paddeln. Aber das Wasser war überall. Sie nahm ihren ganzen Mut zusammen und öffnete die Augen, konnte aber in der schmutzigen Brühe nichts erkennen.

Ihre Beine zitterten und der nächste Gedanke nahm ihr alle Kraft. Sie würde ertrinken. Es würde das passieren, was sie immer geahnt hatte. Ein letztes Mal stieß sie sich ab, kam an die Oberfläche und füllte ihre Lunge mit Luft. Eine Hand packte ihr Shirt und Ben zog sie zu sich heran. Seine blauen Augen suchten ihren Blick und er raunte – oder war es nur das Rauschen des Wassers um sie herum? – ihr zu: »Du wirst nicht sterben, Leah. Das werde ich nicht zulassen.«

Ein jäher Schmerz durchzuckte Leah, als Bens Beine sie trafen, die kraftvoll das Wasser durchrührten, um nicht unterzugehen. Vor ihnen konnte Leah nun Yunas dunklen Schopf erkennen – oder war es Tayo? Leah prustete, als sie kurz unter Wasser geriet, und hustete die Atemwege frei.

»Ruhig, Leah. Du musst dich beruhigen. Es wird dir nichts passieren«, flüsterte Ben weiter oder bildete sie sich seine Worte nur ein?

Leah bekam kaum noch Luft, so groß war die Angst vor dem Wasser. Vor den Dingen, die unter seiner Oberfläche auf sie warteten.

Yuna begann leise, etwas zu summen, das wie ein Kinderlied klang und von den Wänden des Kanals widerhallte. Die Klänge waren fremd in Leahs Ohren, die Tonfolge perlend und klar. Leah fühlte augenblicklich Ruhe in sich.

Das Zittern ließ nach und eine Gewissheit half ihr, sich vom Wasser tragen zu lassen. Ben hatte sie gerettet. Sie waren am Leben, doch sie mussten raus aus dieser Brühe.

»Wir müssen hier weg. Irgendwas ist da unten. Es hat mich gepackt und hinabgezogen.« Leahs Worte gingen in einem Husten unter.

Ben griff sanft unter ihre Achsel und zog sie noch dichter an sich heran. Sie konnte seinen Atem auf ihrer Haut spüren. »Es ist nur eine Panikattacke.«

»Aber ich habe so oft davon geträumt. Von genau dieser Situation. Wir werden sterben. Wir werden nie wieder aufwachen.« Leah zwang sich, das Wimmern in ihrer Stimme zu unterdrücken.

»Du wirst nicht sterben, kleine Alice. Ich passe auf dich auf.

Ich verspreche es dir.« Ben drückte die Lippen auf ihre Stirn. Er fühlte sich warm an und beruhigend, fest und wie ein Fels in der Brandung.

Yuna drehte sich schwimmend zu ihnen um. »Wo ist eigentlich Tayo?« Jede Spur von Überheblichkeit und Arroganz war aus ihrer Stimme verschwunden.

Die vergangenen Minuten, die Verfolgung durch die Wächter und die Angst, hier unten von ihnen aufgelesen zu werden, ließen Leah für einen Moment vergessen, dass Yuna eine erklärte Gegnerin war.

Leahs Lider begannen unkontrolliert zu zucken. Sie ruderte mit den Beinen und glitt aus Bens Umarmung.

»Tayo?« Ihre Stimme bebte. Hatte es Tayo erwischt? Sie wandte sich zu Ben und Yuna. »Wir müssen ihn suchen. Wer weiß, ob er überhaupt schwimmen kann?«

»Nicht nötig, ich bin hier.« Tayo tauchte neben ihr aus der Brühe nach oben und zog etwas aus seinem Haar, das an eine Wurstpelle erinnerte.

»Du bist am Leben!«, keuchte Leah. Erleichterung durchströmte sie. Ihm war nichts passiert.

»Wir müssen weg. Sie haben den Tunnel geflutet und können jederzeit den Hahn wieder aufdrehen«, sagte Ben und wies nach vorn zu einer Stelle in der Dunkelheit, an der ein schwaches Licht schimmerte. »Dorthin am besten.«

Gemeinsam schwammen sie los, erst zögerlich, dann schneller, wobei Ben sich immer in Leahs Nähe hielt.

Tayo räusperte sich. »Wir sollten zusehen, dass wir schnell wieder rauskommen. An die Oberfläche. Hier unten ist es zu unsicher. Wir sind ihnen vollkommen ausgeliefert.«

»Oben warten die Wächter auf uns«, entgegnete Leah hastig atmend. »Wir nehmen auf gar keinen Fall den Weg zurück.

Durch einen anderen Ausgang nach oben, okay. Aber wieder zurück in die Stadt? Niemals!«

Je länger sie mit den Armen das Wasser durchpflügte, umso mehr schien sich das Licht vor ihnen zu entfernen. Hatte sie sich so sehr verschätzt? Ben schwamm nun kurz hinter ihr, wie sie mit einem Blick über die Schulter feststellte. Yuna folgte an Tayos Seite.

Sie war nicht bereit aufzugeben. Ben hatte ihr versprochen, auf sie aufzupassen. Und auch Tayo war nichts passiert. Vielleicht stimmte es, dass ihre Angst unberechtigt und sinnlos war. Mit kräftigen Bewegungen zog sie sich durchs Wasser. Noch zwanzig Züge, dann würde sie kurz innehalten und Kraft sammeln. Leise zählte sie mit. »... zehn, elf, zwölf.«

Etwas Hartes stieß an ihr rechtes Knie und ein dumpfer Schmerz fuhr durch ihren Körper. Da war etwas im Wasser, aber es bewegte sich nicht. Sie wappnete sich gegen einen festen Griff, der sie nach unten ziehen würde, ihr Herz klopfte bis zum Hals. Aber nichts passierte. Sie hob den Arm, um die anderen zu warnen. »Stopp.«

Langsam und vorsichtig tastete sie sich voran, das schwache Licht, das nun schon fast greifbar war, nicht aus dem Augen lassend. Sie schob einen Fuß nach dem anderen unter Wasser nach vorn. Wieder stieß ihr Zeh gegen Metall oder Stein. »Das ist eine Treppe.«

Yuna stieß einen Freudenschrei aus. »Super, beeil dich. Ich bin froh, wenn ich endlich aus dieser Suppe rauskomme!«

Leah krabbelte noch einige Meter auf allen vieren, dann war sie im flachen Wasser und richtete sich auf. Der Lichtschein hatte sich verstärkt, er schien nur noch etwa dreißig Meter entfernt zu sein. Sie drehte sich um und wartete darauf, dass der Rest der Gruppe dazustieß. Ben gelang es nur schwer, wieder auf die

Beine zu kommen. Er taumelte. Tayo stürzte zu ihm und griff unter seine Achseln. »He, Mann, alles in Ordnung?«

Ben biss die Kiefer aufeinander und schüttelte den Kopf. Er wies auf seine Schulter und presste die Hand darauf. Leah sah den Schweiß auf seiner Stirn – oder war es nur Wasser aus dem Kanal?

Leah trat näher und zog seine Hand von der Schulter. Ben stöhnte vor Schmerz, ließ sie aber kraftlos gewähren. Da sie in der schummrigen Dunkelheit nichts erkennen konnte, befühlte sie vorsichtig die Wundränder. Hart waren die, wie mit Plastik verschmolzen. »Ist es sehr schlimm? Hast du viel Blut verloren?«, fragte sie mit bemüht fester Stimme.

Ben schüttelte den Kopf. »Nicht einen Tropfen.«

Sie versuchte ihre Stimme zuversichtlich klingen zu lassen. »Ist eine gute Nachricht, denke ich.« Dann setzte sie an: »Kann man sich im Traum eigentlich so verletzen, dass es Folgen hat? Ich meine Folgen im echten Leben?«

Ben krümmte sich vor Schmerzen, als er mit den Schultern zuckte.

Yuna schnaubte. »Newbie!«, raunte sie und wandte sich ab.

Tayo ergriff das Wort: »Das ist es ja gerade, niemand weiß es. Die ganze Sache mit den Träumen ist überhaupt noch nicht erforscht. Mein Vater predigt immer, dass GoodDreams natürlich kein Interesse daran hat, dass Einzelheiten bekannt werden. Jedenfalls dann nicht, wenn rauskäme, dass das, womit wir unser Geld verdienen, wirklich gefährlich ist.« Er klang vollkommen erschöpft.

»Aber wenn es gefährlich ist, dann wäre es doch für die sensationsgeilen Massen da draußen viel spannender!«, gab Leah zurück.

»Nicht unbedingt«, keuchte Ben. »Es genügt, dass es gefährlich aussieht. Würde echte Lebensgefahr auch in Träumen bestehen, dann gäbe es bestimmt eine Menge Regeln und Gesetze.«

Leah seufzte. Das war gut möglich – genau wie es vorstellbar war, dass im Traum viel gefährlichere Dinge geschahen, als Leute wie ihr Bruder wahrhaben wollten. Sie hatte es irgendwie immer gespürt und nun erlebte sie es am eigenen Leib. Ihr Hals schnürte sich zu bei dem Gedanken daran, was ihnen hier passieren konnte … aber sie kam nicht dazu, den Gedankengang weiterzuverfolgen, denn in diesem Moment wurde die Tür am Ende der Treppe einen Spalt weit aufgeschoben und ein Kopf erschien in der Öffnung. Dann trat ein Mädchen ins Licht.

»Da seid ihr ja endlich.«

Als Erstes erkannte Leah das schmutzig rote Kleid wieder, dann Sarah selbst. Das Mädchen sah verändert aus, weniger ängstlich. Im Gegensatz zu Leah schien es sich hier sicher zu fühlen. Anders als neulich schaute sie selbstsicher in die Runde, grinste sogar ein wenig herausfordernd. Offenbar genoss sie das Gefühl, diesmal nicht auf Hilfe angewiesen zu sein, sondern selbst helfen zu können. Sie streckte ihre kleinen, schmutzigen Finger nach Leah aus und zog sie hinter sich durch die Tür.

Leah ließ den Oberkörper nach vorn fallen und holte tief Luft. Die Anzeige auf ihrer Uhr zeigt Point (000,00,17). Immerhin, sie waren wieder näher dran. Ein Hitzeschwall traf Leah, es roch nach Schmieröl wie in einer Werkstatt. Warnlampen an der hohen Decke leuchteten rhythmisch rot. Das alles wirkte wie die Halle einer unterirdischen Fabrik. Hier standen Dutzende von Arbeitern an Förderbändern und arbeiteten an Dingen, die Leah nicht genau erkennen konnte. Eisenräder und Stahlstangen bewegten sich auf und ab, Maschinen surrten, ab und zu quietschte und klackte etwas, aber niemand sprach ein Wort.

Die Geräusche waren monoton und hallten in dem großen Bau wider.

Aus den Augenwinkeln sah Leah, dass die anderen ihnen gefolgt waren und mit offenen Mündern auf die Menschen blickten, die im Gleichtakt Hebel zogen, Knöpfe drückten und mit immer gleichen Handbewegungen dafür sorgten, dass der Strom der Förderbänder nicht unterbrochen wurde. Die Menschen hier unten waren grau und wirkten im Neonlicht der Deckenlampen abgehärmt und ungesund. Ihre Kleidung war genauso ölverschmiert wie ihre Gesichter. Der Staub schien sie in steingraue Gestalten verwandelt zu haben. Wie Zahnräder in einem Uhrwerk hatten alle einen festen Platz und eine Aufgabe. *Sind das hier vielleicht die Arbeiter, die die Drecksarbeit für die Weißen dort oben verrichten?* Anders konnte es nicht sein.

Kein Wunder, dass die Wächter dort oben die schmutzigen Kinder fortjagen wollten. Sie waren in der sterilen Stadt eindeutig Eindringlinge gewesen. Offenbar durften diese Menschen den Untergrund gar nicht verlassen. *Was haben sie getan? Ist es die Strafe für ein Vergehen, hier unten schuften zu müssen? Und was würde passieren, wenn sie sich geschlossen erheben? Eine Revolution? Würde der Traum aus den eigenen Angeln kippen?*

Leah hockte sich neben das Mädchen auf den Boden. »Lebst du hier?«

Sarah nickte freudig.

»Und wenn ihr nach oben geht, dann jagen euch die schwarzen Männer?«

Das Mädchen antwortete leichthin: »Klar. Das ist ihre Aufgabe. Sie jagen jeden, der dort nicht hingehört.«

»Und du fühlst dich hier wohl?«

Wieder nickte Sarah. »Das sind meine Leute hier. Dort drüben steht mein Vater.« Sie wies auf einen Mann mit vielen Falten im mageren Gesicht, der alle paar Sekunden einen Hebel herunterzog, offenbar ein Loch in eine Scheibe bohrte und sie dann nach links weiterschob, kurz bevor von rechts die nächste Scheibe unter seiner Maschine auftauchte und er erneut den gleichen Arbeitsgang vollführte. »Meine Mutter und meine Schwestern sind im Lager und packen die Kisten.«

Leah wollte fragen, was hier produziert wurde, aber das Mädchen zog sie weiter durch die Werkhalle. Niemand schaute auf, keiner würdigte sie eines Blickes.

»Und warum bist du nicht in der Schule?«

Sarah sah sie verständnislos an. »Ich bin eine Untere. Wir arbeiten.«

»Aber du arbeitest nicht.«

»Hier darf ich erst nächstes Jahr arbeiten, wenn ich sechs bin. Aber für dich arbeite ich gern.« Sarah sah sie an, als könne sie nicht begreifen, warum Leah so dumme Fragen stellte.

Leah wiederum verstand nicht, was sie meinte. Aber sie spürte das dringende Bedürfnis, Sarah und den Menschen hier unten zu helfen. Es konnte doch nicht sein, dass ... Dann fiel ihr ein: Das alles war ein Traum! Das Mädchen war ein Traum, ihr Vater und auch ihre Mutter im Lager existierten nur in diesem Traum. Sie waren nicht echt und dennoch wirkte ihr Leid so fassbar, so traurig, so ungerecht! Waren sich die Menschen hier unten klar darüber, dass sie nur Fantasiegestalten für dieses Spiel um eine Viertelmillion Dollar waren? Oder fühlten sie genau wie Leah? Hatten sie überhaupt selbst Träume und Sehnsüchte oder hörten sie auf zu existieren, wenn niemand von ihnen träumte?

»Wo bringst du uns hin?«, wollte Leah als Nächstes wissen.

»Nach draußen. Da wollt ihr doch hin. Oder?«

Leah nickte und schaute an sich herab. Sie blickte sich um und war erleichtert, dass die anderen ihr folgten, als hätte sie die Führung übernommen. Bens weiße Kleidung war nass und schmutzig, auch Yuna sah dreckiger aus als die Leute hier. Tayo zupfte sich den Unrat des Tunnels aus den krausen Haaren und sie selbst sah vermutlich genauso schlimm aus. Und dennoch begann sie, sich hier wohlzufühlen. Hier unten mehr als oben in der weißen Stadt, wie sie sich eingestand.

»Du meinst, wir sollten nicht hier sein?«

Sarah nickte. »Sie machen gleich Pause für fünf Minuten. Dann müsst ihr weg sein. Sie dürfen euch hier nicht sehen.«

Leah wollte gern wissen, was passieren würde, wenn man sie sah. Immerhin versteckten sie sich nicht, sondern liefen mitten hindurch zwischen den Arbeitern. Sie schaute sich zu den anderen um und gab ihnen mit Gesten zu verstehen, dass sie sich beeilen sollten. Yuna nickte und stützte Ben, der sich nur noch mit allergrößter Kraftanstrengung bewegen konnte, wie Leah an seinem gequälten Ausdruck bemerkte. Tayo trottete unbeteiligt hinterher.

Sarah folgte Leahs Blick, zog sie aber ungerührt weiter. Ihr Schritt wurde schneller. Wie viel Zeit blieb ihnen noch bis zur Pause?

»Ich muss zurück und ihm helfen.« Leah stoppte und wies hinter sich auf Ben.

Das Mädchen schüttelte den Kopf.

»Er wird es ohne meine Hilfe nicht schaffen«, beharrte Leah. »Yuna kann ihn gleich nicht mehr halten.« Sie legte einen beschwörenden Ton in ihre Stimme, doch Sarah zog an ihrem Arm.

In diesem Moment brach Ben stöhnend zusammen. Leah riss sich von Sarah los und stürzte nach hinten. Sie passierte einen Arbeiter, der die Augen weitete, als sie sich zwischen den Maschinen durchzwängte, um den Weg abzukürzen. Auch er wandte seinen Kopf um. In diesem Moment durchbrach ein lautes Knirschen das monotone Stampfen der Maschinen. Dann ein Knall, ein Quietschen. Metallstücke fielen krachend zu Boden, Maschinenteile verkanteten sich und rumpelten ins Leere. Menschen schrien. Jemand forderte brüllend, alles abzuschalten.

Sarah blieb wie erstarrt stehen und presste die Hände gegen die Ohren. Sie kniff die Lider zusammen, öffnete sie wieder und sah entsetzt auf das, was um sie herum passierte. Jetzt flogen Teile durch die Luft, wurden von den weiterlaufenden Maschinen in die Halle geschleudert. Es zischte und dampfte.

»In Deckung!«, schrie jemand. Die Arbeiter warfen sich auf den nackten Betonboden. Sarah ließ Leahs Hand los und glitt unter eine Werkbank.

Leah sah sich hektisch um. Dann rannte sie weiter, warf sich auf Tayo und Ben und riss sie mit sich hinter eine Maschine. Sie presste ihre Hände an den Kopf und zog die Schultern so weit wie möglich nach oben. Dann löste sie die Hände wieder und streckte den Hals ein wenig, um zu schauen, ob sich auch Yuna in Sicherheit gebracht hatte. Doch sie stand noch aufrecht und beobachtete das Chaos um sich herum. Aus dem Nichts riss eine Druckwelle sie von den Beinen und schleuderte sie gegen ein Regal.

Das Blut dröhnte in Leahs Ohren. Ihr Herz pochte schneller und schneller. Eine neue Druckwelle fegte durch die Halle. Sie hörte Menschen schreien. »Abstellen. Bitte abstellen!« Aber niemand reagierte.

Noch immer liefen die Maschinen. Dann gipfelte alles in einem ohrenbetäubenden Knall, der Leah die Tränen in die Augen trieb. Sie wurde in die Luft gehoben und schrie. Ihre Trommelfelle vibrierten. Sie ruderte wild mit den Armen, um Halt zu finden. Dann wurde es dunkel.

15

Leah trat aus der Dusche und zitterte am ganzen Körper. Sie trocknete sich ab, wickelte das Handtuch um die nassen Haare und fühlte sich keinen Deut sauberer. Dabei hatte sie den Hahn so weit wie möglich aufgedreht und gehofft, den Schmutz und den Geruch des Kanals abwaschen zu können, der sie aus ihrem Traum verfolgt hatte. Die Dusche hatte nur Tropfen kalten Wassers abgegeben, aber das war besser gewesen als gar nichts. Taumelnd schleppte sie sich ins Bett zurück, obwohl ein Blick auf die Uhr zeigte, dass sie bis mittags durchgeschlafen hatte.

Sie wurde die Bilder nicht los. Die armen Menschen dort unten. Die Explosion. Und sie drehte fast durch, weil sie nicht wusste, ob Ben, Tayo und Yuna in Ordnung waren. Unruhig stand sie wieder auf, lief im Zimmer auf und ab und bemerkte, dass Mika, während sie schlief, den Traumrekorder mitgenommen hatte. Leah seufzte. Vielleicht hatte er ja Erfolg mit seinem Post. Es konnte gut sein, dass diesmal die Art von Action gelungen war, die die GoodDreams-User mochten.

Draußen regnete es. Sie legte sich wieder hin, zog sich die Decke über den Kopf und rollte sich wie ein Baby zusammen. Während sie sich noch vor Kurzem gegen das Träumen gewehrt hatte, erschienen ihr nun die Tage in der Realität so sinnlos.

Vertane Zeit, dachte sie und wäre viel lieber zusammen mit den anderen in der weißen Stadt gewesen.

Jede Minute, die sie dort verbringen konnte, erschien ihr wertvoll. Denn vielleicht gab es eine Möglichkeit, Sarah zu helfen, wenn sie nur endlich das Prinzip dieser Traumstadt durchschauten. Leah ließ sich die Vorstellung durch den Kopf gehen und sie gefiel ihr. Sie wollte das Mädchen lächeln sehen.

Die Tür öffnete sich und Mika trat ein. Er trug einen Schirm und eine Umhängetasche in der Hand.

»Es tut mir leid, dass ich so lange geschlafen habe. Hat Dad schon Frühstück und seine Medizin bekommen?«

Mika nickte. »Ich muss auf den Schwarzmarkt, neue Tabletten besorgen, es sind nicht mehr viele da.«

»Wo hast du das Geld her?«, murmelte sie und schielte auf die Tasche. »Welches Buch willst du diesmal opfern?«

Mika schüttelte den Kopf, dabei sprangen seine Locken auf und ab. Er schenkte ihr ein breites Lächeln. »Kein Buch diesmal. Du hast es geschafft.« Mika sah sie an, als hätte sie beim 100-Meter-Lauf gewonnen. Als wäre sie eine Siegerin. »Dein Traum ...«

»Mein Traum?« Sie schnaubte ungläubig.

Jetzt ließ sich Mika auf der Bettkante nieder. »Die Leute lieben ihn! Wir haben elftausend Likes dafür kassiert und er ist erst seit fünf Stunden online! Leah, dein Traum – euer Traum – ist großartig, *alle* wollen ihn sehen! Das Ende ist dramatisch. Diese Explosion. Niemand hätte das besser machen können!«

Leah musterte ihren Bruder – wartete auf eine ironische Bemerkung oder seine Zurechtweisung. Doch sein Blick blieb strahlend. »Und wir haben dafür tatsächlich genug Likes kassiert, um Medizin besorgen zu können?«, fand Leah schließlich ihre Sprache wieder. Sie setzte sich auf, ihre Ohren pochten und ihr wurde ein wenig schwindelig dabei. Aber doch ließ sie zum ersten Mal seit langer Zeit wieder das Gefühl der Hoffnung zu, das in ihr aufstieg.

»Und du warst großartig. Wie du dort geschwommen bist. Wie du das Mädchen wiedererkannt hast. Und du warst so cool, wie ich dich gar nicht kenne. Für mich bist du die Heldin dieser Nacht. Ich bin echt stolz auf dich.«

»*Du* bist stolz auf mich? Wer hätte gedacht, dass dieser Tag kommen würde, was?« Sie lachte.

Mika nickte grinsend. »Ich trage den Tag gleich mal im Kalender ein. Übrigens: Sie überhäufen dich nicht ohne Grund mit Likes. Und wenn mich nicht alles täuscht, wird wohl auch GoodDreams uns bald kontaktieren.«

Leah verstand nicht.

»Irgendwer hat auf den Overalls der Wächter das alte Good-Dreams-Logo entdeckt. Jetzt feiern alle die Firma für die brillante Idee mit dem Spiel.«

GoodDreams? Hatte tatsächlich das Unternehmen selbst das Game initiiert? *GoodDreams selbst ist also der Gamemaster?* Sie legte eine Hand an ihre Schläfe, in der das Pochen unablässig dröhnte. *Ist das gut oder schlecht? Sind wir lediglich ein Werkzeug für ihre Publicity? Und wennschon, oder?!*

Die Hauptsache war doch der Gewinn. Aber irgendetwas daran gefiel ihr nicht. Sie fühlte sich benutzt.

Mika schenkte ihr erneut ein Lächeln und sagte: »Ich muss jetzt los und die Likes eintauschen. Dann zum Schwarzmarkt. Hast du einen Wunsch? Schokolade?«

Sie nickte heftig, doch schon im nächsten Augenblick war es ihr peinlich, dass sie nur an sich dachte. Daher winkte sie sofort ab. »Besorg etwas Obst für Dad, wenn es geht. Er braucht Vitamine. Ich komme auch ohne Schokolade klar.«

Mika schaute sie erstaunt an, als könne er nicht glauben, dass seine Schwester freiwillig auf Schokolade verzichtete. Dann strich er über ihren Kopf. »Stehen dir übrigens wirklich gut, die kurzen Haare«, sagte er und war schon an der Tür, als sie ihn zurückrief: »Kannst du mich nicht mitnehmen auf den Schwarzmarkt?«

Mika legte den Kopf schief und musterte sie. »Du hast dich wirklich verändert. Früher hat dich nie interessiert, wo die Medikamente herkommen. Aber ich glaube, der Schwarzmarkt am Machandelweg ist nichts für dich. Zu unsicher. Du schaffst die Likes ran, ich kümmere mich um den Rest – ist doch 'ne super Arbeitsteilung.«

Zwei Stunden später kehrte er mit dem Medikament und ein paar Äpfeln zurück. Mika reichte Leah einen davon, der Rest war für Dad. Sie biss genüsslich in die saure Frucht und ließ jeden Bissen eine ganze Weile im Mund, bevor sie ihn hinunterschluckte.

Sie selbst hatte das Geld dafür verdient! Mit ihrem Traum. Es hatte tatsächlich funktioniert!

Mika steckte wenig später den Kopf in ihr Zimmer. Er wollte mit seinem Freund Peter ein paar Runden zocken, kurz darauf hörte sie die Wohnungstür zuknallen. Leah genoss es, einige Stunden bei ihrem Vater zu sitzen. Zum ersten Mal seit langer Zeit konnte sie das Zusammensein mit ihm wieder genießen, ohne ein schlechtes Gewissen zu haben.

Sie las ihm aus Vernes *Die Reise um die Welt in 80 Tagen* vor und dachte wieder an den Traum in der Bibliothek zurück. Der Fährmann würde seinen Obolus noch lange nicht bekommen, nicht, wenn sie es verhindern konnte.

Endlich konnte sie auch ihrem Dad ausführlich über die

Traumstadt berichten. Er lächelte darüber, dass ihre Stimme zitterte, als sie von Ben berichtete, und er strich ihr über den Kopf, als sie bei der Explosion angekommen war.

»Ich danke dir, dass du das für mich tust«, sagte er und schenkte ihr einen Blick, der fast so optimistisch war wie früher.

Gegen Nachmittag nickte er ein und Leah ging zurück in ihr Zimmer und starrte den Laptop an. Gern hätte sie nachgeschaut, ob Leviathans Traum noch mehr Likes eingesammelt hatte. Dann hatte sie eine Idee.

Sie rief die Seite von GoodDreams auf. Ein neuer Account auf den Namen *Little Alice* war in wenigen Klicks erstellt, das Unternehmen machte es den Nutzern so einfach wie nur möglich. Schon jetzt hatte sie das Gefühl, etwas mehr dazuzugehören, schließlich hatte bisher Mika all diese Dinge übernommen.

Leah wurde per Mail gebeten, ihre Adresse zu bestätigen, dann war es so weit. Ein Profilfoto würde sie später hochladen, jetzt war keine Zeit dafür, ein passendes Bild zu suchen. Nur noch zwei Klicks und sie starrte auf den Monitor, auf dem sich tatsächlich die Welt der Träume öffnete, wie GoodDreams in seinen Werbebotschaften versprach. Und obwohl sie nichts auf diese Marketingsprüche gab, kribbelten ihre Finger. Aufregung machte sich in ihr breit, als sie die briefmarkengroßen bunten Icons der aktuellen Traumfilme sah.

Sie klickte weiter und navigierte sich zu Mikas Träumen. Es war so abgefahren, sich selbst dort zu sehen. Noch viel interessanter aber waren die Kommentare, die unter den Posts von Mika standen. Seine Fans jubelten, applaudierten und hoben ihn mit ihren Worten in den Himmel. Und je mehr Leah las, umso klarer wurde ihr, dass sie wirklich an etwas Großem beteiligt sein musste. Etwas ganz Großem. Da waren unzählige Kommentare und alle drehten sich nur um sie und ihre Leistung. Als Leah merkte, wie euphorisch sie wurde, rief sie sich zur Vernunft. Bei Yuna, Ben und Tayo sah es mit Sicherheit ähnlich aus. Und dennoch änderte es nichts daran, dass sie endlich begriff, es geschafft zu haben. Auch wenn Mika von ihrem Erfolg erzählt hatte. Es mit eigenen Augen zu sehen, war um einiges besser.

Es traf sie fast wie ein elektrischer Schlag, als ihr einfiel, dass sie die anderen vergessen hatte. Waren sie gesund in ihren Betten aufgewacht? War alles in Ordnung? Ging es Ben gut?

Mit zitternden Fingern suchte sie Bens Profil. Es war einfach zu finden, da ihr Bruder BenW@gooddreams.dream folgte. Die Seite lud sich nervtötend langsam, aber dann erschien seine Startseite mit dem Profilfoto, das eine azurblaue, gigantische Welle zeigte.

Als sie auf den Button »Private Nachricht« klickte, zögerte Leah. Sie wollte Ben schreiben, aber wie sollte sie ihm erklären, warum sie ihm nicht von »ihrem« Leviathan-Profil schrieb? Sollte sie ihm die Wahrheit sagen und beichten, dass nicht sie, sondern eigentlich Mika beim Spiel hätte mitmachen sollen?

Leah stützte stöhnend den Kopf in die Hände. Nein, sie würde warten müssen, bis Mika wieder zu Hause war.

Mika kam erst gegen 18 Uhr zurück und war völlig aufgeputscht. Noch immer war er sichtlich erfreut darüber, dass Leah es fertiggebracht hatte, einen so erfolgreichen Traum zu posten. Dass ihre Geldsorgen wenigstens für den Moment weniger drückten – und der große Gewinn sogar in greifbare Nähe gerückt war.

»Ich würde am liebsten jedem erzählen, wie erleichtert ich bin.«
»Warst du nicht gerade bei Peter? Warum hast du es ihm nicht erzählt?«

»Ging nicht«, sagte Mika und zog einen Schlüssel aus der Hosentasche. »Bei denen tobt das Chaos. Sie müssen kurzfristig weg, seine Großmutter hat sich das Bein gebrochen.«

Er reichte Leah den Schlüssel. »Erinnere mich bitte dran, dass wir da ab und zu nach dem Rechten sehen. In Ordnung?«

Mika ging zur Tür, drehte sich aber noch einmal zu ihr um.

»Und heute Nacht machst du einfach so weiter wie gestern.«

Seine Worte fühlten sich für Leah an wie ein Schlag in die Magengrube. »Das ist nicht so einfach.«

Mika schüttelte lachend den Kopf. »Wieso? Es hat einmal geklappt, es wird auch wieder funktionieren.«

»Wir werden mitten in der Explosion aufwachen. Niemand weiß, was passiert, wenn man im Traum stirbt!«

Mika winkte ab. »Was soll passieren? Es ist ein verdammter Traum. Nichts weiter ...« Dann stockte er und sein Lächeln fror ein. »Du meinst das ernst, oder?«

Leah nickte. »Die anderen waren auch nicht mehr ganz sicher, ob am Sterben im Traum nicht etwas dran sein könnte. Dieser Traum ... er fühlt sich so *wirklich* an. Und wir können ihn nicht kontrollieren wie einen eigenen Traum. Wer weiß, was da passieren kann!«

Mika strich sich mit der Hand übers Kinn. »Könnt ihr nicht einfach an einer anderen Stelle in den Traum einsteigen? In diesem Hotel vielleicht oder in der Kirche?«

Leah schüttelte den Kopf. »Nein, es geht genau dort und im selben Augenblick weiter, wo wir aufgehört haben. Außerdem sind wir schon so viel weitergekommen, wir sind schon bei Point (000,00,17). Aber ich finde das verdammt gefährlich, wieder mitten in die Explosion reinzugehen.«

Mika wurde nachdenklich. »Und was sagen die anderen dazu? Denen müsste es ja genauso gehen.«

Leah schlug sich mit der Hand vor die Stirn. »Fast hätte ich's vergessen. Du musst dich bei GoodDreams einloggen, damit ich mit den anderen Kontakt aufnehmen kann!« Leah sah ihren Bruder flehend an. »Wenn ich Ben von meinem Account anschreibe, ist sofort klar, dass ich nicht Leviathan bin.«

»Du hast wieder einen Account bei GoodDreams? Seit wann denn?« Mika zog einen Mundwinkel nach oben und sah sie verwundert an.

Sie knuffte ihn in den Arm. »Seit heute Nachmittag. Na ja, ich gehöre ja jetzt irgendwie doch dazu, oder?!«

Mika lachte, setzte sich an ihren Rechner und loggte sich ohne einen weiteren Kommentar ein. Als er auf sein Profil klickte, das die Skyline von New York zeigte, dem liebsten Ort für seine Seilkunststücke, tauchte sofort eine private Nachricht auf.

Sie war von Ben. Ein warmes Kribbeln breitete sich in Leahs Bauch aus. »Rück mal ein Stück«, bat sie ihren Bruder. Seite an Seite lasen sie Bens Nachricht, die er bereits vor Stunden an Mikas Leviathan-Profil geschickt hatte.

Hör z(, Leah. Ich erreiche Y(na nicht. Habe es schon den ganzen Tag vers(cht. Ich weiß nicht, ob es ihr g(t geht. Ich habe immer gedacht, dass man im Tra(m nicht sterben kann. Aber ich weiß gar nichts mehr. Tayo ist meiner Mein(ng. Wir sind (ns nicht sicher, ob wir he(te Nacht z(der Explosion (nd den Koordinaten z(rückkehren sollen. Es ist alles so schwierig. Habe das ganze Internet d)rchforstet, aber a(ch dort nichts gef(nden, was dara(f hinweisen würde, dass ein Tod im Tra(m a(sgeschlossen ist. Melde dich dringend! (nd bevor d(fragst: meine Tastat(r ist kap(tt

Mika sah sie aufmerksam an. »Weißt du, Schwesterherz, du hast ja gesehen, dass du mit dem Träumen Geld verdienen kannst. Sicher nicht 250.000 Dollar auf einen Schlag, aber vielleicht genug für Dads Medikamente. Du musst nicht mehr weitermachen, wenn du nicht willst.«

»Meinst du das ernst?« Leah sah überrascht auf. Ihr Bruder war niemand, der eine Herausforderung einfach so in den Wind schlug. Was er sagte, wäre zwar das Vernünftigste. Genau wie Ben spürte auch Leah, wie ihr Bauchgefühl gegen einen Besuch in der Unterstadt rebellierte. Aber sie konnte nicht einfach aufgeben. Nicht nach dem, was sie bereits erreicht hatten. Und ohne die Rückkehr in die weiße Stadt hätte sie keine Möglichkeit mehr, Ben wiederzusehen. Wenigstens in dieser Sache hatte ihr Bauch eine klare, schmetterlingsleichte Antwort.

»Es tut mir leid«, sagte Mika jetzt. »Ich wünschte, es wäre einfacher.« Er zog sie an seine Brust.

Leah ließ sich in seine Arme fallen, als würde allein das ihre Probleme lösen. Dann schaute sie wieder auf den Bildschirm. Ihr war etwas Wichtiges eingefallen.

Sie tippte: Hi Ben. Sorry, dass ich mich jetzt erst melde. Werde mir seit gestern Nacht immer sicherer, dass man im Traum sterben kann. Habe da schon länger meine Bedenken. Aber: Was macht deine Schusswunde? Ist sie noch da? Hast du sie aus dem Traum mitgenommen?

Bens Antwort kam innerhalb von wenigen Sekunden. Er musste vor dem Computer gesessen und auf Leah gewartet haben.

Ben: Hi, schön, dass d(jetzt online bist, Alice, (nd g(t, dass d(fragst. Die W(nde ist (ngla(blicherweise weg, aber der Arm schmerzt höllisch. Ä(ßerlich ist nichts z(erkennen. Ich bin so a(fgewacht, wie ich mich hingelegt habe. In meinen Klamotten. Ich hatte den ganzen Morgen diese Schmerzen im Arm.

Mika starrte auf die Nachricht und zog hilflos die Schultern hoch. »Es ist deine Entscheidung, ob du weitermachen willst.«

Leah: Dann sollten wir nachher weitermachen, meinst du nicht auch?

Sie tippte mit fliegenden Fingern und schickte die Nachricht ab, ohne sie noch einmal durchzulesen. Zu groß war ihre Angst, dass sie es sich anders überlegen könnte.

Ben: Okay, bin dabei.

Leah: Gibst du den anderen Bescheid?

Ben: In Ordn(ng. Ich vers(che es.

***

Yuna erwachte mit hämmernden Kopfschmerzen. Sie würgte und hustete und konnte nur mit Mühe einen Brechreiz unterdrücken. Es war stockfinster. Wie lange, verdammt, hatte sie geschlafen?? Sie musste die Nachmittagsschicht verpasst haben. Hatte Hayashi sie nicht gebraucht? Warum war sie nicht pünktlich aufgewacht – das konnte sie ihren Job kosten!

Stöhnend riss sie das Kopfkissen hoch und presste es auf ihr Gesicht. Sie kramte in ihrem Gehirn nach Erinnerungen, aber das Denken fiel ihr schwer. Da war eine Explosion gewesen. In dieser Fabrikhalle unter der Erde. Irgendein Arbeiter hatte den Takt verloren und dann war ihnen der ganze Mist um die Ohren geflogen.

»Fuck!«, flüsterte sie. »Fuck, fuck, fuck.« Zum ersten Mal war sie erleichtert, aus einem Traum gefallen zu sein. Endlich war dieser gottverdammte Lärm vorbei. Erst das Hämmern der Maschinen, dann der Totalausfall und dieser entsetzliche Knall. Ihre Ohren schmerzten, sie hörte noch immer das Echo. Als sie daran dachte, was alles hätte geschehen können, wurde ihr heiß und dann kalt. Nie hatte sie sich ernsthaft Gedanken oder Sorgen darüber gemacht, dass etwas im Traum passieren konnte.

Aber das war seit diesem Traum anders. *Es ist vorbei. Ich bin in Sicherheit. Es kann nichts passieren. Jetzt nicht mehr.*

Langsam schob sie das Kissen von ihrem Kopf. Sie musste sich entspannen. Tief und gleichmäßig atmen. Anfangs war das schwierig, aber nach einigen Augenblicken gelang es ihr besser. Sie wollte das Licht einschalten, sank aber wieder zurück ins Bett. Wie spät war es überhaupt? Die wenigen Gäste, die noch im Motel wohnten, würden sicher bald zum Frühstück erscheinen. Und vorher musste sie noch fegen und wischen und überhaupt den Saustall da unten von den Spuren der letzten Nacht befreien.

Yuna schwang die Beine über ihre Bettkante und setzte sich vorsichtig auf. Erleichterung durchfuhr sie, als sie es geschafft hatte, sich aufzurichten, ohne dass ihr wieder speiübel wurde. Die erste Hürde war genommen. Dann tastete sie nach dem Schalter neben der Tür und knipste das Licht an.

Yuna warf einen Blick zum Schreibtisch, um abzuschätzen, ob sie es wagen konnte, aufzustehen und hinüberzugehen. Sie rieb sich die Augen, dann jagte der Schock wie ein Stromschlag durch ihren Körper.

Akiras Laptop, er war weg!

Sie sprang auf, presste die Faust vor den Mund, um die wiederkehrende Übelkeit herunterzuschlucken, und stürzte zum Tisch.

Weg! Das konnte nicht sein. Unmöglich. Er hatte seit Tagen dort auf diesem Tisch gestanden. War Hayashi in ihrem Zimmer gewesen, während sie schlief? Sie hatte keinen sehr leichten Schlaf, schließlich nahm sie Morph und versank tief in ihre Träume.

Sie schaute auf die Uhr. Fünf Uhr morgens. Sie hatte knapp sechzehn Stunden geschlafen. Hätte sie es gehört, wenn der betrunkene Fettsack in ihr Zimmer gepoltert wäre? Das hätte sie doch. Oder? Sie sah sich um, aber sonst schien alles in Ordnung zu sein.

Ungläubig fuhr sie mit der Hand über die blanke Tischplatte, als könne sie den letzten Rest des Laptops ertasten. Aber er blieb verschwunden.

Na warte, dachte sie. Hayashi hielt sie zwar wie ein Sklaventreiber und behandelte sie auch sonst, als wäre sie sein Eigentum. Aber noch niemals hatte er sich an ihren persönlichen Sachen vergriffen.

Yuna lief zur Tür, warf auf dem Weg einen kurzen Blick in den Spiegel und erschrak, als sie ihre weit aufgerissenen Augen und die blasse Haut sah. Einen kurzen Moment überlegte Yuna, wie sie ihren Computer am besten wiederholen konnte. Vielleicht ließ sich eine direkte Konfrontation vermeiden, wenn sie sich in Hayashis Schlafzimmer schlich und ihn einfach nahm. Entschlossen streckte sie die Hand nach der Klinke aus. Es dauerte einen Moment, dann war die Erkenntnis in ihr Gehirn gesickert.

Abgeschlossen.

Sie rüttelte wie wild an der Tür. Verdammt, wieso hatte er sie eingeschlossen? Der Schlüssel steckte nicht mehr. Er musste in ihr Zimmer gekommen sein, den Laptop genommen und sie dann eingeschlossen haben. Hatte er etwa auch …?

Sie brauchte nur vier Schritte bis zum Kleiderschrank und riss die Tür auf. Klamotten fielen ihr entgegen, Unterwäsche, Kleidung, Bücher und ihre Zeichenutensilien.

Sie drehte sich in ihrem winzigen Zimmer um die eigene Achse und stürzte zum Fenster. Doch das ließ sich wegen der Klimaanlage nicht öffnen – auch wenn das Ding schon längst nicht mehr funktionierte. Sie versuchte erneut, die Tür zu öffnen. Natürlich klappte es auch diesmal nicht. Sie musste Akira anrufen. Er würde kommen und ihr helfen. Und wenn es Ärger gab, würde er die Polizei rufen. Ihre Hand fuhr zur Steckdose, doch dort hing nur das nackte Ladekabel.

Das Telefon war weg.

Die Ungläubigkeit drang Schicht für Schicht tiefer in ihren Geist vor und machte Platz für die Gewissheit, dass hier jemand ein Spiel mit ihr spielte. Man hatte sie eingeschlossen und ihr sämtliche Werkzeuge gestohlen, die es ihr erlaubten, Kontakt zur Außenwelt aufzunehmen.

Yuna setzte sich aufs Bett und ließ den Kopf sinken. Und was nun? Sie konnte das Zimmer nicht verlassen und hatte keine Möglichkeit, Akira oder die Polizei zu rufen. Und vor allem konnte sie den Traum nicht posten.

Und damit war wohl jede Chance dahin, dieses Spiel zu gewinnen.

16

Die Welt explodierte mit einem ohrenbetäubenden Knall. Eine Fontäne von Metallsplittern ergoss sich über Leahs Kopf, Maschinenteile flogen durch die Luft. Es roch nach Feuer und Schweiß. Beißender Qualm trieb ihr Tränen in die Augen. Sie presste die Hände an ihren Kopf und kroch tiefer hinter die Maschine. Es war viel zu heiß im Raum, irgendwo musste ein Brand ausgebrochen sein. *Wo sind Ben und Yuna, wo ist Tayo?*

Der Boden erzitterte unter ihren Knien und aus der Tiefe kam ein Grollen wie bei einem Erdbeben. Leah atmete angestrengt durch und verharrte einige Momente in ihrer eingerollten Position. Als nur noch wenige Splitter neben ihr zu Boden regneten, erschien es ihr sicher genug, den Schutz zu verlassen. Auf allen vieren kroch sie hervor und zog den Kopf zwischen die Schultern. Zu früh, wie sich nur einen Lidschlag später herausstellte. Es krachte einmal, dann schoss eine Stichflamme aus dem Öltank neben ihr. Leah riss den Kopf herum.

Als sie wieder zu sich kam, schmerzte ihre Stirn und ihre Lider fühlten sich an wie zugekleistert. Sie versuchte, sie zu öffnen, und brauchte mehrere Anläufe, bis es ihr gelang. Etwas Warmes rann in ihr rechtes Auge, die Zunge fühlte sich zu groß an für ihren Mund und ihr war übel. Mit aller Kraft rollte sie sich auf den Rücken und richtete sich langsam auf. Unmengen loser Papierblätter lagen um sie herum und der Gestank nach beißendem Qualm war so präsent, dass sie ihn auf der Zunge schmecken konnte. Leah stöhnte und griff sich an die Stirn, auf der sie eine klaffende Schnittwunde ertastete.

Schreiende Menschen aus der Unterstadt rannten an ihr vorbei und brüllten nach Hilfe, das konnte sie deutlich sehen, aber kein Laut drang an ihre Trommelfelle. Leah rollte sich zu einer Kugel zusammen, um ihren Kopf zu schützen.

Von links kam eine Gestalt auf sie zu. Sie konnte sie nur durch einen roten Schleier wahrnehmen, der sich nicht hob, egal, wie oft sie blinzelte.

Ben sank neben ihr auf die Knie. »Leah, verdammt. Alles in Ordnung mit dir? Du blutest. Kannst du aufstehen?«, fragte er gehetzt.

Sie nickte und wies auf die Wunde am Kopf. »Wo sind die anderen?«

»Tayo ist schon weg und sucht nach Yuna. Wir haben schon überall in der Halle nachgeschaut. Ich mache mir Sorgen.« Ben griff nach ihrer Hand und zog sie hoch. Es fühlte sich gut an, seltsamerweise fühlte sich alles besser an mit Ben.

Sie wurden vom Strom der flüchtenden Menschen mitgerissen. Im Laufen zog Ben ein Tuch aus der Hosentasche und tupfte ihre Stirn ab. Leah biss die Zähne fest zusammen, um nicht vor Schmerz aufzuschreien.

»Jetzt müsste es besser sein. Es kommt auch kein neues Blut nach«, sagte er und lächelte schief. Seine Augen strahlten aus dem rußverschmierten Gesicht hervor und seine weißen Zähne blitzten. Es war so gut, Ben wiederzusehen. Jede Minute hier war es wert, wenn sie ihm nur nahe sein konnte. Mit ihm in diesem chaotischen Moment zu sein, verlieh Leah ein ruhiges, fast friedliches Gefühl.

Sie blinzelte und nahm endlich die Umgebung und das Chaos, durch das sie rannten, klar und deutlich wahr. Hunderte von Arbeitern trampelten über Berge von Papier. Lose Seiten, Akten, Stadtpläne und Flugblätter. Und obwohl so viele Menschen um sie herum waren, gellte nur rauschende Stille in Leahs Ohren.

In dem Gang, durch den sie liefen, regneten noch immer einzelne Schnipsel zu Boden. Der Boden war voll davon und es war so rutschig, als würden sie auf einer Eisbahn laufen, und es gab Stellen, an denen sie durch die Seiten waten mussten wie durch Wasser.

Ben stoppte. Einige Meter weiter hockte Tayo. Er schob die Papiere, die sich in nächster Nähe auf dem Boden häuften, mit einer weit ausholenden Bewegung beider Arme zusammen wie trockenes Laub. Leah und Ben kämpften sich zu ihm, als er gerade wahllos in den riesigen Haufen Papier griff und einen Zettel nach dem anderen herauszog. Wortlos reichte er sie an Leah weiter. Manche Seiten waren mit Zeichnungen bedeckt, die sie an die Konstruktionen von da Vinci erinnerten. Grob skizzierte Maschinen, aber auch menschliche Körper und seltsame Mischungen aus beidem. Dann etwas, das wie ein Plan aussah. Als Nächstes ein Stadtplan, dann eine Wandkarte mit Abbildungen von schneebedeckten Bergen, reißenden Flüssen und verwehten Dünen. Vielleicht ein Touristenführer oder eine Landkarte? Leah wusste es nicht und die Unruhe wegen Yunas Verschwinden ließ es nicht zu, dass sie sich näher damit beschäftigte. Ja, die Japanerin hatte sie aus dem Spiel kicken wollen, aber sie brauchten sie unbedingt, um weitermachen zu können. Und abgesehen davon fühlte sich Leah nicht wohl dabei, jemanden hier zurückzulassen.

»Yuna muss hier sein. Sie kommt nie zu spät. Wir sollten uns auf die Suche machen.« Tayo erhob sich von dem Papierhaufen und klopfte sich die Hose ab.

»Ja, einer für alle, alle für einen – das ist doch das Motto.« Leah nickte und sah sich aufmerksam um. Wenn Yuna bereits alleine weitergegangen war, konnte sie seit letzter Nacht noch nicht weit gekommen sein.

»Yuna!« Ben brüllte. »Yuna, wir sind hier! Gib irgendein Geräusch von dir, wenn du kannst.«

Doch da war nichts. Nur das Knistern der Papiere unter ihren Füßen.

»Vielleicht liegt sie irgendwo ohnmächtig.«

»Wohl kaum.« Tayo warf Leah einen Blick zu, den sie im ersten Moment nicht deuten konnte. Doch dann fiel ihr ein, dass wohl niemand einen Traum festhalten konnte, wenn er ohnmächtig war. Und auch dann nicht, wenn er tot ist, war Leahs nächster Gedanke.

»Dann muss sie hier irgendwo sein«, entgegnete Leah. »Oder sie ist noch gar nicht da gewesen?«

»Yuna war noch nie unpünktlich. Wir müssen sie suchen«, sagte Ben entschlossen.

»Hast du sie gestern noch erreicht? Vielleicht dachte sie, wir würden uns nicht trauen, wieder mitten in der Explosion einzusteigen.«

»Nein, hab ich nicht. Aber wenn Yuna das gedacht hätte, dann wäre sie erst recht hier aufgekreuzt. Diese Chance hätte sie sich nicht entgehen lassen ... Lasst sie uns suchen«, forderte er erneut.

»Auf jeden Fall«, stimmte Leah zu. »Vielleicht braucht sie unsere Hilfe.« Sie warf einen Blick auf die Uhr. »Point (000,00,12). Wir sind näher dran!«, rief sie. »Habt ihr schon gesehen?«

Wie auf Kommando überprüften auch die beiden anderen die Koordinaten.

Bens Augen funkelten. »Du hast recht. Du hast verdammt noch mal recht!«

Tayo stieß die Faust in die Luft und kniff die Augen zu Schlitzen zusammen. Leah sah ihm an, dass er es kaum fassen konnte. »Dann gehörte dieser ganze Mist mit den Verfolgern, dem Wasser und der Explosion zum Spiel? Oh Mann!« Er schüttelte den Kopf und eine kleine Faust schob sich in Leahs Hand.

»Ihr müsst hier weg! Die Wächter sind überall. Sie suchen euch und werden euch finden. Sie identifizieren jeden Störfaktor im System, auch hier unten. Das ist ihr Job«, sagte Sarah in einem Ton, der keinen Widerspruch duldete.

Leah freute sich, Sarah wohlauf wiederzusehen. »Aber wir müssen erst Yuna finden.«

Das Mädchen nickte. »Ich führe euch hin. Dann ist meine Aufgabe beendet.«

»Also los!«

Sie eilten an Sarahs Seite durch Straßen und Gassen, die so anders wirkten als in der weißen Stadt. Während oben alles aus einem Guss erschaffen worden war, ohne Fugen und Kanten, so wirkte die Unterstadt wie über Jahrzehnte gewachsen und damit chaotisch und rau. Hier war nichts glatt, nichts perfekt. Die bescheidenen Häuser waren aus Bruchsteinen gebaut und schienen nur provisorisch zusammengefügt zu sein. Ungepflegte Böschungen säumten die Straße, und wohin sie auch sah: Überall tummelten sich Kinder. Leah fragte sich, wohin die Erwachsenen aus der Fabrik verschwunden waren.

Mädchen und Jungen spielten mit Flaschen und Töpfen auf

schlammigen Straßen. Einige hieben mit Kochlöffeln auf Topfdeckel ein, andere rannten über die Wege und sangen.

Wer hat Angst vorm Schwarzen Mann?
Niemand!
Und wenn er aber kommt?
Dann rennen wir davon!

Unzählige kleine Kinder rannten an ihnen vorbei, huschten zwischen ihnen hindurch und grölten vor Freude.

Alle paar Minuten stoppte Leah, um Ausschau nach Yuna zu halten, doch Sarah zog sie unbeirrt weiter. Sie stiegen eine schmale steinerne Treppe empor, die zu einem teils zerfallenen Tordurchgang führte. Dann erreichten sie eine Art Basar. Laden war an Laden gereiht. Dazwischen hatten unzählige Händler ihre Waren einfach auf dem Boden oder in Ständen ausgebreitet. Es war ein ohrenbetäubendes Stimmengewirr. Händler priesen Teppiche an und Kleidung. Frauen standen am Wegesrand und feilschten. Männer fuhren mit Eselkarren mitten durch eine Menschenmenge und schnalzten warnend mit der Zunge. Leah schaute sich verwirrt um. Was für ein seltsamer Ort, an dem sie hier gelandet waren. Das alles wirkt wie aus einem der alten Klassiker in Dads Bibliothek, nur tausendmal verrückter, dachte Leah. Waren dem Gamemaster die Ideen ausgegangen?

Tayo trat an ihre Seite. »Was ist das?«, fragte er Sarah und wies auf einen Mann, der einen Hund an einer Leine führte, der so riesig war wie eine Kuh.

Ben stand mit geöffnetem Mund da. Leah folgte seinem Blick und betrachtete zehn Männer, die nur mit einem Lendenschurz bekleidet in Ketten über den Basar geführt wurden. Drei Aufseher begleiteten sie und brüllten Alter und Gewicht der Sklaven in die Menge. Eine Frau blieb stehen und befühlte die Muskeln eines schwarzhäutigen Sklaven mit eingeöltem Körper. Sie grinste ihn an und besprach sich mit dem Händler. Die beiden schienen sich einig zu sein, ein Handschlag genügte, dann wechselte eine Rolle mit Geldscheinen den Besitzer. Der Händler übergab einen Schlüssel an einer silbernen Kette und die Frau führte den Gefangenen ab wie Vieh.

Ein bescheidener Stand zog Leahs Aufmerksamkeit auf sich. Auf seiner Verkaufsfläche und auf der matschigen Erde davor lagen einige Stapel von Büchern auf reich verzierten Teppichen. Leah trat näher. Wie automatisch fuhr ihre Hand nach vorne, um ein Buch zu greifen, dessen Einband ihr eigenartig bekannt vorkam.

Jemand stieß sie zur Seite. »Das will ich!«

Ein etwa zwölfjähriger Junge blitzte sie aus dunklen Augen böse an. Doch als sie näher hinschaute, erkannte sie, dass es gar kein Junge war. Seine Stimme klang jung, seine Statur war die eines Kindes, doch er trug das Antlitz eines Greises. Falten durchschnitten seine Züge und unter seinen hohen Wangenknochen sah sie eingefallene Wangen. Er trug einen altertümlichen Umhang um den schmächtigen Körper und trommelte mit den Fingern auf den Einband des Buches. Es war die *Schatzinsel*.

Leahs Mund wurde ganz trocken vor Aufregung. Sie kannte dieses Buch. Genau dieses mit den Kaffeeflecken. Noch vor wenigen Tagen hatte sie Dad daraus vorgelesen. Wie war es hierhergekommen?

»Es ist meins. *Ich* will es kaufen!« Der Junge griff in seine Tasche und warf eine Handvoll Münzen auf den Tisch.

Leahs Hand zuckte zurück. Sie hatte das sichere Gefühl, dass sie dieses Buch hier finden sollte. Doch ehe sie genauer darüber nachdenken oder mit dem Jungen diskutieren konnte, legte Ben ihr die Hand auf die Schulter. »Komm. Du wolltest Yuna suchen. Wenn wir sie haben, gehen wir zusammen zu den Büchern zurück. Dann zeigst du mir alle, die du schon gelesen hast. In Ordnung?« Er schaute sie versöhnlich an.

In diesem Augenblick näherten sich Schritte im Gleichtakt. Leahs Nackenhaare stellten sich auf, als sie Wächter erkannte, die zielsicher auf den Markt zuhielten. Sie waren schon beinahe am Bücherstand angekommen und es gab keine Versteckmöglichkeit außer hinter einem der Bücherstapel.

Sarah zerrte an ihrer Hose. Ben hatte sich bereits bei einer Stoffhändlerin untergestellt, hinter deren Ballen von Leinen Leah Bens blonden Haarschopf kaum noch ausmachen konnte. Tayo ging hinter einem Gewürzstand in Deckung. Doch für sie war es zu spät, es gab keine Möglichkeit mehr, ungesehen zu verschwinden. Leah wandte sich zu den Büchern um und hoffte, unter den vielen Menschen auf dem Markt in ihrer schmutzigen Kleidung unauffällig genug zu sein, um den Blicken der schwarzen Männer zu entgehen. Eine schwere Hand legte sich auf ihre Schultern.

»Geh mal zur Seite, Mädchen. Lass die Jungs ihren Job erledigen.« Der Standbesitzer schlug dem greisen Jungen das Buch aus der Hand und schob ihn fort.

Desinteressiert wandte sich der Verkäufer Leah zu, zählte das Geld auf dem Tisch und reichte ihr das Buch.

Der Mann rannte um sein Leben. Immer wieder sah er sich nach den Sicherheitsleuten von GoodDreams um. Stets waren sie ihm auf den Fersen und er entkam ihnen nur mit Mühe und Not.

Seit Tagen war er nun schon auf der Flucht. Er durchwühlte Mülltonnen nach Essbarem, obwohl er seine Kreditkarte dabeihatte. Die Gefahr, dass sie ihn aufspürten, wenn er sie benutzte, war zu groß. Er schlief in Kellern und überlegte, ob es nicht besser wäre, sich zu stellen. Wenn er wenigstens einen ausgereiften Plan hätte. Ein Ziel.

Wenn er auch nur die geringste Ahnung hätte, ob das Spiel so lief, wie er es vorausgesehen hatte. Diese Flucht machte ihn mürbe. Wann immer ihn Passanten ansprachen, brach ihm der Schweiß aus und er rannte davon. Seine Kniegelenke jagten gleißende Schmerzen durch seinen Körper und Tränen in seine Augen. Ob er überleben würde? Und wenn ja, wie lange noch? Er hatte sich das mächtigste Unternehmen der Welt zum Feind gemacht – denn sie wussten, was er über sie herausgefunden hatte. Und dass er es nicht mehr lange geheim halten konnte. Das war es wohl, was man einen Todfeind nannte.

Cornel bog um die nächste Ecke und zuckte zurück. Da waren sie wieder. GoodDreams-Security in dunklen Uniformen, im Gleichschritt, auf der Jagd. Nach ihm! Mit pfeifendem Atem schleppte er sich die Straße entlang. Rannte, wie er seit Jahren nicht mehr gerannt war. Er achtete nicht auf die Löcher im Pflaster, stolperte, fand das Gleichgewicht wieder. Stürmte vorbei an den Autowracks. Dachte nicht darüber nach, wie er es schaffen sollte, den Männern zu entkommen. Sein scharfer Geist war blankem Überlebenswillen zum Opfer gefallen. Er – der Analytiker, der Denker – war nur noch eine Maschine, die nichts anderes wollte, als weiterzuexistieren.

An der Kreuzung wandte er sich nach links, lief die Straße hinunter, ließ den kleinen Park rechts liegen und jagte die Stufen zur Kirche empor. Hier musste es Schutz geben, Asyl. Der Vorplatz war verlassen, kein Mensch in Sicht. Er streckte die Arme aus, seine Hände griffen nach der übergroßen Messingklinke. Gleich, gleich würde er in Sicherheit sein.

Doch die Tür war verschlossen. Für einen Moment konnte er es nicht glauben. Wollte es nicht. Dann zerschnitt ein Schuss die Stille. Cornel sank auf die Knie und sah, wie sich ein roter Fleck auf seiner Brust ausbreitete.

Sie hatten ihn gefunden. Nun konnte er nur noch hoffen, dass die Kleine, die Biestige, der Besonnene und der Helfer das finden würden, was er für sie und die Welt hinterlegt hatte.

17

Die Wächter hatten sie übersehen, gar nicht auf sie geachtet. Ob das an ihren Klamotten lag, die mittlerweile durch das Bad im Kanal und die Explosion in der Fabrikhalle vor Dreck starrten? Leah hätte zu gern gewusst, worauf die Sensoren ansprangen. Weshalb man sie bisher als Eindringlinge identifiziert hatte und jetzt nicht. Aber es war egal. Für einen Moment genoss sie das Gefühl, in Sicherheit zu sein. Wer wusste schon, wie lange dieser Zustand anhielt.

Wenig später kam Ben neben ihr zum Stehen. Auch er benahm sich, als würde er hierhergehören, und schlenderte wie ein interessierter Käufer über die Gasse, in der Leah stand. Wo Tayo war, konnte sie momentan nicht ausmachen, aber sie war sicher, dass auch er unentdeckt bleiben würde, wenn er sich nur klug verhielt.

Ben zeigte auf das Buch, das Leah immer noch vor ihrem Bauch umklammert hielt. »Du magst also Bücher?«

Aus einem Reflex schob sie die *Schatzinsel* hinter ihren Rücken und stammelte: »Ich ...«

Ben lachte. »Du kannst es ruhig zugeben. Ich liebe das Meer, den Wind und die Sonne. Und du bist absolut süchtig nach Büchern. Ist es nicht so?«

»Schon, aber es versteht sonst niemand außer meinem Vater. Er ist genau wie ich. Wir könnten stundenlang nebeneinandersitzen, nichts sagen, sondern einfach nur lesen. Die Seiten umblättern, in die Geschichten eintauchen. Du weißt, was ich meine.«

Ben nickte. »Ich weiß es. Oder eigentlich auch nicht, aber ich kann es mir denken. Und du musst mir irgendwann mal genau davon erzählen. Ich mag Leute, die mit Leidenschaft bei einer Sache sind.«

Leah hätte ihm noch ewig zuhören können. Aus seinem Mund klang alles toll. So bedeutsam, so wichtig. Aber etwas lenkte ihren Blick ab.

Sie traute ihren Augen kaum: dahinten! Fünf Stände entfernt schien tatsächlich Yuna in ein hitziges Streitgespräch mit dem greisen Jungen und Sarah verwickelt zu sein. *Endlich haben wir sie gefunden!*

Auch Yuna musste sie gesehen haben, denn sie winkte Leah und Ben zu.

»Guck mal, da ist Yuna!« Leah stieß Ben gegen den Arm. Und auch wenn es ihr leidtat, das erste richtige Gespräch unter vier Augen mit ihm beenden zu müssen, war sie auch irgendwie froh, Yuna wohlauf wiederzusehen.

Betont langsam und unauffällig gingen Leah und Ben zu Yuna und den beiden Begleitern hinüber. Leah musterte die Japanerin. Es gab nichts, was darauf schließen ließ, dass Yuna sich Sorgen gemacht hatte.

Ben schien dasselbe zu denken. »Warum hast du nicht bei der Fabrik auf uns gewartet? Ich dachte: Einer für alle und so weiter.« In seiner Stimme schwang eine Spur Enttäuschung mit.

»Jemand musste sich ja wohl um das Spiel kümmern. Oder

wollt ihr weiter hier herumirren und euch vor den Wächtern verstecken, statt weiterzukommen?«

»Wir haben dich gesucht.« Tayo war hinzugetreten, ohne dass Leah es bemerkt hatte. Er roch nach Koriander und Piment. Leah schmunzelte in sich hinein, denn anscheinend hatte er die ganze Zeit zwischen den Gewürzen ausgeharrt.

Yuna zögerte und sagte dann achselzuckend: »Dieser Traum ist im Moment die einzige Möglichkeit, mit anderen zu kommunizieren.«

»Wie meinst du das?« Ben runzelte die Stirn und auch Leah wunderte sich über Yunas Worte.

Yuna biss sich auf die Unterlippe und stieß dann knurrend hervor: »Als ich aufgewacht bin, hatte jemand mein Zimmer durchwühlt. Handy und Laptop waren weg.«

Leah schluckte schwer. »Was?! Hast du die Polizei gerufen?«

Der Blick, den sie von der anderen erntete, erinnerte sie daran, was für ein Biest Yuna immer noch war.

»Die Tür war abgeschlossen. Ich habe gehämmert und gebrüllt. Nichts.«

»Meinst du, es hat was mit dem hier zu tun?« Leah beschrieb mit den Händen einen weiten Bogen um sich.

»Wüsste nicht, was mein Zeug mit diesem Krämermarkt zu tun haben soll.« Yuna schaute Ben an und grinste süffisant über Leahs Frage.

Leah gab sich Mühe, mit dem gleichen Ausdruck zurückzugrinsen. »Klar, weil wir ja auch ganz bestimmt hier sind, um ein paar Kräuter und ein wenig Wein zu kaufen«, gab sie zurück und ärgerte sich über die betont coole Art der Japanerin.

»Wenn du ein wenig dein Hirn bemühst, dann hörst du vielleicht auf, dich zu wundern, und ziehst die richtigen Schlüsse.«

Tayo trampelte von einem Fuß auf den anderen. »Wir sollten hier endlich verschwinden. Schließlich haben wir noch was vor.«

Ben verdrehte die Augen, legte die Stirn in Falten und wies auf den greisen Jungen. »Hilft er uns weiter?«

Sarah nickte. »So ist der Plan.«

»Das ist ein ziemlich dämlicher Plan.« Der greise Junge zerrte ungeduldig an seinem Umhang, dessen Saum Sarah mit eiserner Hand umklammerte. »Die unterirdischen Gänge sind geflutet. Niemand kann mehr nach oben.«

»Funktionseinheiten wie wir können nicht nach oben. Die Wächter kommen überallhin, wie du gesehen hast«, erwiderte Sarah und boxte ihm vor die Brust. »Hör auf, dich so aufzuspielen. Sie wollen nicht nach oben. Du musst sie in die verbotene Zone bringen. Du bist ihr Guide.«

»Keine Chance«, gab der Junge zurück und kräuselte trotzig die Lippen.

Ben presste die Kiefer aufeinander und massierte seine Fingerknöchel. Er schien kurz vor einer Explosion zu stehen.

Leah schmunzelte. Das war wohl das erste Mal, dass Ben beinahe seine lässige Geduld verlor.

»Wir wollen nicht in die verbotene Zone, falls dich das beruhigt. Wir müssen zu 000,00,00.«

Als der greise Junge ihn nur gelangweilt ansah, fügte Ben hinzu: »Das muss hier doch irgendwo sein. Wir sind schon nah dran.« Er hielt dem Jungen seine Uhr mit der Anzeige Point (000,00,12) unter die Nase und konnte seinen Frust kaum noch verbergen.

»Das *ist* die verbotene Zone. Und er ist der Einzige, der den Weg kennt«, antwortete Sarah und sah ihn beschwörend an.

Der greise Junge seufzte tief. »Kenne ich auch. Aber er ist ein

Geheimnis. Und gefährlich ist es auch, dorthin zu gehen.« Er schickte einen verschwörerischen Blick in die Runde.

Ben funkelte den Jungen an. »Kannst du uns helfen oder nicht?«

Der Junge hielt Bens Blick stand und blieb stumm. Da begriff Leah endlich, was der Junge von ihnen wollte. Sie wiederholte: »Es ist also gefährlich. Und es ist geheim. Und so etwas hat natürlich seinen Preis. Habe ich recht?«

Der Junge nickte und schaute Leah herausfordernd an.

»Ich habe hier etwas, das du sehr gerne besitzen würdest«, sagte sie lächelnd und klopfte auf das Buch, das sie noch immer unter ihrem Arm trug.

Als der Junge nickte und nach dem Buch griff, fasste Sarah nach Leahs Hand, drückte sie und verschwand dann wortlos zwischen den Marktständen.

***

Am nächsten Tag riss Ben die Fäuste in die Luft, als er seine Likes kontrollierte. Es sah verdammt gut für ihn aus. Vor Freude hätte er platzen können und er wollte es unbedingt jemandem erzählen. Abby fiel schon mal aus. Jedes Mal, wenn sie auch nur den geringsten Duft von Geld in der Luft gespürt hatte, war sie barfuß bis nach Niland gegangen und hatte sich nahezu den Verstand weggetrunken. Ben wusste nicht, wie oft er schon mit dem Wirt diskutiert hatte, aber der Kerl gab ihr immer noch Kredit. Den Ben dann alle paar Wochen abbezahlen musste.

Nein, Abby würde er nichts sagen und auch den anderen Leuten in Slab City nicht. Emy Thomson aus dem Drugstore würde seinen Film sowieso anschauen. Abgesehen von ihr würde er dieses herrliche Gefühl mit niemandem teilen. Sicher war sicher. Dennoch konnte er das Grinsen nicht unterdrücken, das sich immer tiefer in seine Mundwinkel grub, als er die Kommentare der User zu seinem letzten Traum las.

»Der reine Wahnsinn!«

»Ihr seid die Größten.«

»Ich will unbedingt wissen, wie es weitergeht. Ich spende dir Morph, damit du dauerträumen kannst.«

Viele der Kommentatoren kannte er gar nicht. Allein in der letzten Nacht hatten achtzig neue User sein GoodDreams-Profil abonniert.

»Ben for President!« Dieser Post ließ ihn laut auflachen. Er klickte auf das Profilbild der blonden Schönheit, sah sich eine Weile auf ihrer Timeline um und postete dann zurück: »Nicht in diesem Leben :)«

Es war herrlich. Endlich ging es bergauf. Er würde hier rauskommen. Abby und er würden es schaffen.

***

Mika lobte Leah am nächsten Morgen, bevor er zum Schwarzmarkt aufbrach. Er zeigte ihr die Unmenge an Usern, die ihren letzten Traum gelikt hatten. Es war nicht zu fassen, die Leute mochten wirklich, was Mika postete. Und es brachte Geld. Auch heute würde er kein weiteres von Dads Büchern auf den Friedhof tragen, um Medikamente und Lebensmittel zu besorgen. Und schon allein deshalb würde es ein guter Tag werden.

Leah war mittlerweile unendlich froh, dass Mika sie überredet hatte, an seiner Stelle zu träumen. Wasser machte ihr kaum noch Angst und das Träumen sowieso nicht. Sie genoss es sogar. Dass sie das Ben zu verdanken hatte, war für sie ohne jeden Zweifel. Er war immer da, wenn sie ihn brauchte, und gab ihr das Gefühl von Sicherheit. Das Einzige, was sie ein winziges bisschen störte, war die Tatsache, dass die ganze Begeisterung eigentlich Leviathan galt. Und Leviathan war Mika. Aber in jeder Suppe war ein Haar zu finden, wenn man nur aufmerksam danach suchte. Und Leah wollte sich nicht auf den Haken konzentrieren. Es war gut, so wie es war. Nicht perfekt vielleicht, aber besser als alles, was sie sich gewünscht hatte.

Den halben Tag vertrieb sie sich die Zeit wieder damit, ihrem Vater vorzulesen. Diesmal wählte sie Jane Austen aus und versank mit ihm in der Zeit des alten Englands. Sie genoss das gute Gefühl, ihm danach stolz ihre Erlebnisse der letzten Nacht zu schildern. Als er gegen Mittag im Sessel einnickte, beschloss Leah, im Internet zu surfen. Dann versuchte sie zu lesen, aber ihre Gedanken schweiften ab und kehrten wie von selbst in den Traum zurück. In den Traum, die weiße Stadt und natürlich zu Ben. Bei dem Gedanken an ihn zog sich ihr Magen zusammen. Es war eine Mischung aus Schmerz und gespannter Erwartung. Vielleicht war ja beim nächsten Treffen endlich mal Zeit, sich wieder in Ruhe mit ihm zu unterhalten. *Wirklich* zu unterhalten.

Gegen 13 Uhr saß Leah am Laptop und widmete sich gerade einem Blogeintrag über GoodDreams und dem Spiel, das dort frenetisch besprochen wurde, als es an der Tür klingelte. Sie zuckte bei dem ungewohnten Geräusch zusammen und hoffte, dass ihr Vater nicht aufwachte. Sie pflegten zu den Nachbarn nur den nötigsten Kontakt. Niemand durfte wissen, wie schwer krank Dad war. Das Risiko war einfach zu groß, dass es jemand weitererzählte und sie ihn abholten. Es war gut, dass Mika endlich mit den Medikamenten zurückkehrte, damit sich Dads Zustand wenigstens kurzfristig verbesserte. Wie lange es noch so sein würde, wusste sie nicht. Aber in ein paar Stunden kam eine neue Nacht mit neuen Chancen.

Sie erhob sich langsam, streckte sich und trat aus dem Zimmer. Durch die Milchglasscheibe der Wohnungstür sah sie die Silhouetten zweier Männer. Sie hielt den Atem an. Dann klopfte es laut an der Tür.

»Aufmachen! Polizei!«

Leah schnappte nach Luft. Sofort wirbelten ungeordnet Bilder durch ihren Kopf. Mika, in Handschnellen abgeführt beim Einkauf auf dem Schwarzmarkt. Mika, angefahren und schwer verletzt auf dem Weg ins Krankenhaus. Ihre Beine gaben kurz nach und sie hielt sich an der Garderobe fest.

Das Klopfen wurde energischer. »Aufmachen!«

Leah stürzte zur Tür und riss sie auf.

Zwei kräftig gebaute Männer in Zivil standen vor ihr und zückten Ausweise, die sie genauso schnell wieder verschwinden ließen, ohne dass Leah sie sich genauer anschauen konnte.

»Mika Goldstein. Ist er da?«

Erleichterung überflutete sie. *Wenn sie nach ihm fragen, können sie ihn nicht irgendwo aufgelesen haben.* Leah spürte, wie ein Lächeln über ihr Gesicht glitt. Sie schüttelte den Kopf. »Im Moment nicht. Soll ich ihm etwas ausrichten?«

Die Polizisten schoben sich an ihr vorbei in den Flur und sahen sich um. »Wo ist sein Zimmer?«, fragte der größere von beiden.

Leah öffnete den Mund, um zu protestieren, doch der Mann würdigte sie keines Blickes und eilte zum Ende des Flures. Dorthin, wo sich die Tür zum Wohnzimmer befand. Dorthin, wo ihr Vater war.

»Falsche Richtung«, beeilte sie sich zu sagen und unterdrückte das Zittern in ihrer Stimme. Sie zeigte nach links. »Das ist Mikas Zimmer.«

Die Männer nickten kurz, rissen Mikas Tür auf und stürzten in den Raum. Leah hastete hinterher und sah fassungslos zu, wie sie Schränke aufrissen und Kleidung zu Boden warfen. Sie prüften den Inhalt jedes Regals, öffneten die Schubladen und durchsuchten Mikas Unterlagen. Sie fuhren mit den Fingern durch Bücher und alte Schulhefte und warfen alles achtlos zu Boden.

»Was machen Sie da? Was suchen Sie? Dürfen Sie das überhaupt?« Leahs Stimme klang schrill in ihren Ohren.

Die Antwort auf ihre Frage war ein höhnisches Lachen. »Wir machen nur unseren Job. Und wenn dir das nicht passt, kannst du dich ja beschweren. Polizei Zehlendorf. Abteilung 56.«

Sie wagte es nicht, noch einmal nachzufragen. Zu groß war die Angst, dass ihr Vater sie genau in diesem Moment rufen könnte. Sie durften nicht merken, dass sie nicht allein war. Leah ließ es zu, dass sie Mikas Computer einpackten, genauso wie seine externe Festplatte. Die Polizisten nahmen auch seinen Traumrekorder mit, der seit Wochen unbenutzt im Regal lag. Leahs Herz klopfte bis zum Hals, als sie endlich gingen. Grußlos.

Sie stürzte völlig kopflos zurück in ihr Zimmer, griff nach dem Telefon und wählte Mikas Nummer. Sein Handy klingelte im Flur. Er hatte wohl vergessen, es einzustecken. Lange war sie sich nicht mehr so hilflos vorgekommen – es war, als seien ihr eben in der Realität die Handlung und ihr Verstand abhandengekommen. Ganz so, wie es ihr früher im Traum passiert war.

Schweiß brach ihr aus, als sie begriff, dass sie nicht wusste, ob Mika in Sicherheit war. Fahrig strich sie sich durch die Haare und zwang sich, ruhig zu atmen. Das Denken fiel ihr schwer.

Was will die Polizei von Mika? Hat er etwas Verbotenes getan? Etwas, das mit seinem Computer zu tun hat?

Sie musste Mika warnen, ihm sagen, dass die Polizei da gewesen war! Vielleicht standen sie sogar noch vor dem Haus und lauerten ihm auf. Womöglich lief er ihnen genau in diesem Augenblick direkt in die Arme! Leah stürzte zum Fenster und schaute hinaus. Aber alles sah aus wie immer. Ein paar Fußgänger waren in Richtung Park unterwegs, eine ältere Frau in grauem Mantel schob einen leeren Einkaufswagen. Eine normale Straße in Berlin-Zehlendorf an einem ganz normalen Nachmittag. Und dennoch fühlte sich Leah verfolgt und unsicher, was sie tun sollte. Ihre Uhr zeigte an, dass es schon nach drei war. Mika hätte lange zurück sein müssen, er brauchte nie länger als zwei Stunden für den Hin- und Rückweg zum Machandelweg. Leah griff sich die Kapuzenjacke vom Garderobenhaken und Mikas Schülerausweis von seiner Pinnwand. Sie schaute kurz nach ihrem Vater, der jedoch noch immer schlief, dann verließ sie gehetzt die Wohnung.

Der Schwarzmarkt grenzte an den Grunewald und damit an die Stadtgrenze. Es war ein seltsames Gefühl, die Straßen entlangzulaufen, wie sie es wochenlang nicht mehr getan hatte. Seit sie in ihren Träumen trainiert hatte, allein, dann mit Tayo und jetzt im Spiel, war sie zu einem regelrechten Stubenhocker geworden. Aber alles sah noch genauso aus wie immer.

Die schmalen Vorgärten vor den Einfamilienhäusern, der Spielplatz, auf dem sie als Kind gerne geschaukelt hatte. Es schien, als wäre die Zeit stehen geblieben, und wären mehr Menschen auf der Straße gewesen, würde es sich fast so anfühlen wie ganz früher, als das Leben noch draußen stattgefunden hatte und nicht in sozialen Netzwerken.

Dem Schwarzmarkt haftete auf den ersten Blick nichts Verbotenes an und darauf, dass er illegal war, wiesen nur die beiden Sicherheitskräfte hin, die den Eingang bewachten und jeden aufmerksam musterten, der hineinwollte. Leah winkten sie einfach durch, offenbar stand sie nicht im Geringsten in Verdacht, zur Polizei oder anderen Regierungsbehörden zu gehören. Von denen wurde der Schwarzmarkt, so hatte es ihr Mika einmal erklärt, ohnehin geduldet – gegen Schmiergelder, die regelmäßig die Marktpreise in die Höhe trieben.

Sobald sie das Gelände betreten hatte, überlagerten Bilder aus dem Traum von letzter Nacht den Anblick vor ihr. Vor ihrem inneren Auge tauchte die *Schatzinsel* wieder auf, aus der sie heute ihrem Vater vorgelesen hatte. Warum ausgerechnet dieses Exemplar in dem Traum gelandet war, blieb Leah ein Rätsel.

Wie auf dem Basar im Traum gab es auch hier Verkaufsflächen, auf denen Lebensmittel, Kleidungsstücke, Bücher und andere Dinge ausgebreitet waren. Allesamt Dinge, die kaum noch in normalen Geschäften zu kriegen waren. Und doch war es hier unnatürlich ruhig, als würden sich die vielen Menschen nur flüsternd unterhalten. Als hätten sie Angst, erwischt zu werden. Leah lief vorbei, ohne auch nur einen zweiten Blick auf die Stände mit den Lebensmitteln zu verschwenden. Ihre Hand krampfte sich um das laminierte Kärtchen, auf dem Mikas Bild prangte. Das Foto war schon etwas älter, aber er war deutlich zu erkennen.

Endlich fand sie, was sie gesucht hatte, und wartete ungeduldig, bis sie an der Reihe war. Ein Mann mit Spazierstock ließ sich verschiedene Blutdrucksenker erklären und nestelte immer wieder an seinem Hörgerät herum. Er wählte eines der Mittel aus und zahlte mit einer Handvoll Münzen.

Der Verkäufer lächelte sie müde an. »Wie kann ich dir helfen?

Die Beruhigungsmittel sind heute im Angebot. Das Verfallsdatum ist zwar schon abgelaufen, aber ich garantiere, dass sie noch völlig in Ordnung sind. Oder suchst du vielleicht Morph? Beste Ware, kannst dich drauf verlassen, es schenkt dir die süßesten Träume.«

Sie schüttelte heftig den Kopf. »Ich suche meinen Bruder Mika. Weißt du, ob er heute hier gewesen ist?« Ihre Hände zitterten, als sie ihm den Schülerausweis hinüberschob. Der Verkäufer warf nur einen flüchtigen Blick darauf und nickte eifrig.

»Klar, der kommt öfter. Ist auch heute schon hier gewesen. Hat die üblichen Tabletten mitgenommen und grinste zufrieden, als er sie in die Hosentasche schob. Ist auch mal schön, wenn die Leute hier glücklich weggehen. Die meisten jammern nur darüber, wie teuer alles ist.«

»Und du bist wirklich ganz sicher?« Die Leute, die hinter ihr in der Schlange anstanden, begannen zu stöhnen, aber Leah ließ sich nicht beirren.

»Klar, ich kenne doch Mika. Er ist immer zu einem Schwätzchen aufgelegt. Du hast ihn verpasst, Kleine, sorry.«

Leah schluckte. »Ich suche ihn, weil er verschwunden ist. Er ist nicht nach Hause gekommen. Mein Vater wartet immer noch auf die Medizin, aber ich habe kein Geld. Du könntest nicht vielleicht ...?« Sie schenkte dem Verkäufer ein strahlendes Lächeln, obwohl ihr überhaupt nicht danach zumute war.

»Sorry, aber ich gebe keinen Kredit.« Der Mann hob abwehrend die Hände und winkte den nächsten Kunden zu sich heran. Leah wurde zur Seite gedrängt und sah sich suchend um. Sie hatte keine Ahnung, was sie jetzt machen sollte. Eigentlich wusste sie nicht einmal, was sie erwartet hatte. Mika war also hier gewesen und hatte die Medizin besorgt. Und dann? Was war dann passiert?

Um sie herum war alles voller Menschen. Nun kam ihr selbst das Flüstern vor wie Geschrei. Sie brauchte Ruhe, um nachzudenken, und drückte sich gegen eine Wand, um niemandem im Weg zu stehen. Eine junge Frau im Regenmantel schob einen Kinderwagen an ihr vorbei und redete in beruhigendem Singsang. Tief in Gedanken streckte Leah den Hals, um hineinzusehen, doch der Wagen war leer. Sie presste die Finger gegen die Schläfen und versuchte, sich zu konzentrieren. Irgendetwas war Mika passiert, das spürte sie. Er würde Dad nie länger als nötig warten lassen. Und es war unwahrscheinlich, dass er noch woanders hingegangen war. Aber Berlin war groß und sie hatte nicht den kleinsten Anhaltspunkt. War es besser, nach Hause zu gehen und dort auf ihn zu warten? Hatte sie überhaupt eine Wahl?

Mit pochendem Herzen kam sie zu Hause an und ihre Verzweiflung wuchs mit jeder Stunde, die verging. Beim kleinsten Geräusch fuhr sie hoch, stürzte mehrmals in den Flur, weil sie dachte, vor der Tür etwas gehört zu haben. Fast minütlich checkte sie ihr Telefon, obwohl ihr klar war, wie sinnlos das war.

Ihr Dad hatte schon mehrmals nach Mika gefragt und Leah ahnte, dass ihr Vater sich bereits Sorgen machte. Sie versuchte ihn und sich selbst zu überzeugen, dass Mika wohl wieder bei seinem Kumpel Peter rumhing und zockte, und suchte die Nummer aus ihrem Notizbuch. Als sie bei den Schumanns anrief und niemand ranging, fiel ihr ein, dass die Familie ja verreist war. Dort konnte Mika also auch nicht sein.

Immer wieder aufs Neue kramte sie im Kopf nach irgendetwas, das Mika gesagt haben könnte. Irgendeine Information, die ihr helfen würde, ihn zu finden. Aber da war nichts, egal, wie sie sich das Gehirn zermartete. Er hatte gelächelt, als er ging, und ihr versprochen, bald zurück zu sein. *Das ist ihm nicht gelungen.*

Um 20 Uhr bat ihr Vater sie, ihn ins Bett zu bringen. Sein Blick sagte Leah, dass er die Hoffnung aufgegeben hatte, dass Mika heute noch heimkehren würde. Leah bemerkte nicht zum ersten Mal, wie abgemagert ihr Dad nach der monatelangen Krankheit war. Sie vermutete, es würde ein Leichtes sein, ihn vom Sessel in den Rollstuhl und dann auf die Liege zu heben. Aber sie musste ihre ganze Kraft aufbringen und befürchtete jeden Moment, sein schlaffer Körper würde ihren Händen entgleiten. Mit zusammengebissenen Zähnen mobilisierte sie noch einmal alle Energie, die ihr zur Verfügung stand, um ihn ins Bett zu legen. Während sie ihn zudeckte und ihm eine gute Nacht wünschte, streichelte er ihre Hand und dankte ihr für alles. Leah ließ sich neben ihm auf der Bettkante nieder, strich über seine Stirn, seine trockenen Hände, seine Finger und dachte daran zurück, wie er sie als Kind im Arm gehalten hatte, wenn sie vor Kummer nicht einschlafen konnte. Bald darauf hörte sie ihn leise und tief atmen, dann verließ sie auf Zehenspitzen das Zimmer und ließ die Tür einen Spaltbreit offen stehen.

Die Angst, aus Sorge um Mika diese Nacht nicht schlafen zu können, tobte in ihrem Kopf. Sie zitterte innerlich und ein stummes Schluchzen stieg in ihrer Kehle empor.

Nebenan stöhnte ihr Vater. Leah lief barfuß hinüber zu ihm, aber er schlief. Offenbar träumte er schlecht. Dann ging sie in Mikas Zimmer und sah, dass das Bett leer war, natürlich. Auch wenn sie insgeheim gehofft hatte, dass er sich leise hereingeschlichen hatte.

Leah seufzte und ging Zähne putzen. Im Badezimmerspiegel über der Ablage sah sie ihr Spiegelbild. Die Sorgen hatten

Schatten unter die Augen gezeichnet, ihr Mund wirkte verkniffen. Automatisch öffnete sie die Tür des kleinen Schränkchens und wischte die Kopfschmerztabletten und die Wundsalbe zur Seite. Dort war es, das Morph. Sie hatte Mika dabei beobachtet, wie er jeden Abend zwei der weißen Tabletten genommen hatte. In Gedanken öffnete sie die Packung. Nur noch eine Pille war übrig.

»Ich tue das, um besser träumen zu können«, waren seine Worte gewesen. Als sein Liebeskummer und damit seine Schlaflosigkeit begann, half auch die Droge nicht mehr. Leahs Herz wurde schwer. Vielleicht war das die Lösung. Vielleicht sollte sie die Tablette schlucken. Sie würde schlafen, sie würde träumen. *Vielleicht besteht die Challenge ja nur darin, sich dorthin zu träumen und den Traum täglich zu posten. Vielleicht gewinnt der, der dafür die meisten Likes kassiert. Und wenn das so ist, dann stehen meine Chancen gar nicht so schlecht.* Dieser Gedanke gab ihr neuen Auftrieb.

Leah schnappte sich die Tablettenpackung und eilte zurück in ihr Zimmer. Sie schlüpfte ins Bett, ihre Finger umklammerten das Morph. Sie zögerte, ob sie es wirklich nehmen sollte, denn das Zeug war ganz sicher nicht so harmlos, wie Mika behauptete. Wenn es nicht anders ging, würde sie es nehmen. Aber erst einmal wollte sie es ohne versuchen.

Leah wusste nicht, wie lange es dauern würde, bis ihr Bruder wieder auftauchte. Eine leise Stimme flüsterte in ihrem Kopf, dass er vielleicht gar nicht mehr zurückkam, aber sie weigerte sich, diesen Gedanken weiterzudenken. Er war nicht da. Und das hieß, dass sie jetzt für Dad sorgen musste. Sie würde diese Nacht noch abwarten. Vielleicht würde Mika zurückkommen. Und wenn nicht – dann würde sie zur Polizei gehen und fragen, was es für ein Problem gab. Egal, was Mika getan hatte, es ließ sich sicher wieder in Ordnung bringen. Die Hauptsache war, dass es ihm gut ging und dass sie weiterträumte, so würde es Mika wollen. Eine seltsame Sicherheit überkam Leah bei diesem Gedanken – und sie schlief ein.

18

Der greise Junge hatte sich auf den Deal eingelassen. Die *Schatzinsel* gegen eine Führung durch die verbotene Zone, die die Koordinaten Point (000,00,10) bis Zero Point (000,00,00) umfasste, wie er den vieren erklärte. Leah wusste nicht, was »verbotene Zone« bedeutete – aber sie ahnte, dass der Gamemaster sie dorthin schickte.

Am Ausgang des Basars war die Anzeige abrupt auf Point (000,00,10) gesprungen und im selben Moment verschwanden die Marktstände und machten Platz für endlosen gelben Sand. Seitdem schleppten sie sich durch eine Wüste und Leah kontrollierte immer wieder die Koordinaten, aber der greise Junge schien Wort zu halten, denn sie kamen dem Ziel kontinuierlich näher. Leah hatte das ungute Gefühl, dass die Zeit in der Wüste zu einer gefühlten Unendlichkeit zerfloss und ihnen also buchstäblich davonlief.

Ihre Augen schmerzten von der Sonne, auch wenn diese Helligkeit anders war als in der weißen Stadt, wo keine spürbare Temperatur vorgeherrscht hatte, nur weißes, kaltes Licht. Hier war die Sonne brennend, trocken, golden. Leah spürte den knisternden Sand, der an ihrem schweißnassen Körper haften blieb und sie in ein paniertes Schnitzel verwandelte.

Elender gelber Sand, er türmte sich unter ihren Füßen auf, machte das Gehen zur Qual. Ben hatte sein Halstuch über Mund und Nase gebunden und schimpfte. Etwa alle drei Minuten fragte er den greisen Jungen, ob dieser Weg tatsächlich der richtige sei. Und genauso regelmäßig stieß Yuna ihm den Ellenbogen in die Seite und wies ihn an, still zu sein. Der Sand schien sie nicht zu stören. Sie hob die Füße hoch und stolzierte hinter ihrem Führer her. Tayo brummelte in sich hinein und bewegte sich mit stoischer Gleichmäßigkeit.

Was für ein abgefuckter Scheißtraum, dachte Leah, selbst erstaunt über ihre Wortwahl. Und der, der ihn sich ausgedacht hatte, war wahrscheinlich auch zu lange in der Sonne gewesen. Oder hatte sich mit zu viel Morph einen Großteil seiner Gehirnzellen weggedröhnt. Sie warf einen Kontrollblick auf ihre Uhr: Point (000,00,08). Tatsächlich, dem Ziel des Gamemasters kamen sie immer näher – aber: Wie würde es dann weitergehen?

Der greise Junge schwieg, wandte sich nicht ein einziges Mal um, und es schien Leah, als würde er leise vor sich hin kichern. *Was, wenn er uns in eine Falle lockt?*

Die Sonne brannte weiter auf sie nieder. Ihre Füße wurden schwerer. Sie brauchte dringend eine Pause. Einen Schluck Wasser, ein paar aufmunternde Worte. *Ich darf nicht an Mika denken und nicht an Dad. Ich muss mich auf das konzentrieren, was hier geschieht, sonst kippe ich aus dem Traum.*

Tayo lief kurz vor ihr, aber Leah fehlte die Kraft, ihn um Wasser zu bitten. Ihr Kopf sank tiefer auf die Brust und sie schleppte sich mehr durch die Dünen, als dass sie bewusst einen Schritt vor den anderen setzte. Ein leiser Schrei entfuhr ihr, als sie fiel. Endlich blickte sich der greise Junge um.

»Kurze Pause«, befahl er und ihr kamen die Worte vor wie eine Begnadigung.

Sie blieb einfach liegen und presste die Wange in den heißen Sand. Yuna sank neben Tayo auf die Knie, Ben wankte und wandte den Kopf in ihre Richtung. Sie wollte ihm zurufen, dass mit ihr alles in Ordnung sei, doch ihre Stimme versagte. Sie sehnte sich nach Schlaf, einem kurzen Nickerchen. Und ein bitteres Lachen stieg in ihr auf, als ihr klar wurde, dass sie ja bereits schlief. *Verdammter Traum.* Bei diesem Gedanken schloss sie die Augen.

Hände griffen nach ihren Schultern und zwangen sie, sich aufzurichten. Sie wollte die Lider öffnen, aber sie fühlten sich an, als wären sie zugeklebt. Jemand drückte ihr fest eine Flasche an die Lippen und zwang sie, den Mund zu öffnen.

»Trink. Du brauchst Flüssigkeit«, sagte Ben.

Sie gehorchte stumm und ließ sich gegen ihn fallen. *Wie schön, dass sich jemand um mich kümmert.* Er wischte mit einem Tuch ihre Augenwinkel sauber, sodass sie sie endlich öffnen konnte. Das hatte er schon einmal für sie getan.

Leah dankte Ben mit einem kleinen Lächeln und rückte ein Stück von ihm ab. Er zog sie wieder an sich und legte seinen Arm in ihren Nacken, sodass ihr Kopf nicht im Sand lagerte.

»Ruh dich aus, kleine Alice. Es war anstrengend.«

Leah schaute auf. Yuna hielt eine Art Feldflasche in der Hand und schien sich schon wieder erholt zu haben. Sie unterhielt sich mit dem greisen Jungen. Leah sah ihren Kehlkopf, der sich hob und senkte. Sie hörte ihr Lachen und spürte die Bewunderung, die in ihr aufstieg. *Wieso bin ich nicht so stark?*

Sie genoss Bens Nähe, sein Lächeln und seinen Trost. *Vermutlich sehen wir aus wie ein Liebespaar.* Der Gedanke ließ sie lächeln.

Ben folgte ihrem Blick und sagte: »Sie ist stark. Sie hat wohl bereits viel durchgemacht im Leben.«

Leah nickte. »Stärker als ich auf jeden Fall.«

»Nicht jeder Mensch ist gleich. Und schwach zu sein, in dieser Situation, macht dich nicht zu einem weniger wertvollen Menschen.«

»Eher wohl zu einem Klotz am Bein.« Sie verdrehte die Augen.

Ben lachte. »Das hat Yuna gesagt. Nicht ich.«

»Aber du hast es auch gedacht, oder?« Leah sah Ben fragend an und wunderte sich über seinen staunenden Blick.

Er schüttelte empört den Kopf.

Als Leah nickte, seufzte Ben. »Na ja, ich kann schon verstehen, warum das dein erster Eindruck von mir war. Wollte ja schnell klarmachen, wer hier der Gewinnertyp ist. Ich habe nie gedacht, dass du ein Klotz am Bein bist.« Er überlegte. »Eher, dass du beschützt werden musst – und anfangs habe ich gedacht, das schaffe ich nicht: zu gewinnen und gleichzeitig jemanden wie dich zu beschützen. Auch wenn ich es wollte.«

»Und doch sind wir jetzt hier und du schaffst genau das.« Leah lächelte ihn an. Seine Finger lagen in ihrem Nacken und streichelten sie sanft. In ihrem Bauch kribbelte es und sie platzte beinahe vor Glück. Doch dann schob sich der Gedanke an Mika dazwischen. Das mit Ben und ihr – das war nur im Traum, oder? Aber Mikas Verschwinden, das war so real, dass es wehtat. Sie wandte den Blick ab und richtete sich auf.

***

Irgendetwas stimmte mit Leah nicht. Ihre Konturen verschwammen, wirkten auf einmal blass und verwaschen. Ben kniff die Augen zusammen, doch als er seinen Blick wieder auf sie fokussierte, war alles in Ordnung.

»Was ist los?« Mit sanftem Druck zog er sie wieder zu sich

heran. »Was ist mit dir? Du wirkst plötzlich so niedergeschlagen?«

Und wieder löste sie sich vor ihm fast auf, als machte seine Fürsorge alles nur noch schlimmer.

Leah schluchzte, ihr Bild wurde immer transparenter.

»Es ist mein Vater!« Sie zögerte kurz. »Und mein Bruder. Er ist verschwunden.«

Dann erzählte sie ihm von ihrem Bruder Mika und von den Polizisten und dass sie Angst hatte, ihm könne etwas passiert sein. Ben hörte ihr aufmerksam zu, verstand aber den Zusammenhang nicht vollständig, denn er war viel zu sehr damit beschäftigt, ihr dabei zuzusehen, wie sie sich auflöste und wieder in den Traum zurückkehrte.

»Ganz ruhig, alles wird gut. Du musst dich konzentrieren. Merkst du nicht, dass du seit ein paar Minuten nah daran bist, aus dem Traum zu gleiten?«

Sie sah ihn erstaunt an und schüttelte den Kopf.

»Bleib einfach bei mir, egal, was passiert.«

**

Was Ben gesagt hatte, erschien Leah fast unmöglich. Aber sie war in Gedanken so nah bei Mika und Dad gewesen, dass der Traum um sie herum Nebensache geworden war. Einzig Bens Anwesenheit hatte sie festgehalten. Sie hörte ihm aufmerksam zu, als er sie bat, bei ihm zu bleiben. Die Worte schmeckten süß, da fiel plötzlich ein Schatten über sie. Leah hob den Kopf. Tayo! Er stand da und bohrte böse Blicke in sie. Dann wandte er sich an Ben. »Na, hat sie dir endlich ihr Herz ausgeschüttet und die Wahrheit gesagt?« Tayo winkte hinüber zu Yuna. »Komm her, das dürfte dich auch interessieren!«

Leah spürte Beklemmung in der Brust und stand auf. *Was hat er vor?* Sie trat einen Schritt zur Seite und machte Platz für Yuna, die zu ihnen rüberschlenderte.

Tayo zögerte einen Moment, warf Leah einen bedauernden Blick zu und dann sprudelten die Worte nur so aus ihm hervor: »Hast du ihm alles verraten? Hast du ihm gesagt, dass du die Einladung gar nicht bekommen hast? Dass es eigentlich dein Bruder Mika ist, der hier sein sollte?«

»Tayo!« Leah war erschrocken über Tayos heftige Reaktion. *Ist er deswegen so still gewesen in den letzten Stunden, als wir hier durch die Wüste wanderten? Hat er nur auf eine Gelegenheit gewartet, um mich an den Pranger zu stellen?* Sie blickte erst Tayo an, aber ihre Blicke huschten sofort zurück zu Ben, in dessen Miene sich Begreifen und Entsetzen abwechselten.

Yuna lächelte böse. »Hab ich mir doch gleich gedacht, dass an dir etwas faul ist. Ich habe von Anfang an gesagt, dass die Kleine keine Profiträumerin ist!«

Leah blickte auf ihre Schuhspitzen. Sie hatte geahnt, dass es herauskommen würde. Mit allem Möglichen hatte sie gerechnet, vor allem damit, dass sie selbst sich als Nichtprofi entlarven würde. Aber nicht damit, dass Tayo sie verraten würde. Bens Stirn zog sich in Falten und sein Blick verdunkelte sich. In seinem Gesicht stand Enttäuschung – und die Schmetterlinge, die eben noch in Leahs Bauch getanzt hatten, verschmolzen zu einem Stein in ihrem Bauch.

»Muss ich es noch deutlicher sagen? Verschwinde endlich!« Yuna starrte sie aus zusammengekniffenen Augen an.

Leah nickte, doch Ben hob die Hand. Der Adamsapfel tanzte an seinem Hals, als er schluckte. »Du bist also gar nicht Leviathan?«

Sie schwieg und schüttelte nur langsam den Kopf.

»Ich will sie hier nicht mehr sehen!«, stieß Yuna hervor.

»Jetzt werde nicht hysterisch. Wir haben verstanden, was du willst. Aber darum geht es nicht. Jetzt nicht mehr. Nur zu viert sind wir so weit gekommen, begreift ihr das nicht?« Bens Stimme klang müde, aber er fixierte Yuna und dann Tayo mit festem Blick.

***

Ben sah, wie Leah zitterte. Er konnte sich ungefähr vorstellen, wie sie sich fühlte. Aber eben nur ungefähr. Was hatte sie sich dabei gedacht? Er warf ihr einen fragenden Blick zu, den sie wohl falsch deutete. Ihr Zittern verstärkte sich. Sie bebte am ganzen Körper und blinzelte, wie um Tränen zurückzuhalten.

Yuna schnaubte.

Dann verlor Leah den Kampf, schlug die Hände vors Gesicht und wandte sich um. Er sah sie fortgehen, zurück in die Richtung, aus der sie gekommen waren. *Ich sollte ihr nachgehen.* Doch er blieb, wo er war, und schaute sich um. Unverständnis trübte den Blick des greisen Jungen. Yuna kochte vor Zorn und Tayo wirkte seltsam unbeteiligt. *Hat er überhaupt verstanden, was er angerichtet hat? Welche Last Leah ohnehin gerade zu tragen hat in der Realität?*

Ben rannte los. Leah war wegen seines Zögerns schon hinter einer Düne verschwunden. Er musste sie einholen. Hinter sich hörte er Tayo keuchen. *Ach, jetzt sieht er wohl ein, was es heißt: einer für alle, alle für einen.* Er wandte sich zu Tayo um, dann traf ihn dessen Faust im Gesicht. Der Schmerz kam unerwartet, durchzuckte ihn wie ein Stromschlag.

Ben schmeckte Blut und Sand und betastete seine Nase. Alles noch heil.

Er stierte Tayo wütend an. »Was ist dein Problem, Alter?«, knurrte er. Er versuchte, nicht daran zu denken, dass Leah sich weiter von ihm entfernte, und wischte sich den Sand vom Gesicht.

»Du lässt deine dreckigen Finger von ihr. Sie gehört mir. Ist das klar? Wenn ich dich noch ein einziges Mal dabei erwische, dass du sie anmachst, bin ich raus. Und du weißt, was das bedeutet?« Tayos Stimme klang wütend, auf seiner Stirn pulsierte eine dunkle Ader und Ben musste sich eingestehen, dass dieser ruhige Junge ganz schön beängstigend wirkte.

Er winkte ab. *Auch das noch, ein Eifersuchtsdrama und das mitten in der Wüste, na vielen Dank auch!* Betont gelassen zog er die Nase hoch und band seinen Pferdeschwanz neu. Als er wieder aufschaute, war Tayo schon an ihm vorbeigestapft, Leah hinterher.

Yuna hatte den Tumult wohl inzwischen bemerkt und war näher gekommen. Sie beugte sich zu ihm herab. »Boah, Jungs, was läuft denn bei euch? Habt ihr euer Testosteron nicht unter Kontrolle oder hat euch die Sonne den letzten Rest Gehirn weggebrannt?«

Ben biss die Zähne zusammen.

»Tut es sehr weh?« Yuna runzelte die Stirn.

Er winkte ab. »Wir müssen sie zurückholen«, brachte er dann hervor und sah Tayo hinterher. Er sollte derjenige sein, der Leah zurückholte. *Ich sollte bei ihr sein und ihr sagen, wie leid mir alles tut. Auch die Sache mit ihrem Vater und ihrem Bruder.* Hilflos zuckte er mit den Schultern.

»Sie wird zurückkommen. Aber an deiner Stelle würde ich aufpassen. Keine Ahnung, was Tayo im Sinn hat. Aber er sah mächtig wütend aus.« Kopfschüttelnd schirmte Yuna ihre Augen vor der Sonne ab und folgte Tayo mit Blicken.

Ben zog sich an dem Arm hoch, den Yuna ihm hinstreckte. Für ihn war der Trip gelaufen. Sein Gesicht war ein Schlachtfeld, das Mädchen, das ihn interessierte, war auf und davon und er war so geladen wie nie. Er ertappte sich bei dem Gedanken, das Handtuch zu werfen – oder Tayo hinterherzurennen und ihm mit seinen Fäusten die Meinung zu sagen, dass ihm Hören und Sehen verging. Was bildete sich Tayo eigentlich ein, verdammt?

Ben schlug sich den Sand von der Kleidung und wusch sich mit einer Handvoll Wasser aus Yunas Flasche das Gesicht. Rote Flüssigkeit tropfte vor seinen Füßen auf den Boden und dieser Anblick brachte die Sicherung in ihm zum Durchbrennen.

»Was interessiert mich überhaupt diese Zone hier? Und warum ist sie eigentlich verboten? Hat den Weg schon mal jemand überlebt?« Dann wandte er sich an den greisen Jungen, der unbeteiligt und ungerührt neben Yuna getreten war. »Gib doch endlich zu, dass du uns nur fertigmachen und zermürben willst!«

Der Junge zeigte keine Regung. Ihn schien Bens Ausbruch nicht zu wundern. »Sie ist verboten, weil hier der Turm steht. Das sollte euch doch klar sein, schließlich wollt ihr dahin!«

Ben heftete den Blick auf den greisen Jungen, als richtete er eine Waffe auf seine Brust. »Turm? Was für ein Turm – wovon redest du überhaupt, verdammt noch mal? Was ist in dem Turm, dass es verboten ist hinzugehen?«

Der Junge lachte nur, vollkommen unbeeindruckt von Bens lauter Stimme. »Wenn ihr nicht wisst, was drin ist, warum wollt ihr dann hin?«

Ben hielt den Kopf gesenkt und konzentrierte sich auf das leise Pfeifen in seinen Ohren. Auch das war der Sand. Oder der Wind oder beides gleichzeitig. Er war es gewohnt, in der Wüste zu laufen. Das machte er zu Hause jeden Tag. Aber hier war es beängstigend unendlich und ohne erkennbares Ziel.

Tayo hatte Leah eingeholt und wieder zurückgebracht. Seitdem hatte er mit keinem von beiden ein Wort gewechselt. Irgendetwas war jetzt zwischen ihm und Tayo, dass es ihm untersagte, sich Leah auch nur zu nähern. Ben wollte es nicht eskalieren lassen und er beschloss, seine Energie nicht mehr sinnlos zu vergeuden.

Yuna hatte schon seit einer ganzen Weile nicht mehr aufgeschaut. Sie schleppte sich mit gesenktem Kopf durch die Einöde und schien fast zu dösen.

Ben hatte keine Kraft, überhaupt noch irgendeinen klaren Gedanken festzuhalten. Er drehte sich um zu Leah und Tayo. Sie torkelten Schritt für Schritt vorwärts.

Der Sand drang in Nase und Mund. Ben war hingefallen, ohne zu wissen, wie das passiert sein konnte. Unmöglich, den Sand von seinem Gesicht zu wischen.

Aufstehen, weiterlaufen.

Seine aufgesprungenen Lippen brannten. Und es tröstete ihn. Er spürte etwas. Da war wenigstens Schmerz.

Den Gedanken an Leah wollte er halten. Er fühlte sich gut an. Warm und schön und vertraut. Ein bitterer Geschmack mischte sich hinzu. Warum hatte sie nicht von Anfang an die Wahrheit gesagt? Sie hätten doch darüber reden können. Doch er wusste, dass das nicht stimmte. Niemals hätte es Yuna zugelassen, dass jemand wie Leah ihr die Tour vermasselte. Und er selbst auch nicht.

Er hätte sich gern erneut nach ihr umgeschaut. Darauf gewartet, dass sie zu ihm aufschloss und dann hätte er ihr sagen können, dass sich nichts für ihn geändert hatte. Aber seine Beine liefen automatisch weiter und er konnte die Monotonie nicht unterbrechen. Zu groß war seine Angst, die Konzentration zu verlieren und aufzuwachen.

***

Als Ben erwachte, konnte er sich nicht erinnern, den Traum verlassen zu haben. Hatte er sich von den anderen verabschiedet? War er aus dem Traum gekippt? Er durchwühlte seine Erinnerung, aber da war nichts.

Als er seinen Oberkörper nach oben stemmte und den Arm hob, um die Sonne aus seinem Sichtfeld auszusperren, spürte er ihn wieder, den Schmerz, der im Traum verschwunden gewesen war. Bei jeder Bewegung brannte sein Arm und pochte und fühlte sich wie eine einzige Wunde an. Vorsichtig schob er den Ärmel seines Shirts hoch und starrte verwirrt auf das bräunliche getrocknete Blut. Sein Blick wanderte von den staubigen Scheiben hinunter zu der Matratze und wieder zurück. Mit der anderen Hand fuhr er sich durch die Haare, rieb seine Augen. Das konnte unmöglich sein! Er lag hier im Bus, er war aufgewacht! Wieso war er verletzt – in der Realität? War das der Grund dafür, dass er aufgewacht war? Hatte er nicht mehr genug Kraft gehabt, den Traum zu halten? Oder lag es doch an der miserablen Qualität des Morphs? Vorerst würde er einfach die doppelte Dosis schlucken und mit den Nebenwirkungen leben müssen. Erneut musterte er die verschorften Wundränder und fuhr mit dem Finger darüber.

Erst vor wenigen Stunden hatte ihn Leah nach der Wunde gefragt. Fieberhaft überlegte Ben, doch er war sich sicher, dass er sie aus dem letzten Traum nicht mit in die Realität genommen hatte. Wieso dann jetzt? Er beschloss, dass später Zeit war, mit den anderen darüber zu reden.

Taumelnd richtete er sich auf und stellte erleichtert fest, dass Abby schon aufgestanden war. Wahrscheinlich saß sie draußen in der morgendlichen Hitze auf den Stufen des Busses und schüttete die letzten oder den ersten Tropfen Brandy des Tages in sich hinein. Wenn er jetzt hinausging, würde sie ihn um Nachschub anbetteln. Jeden Tag das gleiche Spiel. *Aber ich bin schuld daran. Ich bin dafür verantwortlich, dass sie dieses Leben gewählt hat. Wählen musste. Sie hat es allein für mich getan.*

Die Verantwortung lastete schwer auf seinen Schultern und es gab Tage, da fühlte er sich der Schuld nicht gewachsen. Wäre er allein gewesen, wäre er längst gegangen. Aber für Abby gab es nur Slab City. *250.000 Dollar. Freiheit. Für Abby und für mich.* Seit er denken konnte, war es sein Ziel gewesen, sie hier rauszuholen. Und nun lag die Möglichkeit dazu in greifbarer Nähe. Er musste nichts weiter tun, als besser zu sein als die anderen. Doch er hatte keine Ahnung, wie er das anstellen sollte. Dabei war es noch gar nicht lange her, da hatte er sich in den schillerndsten Farben ausgemalt, wie es wohl sein könnte – dieses neue Leben. Er würde einen Schulabschluss machen und studieren und Abby alles bieten können, was sie sich erträumte. Alles, auf das sie seinetwegen verzichtet hatte. Er wollte, dass seine Mutter wieder eine sorgenfreie Künstlerin sein konnte.

Dazu musste er gewinnen – und genau das war es, was ihn seit letzter Nacht störte. Wenn er als Sieger aus diesem Spiel hervorgehen wollte, bedeutete das automatisch, dass Yuna und Leah verloren. Auch Tayo, aber das berührte Ben nicht sehr. Erstens war Tayo nicht auf das Geld angewiesen, zweitens ... Bens Hände ballten sich zu Fäusten, wenn er nur an den anderen Jungen dachte. Der glaubte doch echt, auf Leah Ansprüche erheben zu können! Ben atmete tief durch. Die Mädchen dagegen brauchten den Gewinn genauso dringend wie er, das wusste er zu gut. Jeder litt in diesen Zeiten Not, und seit ihm das klar war, konnte Ben es nicht mehr genießen, sich seinen möglichen Sieg auszumalen. Nicht, wenn es bedeutete, dass Yuna und Leah und ihre Familie dabei leer ausgingen.

Leah. Er musste nur an sie denken, ihre kurzen wilden Locken, die ihr etwas Ungezähmtes verliehen. Ihre warmen braunen Augen, mit denen sie ihn angesehen hatte auf diese besondere Art. Sein Herzschlag beschleunigte sich. Er rief sich das Gefühl in Erinnerung, als sie ihren Körper an ihn gelehnt hatte. Von sich erzählt und ihre Sorgen mit ihm geteilt hatte. Auch wenn Tayo Leah für sich beanspruchte ... sie hatte Ben so angesehen, dass er sie sich unmöglich aus dem Kopf schlagen konnte.

Und ihr ging es genauso. Das bildete er sich doch nicht ein. Er hatte es genau gespürt.

***

Tayo erwachte, als ein Schatten auf ihn fiel. Es war sein Vater. Neben seinem Bett.

Schlaftrunken wischte sich Tayo mit einer fahrigen Bewegung den Schlaf aus den Augenwinkeln und blieb dabei an den verkabelten Elektroden hängen.

Und sofort wusste er, dass es aus war.

»Es ist nicht so, wie es aussieht.« Die Sinnlosigkeit dieser Behauptung wurde ihm bewusst, noch ehe er sie vollständig ausgesprochen hatte. Dieser dämliche Satz, den wohl jeder stammelte, wenn er ertappt wurde.

Sein Vater stieß ein bitteres Lachen aus und griff mit spitzen Fingern nach den Kabeln, die sich um Tayos Hals und Kopf wanden. In seinem Blick flackerte Zorn. »Ich hatte es dir verboten. Du hast genau gewusst, was dir droht.«

Tayo starrte an die Decke und nahm nur verschwommen wahr, wie sein Vater grob die Verkabelung löste und samt Traumrekorder an sich nahm.

»Bitte lass mich noch weitermachen. Es geht nicht um mich, ich muss ... einem Freund helfen!« Tayo erinnerte sich daran, wie enttäuscht Leah ihn gestern im Traum angesehen hatte, als er und nicht Ben sie zurückgeholt hatte. Er verdrängte das Bild. »Nur noch ein paar Mal vielleicht. Dann verspreche ich, dass ich nie wieder träume.«

Sein Vater warf den Kopf zurück und atmete tief ein und aus. Tayo erwartete eine Standpauke, ein Donnerwetter. Aber Etuna Dacosta biss die Kiefer aufeinander und schwieg.

»Bitte.«

»In diesem Haus zählt nur das, was ich sage. Du hast dich meinen Anordnungen widersetzt. Mehrfach offenbar. Du wirst dafür Verantwortung übernehmen und die Konsequenzen tragen.« Sein Vater sprach leise und rau, als würde ihm vor Enttäuschung über Tayos Vergehen beinahe die Stimme versagen.

»Die anderen brauchen mich. Sie verlassen sich auf mich. Alles hängt davon ab, dass ich in der nächsten Nacht wiederkomme.« Das stimmte zwar für das Game an sich – aber er wusste, dass er Leah nicht mehr unterstützen musste. Eigentlich war sein weiteres Mitträumen sinnlos.

Als könnte sein Vater seine Gedanken lesen, erwiderte er: »Nichts von dem, was du tust, hat je einen Sinn gehabt. Ich habe es dir so oft gesagt. Träume sind das Intimste, das du hast. Es gibt nichts, was so persönlich ist wie unsere Träume. Und du lässt zu, dass sie veröffentlicht, geklaut und adaptiert werden? Sohn, ist dir überhaupt klar, was ihr damit preisgebt?«

»Aber ...«, setzte Tayo an.

Etuna Dacosta achtete nicht auf ihn, sondern ging hinüber zum Schreibtisch und klemmte auch den Laptop unter den Arm. Dann zögerte er und stellte ihn wieder zurück.

»Den Computer lasse ich hier, damit du dich auf deine Prüfungen vorbereiten kannst. Und ich erwarte von dir, dass du es gut machst.« Im Gehen wandte er sich zu Tayo um. »Du wirst diese Räume in den nächsten zwei Wochen nicht verlassen! Nicht in deinen Träumen, nicht in der Realität.«

19

Am nächsten Morgen war Mika noch immer nicht zurück und alle Szenarien, die Leah sich ausmalte, wurden mit jeder Minute dramatischer, gefährlicher, tödlich. Ihm musste etwas geschehen sein. Hatte ihn jemand entführt? Warum? Sie besaßen kein Geld. Dazu kamen noch die Polizisten.

Ihr Magen hatte sich vor Sorge verknotet. Sie konnte nicht länger ertragen, einfach nur rumzusitzen und zu warten. Vielleicht war die Polizei der Schlüssel. Wenn Mika wirklich in Gefahr war, musste sie zur Polizei, aber was sie dort womöglich erfahren würde ... davor hatte sie Angst. Um Mika, vor den Entscheidungen, die sie treffen musste. Angst, etwas falsch zu machen, irgendetwas zu übersehen, das wichtig war.

Nervös ging sie in der Küche auf und ab und versuchte, Ordnung in ihre Gedanken zu bringen, während sie Haferbrei für ihren Vater bereitete. Aber alles, was klar schien, war die Gewissheit, dass sie Hilfe brauchte. Dads Medikamente würden nicht ewig reichen, sie hatte schon die Dosis halbiert. Und es konnte nur eine Frage der Zeit sein, bis es ihm schlechter ging. Und was dann?

Ohne Mika hatte sie keine Möglichkeit, Likes einzutauschen, und mit neuem Geld war so schnell nicht zu rechnen. Konnte sogar gut sein, dass sie schon jetzt raus aus dem Spiel war, schließlich hatte sie den letzten Traum nicht gepostet. Wie auch, ohne Mikas Zugangsdaten. Aber das musste warten.

Sie brachte das Frühstück ins Wohnzimmer und drückte ihrem Dad erneut nur eine halbe statt der üblichen ganzen Tablette in die Hand, bevor sie ihm das Glas Wasser an den Mund hielt. Seinem fragenden Blick hielt sie nicht stand, sondern verließ den Raum, bevor das Schluchzen, das ihren Hals zuschnürte, sich Bahn brach.

Als sie die Wohnungstür hinter sich schloss, war es fast Mittag und eine ungewohnte, feuchte Schwüle schlug ihr entgegen. Das Polizeirevier lag keine zehn Minuten zu Fuß entfernt, wie sie wusste. Je näher sie jedoch kam, umso langsamer wurden ihre Schritte. Ob sie wirklich das Richtige tat?

Kurz verharrte sie vor dem roten Backsteingebäude und wiederholte in Gedanken, was sie sagen wollte, dann gab sie sich einen Ruck und öffnete die Tür. In der Behörde sah es schäbiger aus, als sie sich vorgestellt hatte. Der Kunststoffboden war teilweise aufgerissen, es musste schon eine ganze Weile her sein, seit sich jemand erbarmt und ihn gesäubert hatte. Obwohl es scharf nach Reinigungsmitteln roch, wirkte die Einrichtung heruntergekommen. Leahs Blick fiel auf eine kleine Pförtnerloge genau gegenüber. Ein uniformierter Beamter saß darin und telefonierte.

Er senkte seine Stimme, als Leah sich ihm näherte. »Bitte nehmen Sie kurz Platz, gleich habe ich Zeit für Sie.« Mit einer Handbewegung wies er auf eine Gruppe von fünf Stühlen ein paar Meter weiter.

Leah setzte sich zögerlich auf einen der Kunststoffstühle, dessen Sitzfläche etwas weniger aufgerissen war als die der anderen. Vor ihr hing ein Plakat, das vor Morph- und Drogenmissbrauch warnte. Es war bereits vergilbt, seine Ecken wellten sich.

Unfähig, ruhig sitzen zu bleiben, stand sie kurz darauf auf und ging zu dem kleinen Fenster hinüber. Es bot einen trostlosen Ausblick auf einen Hof, der mit Stacheldrahtzaun gesichert war. Wenn sie Mika verhaftet hatten, saß er vielleicht in diesem Gefängnis. Leah stellte sich auf die Zehenspitzen, um besser sehen zu können, aber der Gefängnishof war verlassen.

»Junge Frau!«

Sie zuckte zusammen und schnellte herum.

Der Pförtner winkte sie zu sich. »Wie kann ich Ihnen helfen?« Der Mann berlinerte stark.

Leah räusperte sich. »Ich bin nicht sicher. Ich suche die Abteilung 56.«

Der Mann schaute auf und musterte sie. »So was gibt es bei uns nicht. Da sind Sie wohl falsch.« Er wandte seinen Blick wieder ab und hämmerte auf der Tastatur seines Computers herum. Die Sache schien für ihn erledigt zu sein.

Erneut räusperte sich Leah. »Das ist doch das Polizeirevier Zehlendorf?«

Der Pförtner nickte unwirsch.

Leah merkte, wie sich ihre Unsicherheit in Wut wandelte. »Hören Sie. Mein Bruder ist verschwunden. Und gestern waren zwei Polizisten bei uns zu Hause. Sie haben nach Mika gefragt, dann sind sie in die Wohnung gestürmt, haben sein Zimmer komplett auf den Kopf gestellt und seinen Laptop und den Traumrekorder mitgenommen. Sie haben zu mir gesagt, ich solle mich an die Abteilung 56 wenden, wenn ich weitere Informationen will. Und die will ich.«

Der Beamte runzelte die Stirn und schien zu überlegen. Dann sagte er: »Ich brauche den Namen Ihres Bruders.«

»Mika Goldstein.«

»Geburtsdatum und Adresse?«

Leah nannte ihm beides und trat dabei von einem Bein auf das andere. Ein ungutes Gefühl zog in ihr auf wie eine Gewitterwolke.

Seine Finger huschten über die Tastatur und der Pförtner starrte auf den Bildschirm. Leah ließ ihn dabei keine Sekunde aus den Augen.

Endlich antwortete er: »Tut mir leid, junge Dame. Aber ich habe hier überhaupt nichts über einen Mika Goldstein in unseren Akten. Ihr Bruder ist sauber wie ein neugeborenes Baby. Nicht ein einziger Eintrag und festgenommen wurde er von uns auch nicht.«

Leah war so verblüfft, dass sie den Mann mit offenem Mund anstarrte »Aber ...?«

»Wie lange ist er denn schon weg?«

»Seit gestern früh.« Sie bekam kaum noch Luft. Ihre Kehle fühlte sich an, als ob etwas darin steckte. Wenn nicht die Polizei nach ihm gesucht hatte ... wer waren dann die Männer gewesen, die gestern bei ihnen in der Wohnung waren? Die Mikas Sachen hatten ... und womöglich sogar ... Mika?

»Dann ist er bestimmt bei Freunden versackt. Glauben Sie mir. Er wird wiederkommen. So ist das doch mit den jungen Leuten, die kehren immer wieder zurück.« Er lehnte sich auf dem Stuhl weit nach hinten.

Leah schluckte trocken. »Aber die Beamten. Sie haben seinen Computer mitgenommen und das ganze Zimmer durchsucht.« Sie schaute sich um und fügte hinzu: »Können Sie nicht vielleicht doch dafür sorgen, dass sich jemand darum kümmert?«

Der Mann nickte und beugte sich so weit vor, dass seine Nase fast an die Scheibe der Pförtnerloge stieß.

»Das ist tatsächlich etwas merkwürdig. Vielleicht hat sich jemand einen dummen Scherz mit Ihnen erlaubt. Ich schlage vor, Sie warten noch einen Tag. Wenn er bis morgen nicht zurück ist, kommen Sie noch mal her und wir nehmen eine Vermisstenanzeige auf. Einverstanden?«

Sie nickte gehorsam, obwohl sie überhaupt nicht einverstanden war. Doch prompt in diesem Moment klingelte das altmodische Telefon hinter der Scheibe und der Mann wandte sich ab.

***

Es hatte sich nichts geändert. Noch immer war ihr Telefon weg, genau wie Akiras Laptop. Auch die Tür war nach wie vor verschlossen. Seit Stunden saß Yuna zusammengekauert und an die Wand gelehnt und wartete. Darauf, dass jemand kam, irgendwer ihr endlich sagte, was er von ihr wollte. Angestrengt lauschte sie auf das Geräusch des Schlüssels, der sich im Schloss drehte.

Yuna war aus der glühend heißen Hitze im Traum in ein viel furchtbareres Erwachen geglitten. Und das Schlimmste war, dass sie nicht wusste, wer sie gefangen hielt. Mit wem hatte sie eine Rechnung offen, worauf sollte sie ihre Angst richten? Wogegen sich wehren?

Yuna starrte auf die Tür, bis ihre Augen brannten.

Dann, sie traute ihren Ohren kaum, Schritte. Ein Knirschen … ein Schlüssel wurde ins Schloss gesteckt.

Sie sprang in einer einzigen Bewegung auf und stellte kampfbereit einen Fuß vor den anderen.

Dann wurde die Tür aufgestoßen. Drei glatzköpfige Fettsäcke in dunklen Anzügen, ihre Gesichter waren nahezu komplett mit Tätowierungen bedeckt. Yuna unterdrückte ein Keuchen.

Yakuza. Sie hatte oft genug über sie gelesen, wenn sie sich auf die Träume vorbereitete.

Gemessenen Schrittes traten sie auf sie zu und Yuna stellte zu ihrer Verwunderung fest, dass sie fast erleichtert war. Endlich passierte etwas. Sie wusste nun, mit wem sie es zu tun hatte, und hob das Kinn.

Die Männer schwiegen. Einer von ihnen trug ein Headset, aus dem jetzt ein Rauschen drang. Auf seinen Befehl stürzten sich die zwei anderen Männer auf Yuna. Sie duckte sich, tauchte unter einem Arm durch, wurde jedoch von dem anderen festgehalten. Sie trat und schrie, kratzte und biss, versuchte alle Tricks, die sie verabscheute. Aber es half nichts, die Kerle fesselten ihre Hände mit Kabelbindern auf den Rücken. Sie stopften ihr einen Lappen in den Mund und warnten sie, sich zu wehren. Wehren – Yuna hätte vor Scham versinken können. All die legendären Kämpfe in ihren Träumen waren zu nichts nutze, wenn sie in Wirklichkeit so schwach war.

Der schwarze Transporter, zu dem sie sie zogen, stand an der Rückseite des Hostels. Zu dem Innenhof hatte nur Hayashi einen Schlüssel. Sie drückten ihren Kopf nach unten und zwangen sie auf eine der Rückbänke. Yuna versuchte, die grausamen Taten und Praktiken, für die die Yakuza bekannt war und die sie selbst bis in jedes Detail für ihre Träume studiert hatte, aus ihrem Kopf zu vertreiben.

Bald darauf fühlten sich Yunas Lider an, als wären sie von Sandsäcken beschwert. Unmöglich, sie zu öffnen. Unmöglich, sich zu bewegen. Nicht ein einziges Glied ihres Körpers gehorchte ihr mehr. Schmerzen hämmerten in ihrem Kopf, doch sie musste sich unbedingt konzentrieren, Ordnung in das Chaos ihrer Gedanken bringen. *Sie haben mich betäubt, habe ich dann geschlafen, schlafe ich immer noch? Ist das ein Traum?*

Sie musste sich erinnern.

Yuna war immer so stolz darauf gewesen, die Kontrolle behalten zu können – über sich, über andere, über das, was mit ihr geschah ... egal, was passierte. Einen kühlen Kopf zu bewahren oder jedenfalls auf andere so zu wirken. Aber ... hatte sie denn wirklich je die Kontrolle gehabt über ihr eigenes Leben? In diesem Moment begriff sie, dass ihr alles schon lange entglitten war. Nicht erst, seit sie die Einladung zum Spiel erhalten hatte. Schon Monate zuvor hatte sie sich damit abgefunden, auf Okinawa festzuhängen. Sie hatte sich einfach in eine Situation fallen lassen, aus der es keinen Ausweg gab. Die Yuna von früher hätte niemals aufgegeben. Sie hätte alles darangesetzt, zu ihren Eltern zurückzukehren. *Ich bin nicht ein einziges Mal am Flughafen gewesen. Ich habe es überhaupt nicht versucht.* Sie spürte heiße Tränen auf ihren Wangen, das Salz auf ihren Lippen und merkte, wie das erleichternde Gefühl ihren Kopf freimachte. Seit Jahren hatte sie nicht mehr geweint und mit jeder Träne, die sie vergoss, wurde ihr deutlicher, was sie seit Jahren verdrängt hatte.

Sie erinnerte sich, dass der Knebel entfernt worden war und man ihr einen Lappen auf den Mund gepresst hatte, noch bevor sie einen Schrei ausstoßen konnte. Die Flüssigkeit auf ihren Lippen hatte weich geschmeckt und dumpf. Sie hatte sich nicht gewehrt, sondern die Lungen weit geöffnet für das Zeug, das ihr Vergessen versprach.

Dann hatten die Qualen begonnen.

Sie begann, wild den Kopf hin und her zu werfen.

»Die Schlampe ist wach!«

Yuna keuchte, als ein Eimer kaltes Wasser über ihrem Kopf ausgeleert wurde. Die Kälte ließ sie vollends zu sich kommen, aber auch die Angst fand sie wieder und schon im nächsten

Moment sehnte sie sich zurück nach der Ohnmacht. Fast automatisch öffneten sich ihre Lider. Und schlossen sich sofort wieder, als Yuna in ein Paar fremder, trüber Augen sah.

Ein Raum, düster und abweisend. Glatzköpfe, die sich im Halbkreis um sie versammelt hatten. Eine nackte Glühbirne pendelte an der Decke hin und her und tauchte das Verlies in ein unruhiges Licht. Darunter saß der kleine Alte an einem Tisch aus unbehandelten Holzlatten. Yakza. Sie kannte ihn aus Bildern in Fernsehreportagen und Zeitungen. Sie kannte ihn so gut, weil sie ihn studiert hatte. Jede Nachricht über ihn aufgesogen. So lange, bis sie von ihm träumen konnte. Bis ihr Sieg über ihn realistisch wirkte für den Film bei GoodDreams. Aber jetzt war es anders. Sie ahnte, dass sie diesmal die Schlacht nicht siegreich verlassen würde. Kein Taxi wartete draußen auf sie. Sie kämpfte nicht um Likes. Diesmal ging es um ihr Leben.

Auf dem Tisch stand ihr Laptop. Akiras Laptop. Und daneben baute sich Hayashi auf und ließ seine langen Arme baumeln. Er schaute sie an wie jemanden, der seinen letzten Weg vor sich hat. Es kam Yuna so vor, als umspielte ein bedauerndes Lächeln seine Mundwinkel. Doch das verschwand sofort, als der Yakza ihm ein dünnes Bündel mit Yen-Scheinen reichte. *So wenig? Er hat mich für so wenig verkauft?*

Das gab den Ausschlag. Yuna bäumte sich auf dem Stuhl auf, lehnte sich gegen die Fesseln an ihren Fuß- und Handgelenken. Sie riss an ihnen, rüttelte. Ihr Oberkörper war gegen die hölzerne Lehne gefesselt. Sie richtete sich auf, zog den Stuhl unter ihrem Hintern mit sich hoch. Die Männer lachten. Doch nicht einmal das machte ihr die Sinnlosigkeit ihres Kämpfens bewusst. Sie würde nicht einfach gehen. Es war unvorstellbar, dass das heutige Datum als Todestag auf ihrem Ihai, dem Totentäfelchen, eingraviert sein würde.

Sie sah Yakza fest in die Augen, als er seine rechte Hand hob. Waagerecht schwebte seine Faust mit dem abgespreizten Daumen über die Tischplatte. Daneben ihr Laptop. Auf dem Bildschirm sie selbst mit dem USB-Stick in der Hand. Als der Traumfilm Yakzas Miene im Angesicht des kommenden Todes zeigte, wandte sie den Blick ab. Der Alte drehte die Hand, bis der Daumen nach unten zeigte. Yunas Augen suchten nach Hayashi. Er konnte doch nicht zulassen, dass man sie umbrachte!

Langsam wandte sich Hayashi um und ging zur Tür. Dann hob er mahnend den Finger und sagte: »Wenn ihr sie weiterverkaufen wollt, ist mir das egal. Aber ihr dürft sie hier nicht töten. Hier wissen alle, dass sie für mich gearbeitet hat. Nehmt sie von mir aus mit aufs Festland.«

Yakza winkte ab. »Du hast mit den amerikanischen Traumleuten gehandelt und gefeilscht. Wir sind sehr erfreut, ihnen assistieren zu dürfen. Geschäft ist Geschäft und jetzt gehört sie uns!«

Mit letzter Kraft riss Yuna den Stuhl wieder hoch. Sie stand. Taumelnd zwar, aber immerhin. Wütend sammelte sie das Blut in ihrem Mund und spuckte es in hohem Bogen in Yakzas Richtung. Dann näherten sich die Männer. Und sie sah in ihren Augen, wie sie sich freuten auf das, was sie der lächerlichen Kämpferin antun durften. Yuna sank in sich zusammen. Ein Mädchen in Lederkleidung. Eine Kämpferin im Traum. Eine Verliererin in der Realität.

Als die Faust sie an der Schläfe traf, wurde es dunkel.

20

Leah wusste nicht, wie lange Ben und sie schon liefen, und der Turm war immer noch nicht in Sicht. Tayo war nicht gekommen und Yuna auch nicht. Warum das Spiel dennoch voranging, war ihr ein Rätsel, doch das Ziel schien immer näher zu kommen. Point (000,00,03) – Leah wurde mulmig, wenn sie versuchte, sich vorzustellen, was sie erwarten könnte. Doch da war kein Bild in ihrem Kopf, keine Vorstellung vom Zero Point.

Sie hatte inzwischen begriffen, dass der Erschaffer dieses Traums ihnen anscheinend nichts Böses wollte. Die Wächter waren nicht wieder aufgetaucht, seit sie in der verbotenen Zone waren. Eher schien es so, dass sie immer tiefer in den Traum eindrangen, und sein Herzstück musste laut der Koordinaten zum Greifen nahe sein. Ein Turm, hatte der greise Junge gesagt, wäre ihr Ziel. Dann hatte er ihnen die Richtung gewiesen und war verschwunden.

Es gab nur noch Ben und sie und die Wüste. Der Weg kam ihr endlos vor und noch stand die Sonne im Zenit, schien sich keinen Zentimeter bewegt zu haben. Und obwohl das alles nur ein Traum war – die Sonne, die Wüste, der Sand, ihr Durst –, hatte sie das Gefühl, diese Landschaft der Leere und das ewige Suchen nicht eine einzige Minute länger ertragen zu können.

Die weiße, unendliche Stadt, die laute Fabrik voller Gefahren, diese Wüste: All das ging an ihre Substanz. Sie hätte die Traumlandschaften gern beim Namen genannt. Es war gut, den Dingen Bezeichnungen zu geben. Das gab einem die Illusion, als würde man den Schmerz, das Leid und die Anstrengung, die sie verursachten, wenigstens mit Worten beherrschen zu können. Leah wollte Ben danach fragen. Vielleicht hatte er in Gedanken bereits einen Namen gefunden für das, was sie hier umgab. Wohin sie jede Nacht zurückkehrten.

Doch er trottete mit gesenktem Kopf neben ihr und schien genau wie sie am Ende seiner Kräfte zu sein. Leah sehnte sich nach seinem Lächeln und nach einer beruhigenden Bemerkung von ihm. Und obwohl sie es ihm noch nie gesagt hatte, mochte sie mittlerweile, dass er sie Alice nannte und den Blick, den er ihr dabei schenkte. Sie sehnte sich nach der Zuversicht und Hoffnung, die er in ihr wecken konnte.

Die Wüste schwieg in heller Stille, nur das sanfte Sirren des Wüstenwindes war ihr stetiger Begleiter. Ben hielt kurz inne, um Kräfte zu sammeln, als sie vor einer Düne ankamen, die sich so hoch vor ihnen auftürmte wie ein Haus. Leah griff nach seiner Hand, die sich rau anfühlte und trocken. Er schaute sie kurz an, seine Augen glänzten vor Hitze und er gab den Druck ihrer Finger zurück. Dann erklommen sie zusammen die Anhohe. Langsam, aber stetig setzte Leah an Bens Seite einen Fuß vor den anderen. Große und ausholende Schritte, die eine breite Furche herabrieselnden Sand hinterließen. Ohne dass sie es bemerkt hatte, waren ihr die Lider zugefallen. Bens Hand glitt aus ihrer, als sie stehen blieb.

»Leah!«

Sie zwang sich dazu, die Augen zu öffnen, und sah Ben, der sie antrieb weiterzugehen.

Gleich, wollte sie sagen. Aber ihr Mund war zu trocken. Müde hob sie die Hand, um ihm zu zeigen, dass sie ihn gehört hatte.

Als sie endlich neben ihm auf dem Kamm der Düne stand, sah sie es. Weit vor ihnen, am Horizont schälte sich die Silhouette eines schlanken hohen Turmes aus dem Licht und hob sich flimmernd vor dem Horizont ab. Automatisch glitt Leahs Blick zu der Uhr an ihrem Handgelenk. Doch die Anzeige verschwamm vor ihren Augen.

»Ist es das? Müssen wir dorthin?« Sie hatte Angst vor seiner Antwort.

Doch Ben nickte. »Ich denke schon. Wir sind gleich da.« Er wies auf seine Uhr. »Point (000,00,01).«

»Dann haben wir es geschafft!« Ein heftiges Kribbeln flutete Leahs Körper wie ein Energiestoß. Ben griff nach ihrer Hand und seine Berührung und die Gewissheit, mit ihm am Ziel zu sein, versorgten sie mit neuer Kraft.

»Verdammt. Wir haben es wirklich geschafft.« Sie grinste und fiel Ben um den Hals. Eine Weile hielten sie sich einfach nur aneinander fest und schauten in die Ferne. Von Weitem musste es so aussehen, als wären sie selbst ein kleiner Turm auf einer Düne.

»Ich wusste, du würdest es schaffen«, flüsterte Ben an ihrem Ohr. Sein Atem streifte ihre Wange und sie löste sich langsam von ihm. Einen Moment lang schauten sie sich nur an. Sie waren sich so nah, dass die Welt um sie herum zu verschwinden schien. Leah stellte sich auf die Zehenspitzen. Ben zog sie dicht an sich heran und lächelte. Leahs Lippen näherten sich seinen, bis sie sich schließlich trafen. Er umfasste ihr Gesicht mit den Händen. Sanft öffneten sich seine Lippen und Leah versank in einem süßen, endlosen Kuss.

Irgendwann lösten sie sich voneinander. Immer noch lächelte Ben sie an und strich ihr eine Locke aus der Stirn.

Sie erwiderte sein Lächeln und trat einen Schritt zurück. »Und ich wusste, du würdest es schaffen. Fehlt nur noch das letzte Stück.«

»Und das gehen wir zusammen.« Er reichte ihr seine Hand und sie nahm sie. »Einer für alle, oder?«

Als sie sich gerade an den Abstieg machen wollten, bemerkte Leah plötzlich einen dunklen Fleck am Fuß der Düne. Zuerst sah er aus wie ein Schatten, eine flirrende Sinnestäuschung, aber dann hob Ben die Hand. »Da liegt etwas.«

Leah kniff die Augen zusammen und starrte auf den dunklen Umriss im Sand. »Ich ... ich glaube, da liegt ... *jemand.*«

»Jemand? Ein Mensch?«, flüsterte Ben.

Leah nickte und er fasste ihre Hand noch fester, als sie weitergingen. Der Abstieg war wesentlich leichter als erwartet. Die letzten Meter legten sie rutschend zurück. Ben hatte ihre Hand keine Sekunde losgelassen, sie stützten sich gegenseitig, um im Sand das Gleichgewicht halten zu können.

Sie kamen erst kurz vor dem menschlichen Körper zum Stehen, der reglos mit dem Gesicht im Sand vor ihnen lag. Ben sank auf die Knie und vergrub seinen Kopf zwischen den Fäusten. Leah dagegen konnte ihren Blick nicht abwenden. Die glatten dunklen Haare und eine Wunde, die auf dem Hinterkopf klaffte. Blut. Tiefdunkel. Der zierliche Körper, die weit von sich gestreckten Arme und Beine, die der Wind fast schon vom Sand bedeckt hatte. Da sah sie etwas Blaues aufblitzen.

Leah wich zurück. Eine schreckliche Erkenntnis traf sie, durchzuckte sie wie ein Blitz. Konnte das wirklich sein, dass sie hier lag? Tot? Leah öffnete den Mund, würgte kurz und schloss ihn dann wieder, als ihr klar war, dass sie nichts im Magen hatte, das sie von sich geben konnte. Sie ließ sich neben Ben in den Sand fallen und zeigte auf das Mädchen im Sand. »Yuna.«

Ben sah sie fassungslos an, dann schaute er wieder auf das Mädchen, streckte eine Hand nach dem Kopf aus, zuckte aber im letzten Moment zurück. Leah wusste nicht, ob sie recht hatte – vielleicht bildete sie sich das alles nur ein? Vielleicht lag da gar kein Mensch. War es möglich, dass ihre Sinne oder dieser Traum selbst ihr einen Streich spielten? Zwar war Yuna ihr nie sympathisch gewesen – im Gegenteil, aber Leah hatte sich nicht ihren Tod gewünscht. Niemals.

Langsam hob Ben den Blick und sah Leah fragend an.

»Ist sie ... tot?«, wagte Leah dann zu fragen, wobei sie das letzte Wort nur hauchte.

Ben stand langsam auf. Er bückte sich und fasste vorsichtig unter die Achseln des Mädchens.

»Ich drehe sie um. Hilf mir bitte!«

Leah eilte hinzu und beugte sich hinunter. In diesem Augenblick begann das Bild der Gestalt vor ihnen zu flackern. Ben reagierte zuerst. »Sie löst sich auf.«

»Bleib hier, Yuna, nicht aufwachen. Wir sind bei dir!«, brüllte Leah und zerrte an Yunas Arm. Dann schüttelte sie den zierlichen Körper, aus dem jede Spannung gewichen war. Wie eine Puppe fühlte sie sich an.

Yunas Umrisse verloren an Schärfe, bis sie schließlich ganz verschwunden war.

»Sie ist weg«, brachte Leah tonlos hervor und ließ sich auf die Knie in den Sand fallen. Dort, wo eben noch der Körper gelegen hatte, war jetzt ... nichts! Weder ein Abdruck noch eine Kuhle auf dem weichen Untergrund. Yuna war einfach verschwunden, ohne auch nur die geringste Spur zu hinterlassen. Ben richtete sich auf, sein Blick traf Leah. Dann trat er zu ihr hinüber und zog sie hoch in seine Arme. Leah spürte die Wärme seiner Hände, dann fragte sie: »Wie kann das sein? Man flackert, wenn man aus dem Traum fällt. Wenn man erwacht. Oder nicht?«

Ben nickte zögernd und hob den Kopf. Leah wartete seine Antwort nicht ab. Sie betrachtete ihre Hände und Füße. Ihren Körper. Dann seinen, umfasste seine Hände, streichelte seine Wange. »Warum sind wir dann noch da? Wenn sie erwacht ist, meine ich.«

Ben sah sie an, ohne die Umarmung zu lösen. »Ich weiß es nicht. Vielleicht ist sie nicht aufgewacht.«

»Was dann?«

»Vielleicht ist sie gerade eben … gestorben.«

In Leahs Kopf wirbelten die Gedanken durcheinander. Wenn Yuna wirklich gestorben war … wenn sie tot war, dann musste es etwas mit diesem Traum zu tun haben. Dann konnte auch mit Mika alles nur denkbar Furchtbare passieren. Sie starrte auf die Stelle, an der Yuna gelegen hatte. So lange, bis ihre Augen brannten. Gestorben, im Traum. Tot im Traum. Es war also möglich, und wie es möglich war! Sie wollte schreien, der Schmerz musste irgendwohin. Er war zu groß für ihren Körper, musste raus. Aber es ging nicht. »Sie darf nicht tot sein, niemand darf sterben. Das ist ein verdammter Traum. Das ist nicht das echte Leben«, flüsterte sie heiser.

Ben strich ihr mit dem Daumen über die Wange. Leah hatte gar nicht bemerkt, dass sie weinte. »Komm her, süße Alice. Beruhige dich. Ich wette, wir irren uns. Lass uns daran glauben, dass alles gut wird.« Er zog sie erneut in seine Arme.

»Ich habe solche Angst«, wisperte sie an seiner Schulter. Er strich ihr die Haare aus der Stirn und schaute sie beruhigend an. »Ich habe auch Angst. Aber wenigstens können wir sie teilen.«

***

Mika hatte keine Ahnung, wie lange er schon hier saß. Alle seine Sinne waren geschärft – von der Dunkelheit und von der Stille. Aber die Zeit floss zäh dahin. Es war egal, ob er die Augen öffnete oder sie geschlossen hielt. Die Finsternis war allumfassend. Undurchdringlich, schwarz und beunruhigend. Automatisch fuhren seine Finger über den festgestampften Boden und stützten sich ab. Gut war, dass sie ihn nicht woandershin gebracht hatten. Gut war auch, dass sie sich um ihn kümmerten, dass sie ihm Wasser versprachen.

Er würde es bekommen, wenn er endlich redete. Sie fragten nach einem Traum. Immer wieder nach einem Traum. Und sie nannten ihn *diesen* Traum. Welchen meinten sie?

Gut waren die Spritzen, denn sie ließen ihn vergessen. Er sehnte sich genau jetzt nach der Droge, nach dem Gefühl, wenn die Flüssigkeit sich mit dem Blut in den Adern vermischte, durch seinen Körper rann und in seinem Kopf Ruhe einkehren ließ, die Gedanken vertrieb. Mika roch Erde und Moos, hörte ab und zu ein Tier schreien, Vogelgezwitscher. Und er genoss es, einfach nur dazusitzen. Den Oberkörper in die Arme zu nehmen und sich zu wiegen. Vor und zurück. Immer wieder. Manchmal hatte er das Gefühl, dass ein Schrei angebracht war. Ja, er sollte schreien. Vielleicht ging ja im Wald ein Spaziergänger vorbei. Jemand, der ihn retten würde. Er sollte schreien, aber er konnte nicht. Immer wenn er sich auf seinen Mund konzentrierte, die Lippen öffnete, Luft holte – stieß er sie ohne einen Laut wieder aus. Er verspürte keinen Hunger, nur der Durst wurde immer unerträglicher. Was war es noch gewesen, das sie von ihm wissen wollten? Daten? Koordinaten? *Der* Traum. Vielleicht meinten sie Leahs Traum? Mika konnte sich so schlecht erinnern.

Koordinaten, Daten. Wieso hatte er sie ihnen nicht schon längst genannt? Was hielt ihn davon ab? Da war dieser Gedanke an Leah gewesen und das Gefühl, dass sie in Gefahr schwebte.

Mika stöhnte auf, als die Bilder zu ihm zurückkehrten. Da war irgendwas, das er besorgt hatte in der Machandelstraße und das er nun abliefern musste. Was es gewesen war, wusste er nicht mehr. Und auch nicht, wohin er eigentlich gewollt hatte. Er erinnerte sich an einen Mann, einen Transporter. Er nahm sich fest vor, den Mann danach zu fragen, was sie eigentlich von ihm wollten, wenn er mit der Spritze kam. Und hoffentlich mit ein wenig Wasser – das würde ihn glücklich machen. Die Erkenntnis durchfuhr ihn wie ein Schlag, als er sich erinnerte, dass er dafür ja etwas tun musste. Und das würde er, denn es war ja nur gerecht. Wasser gegen Informationen – so lautete die Regel.

Die Zeit dehnte sich.

Als sich die Tür des Verschlages öffnete, traf ihn der Strahl der Taschenlampe und der Geruch. Moos, Bäume, Holz. Der Mann mit der Spritze kam herein und Mika war in freudiger Erwartung nach Nicht-Wissen, Nicht-Erinnern, Nicht-Sein. Der Mann fragte nach Koordinaten. Nach einem Treffpunkt. Seine Stimme klang sanft, an seinen Lippen spürte Mika, dass der Mann ihm eine kleine Plastikflasche vor den Mund hielt. Dann zog er sie wieder weg.

»Du bekommst Wasser, wenn du mir den Ort nennst, Leviathan.«

Mika nickte heftig. Er wollte ja, aber es war so schwer, sich zu erinnern.

»Nur den Ort. Mehr wollen wir nicht.«

Mikas Gedanken kreisten um eine Mail und um … Er begann zu kichern. Es war nur ein Traum, um den es ging. Sie interessierten sich für einen seiner Träume. Er begann zu sprechen – und die Belohnung kam umgehend.

Er spürte die Wirkung der Droge fast im selben Moment wie den Stich der Spritze. Dann nahm er dankbar einen Schluck Wasser.

21

Zero Point war in greifbarer Nähe. Ben hielt ihre Hand fest in seiner. Leah löste den Blick immer wieder vom Wüstenboden, um zu prüfen, ob sie dem Turm schon näher gekommen waren. Irgendwann wurde der Boden fester, bis er sich schließlich in einen ungepflasterten Weg wandelte. Und dann – plötzlich und unerwartet – standen sie vor Mauern aus gelbem Stein.

Ben zog sie zu sich heran und sie schauten sich einen Moment an. Leah sah auf. Das Tor, das sie nun gemeinsam durchschritten, erinnerte sie an das Brandenburger Tor in Berlin. Und doch war es größer, monumentaler ... und konnte in seinen Dimensionen unmöglich aufrecht stehen. Die Quadriga schien frei zu schweben und es war, als stießen die Pferde heißen Atem aus ihren Nüstern, als senkten sie die Köpfe und schauten zu ihr herunter. Leah wollte an diesem unheimlichen Ort nicht länger stehen bleiben. Ben sah sich kurz um, dann liefen sie auf einen menschenleeren Platz, umgeben von Mauern und Häusern, die allesamt aussahen wie Ruinen. Fensterrahmen, aus denen die Scheiben herausgebrochen waren, hingen lose in den Angeln. Alles war von gelbem Sand bedeckt, der sich selbst im Innern der Häuser wellenförmig auftürmte. Ein verlassener Ort, den die Wüste an sich gerissen hatte.

Er winkte ihr, ihm zu folgen, und drehte sich im Kreis, versuchte wohl, sich zu orientieren. Dann blieb er stehen. »Ich glaube nicht, dass wir hier richtig sind. Der seltsame Junge hat uns in eine Geisterstadt gelockt – und wohin ist der Turm verschwunden?«

Leah hatte sich ebenfalls umgeschaut. Der Sand überdeckte zwar alles, aber ihr war, als wären sie an diesem Ort schon einmal gewesen. Das Licht flimmerte vor ihren Augen, der Horizont war ebenso golden wie der Sand um sie herum.

Bei jedem ihrer Schritte wirbelte er unter ihren Füßen auf. Als Leah auf die Fläche unter ihren Füßen schaute, erkannte sie, warum ihr der Ort so bekannt vorkam.

Ein spitzer Schrei entwich ihr. »Schau!«, rief sie Ben zu und bückte sich, um die Glasfläche mit ihren Handflächen vom Sand zu befreien.

Unter ihren Füßen wogten grüne und blaue Algen wie Tänzerinnen im Wasser.

Ben schaute Leah verblüfft an. »Die weiße Stadt, wir sind wieder am Anfang ...«

»... der gleichzeitig das Ende ist.« Leah nickte. »Nur wo ist der Turm?«

Gerade wollten sie den Weg durch die verlassenen und zerstörten Gassen der weißen Stadt fortsetzen, um ihn zu suchen, als es plötzlich tief unter ihnen grollte.

Ben umklammerte Leahs Hand. »Was ist das?«

Das Grollen wurde lauter und erfasste ihren ganzen Körper. Der Erdboden begann zu zittern. Der ganze Platz geriet in Bewegung. Die Bodenplatten unter ihnen glitten wie Eisschollen zur Seite und es entstand eine Öffnung, die sich mit jeder Sekunde vergrößerte. Darunter kam Wasser zum Vorschein, dunkle Schluchten, überwuchert mit den Pflanzen, die eben noch so grazil und schön ausgesehen hatten. Pflanzen, die jetzt nach ihren Füßen zu greifen schienen.

Leahs Hände wurden schweißnass und gleichzeitig fror sie, als wären ihre Beine selbst aus Eis.

Wasser. Tiefe. Ihr Kopf war beherrscht von diesen Bildern, ihre Beine gehorchten ihr nicht. Auch Ben neben ihr starrte fassungslos auf das, was unter ihnen geschah. Eine Plattform fuhr nach oben und verdunkelte das Loch im Sand, das mittlerweile so weit angewachsen war, dass sie im Flimmern des Lichts seine vollen Ausmaße nicht mehr erkennen konnte. Sie standen am Abgrund und das, was auf sie zukam, war ungewiss.

***

Ben spürte, wie die Vibration nachließ, als die Plattform den Erdboden passierte. Sie fuhr höher und höher. Ein Turm. Ein gläserner Turm, der im goldenen Licht funkelte.

Er sah aus den Augenwinkeln, wie Leahs Blick dem wachsenden Bauwerk folgte, ihr Mund stand offen vor Staunen.

Auch er konnte die Aufmerksamkeit kaum von diesem Wunderwerk abwenden. Er wollte auf die Uhr schauen, überprüfen, ob dies der Ort war, zu dem sie sich so lange hatten vorkämpfen müssen. Doch er stand nur da, vollkommen von dem Schauspiel gefesselt.

Der Turm wuchs weiter und Ben sah, dass in seinem Innern ein Dutzend gläserner Fahrstühle auf und ab fuhr. Keiner von ihnen war bemannt. Dennoch hielten sie zwischendurch auf unsichtbaren Stockwerken an und setzten die Fahrt nach einem kurzen Halt fort. Bald schon musste er den Kopf in den Nacken legen, um die Spitze des Turmes erkennen zu können, und er wuchs dennoch weiter – bis in den Himmel.

Es waren nur wenige Schritte bis zu der Eingangstür, die plötzlich aufging, ohne dass Ben sie vorher überhaupt wahrgenommen hatte. Nahezu lautlos glitt die Glastür zur Seite und öffnete einen Raum, der noch größer wirkte, als es von außen den Anschein hatte. Er warf Leah einen kurzen Blick zu. Als sie nickte, drückte er ihre Hand und sie traten in den kreisrunden Raum, an dessen Außenwänden sich ringsum die Fahrstühle bewegten. Alles war in ein bläuliches Licht getaucht, dessen Quelle nicht auszumachen war.

Endlich prüfte er die Koordinaten auf seiner Uhr. »Wir haben es geschafft. Leah, wir haben es wirklich geschafft.«

»Noch nicht ganz, vermute ich«, sagte sie und er fühlte, wie sehr er es genoss, mit Leah am Ziel angekommen zu sein.

»Ich schätze, dass der Turm aus dem Boden gewachsen ist, ist eine Einladung. Oder?« Leah wies mit einer weiten Bewegung auf die Aufzüge vor ihnen.

Er nickte. »Ich denke, wir sollten hochfahren.«

In diesem Moment hielt links von ihnen einer der Aufzüge. Die Türen öffneten sich. Sie liefen, so schnell sie konnten, und quetschten sich in letzter Sekunde durch die Tür, die sich bereits wieder schloss.

Es war relativ eng in der Kabine und Ben legte Leah die Hände an die Hüfte. Dann sagte er in beschwörendem Tonfall: »Egal, was passiert. Wir müssen auf jeden Fall zusammenbleiben.«

Leah nickte. »Ich hatte nicht vor, dir jetzt wegzulaufen.« Sie lächelte ihn schief an und er grinste zurück.

Dann setzte sich der Lift in Bewegung und raste in atemberaubender Geschwindigkeit in die Höhe. Ben fühlte ein rollendes Ziehen im Bauch. Fast so, als würde er gleich aus dem Traum kippen. In Leahs Augen erkannte er, dass es ihr ähnlich ging. Er drückte sie fest an sich. Dann wandte er den Kopf und schaute durch die Glasscheiben auf die goldene Ruinenstadt unter ihnen, die kleiner zu werden schien.

Die Fahrt dauerte nur wenige Sekunden, dann hielten sie an. Die Türen öffneten sich und sie stiegen aus. Leah blickte sich um und Ben fühlte sich ebenso unschlüssig. Im Fahrstuhl hatte es keine Anzeigetafel gegeben und keine Möglichkeit, die Zieletage auszuwählen. Und auch hier gab es keine Tafeln oder Schilder. Nur das gleiche bläuliche Licht und einen geradeaus vor ihnen liegenden Flur, auf dem es fünf völlig identisch aussehende Türen gab. Sie verrieten nicht, was hinter ihnen zu finden war. Als der Lift wieder nach unten fuhr, war der Gang vollkommen leer und verlassen.

»Es gibt hier keinen Knopf, um den Fahrstuhl wieder zu rufen. Wir sitzen hier fest.« Ben tastete die Wand hinter ihnen ab – doch sie war ohne jeden Spalt oder Makel. Sein Herzschlag beschleunigte sich.

»Dann müssen wir eben die Türen öffnen«, sagte Leah, als er sie beunruhigt anschaute.

»Okay.« Ben nickte und trat einige Schritte auf die Tür zu, die ihnen am nächsten war. Als hätte er eine unsichtbare Lichtschranke übertreten, öffnete sich lautlos die Tür vor seinen Augen.

Ben spürte, wie Leah kurz zurückzuckte. Dann schob sie sich nach vorn, um besser sehen zu können, und versperrte Ben damit den Blick auf das, was sich dahinter verbarg. Er strich über ihren Nacken, während sie gebannt in den Raum starrte. Ein leises Seufzen entwich Leah. Dann streckte sie den Arm aus und wirkte voller Sehnsucht. Schließlich erhaschte Ben über Leahs Kopf hinweg einen Blick in den Raum.

Er war leer. Sofort schloss sich die Tür wieder.

»Schade«, murmelte Leah. »Es war so schön. Hast du sie gesehen, die Bücher?«

»Nein ... der Raum war leer.«

Leah sprach einfach weiter, als hätte er nichts gesagt. »Unmengen von Büchern. An den Wänden standen Regale, die bis unter die Decke reichten. Ich habe in meinem ganzen Leben noch nicht so viele Bücher gesehen! Und sie schienen alle sehr alt zu sein. Ich konnte sie sogar riechen. Den Duft brüchigen Papiers. Den Staub und das Wissen von Jahrhunderten, das dort gesammelt ist. Fast war mir, als hätte ich das Rascheln von Papier gehört – das Geräusch von Buchseiten, die umgeblättert werden.«

Ben lächelte, denn er ahnte, was der Flur mit ihnen machen sollte. Dies war eine letzte Prüfung, für jeden von ihnen. So leidenschaftlich, wie Leah klang, war dies der Test, ob sie jetzt immer noch im Spiel weitermachen wollte oder zu den Büchern gehen würde. Er legte eine Hand unter ihr Kinn. »Du bist tatsächlich eine kleine Büchernärrin.«

»Kann sein.« Sie lachte und pikste ihn in die Seite.

»Würdest du da gerne reingehen?«

Leah nickte heftig. »Es ist genau das, was ich mir immer gewünscht habe. Eine ganze Nacht lang in einem Lesesaal eingeschlossen zu sein. Allein mit Tausenden von Büchern. Atlanten, Folianten. Romane, Reiseberichte. Kochbücher, Biografien. Alles, was man sich nur vorstellen kann. Ich habe schon als Kind davon geträumt.«

Ben lächelte sie an und zog sie dann vorsichtig vor eine der anderen vier Türen. »Ich glaube, dass das hier eine Prüfung ist.« Er erklärte ihr seine Theorie und Leah verlor sofort den entrückten Glanz in ihren Augen. Er sah ihr förmlich an, wie sie sich zusammenriss und den Anblick der Bibliothek verdrängte.

»Lass uns erst einmal schauen, was sich hinter den anderen verbirgt. In Ordnung?«

Zögernd trat er einen Schritt nach vorn und zog sie an sich, sodass sie genau neben ihm stand, als sich die Tür öffnete.

Ben hörte es, bevor er es sah. Dieses einzigartige Rauschen, das es nur an einem Ort gab. Endlich war er am Ziel seiner Träume angekommen. Das Meer. Das Rauschen, das Flüstern der Wellen. Die Gischt, die sich sanft auf seine Lippen legte. Er konnte das Salz riechen und schmecken. Es war, als stünde er am Ufer und blickte auf eine endlose Weite.

Ben ahnte, dass Leah dieses Bild wie er vorhin nicht mit ihm teilen konnte. Wenn alles vorbei war, so nahm er sich vor, mussten sie sich im Traum am Ozean treffen. Er würde sie mit auf sein Board nehmen. Würde ihr zeigen, wie man auf den Wellen ritt, sie bezwang. Würde sich mit ihr freuen, wenn es ihr gelang, ihre Angst vor dem Wasser, seiner unbändigen Macht und seiner unergründlichen Tiefe zu überwinden. Er würde sie den Respekt vor dem Meer lehren, so wie er ihn gelernt hatte.

In diesem Augenblick, als er auf das Wasser zu seinen Füßen schaute, konnte er sich nichts Schöneres vorstellen, als gemeinsam mit Leah am Meer zu sein. Eine Welle rollte auf sie zu, dann verschwand das Bild und machte Platz für einen bescheidenen, vollkommen leeren Raum.

Die Traurigkeit verschlug ihm für einen Moment die Sprache.

Ben zog Leah in seine Arme. »Versprich mir, dass du dich mit mir zum Meer träumst. Eines Tages.«

Leah schüttelte zögerlich den Kopf.

Er nickte. »Wir holen das nach. Gemeinsam, damit du dich nicht fürchten musst.«

Sie wandten sich Hand in Hand der nächsten Tür zu. Doch

egal, wie nahe sie auch herantraten, sie blieb geschlossen. Genauso wie die nächste und die letzte an der Stirnseite des Flures auch.

Leah drehte sich um die eigene Achse und stellte sich neben ihn. Sie wies nacheinander auf alle Türen. »Es sind fünf Stück. Zwei davon öffnen sich. Eine für dich, eine für mich.«

Jetzt begriff Ben. »Eine Tür könnte Yuna gehören, die andere Tayo, meinst du das? Bleibt noch die fünfte.«

Leah wirkte unschlüssig. »Aber was tun wir jetzt? Gehen wir in die Bibliothek oder zum Meer?«, fragte sie.

Er sah sie an und runzelte die Stirn. »Du willst in den einen Raum, ich in den anderen. Ich denke, dass der Gamemaster das weiß. Die Räume sind kein Zufall. Sie sind genau auf uns abgestimmt. Das Einzige, was seltsam ist ...«

Er suchte nach Worten und beobachtete Leahs Reaktion genau. »... für dich sind die Bücher. Aber Leviathan träumt doch von Hochhäusern.«

Leah wurde blass. »Du meinst, der Gamemaster kennt uns? Er kennt uns so gut, dass er weiß, was uns gefällt? Und dass ich an Mikas Stelle hergekommen bin?!« Ihre Stimme überschlug sich beinahe.

Ben nickte und lächelte. »Dass du hier bist, ist gut so. Kann mir nicht vorstellen, dass mir dein Bruder so gut gefallen hätte.«

Leah verdrehte die Augen und lachte dann. »Aber das heißt, da weiß jemand ganz schön viel über uns. Findest du das nicht ...«

»... unheimlich?«

Leah nickte. Dann sagte Ben: »Nicht unbedingt. Unsere Träume kann doch jeder auf GoodDreams sehen.«

»Bis auf meine, natürlich«, überlegte Leah laut und fuhr dann fort: »Ein Gutes hat es, dass wir nur zu zweit sind. Stünden wir hier zu viert, wäre die Entscheidung noch viel schwerer.«

Ben wiegte den Kopf. »Na ja, ich glaube, es ist eher so: Für jeden ist eine Tür da. Und die fünfte ist ... sozusagen für uns alle?« Als Ben seine Gedanken laut aussprach, erschienen sie ihm vollkommen logisch. War es wirklich so ... einfach?

Leah schlug sich auf die Stirn. »Oh ja! Das ist es.« Sie grinste ihn an, doch das Lächeln verlor sich so schnell, wie es gekommen war. »Dann geht sie vielleicht nicht auf, weil wir nicht alle hier sind?«

»Einer für alle, alle für einen«, murmelte Ben betrübt.

Leah stemmte die Arme in die Seiten. »Was macht man mit einer Tür, die verschlossen ist?«

»Aufschließen, einbrechen? So was in der Art vielleicht.« Dann durchzuckte ihn ein Gedanke und er drehte sich zu der letzten verschlossenen Tür am Ende des Flures. Sie hatten es zwar schon versucht, aber vielleicht ... Er wollte einfach nicht aufgeben. Sie waren hier in diesem Turm, verdammt, da konnte es doch hier nicht so plötzlich zu Ende sein! Müde hob er die Arme und hämmerte gegen die fünfte Tür. Nichts. Er ließ sich mit seinem ganzen Körpergewicht dagegen fallen und verlor fast das Gleichgewicht, als sie plötzlich nach innen aufschwang.

***

Leah betrat den dunklen Raum nur wenige Augenblicke nach Ben und tastete sich mit ausgestreckten Armen voran. »Ben?«, wisperte sie. Erst spürte sie nur einen leisen Lufthauch, doch dann sagte ihr ein gedämpfter Knall, dass die Tür hinter ihnen zugefallen war. Sie spürte einen kalten Schweißfilm auf ihrer Haut.

»Ben«, rief sie erneut.

»Ich bin hier. Genau neben dir.«

Vorsichtig streckte sie die Arme aus und tastete sich durch das undurchdringliche Dunkel. Als sie ihn endlich spürte, stieß sie erleichtert die Luft aus der Nase.

»Komm«, sagte er und griff nach ihrer Hand.

Leah ließ sich von ihm mitziehen und lauschte. Nichts. Nur schwarze Stille. Kein Geräusch, kein Duft. Sie sehnte sich nach einer Lichtquelle und hatte gleichzeitig Angst davor, was dieser Raum offenbarte. Leah fühlte sich wie als Kind in der Geisterbahn. Bereit, jederzeit das Grauen vor sich zu sehen, um dann doch völlig überrascht aufzuschreien, wenn es tatsächlich erschien.

»Ich habe Angst.«

»Ich auch, aber ich bin bei dir«, flüsterte er. »Ich werde nicht zulassen, dass dir etwas passiert.«

Die Finsternis war allumfassend. Sie begann nirgends und endete auch nicht. Ein leises Klicken riss sie aus ihren Gedanken. Im nächsten Moment wurde die Dunkelheit von blauen Blitzen durchschnitten. Geblendet kniff sie die Augen zusammen und öffnete sie erst einen Schlitz weit, als sie hörte, wie Ben erstaunt durch die Zähne pfiff.

»Woah, was ist das?«

Unzählige Laserstrahlen durchschnitten die Dunkelheit. Sie verliefen kreuz und quer durch den Raum, der nun wenigstens einen Teil seiner Größe offenbarte. Etwa zwanzig Meter von ihnen entfernt standen acht Tische. Fünf riesige Monitore auf jedem von ihnen. Keiner von ihnen schien eingeschaltet zu sein, lediglich die Kontrolllampen leuchteten in einem grellen Lila.

Vor den Tischen stand eine Art Stele aus einem weißen Material. Leah konnte nicht erkennen, ob es sich um Stein oder Metall handelte, da die Laserstrahlen genau an dieser Stelle so gehäuft auftraten, dass auch der rote Knopf, der auf der Säule etwa in Augenhöhe angebracht war, erst beim zweiten Hinsehen erkennbar war.

Sie wies mit dem Finger darauf. »Ist das unser Ziel?«

Ben zuckte mit den Schultern. »Auf jeden Fall scheint hier etwas gesichert zu sein, so wie es aussieht, diese hohe Stele in der Mitte. Etwas, das für den Schöpfer dieses Traums sehr wichtig ist.«

Leah war das alles unheimlich. Dieser ganze Raum, dessen Ende noch im Dunkel lag. Solche Laserstrahlen kannte sie nur aus alten Filmen – in denen es jedes Mal darum gegangen war, etwas Wertvolles zu stehlen.

»Wir sind hier. Und wahrscheinlich müssen wir auch zu der Stele da vorn, aber was bitte schön passiert, wenn wir es nicht schaffen?« Sie konnte es in der schummrigen Beleuchtung nicht genau erkennen, aber sie wusste, dass Ben lächelte, als er seinen Arm um sie legte. Und sie fühlte sich sofort besser. Fast war es ihr, als könne tatsächlich nichts passieren, solange sie nur zusammen waren. Leah legte den Kopf an seine Brust.

»Vielleicht, wenn wir unter den Strahlen hindurchkriechen?«, schlug er zögernd vor.

Leah löste sich von ihm, dann ging sie in die Hocke und kniff die Augen zusammen. Da der Boden so glänzte, war kaum auszumachen, wo die Strahlen endeten und der Boden begann. Sie sagte: »Sie gehen bis hinunter ...«

Ben streckte sich und legte eine Hand auf die Stirn. »... und bis kurz unter die Decke.« Er schnaufte. »Das wäre ja nun wirklich nicht nötig gewesen. Wir können doch eh nicht fliegen.«

Bei seinen Worten stutzte Leah. »Wirklich nicht? Wir können auch im Traum nicht fliegen?« Der Gedanke an das Schwimmbad, in dem sie sich mit Tayo im Traum getroffen hatte, ließ sie nicht los. War das wirklich erst ein paar Tage her? Es kam ihr vor wie eine Ewigkeit. Auf jeden Fall jedoch war es ihr gelungen, das Becken mit bunten Bällen zu füllen. Allein durch ihre Vorstellungskraft. »Ist im Traum nicht alles möglich? Yuna hat das Seil erschaffen und Tayo einen gefüllten Pool«, fügte sie hinzu.

Ben wandte sich ihr zu und sie konnte sein Gesicht erkennen, das in dem blauen Licht unwirklich wirkte. Seine Zähne schimmerten in einem ungesunden Farbton, als er die Lippen zu einem Grinsen auseinanderzog. »Leah, du bist genial! Natürlich! Keine Ahnung, ob das geht ... ich habe mich noch nie in einem so schwierigen Traum bewegt, der jemand anderem gehört.«

Leah winkte ab. »Wir müssten uns in einen sehr kleinen Vogel verwandeln, damit wir bis zu dem Knopf vordringen können, ohne den Alarm auszulösen.«

»Und als kleiner Vogel könnten wir wiederum den Knopf nicht betätigen«, ergänzte Ben und klang plötzlich sehr müde.

Leah betrachtete ihrer beider Schatten, die im blauen Licht des Saals zu einem einzigen Gebilde verschmolzen.

»Ich wünschte, wir wären unsichtbar.« Sie lächelte und schaute ihm fest in die Augen. Ben erwiderte ihren Blick und begann auf einmal zu flackern, unscharf zu werden.

Sie fasste nach seinen Schultern und rüttelte sie. »Bleib bei mir. Lass mich nicht allein!«

Für einen Moment stabilisierten sich Bens Konturen wieder, jedoch war ein gequälter Ausdruck in seinen Augen zu lesen. Es schien ihn große Mühe zu kosten, den Traum zu halten.

»Was ist mit dir?«

»Ich werde nicht mehr lange bleiben können. Das Morph wirkt nicht richtig. Wahrscheinlich werde ich gleich aufwachen ... ich ... ich wollte es dir eigentlich nicht sagen, aber die Wunde, sie ist wieder da.«

Leah sah ihn erschrocken an, schob den Ärmel seines hellen T-Shirts nach oben, das in diesem Licht bläulich leuchtete. Und sah ... nichts.

»Komischerweise ist sie ... in der Realität wieder da. Die Schmerzen, sie holen mich anscheinend zurück. Und die eine Morphtablette, die ich noch hatte, kann nichts dagegen ausrichten. Das ganze Geld geht für Abby und ihren verdammten Brandy drauf.«

»Abby?«

»Meine Mutter. Der Brandy hilft ihr, irgendwie mit der Situation klarzukommen.« Er zuckte mit den Schultern, als hätte er sich mit dieser Tatsache schon vor langer Zeit zufriedengegeben.

»Und du unterstützt sie dabei?« Leah war sich nicht sicher, was sie davon halten sollte. Sie hatte ihre eigene Meinung zu Drogen und dem Missbrauch, den viele Menschen damit betrieben.

»Glaub mir, ich kann mir denken, was du davon hältst. Und eigentlich bin ich deiner Ansicht. Aber ich bin schuld, dass es überhaupt so weit gekommen ist.«

Leah wusste nicht, ob er das Morph meinte, das er nahm, oder den Alkoholkonsum seiner Mutter. »Du bist schuld? Bist du da nicht ein bisschen streng mit dir?«

Ben keuchte – vor Schmerz oder vor Anstrengung, den Traum zu halten? »Ich erzähle dir irgendwann die ganze Geschichte. Aber jetzt musst du dir etwas einfallen lassen. Ich habe keine Kraft mehr. Werde vielleicht nicht einmal lange genug bleiben können.« Seine Worte klangen beschwörend. Sie ahnte, wie schwer ihm das alles fiel. Schlaf weiter, wollte sie flüstern. Träum weiter von uns.

Aber sie zwang sich dazu, die Möglichkeiten durchzugehen,

die sie hatten. Sie durfte keine Schwäche zeigen. Musste die Sache zu Ende bringen, indem sie ihre Gefühle für ihn weit von sich drängte und ihre Augen auf die Laser, die Monitore und die Stele richtete. Ihr Blick fiel auf ihren Schatten, der zugleich Bens war. Sie dachte an ihren Bruder und ihren Vater. Dann wandte sie sich zurück zu Ben, dessen Bild nur noch unscharf zu erkennen war. In diesem Moment stand der Plan.

Das alles ist nur ein Traum. Ich kann alles schaffen, was ich nur will.

»Wenn ich mich aus dem Traum fallen lasse ... Nicht komplett, sondern nur so weit, dass wir kaum mehr sichtbar sind. Weißt du noch, wie in der Wüste? Dann müsste es doch funktionieren. Meinst du nicht?«

Ben riss die Augen auf. »Aber das ist viel zu gefährlich! Leah, in der Wüste ist es dir passiert, ohne dass du es kontrollieren konntest. Ich kenne niemanden, der das kann. Wenn man die Konzentration verliert, rutscht man aus dem Traum und wacht auf. Ein geübter Träumer merkt, wenn ihm das passiert, und reißt sich zurück ins Unterbewusstsein. Aber ... diesen Zustand zwischen Wachsein und Träumen bewusst zu halten?« Er fuhr sich mit einer Hand über die Stirn.

»Aber ...« Leah wollte so schnell nicht aufgeben, doch Ben sprach schon weiter: »Wenn du zu weit aus dem Traum gleitest, wachst du auf und ich auch. Wenn du dich zu schnell wieder konzentrierst, materialisierst du dich womöglich genau zwischen den Laserstrahlen und wer weiß, was dann passiert. Wahrscheinlich ist das Spiel dann zu Ende, für immer. Es ist zu riskant!«

Sie stieß ihn sanft von sich und trat einen Schritt zur Seite. Dann fokussierte sie sämtliche Energie auf das, was sie vorhatte. Gut möglich, dass sie versagen würde. Aber sie wollte es versuchen und dazu musste sie jeden Gedanken an Ben und diesen Traum zur Seite schieben. Sie musste sich auf etwas anderes konzentrieren und doch früh genug zurückkehren.

Mikas Bild tauchte vor ihren geschlossenen Augen auf. Und es tat weh, die Sorgen wieder heraufzubeschwören. Es schmerzte sie, sich vorzustellen, was ihm passiert sein konnte. Aber sie tat es, zwang sich, sich die Sorge um ihn in Erinnerung zu rufen. Sich hineinfallen zu lassen in die Ungewissheit. Sie erinnerte sich, wie schwer ihr Herz zu Hause gewesen war, wie hilflos sie sich gefühlt hatte, nichts unternehmen zu können. Und da war es, dieses Flattern in der Magengegend. Dieses Gefühl, das sich anfühlte wie Hunger gemischt mit Aufregung. Als ihr die Tränen wegen Mika in die Augen stiegen, machte sie langsam einen Schritt nach vorn und dachte dabei an ihren Vater, der auf sie wartete. Ungeduldig darauf wartete, dass sie erwachte. Sie dachte an alles, was er für sie getan hatte, und daran, wie sehr sie ihn liebte. Sie zwang sich die Vorstellung an ihn auf, als er jünger war. Gesund. Lachend mit ihrer Mutter im Garten. Sie stellte sich die Kaffeeflecken auf dem Buch vor, hielt sich fest an der Liebe, die die beiden füreinander empfunden hatten. Sie dachte an den Apfelstrudel ihrer Großmutter und an Urlaubsabende am Meer. Als sich dabei auch Bens Bild in ihre Gedanken schlich, wehrte sie sich vehement dagegen und richtete ihre ganze Konzentration auf zu Hause und das, was dort auf sie wartete. Das Kribbeln breitete sich weiter in ihrem Magen aus, doch sie ließ sich nicht davon beirren. Es genügte noch nicht. Sie musste weitermachen! Sie stellte sich Mika vor, der darauf wartete, dass sie ihn fand, der ganz allein irgendwo verharrte und auf Hilfe hoffte. Vielleicht tat ihm jemand weh, vielleicht war er bereits tot! Nun wurde das Gefühl so stark, dass der Raum begann, sich um sie zu drehen. Irgendwo keuchte Ben.

In genau diesem Augenblick ging Leah los. Sie sah die Monitore nur verschwommen, aber den Alarmknopf an der Stele hatte sie fest im Blick. Sie ging langsam, setzte bewusst einen Schritt vor den anderen und hielt dabei die Gedanken an Mika fest. Weiter, immer weiter. Die blauen Strahlen strichen über ihren Körper und sie lief einfach mitten hindurch. Einer der Strahlen schien besonders hell zu leuchten. Unten, ganz unten am Boden. Leah stockte kurz, spürte dem Schwindel in ihrem Kopf nach. Prüfte, ob es sich immer noch so anfühlte, als würde sie gleich aus dem Traum gleiten. Aber sie blieb, war sicher bei dem, was sie tat. Als ginge er direkt neben ihr, spürte sie Bens Anwesenheit und seine Gedanken, die sie hielten. Wankend näherte sie sich mit kleinen Schritten der Stele.

Als sie den Arm hob, fühlte er sich an, als wäre er aus Gummi. Dann drückte sie den roten Knopf.

Einen Moment lang passierte gar nichts.

Nach und nach schalteten sich die Laserstrahlen aus. Kurz herrschte die gleiche undurchdringliche Dunkelheit wie zu Beginn ... dann ertönte ein Summen und über ihnen öffnete sich eine Art Fenster. Goldenes Sonnenlicht schimmerte herein und endlich konnte sie Bens flimmernde Konturen erkennen.

Reglos blieb Leah an dem dunklen Monolithen neben ihr stehen. Er überragte sie um zwei Meter und erst jetzt, in der Mitte des Raumes, konnte sie die Ausmaße des Saals erfassen. Er war rund und hoch wie eine Bahnhofshalle. Die Leere in ihm verstärkte das monumentale Gefühl noch. Niemals hatte sie in einem größeren Raum gestanden.

Leah richtete ihren Blick fest nach vorn. Für einen Moment blieben die Monitore noch schwarz, es erklang lediglich eine leise Klaviermusik, die sie zwar kannte, aber nicht benennen konnte. Die sanften Klänge durchschnitten den Raum und hüllten sie ein wie einen Mantel. Als sie sich umdrehte und Ben das Signal zum Näherkommen gab, wankte er flackernd zu ihr. Verwundert schaute auch er sich um, ungläubig und staunend. Als sie die Hand nach ihm ausstreckte, schärften sich seine Konturen. Seine Haut fühlte sich weich an und auf eine Art vertraut, die Leah glücklich machte.

»Ich bin so verdammt stolz auf dich«, flüsterte er in ihr Ohr.

Dann erschienen auf allen Bildschirmen gleichzeitig dieselben Filmbilder ohne Ton. Eine Staatslimousine fuhr vor. Zunächst stiegen drei Männer mit breiten Schultern aus. Sie trugen die grauen Anzüge mit derselben Selbstverständlichkeit wie die Pistolen, die sie aus Holstern zogen, kurz bevor ein vierter Mann dem glänzenden schwarzen Wagen entstieg.

Leah sog die Luft scharf ein, als sie erkannte, dass es sich um Theodor Willis handelte. Den Präsidenten, der die Nachrichten der ganzen Welt mit seinem Wahlkampf beschäftigte.

Ben drückte ihre Hand fester. »Das Schwein.«

Leah wusste nicht, woher diese Abneigung kam. Ben schien nicht nur die grundsätzliche Unzufriedenheit mit der Politik seines Präsidenten zu äußern. In seiner Stimme schwang persönliche Abneigung mit. *Er hasst diesen Mann.* Später würde sie ihn danach fragen – wenn alles vorbei war.

Der Film zeigte, wie die Bodyguards sich nach allen Richtungen umschauten und den Weg für den Präsidenten sicherten. Jemand reichte Willis aus dem Fond eine dicke Aktenmappe aus schwarzem Leder. Dann schwenkte die Kamera und zeigte das Gebäude, in dem die Männer verschwanden. Glastüren und Fronten. Beton und Stahl. Ein gesichtsloses Bürogebäude, wie es überall in der Welt stehen könnte.

Sie spürte, wie Ben den Atem anhielt, als das Auge der Kamera langsam höherglitt.

Leah erkannte sofort die stilisierten fünf Kontinente und die Weltkugel auf dem Dach des Hauses. Das Logo von Good-Dreams.

»Ist das hier ein Traum von GoodDreams? Haben sie uns zu diesem Spiel eingeladen?« Ben drehte sich zu ihr um und musterte sie fragend. Aber Leah wusste keine Antwort darauf.

Im selben Moment nahm sie aus den Augenwinkeln wahr, dass das Bild auf den Monitoren flackerte und für einen kurzen Moment schwarz wurde. Hektisch wanderte ihr Blick von einem Bildschirm zum anderen. *War es das? Dafür der ganze Aufwand?*

Im nächsten Moment ging es jedoch bereits weiter. Im Inneren des Gebäudes, wie Leah annahm. Die Kamera schwenkte nun durch eine Tür in einen Sitzungsraum, in dem etwa zehn Männer in Anzügen versammelt waren. Offenbar benutzte der Kameramann nun eine Handkamera. Das Bild wackelte und fiel alle paar Sekunden für einen Moment aus. Kurz waren die Hosenaufschläge der Männer im Bild, dann glitt der Fokus nach oben und zeigte ein Gesicht nach dem anderen. Bei Willis zoomte die Kamera so dicht heran, dass Leah jede einzelne Pore erkennen konnte. Der Mann trug ein zufriedenes Lächeln und wandte sich jemandem zu, der an der Stirnseite des Konferenztisches sitzen musste. Willis griff nach unten, zog die Aktentasche hoch und schob sie über die Tischplatte. Die Kamera entfernte sich wieder und fing jetzt wieder das gesamte Geschehen im Raum ein.

»Gaz Harrison.« Bens Ausruf klang fast wie eine Frage, sodass Leah unbewusst nickte. *Es ist tatsächlich der CEO von Good-Dreams. Was macht er mit dem amerikanischen Präsidenten an einem Tisch?* Sie krampfte ihre Finger um Bens, als der Film zeigte, wie Harrison sich über die Lippen leckte, bevor er die

Aktentasche öffnete und mit einem Schmunzeln eine Mappe mit Papieren herauszog.

»Was hat das alles zu bedeuten?«, fragte sie mit dünner Stimme.

Ben antwortete eine ganze Weile nicht, sondern beobachtete genau wie Leah, dass Harrison und Willis goldene Kugelschreiber zückten und ihre Unterschrift unter etwas setzten, das wie ein Vertrag aussah.

Ein Tablett wurde abgestellt. In den Champagnerkelchen stiegen feine Blasen an die Oberfläche. Die Männer schüttelten sich die Hände und grinsten.

Ben wandte seinen Blick ab und packte Leah an beiden Schultern. »Sie feiern wohl einen lukrativen Geschäftsabschluss. Das ist kein Traumfilm, das ist wirklich passiert.«

Leah hätte ihn gern gefragt, was genau er damit meinte, aber sie konnte ihren Blick nicht von den Monitoren lösen. Gerade änderte sich die Szenerie erneut. Die Kamera wanderte wackelnd über lange Flure, schwenkte einige Male in voll besetzte Büroräume, in denen Dutzende Leute auf Unmengen von Monitoren starrten. Auf den meisten davon liefen in schneller Abfolge Bilder von hellen Sandstränden, Palmen, Sonnenuntergängen. Menschen rekelten sich an Pools oder unterhielten sich auf den Oberdecks von Kreuzfahrschiffen mit Cocktails in den Händen, geschmückt mit bunten Papierschirmchen. Zurück auf dem Flur huschte die Kamera zu dessen Stirnseite, an der sich die stählerne Tür eines Fahrstuhls befand.

Im Inneren des Fahrstuhls drängten sich Männer und Frauen in Anzügen und Kostümen und müden Gesichtern. Augen wurden weit aufgerissen, Stirnen in Falten gezogen und Blicke schnell abgewandt, als offenbar Willis den Aufzug in Begleitung seiner Männer betrat. Harrison schien nicht dabei zu sein, jedenfalls konnte Leah den Mann im grauen Rollkragenpullover nirgends erkennen. Gebannt verfolgte sie das Geschehen und schüttelte unwirsch den Kopf, als Ben etwas flüsterte. *Später*, dachte sie. *Wir können später reden.* Jetzt wollte sie nichts von dem verpassen, was sich da vor ihr auf den Monitoren abspielte.

Die Fahrt dauerte nur wenige Augenblicke, in denen sich die Kabine weiter leerte. Schließlich zeigte die Kontrolllampe den zwanzigsten Stock an. Nun stiegen die verbliebenen Personen aus, unter ihnen Willis und seine Männer. Leah schwitzte, als der Präsident gezielt auf eine der geschlossenen Metalltüren zutrat und seine flache Hand auf eine Kontrolleinheit legte. *Wieso kennt er sich so gut bei GoodDreams aus? Wozu benötigen sie dort oben seinen Handabdruck?* Die Tür sprang auf und Leah spürte förmlich das leise Klicken, das sie von sich gab.

Der Kameramann schien den kleinen dunklen Raum als einer der letzten zu betreten. Vor ihm stand eine Gruppe von Männern, von denen nur die breiten Schultern sichtbar waren, die der Kamera die Sicht versperrten. Das Kameraauge schien sich durch die Gruppe nach vorn zu kämpfen und blieb dann bei Willis stehen, der an einem Tisch Platz genommen hatte. Vor ihm ein einzelner Monitor, auf dem …

»Scheiße, das ist Willis selbst!«, entfuhr es Ben neben ihr.

Verdammt, wer ist so blöd und träumt freiwillig vom Präsidenten?

Leah streckte ihren Hals weit vor in der Hoffnung, besser erkennen zu können, was sich vor ihr abspielte. Auf sämtlichen Bildschirmen war Willis zu sehen. Mit erhobenen Armen in Siegerpose. Mit triumphierendem Lachen. Willis, wie er Menschen die Hände schüttelte, Kindern über die Köpfe strich. Willis in einem Vorlesungssaal vor unzähligen jungen Zuhörern. Willis auf einem Pferd in den Sonnenuntergang reitend. Willis vor Plakaten mit Wahlkampfparolen wie »Vote for Willis« oder »SAVE AMERICA! VOTE for WILLIS«.

»Was machen diese Bilder von Willis in einem separaten Raum bei GoodDreams?« Leah wandte sich zu Ben um.

Sie sah noch seinen entsetzten Blick, dann flackerte das Bild von ihm. Noch bevor sie ihre Hand nach ihm ausstrecken konnte, verschwand er vor Leahs Augen und die Szene um sie herum löste sich in Nebel auf.

22

Als Leah erwachte, fühlte sie sich grauenvoll. Die Bilder des letzten Traums strömten auf sie ein und gleichzeitig drängte sich ein Gedanke mehr als alle anderen in ihr Bewusstsein: Mika. Sie musste noch einmal zur Polizei und hoffen, dass es Neuigkeiten gab.

Aber zunächst zupfte sie sich die Elektroden von der Stirn und ging ihre Möglichkeiten durch: Sie musste den Traum posten! Das, was Ben und sie oben im Turm gesehen hatten, war für die Öffentlichkeit bestimmt. Die Leute da draußen mussten erfahren, dass GoodDreams gemeinsame Sache mit dem amerikanischen Präsidenten machte. Diese Bilder waren eine wichtige Enthüllung, warum sonst hätte jemand dieses ganze Theater veranstaltet und den Zugang zu dem Film in einem Traum versteckt? Das alles musste unbedingt bei GoodDreams hochgeladen werden. Auf der anderen Seite, überlegte sie, konnte genau das auch gefährlich sein. Es ging schließlich um GoodDreams und die Machenschaften des Präsidenten! Wie gerne hätte sie mit Mika darüber gesprochen. Aber Leah ahnte: Nur über GoodDreams war es möglich, die Informationen schnell auf der ganzen Welt zu verbreiten. Nur wie sollte sie das anstellen? Sie hatte zwar ein eigenes Profil. Aber niemand kannte sie, niemand folgte ihr und ihren Träumen. Mikas Zugangsdaten besaß sie nicht. Aber der Film musste schnell an die Öffentlichkeit – egal, wie.

Rasch gab sie die GoodDreams-URL ein und wartete, bis sich im Browser das Fenster öffnete. Sie holte den Traumrekorder vom Bett und überspielte den Film zunächst auf ihre Festplatte. Dann atmete sie tief durch. GoodDreams schlug Kategorien vor, unter denen die Träume gepostet wurden. Für die Profis gab es eine eigene Kategorie, in die all jene einsortiert wurden, die sich in die Top 20 hochgekämpft hatten. Mika gehörte seit Monaten dazu, aber sie konnte den Tag natürlich nicht anklicken, denn sie war ein No Name in der Community.

In welche Schublade passte der Film aus dem Turm? Fieberhaft wühlte sie sich durch das Menü. Politischer Skandal war natürlich nicht darunter. Im Kopf überschlug sie die Zahl der geposteten Traumfilme allein von letzter Nacht und ihr wurde klar, dass sie keine Chance hatte. Es war aussichtslos, dass jemand ihren Traum anschauen und teilen würde. Er würde hoffnungslos zwischen den anderen siebentausend Filmen der Gelegenheitsträumer untergehen, die nur in den letzten zwölf Stunden hochgeladen worden waren. Es war hoffnungslos.

Sie schlug die Hände vors Gesicht und schluchzte leise. *Mir muss etwas einfallen, bevor Dad erwacht.* Schließlich ging es auch um die Likes, die sie einsammeln musste, um neue Medizin zu besorgen. Wie lange reichte das Mittel noch? Wie viel Zeit blieb ihr, um eine Idee zu haben, wie sie weitermachen sollte?

Eine Idee zuckte durch ihren Kopf, flatterte ein wenig darin herum und setzte sich dann fest. Ben! Vielleicht hatte ja Ben den Film bereits gepostet. Er hatte dasselbe gesehen wie sie, und auch wenn sie keine Zeit mehr gehabt hatten, sich darüber zu unterhalten, musste ihm genauso klar sein wie ihr, wie wichtig diese Bilder waren.

Mit hektischen Bewegungen gab sie seinen Namen im GoodDreams-Suchfenster ein und navigierte auf seine Seite. Fehlanzeige. Der letzte Eintrag war von vorgestern. Sie begann, sich Sorgen um ihn zu machen. Auf einmal drehten sich ihre Gedanken nur noch darum, ob es ihm gut ging.

Sie loggte sich aus, um sofort wieder die URL von Good-Dreams aufzurufen. Diesmal versuchte sie, sich auf Mikas Account einzuloggen. Seine Mailadresse kannte sie. Fehlte noch das Passwort. Sie tippte »Melanie«, bestätigte und erhielt postwendend die Fehlermeldung, mit der sie im Grunde gerechnet hatte. Als Nächstes probierte sie ihren Namen, dann den Namen ihrer Mutter und ihr gemeinsames Geburtsdatum. Als alles nichts brachte, wanderte sie im Zimmer auf und ab und zermarterte sich das Gehirn. Ganz in ihre Überlegungen vertieft, öffnete sie leise ihre Zimmertür und huschte auf Zehenspitzen über den Flur. An der Schlafzimmertür horchte sie kurz und nickte zufrieden, als von ihrem Vater nichts zu hören war. In Mikas Zimmer stieg sie über die unordentlich hingeworfenen Papierstapel und ging zielstrebig auf den Schreibtisch zu, der seltsam leer wirkte ohne den Computer. Sie tastete mit den Fingerspitzen die glatte Unterseite der Schreibtischplatte ab. Nichts! Ein Gefühl der Hilflosigkeit machte sich in ihr breit.

Zwar war sicherlich auch Mika klar, dass es am sichersten war, Kombinationen aus großen und kleinen Buchstaben, Ziffern und Sonderzeichen zu benutzen. Aber Leah wusste um Mikas schlechtes Gedächtnis für abstrakte Dinge. Mit gesenktem Kopf schlich sie zurück zu ihrem eigenen Computer, setzte sich davor und spreizte die Finger. Mikas eigenartiger Sinn für

Humor kam ihr in den Sinn und sie tippte lächelnd: »Good-Dreams.«

Auf dem Monitor erschien ein trauriges Smiley und der Text: Tut uns leid. Sie haben fünfmal nacheinander das falsche Passwort eingegeben. Aus Sicherheitsgründen werden sie für die nächsten drei Stunden für eine erneute Eingabe gesperrt. Wenn Sie vermuten, dass es sich um eine Fehlfunktion von GoodDreams handelt, kontaktieren Sie bitte unseren Support.

Ich habe es vermasselt! Und nun? Leah knetete ihre Finger und sträubte sich gegen die aufsteigende Panik. *Ist jetzt alles verloren? Wer könnte Mikas Passwort kennen?* Ihr fiel niemand ein.

Oder doch? Sie war sich ziemlich sicher, dass ihr Bruder Tayo seine Zugangsdaten nicht verraten hatte. Aber Tayo hockte den ganzen langen Tag vor dem Computer. Dadurch, dass er nicht mehr im Traum aufgetaucht war, vermutete Leah, dass sein Vater ihn erwischt hatte. Das war ja nur eine Frage der Zeit gewesen. Tayo hatte sich damit gebrüstet, jedes Problem – egal, ob es Software oder Hardware betraf – lösen zu können. Was sie jetzt brauchte, war ein Hacker.

Sie konnte Tayo anskypen, die Adresse war an der Wand neben Mikas Schreibtisch festgepinnt. Das war wahrscheinlich die beste Idee und vor allem die einzige, die sie hatte. Langsam erhob sie sich und ging zum Ende des Flurs. Vor Mikas Tür zögerte sie. Alles in ihr sträubte sich, Tayo zu kontaktieren und um Hilfe zu bitten, nachdem er Ben eine reingehauen hatte. *Was war Tayo eigentlich eingefallen, Ben in ihrem Namen die Nase zu polieren?*

Sie seufzte und kam sich schäbig vor, das zu denken – aber sie ahnte, dass Tayo sie unterstützen würde, wenn sie nur lange genug bettelte. Aber genau das war das Problem. Er hatte sie verraten, vor den anderen bloßgestellt. Er war eifersüchtig auf Ben. Aber sie kam alleine nicht weiter und es schien, als wäre Tayo im Augenblick der Einzige, der helfen konnte. Sie gab sich einen Ruck und trat ins Zimmer.

Kurze Zeit später zog Leah sich eine dünne Jacke über. Tayo zu überreden, hatte zum Glück nicht allzu lange gedauert. Wahrscheinlich war es so was wie eine alte Träumer-Ehre, einen anderen Träumer nicht hängen zu lassen ... und wenn Tayo sauer auf sie war, so konnte er sich ja einreden, es für Mika zu tun.

Leah lief ins Zimmer, beugte sich über ihren Vater und küsste seine Stirn. Es war erschreckend, wie schnell sein körperlicher Verfall fortschritt. Er war blass und wirkte ausgezehrt. Sie stellte einen Portion kalten Haferbrei an seinen Nachttisch.

»Ich muss kurz raus. Meinen Kopf irgendwie freikriegen.«

Er nickte schwach und rang ihr das Versprechen ab, bald wieder da zu sein. Dann verließ sie das Zimmer.

Obwohl es erst früher Nachmittag war, hatte ein Unwetter die Stadt in Dunkelheit getaucht. Wolkentürme standen über den Häuserzeilen, stürmischer Wind peitschte Leah den Regen ins Gesicht. Sie zog den Kopf ein und hielt den Blick gesenkt, während sie zielstrebig durch die Straßen ging.

Noch war ihr nicht klar, was diese Auflösung des Spiels bedeutete. Hatten sie gewonnen? War der gläserne Turm und der Raum mit den Laserstrahlen die Aufgabe, die sie lösen sollten? Oder war ihre Aufgabe erst erfüllt, wenn sie den Traum postete? Würden sie jetzt den Gewinn einstreichen?

Sie fand sich damit ab, dass sie keine Antworten hatte, und entwarf im Kopf eine Prioritätenliste. Mika stand auf Position eins. Dann kam Ben. Irgendwas war seltsam – warum hatte er nicht sofort nach dem Aufwachen seinen Traum gepostet? Er brauchte Geld. Was also konnte ihn davon abhalten, die vielen Likes einzustreichen, die der Film aus dem gläsernen Turm hoffentlich bringen würde? Ihr Hals fühlte sich an wie verknotet. Sie konnte kaum atmen, die Sorgen nahmen ihr die Luft. *Bestimmt ist etwas passiert. Es kann nicht anders sein.* Er hatte ihr ins Ohr geflüstert, wie wichtig sie ihm geworden war. Dort im Turm, als sie auf die Monitore gestarrt hatten. *Es kann doch nicht zu Ende sein, bevor es überhaupt richtig angefangen hat.*

Erst als sie vor dem Polizeirevier ankam, merkte sie, wie kalt der Regen war.

Der Beamte, der sich um sie kümmerte, schenkte ihr einen skeptischen Blick, als sie von Mika erzählte und von den Männern, die sich als Beamte ausgegeben hatten.

Er runzelte die Stirn. »Von unseren Leuten war das keiner. Beim nächsten Mal sollten Sie sich die Dienstausweise zeigen lassen!«

Leah schluckte, verzichtete aber darauf, ihm mitzuteilen, dass alles schon genau im Protokoll stand.

Ihr Gegenüber setzte einen Stempel unter das Schriftstück, das sie unterschrieben hatte. »So, das hätten wir. Wir werden uns kümmern und melden, wenn wir etwas Neues haben«, brummte er und erhob sich.

Leah begriff, dass das eine Aufforderung zum Gehen war. Sie nickte nervös, verabschiedete sich und verließ das Polizeirevier.

Mit einem tiefen Seufzen strich sie die Strähnen aus der Stirn und rannte los. Um warm zu werden, um die Sorgen zu vergessen, um schnell nach Hause zu kommen.

Sie sah den Wagen zu spät. Nahm ihn erst wahr, als er schon auf sie zugerast kam. Mit voller Geschwindigkeit. Leah stand mitten auf der Straße, sah die Pfützen und die Scheinwerfer, die sich in ihnen spiegelten. Wie festgenagelt verharrte sie und konnte nicht fassen, dass der Fahrer nicht bremste. Ihre Reflexe ließen sie im Stich. Keinen Zentimeter bewegten sich ihre Beine von der Stelle. Die dunkle Limousine kam näher, dann endlich funktionierten ihre Beine wieder und sie wich zurück. In letzter Sekunde. Das Auto fuhr weiter, ohne zu bremsen.

Leahs Blicke bohrten sich in die Rücklichter und sie versuchte zu verstehen, was gerade passiert war. *Er hat mich gesehen. Er hat nicht gebremst, sondern genau auf mich zugehalten.* Das konnte kein Zufall sein, oder? Mika war verschwunden. Mit Yuna waren seltsame Dinge passiert und gerade eben hatte jemand versucht, sie zu überfahren!

Zitternd und mit weichen Knien lehnte sich Leah gegen eine Hauswand und versuchte, sich zu beruhigen. Über ihr öffnete sich ein Fenster. Jemand streckte den Kopf heraus und Leah presste sich instinktiv gegen die Wand. *Jemand hat es auf uns abgesehen. Auf uns alle.* Sie versuchte, sich einzureden, dass sie überreagierte. Dass das alles nur Quatsch war, in ihrem Kopf. Aber das Gefühl, verfolgt zu werden, setzte sich wie mit Saugnäpfen in ihr fest und war nicht mehr aus ihren Gedanken zu vertreiben.

Als sie endlich vor ihrer Haustür stand, bebte sie noch immer. Immer wieder schaute sie über die Schulter, bevor sie endlich die Tür aufsperrte und im dunklen Hausflur verschwand. Minuten später, als sie im Wohnzimmer vor ihrem Vater stand, war der Plan gefasst. Sie umfasste den Schlüssel, den Mika ihr erst vor wenigen Tagen in die Hand gedrückt hatte. Schumanns Haus stand leer – dort würden sie sich verstecken.

Als sie ihrem Vater hastig alles erzählte, erkannte sie, dass dies wohl die größte Herausforderung von allen war: Die weiße Stadt war ein Traum. Auch wenn er sich bis zum Ende real angefühlt hatte. Das Auto aber, Mikas Verschwinden, Bens Schweigen – ihre Sorgen, was das bedeuten konnte, das war die Realität.

Sie war heilfroh darüber, dass ihr Vater nur wenige Fragen stellte. Dass er ihr glaubte. Mit fahrigen Fingern packte sie ein paar Sachen für sich und ihn zusammen. Im Badezimmer fiel ihr die Packung mit der letzten Morphtablette in die Hand und sie stopfte sie zu den anderen Sachen in die Tasche. Ihren Laptop und den Traumrekorder verstaute sie sicher zwischen der gepackten Kleidung. Im Schlafzimmer griff sie ihrem Vater unter die Arme und hob ihn in den Rollstuhl.

»Bist du sicher, dass das sein muss, Liebling?«

Leah nickte. »Ja. Es ist besser, wir verschwinden hier vorerst.«

Ihr Vater rutschte auf der Sitzfläche umher, bis er eine bequeme Haltung fand. Falls er Schmerzen hatte, so ließ er sich nichts anmerken. In diesem Moment liebte sie ihren Vater so sehr, dass sich ihr Herz zusammenzog. Stets hatte er sie motiviert, mit dem Bauch und dem Kopf zu entscheiden. Und auch jetzt zweifelte er offenbar nicht im Geringsten daran, dass sie das Richtige tat.

»Wir gehen ins Haus von Mikas Kumpel, zu den Schumanns. Sie sind für eine Weile nicht da und haben Mika und mich gebeten, nach dem Rechten zu sehen.«

Bei diesen Worten packte sie entschlossen die Griffe des Rollstuhls und schob ihn in den Flur. Dann griff sie ihre Sachen und stieß die Tür auf.

***

In dem Haus der Schumanns drei Querstraßen weiter war es kühl. Leah zog die feuchte Jacke wieder aus und bettete ihren Vater auf die Couch im Wohnzimmer. Dann schloss sie die Vorhänge und trat zu ihm.

Er streckte die Arme nach Leah aus und sie ließ sich neben ihm auf der Armlehne nieder. »Wie geht es jetzt weiter?«

»Ich habe keine Ahnung. Hier sind wir erst mal in Sicherheit, hoffe ich. Ich mache mir Sorgen um Mika und um Ben. Sogar um Yuna. Ich bin sicher, dass ihnen etwas zugestoßen ist. Es muss etwas mit diesem Traum zu tun haben. Aber ohne Mika oder Ben bin ich völlig aufgeschmissen. Zum Glück hilft mir Tayo ...«, erzählte sie, doch er war bereits eingeschlafen und atmete langsam und gleichmäßig.

Leah stieg die Treppe zum Schlafzimmer hinauf und griff sich eine der Decken. Dann lief sie wieder nach unten, deckte ihren Vater zu und löschte das Licht.

Mit ihrem Laptop setzte sie sich in die Küche. Sofort checkte sie den Maileingang und ihr Herzschlag beschleunigte sich, als sie Tayos Absender sah.

Sie öffnete die Mail und klammerte sich an den Gedanken, dass sie Mika und Ben jetzt bestimmt bald helfen konnte. Die Aufregung war unerträglich, als sie Tayos Text las.

Hallo Leah,
ich muss gleich weg, deshalb nur ganz kurz: Ich habe es dir versprochen und natürlich auch geschafft. Mikas Mailadresse hast du, hier also das dazugehörige GoodDreams-Passwort.
Pa5sW0rT
Pass auf dich auf, liebe Grüße
Tayo

Leah konnte es nicht fassen. So ein dämliches Passwort konnte sich nur Mika ausdenken. Aber gut. Sie stützte die Finger auf die Tischplatte.

Wahnsinn! Tayo hat es wirklich geschafft. Die Freude fühlte sich an wie Brausepulver auf der Zunge, wie Schokolade und Mohnkuchen im Mund. *Alles wird gut!*

Es kribbelte in ihren Fingerspitzen, als ihr erneut bewusst wurde, dass sich mit ihrem Traumfilm alles ändern konnte. Alle mussten erfahren, dass GoodDreams gemeinsame Sache mit Willis machte, um Träume und Gedanken bis ins Unterbewusstsein zu beeinflussen. Dass sie seine Wahlwerbung unterstützten, war eine Sache. Aber WIE sie es taten, das konnte nicht legal sein. Sie schienen tatsächlich positiv gefärbte Bilderschnipsel von Willis in die Träume anderer hineinzuschneiden. Und das konnte nur bedeuten, dass sie die Menschen manipulierten auf eine Art, die … Leah bekam Angst, wenn sie an ihren Beitrag in dieser Verschwörung dachte. Sie hatte sie ans Tageslicht geholt.

Draußen trommelte der Regen auf das Pflaster und in Leah machte sich Hoffnung breit, dass nach ihrem Post alles gut werden könnte und sie trotz der Enthüllung in ihrem Traum in Sicherheit sein würde.

Mikas Passwort erschien ihr wie das Tor zu einer Welt, in der sie nichts zu suchen hatte. *Was wird mich auf seinem Profil erwarten?* Sie gab sich einen Ruck und tippte die Buchstaben ein, die Tayo ihr geschickt hatte, dann suchte sie den Traumfilm auf ihrer Festplatte.

Während sie ungeduldig darauf wartete, dass der Traum bei GoodDreams hochlud, kaute sie am Kapuzenband ihrer Jacke herum und überlegte. War es okay, sich auf Mikas Profil ein bisschen umzuschauen? Vielleicht war es falsch herumzuspionieren? Aber sie redete sich ein, dass es eine Krisensituation war. Sie brauchte Informationen.

Ohne weiter darüber nachzudenken, klickte sich durch die letzten Traumfilme. Es war genauso, wie er es erzählt hatte. Für jeden ihrer Träume hatten die GoodDreams-User Likes verteilt. Viel mehr Likes, als Mika je für seine eigenen Träume bekommen hatte. Viele User hatten Kommentare hinterlassen. Die Begeisterung für die weiße Stadt und das Game waren deutlich spürbar und Leah fühlte Stolz in jeder Faser ihres Körpers. Sie wollte dieses Gefühl gern festhalten und die lobenden Statements in ihrer Erinnerung speichern. *Die Menschen lieben meine Träume und warten sehnsüchtig darauf, dass ich den nächsten hochlade. Aber sie werden nicht das bekommen, wonach sie verlangen.*

Was Ben und sie im gläsernen Turm gesehen hatten, war kein Spiel. Leah rechnete mit der Enttäuschung der Fans, spekulierte aber damit, dass sie sich den Traum dennoch bis zum Schluss ansahen. Und auch wenn sie ihn nicht liken würden – die Botschaft war zu wichtig, um den Film nicht zu teilen. Sie checkte den Upload. Laut Fortschrittsbericht fehlten noch drei Minuten.

Dann endlich kam die erhoffte Statusmeldung. Ihr Traum war online – und sofort schickte sie eine Nachricht an Tayo, um sich zu bedanken und ihn auf den neuen Film aufmerksam zu machen.

Zeit, ins Bett zu gehen. Der Kleber war kalt und reizte ihre Haut, als sie die Elektroden auf der Stirn befestigte. Sie musste unbedingt zurück in die Stadt. Die Angst um Mika brachte sie fast um den Verstand. Aber was war mit Ben? Hoffentlich war ihm nicht auch noch was passiert. Sie hatte die Angst um ihn fast verdrängt, aber jetzt schnürte sie ihr die Luft ab.

Leah klickte sich noch ein letztes Mal durch das Menü bei GoodDreams, bis sie auf die Leiste mit den privaten Nachrichten stieß. Was sie sah, ließ ihr Herz schneller schlagen.

Ben hatte ihr endlich geschrieben!

Hallo Leah,

sorry, dass ich einfach verschwunden bin, aber ich konnte den Traum nicht halten.

Falls du mit Tayo sprichst: Ich habe ihm den Boxhieb verziehen. Meine Nase ist schon so gut wie verheilt.

Ich hoffe, wir beide haben später ein Date? Sehen wir uns nachher in der weißen Stadt, (000,00,19), @417 wie immer??

Bis dahin, ich freue mich.

Grüße

Ben

Ihr Herz klopfte noch immer bis zum Hals und es gelang ihr, trotz allem, so mühelos einzuschlafen wie noch nie. Die Aussicht, Ben im Traum wiederzusehen, zog sie in die weiße Stadt.

23

Tayo saß seit zwei Stunden vor dem Computer und konnte seinen Blick nicht vom Monitor lösen, er wollte auf keinen Fall Leahs neuesten Traumfilm unterbrechen.

Als sie sich mit Ben durch die Wüste gekämpft hatte, war Sehnsucht über ihn hereingebrochen. Er hatte sich ihr so nahe gefühlt wie noch nie. War so stolz auf sie gewesen. Wie gern hätte er sie unterstützt, ihr hochgeholfen, als sie fiel, ihre Tränen getrocknet. Er war ihr Freund. Er hätte da sein müssen. Sein Verrat tat ihm leid. Tayo presste die Kiefer aufeinander und wehrte sich nicht gegen die Wut auf seinen Vater. Er war schuld daran, dass Tayo nicht da sein konnte, als Leah ihn gebraucht hatte. Und das nur, weil der Alte ihn erwischt hatte.

Tayo fühlte sich ausgeschlossen, als er verfolgte, wie Leah und Ben sich oben auf der Düne küssten. Er sah die Zärtlichkeit in Leahs Blick, die sie eigentlich ihm schenken sollte. Der Schmerz fraß ein Loch in sein Herz. Es war dieser Moment gewesen, als er nah dran war abzuschalten. Nur der leblose Körper im Sand hatte ihn davon abgehalten.

In Minute 68 war Yuna verschwunden und ab dann ging alles Schlag auf Schlag.

Es tat ihm weh zuzusehen, wie Leah und Ben sich unaufhaltsam näherkamen. Aber als die beiden im gläsernen Turm den Raum mit den Monitoren betraten, war das alles vergessen gewesen. Da gab es keine Spur mehr von Eifersucht in ihm, keinen Neid und auch das Gefühl des Ausgeschlossenseins war verschwunden. Zweimal musste er den Traumfilm pausieren, um zu begreifen, was die beiden gesehen hatten. Der amerikanische Präsident bei GoodDreams.

Tayo spulte zurück zu der Stelle, als sich Leah zu Ben umwandte und er sie in seine Arme zog. Und er sah, was sie gesehen hatte, und spürte ihre Enttäuschung, als sie bemerkte, dass Ben verschwunden war. Ihre Augen mussten voller Tränen gewesen sein, denn die letzten Traumbilder waren nur noch unscharf zu erkennen. Aber Tayo sah es und er erkannte die Bedeutung der Werbebilder von Luxusautos, teuren Uhren, Hochleistungscomputer und den vielen anderen Dingen, für die heute kaum noch jemand Geld ausgab. Noch wusste er nicht ganz genau, was er davon halten sollte. Noch redete er sich ein, dass es unmöglich war, dass er mehr Informationen brauchte, um zu begreifen. Aber der Film zeigte alles, was nötig war.

Ein Ruck ging durch seinen Körper und er sprang auf. Der Schreibtischstuhl kippte mit einem lauten Krachen auf den Boden und er klappte schnell den Deckel seines Laptops zu und lauschte. Falls sein Vater vorbeikam und ihn dabei erwischte, dass er sich Traumfilme ansah, würde es einen Riesenärger geben.

Sein Vater! War es nicht seltsam, dass er sich von ihm stets ungerecht behandelt gefühlt hatte? Dem Gefühl erlegen war, sich ständig zur Wehr setzen zu müssen – gegen die sinnlosen Regeln, die ihm so willkürlich erschienen waren. Aber er hatte nie in Erwägung gezogen, dass er vielleicht recht haben könnte mit seinen Warnungen, was GoodDreams und das Träumen betraf.

Jetzt wusste Tayo: Unter der Oberfläche des sozialen Netzwerks lag viel mehr.

Er klickte sich auf seine Profilseite, da sah er, dass Leah ihm vor einiger Zeit geschrieben hatte:

Hi Tayo,

vielen Dank. Hat alles super geklappt. Ich wusste, dass du es hinkriegst. Kaum zu glauben, was für ein bescheuertes Passwort sich Mika ausgedacht hat.

Endlich konnte ich den Film posten. Ich bin gespannt, ob ihn genug Leute zu sehen bekommen, sodass der Skandal auch wirklich auffliegt. Wird Zeit, dass alle erfahren, wie GoodDreams uns manipuliert. Ich hoffe, dass sich irgendwie alles auflöst. Und dass die Polizei uns helfen wird.

Um Ben habe ich mir zum Glück grundlos Sorgen gemacht. Stell dir vor: Er hat mir auf Leviathans Account geschrieben. Er hat eine Nachricht an dich, ich kopiere sie dir hier mit rein.

»Falls du mit Tayo sprichst: Ich habe ihm den Boxhieb verziehen. Meine Nase ist schon so gut wie verheilt.«

Du siehst, es wird alles gut. Und noch mal tausend Dank für deine Hilfe.

Liebe Grüße

Leah

Darauf war er nicht gefasst gewesen. Er freute sich für Leah und hoffte, dass sie mit Mika recht behielt. Warum bloß fühlte er sich so unzufrieden? Ist doch völlig in Ordnung, dass es Ben gut geht, versuchte er sich einzureden. Er wünschte dem anderen Jungen doch nichts Schlechtes. *Leah hat einfach überreagiert mit ihren Sorgen und jetzt hat sich alles aufgelöst. Wahrscheinlich geht es auch Yuna blendend. Hoffe ich. Ist gut möglich, dass sie gerade zu dritt durch die weiße Stadt schlendern und den Gewinn einsacken.*

Aber da war diese Stimme in Tayos Kopf, die ihm eine Warnung zurief. Als hätte Leah vergessen, etwas Wichtiges zu schreiben ... Im Normalfall wäre er auf ihren lockeren Ton eingestiegen und hätte sofort geantwortet. Vielleicht etwas wie »Ich habe es dir doch gesagt« oder »Ein Profi kann eben, was er kann«.

Aber Tayo schrieb nicht. Seine Finger verharrten ruhig über der Tastatur und er spürte ein Unwohlsein in der Magengegend. Er stand auf und überlegte, setzte sich wieder, las die Mail erneut und dann noch einmal. Er las sie immer wieder durch, erst leise, dann laut.

Dann schüttelte Tayo den Kopf, und als er sich erneut auf Leahs Mail konzentrierte, schoss pures Adrenalin in seine Adern.

Er musste sie warnen!

***

Als Leah in der weißen Stadt bei den Koordinaten vom Anfang ihres Spiels landete, war alles anders. Ein von grauen Wolken zerklüfteter Himmel hatte das weiße Licht verschluckt, seinen Glanz und seine Reinheit gefressen. Die Glasfläche unter ihren Füßen war trube und zerkratzt, keine irisierenden Farben waren mehr darunter zu erkennen.

Es kam Leah so vor, als hätte man vor langer Zeit damit aufgehört, sich um die Stadt zu kümmern. Fast war es, als hätte der Schöpfer aufgegeben. Sich vielleicht woandershin gewandt, den Traum sich selbst überlassen.

Dieser Gedanke machte ihr Angst. Sie fragte sich, warum sie hier gelandet war, und hoffte, dass Ben nicht beim Turm auf sie wartete. Aber nein, er hatte geschrieben, er wäre in der weißen Stadt.

Warum kommt Ben dann nicht? Er hat doch geschrieben, dass er sich freut. Leah hatte die Uhrzeit @417 und die Koordinaten Point (000,00,19) bereits einige Male gecheckt. Ihr war kein Fehler unterlaufen. Vielleicht war Ben aufgehalten worden. Er hatte gesagt, sein Morph sei alle. Konnte gut sein, dass es nicht geklappt hatte, neues zu besorgen. *Es kann tausend Gründe geben, warum er nicht kommt.* Sie wusste nicht besonders viel von ihm. Nur dass er in einem Schulbus in der Wüste lebte und dort wegwollte. Dass er sich an den Ozean träumte. Dass seine Mutter Abby hieß und ein Alkoholproblem hatte, an dem er angeblich schuld war.

Es war schon @467, als Leahs letzte Hoffnung verflog. Sie schluckte die Enttäuschung hinunter, verließ den Platz und durchstreifte Straßen und Plätze, die nun wirkten wie eine billige Theaterkulisse. In Gedanken versunken schaute sie hoch zu den Giebeln und Erkern, Wolkenkratzern und dem zerfallenen Kirchturm.

Fast automatisch wählten ihre Schritte den Weg. Der Gullideckel stand offen und Leah stieg hinunter. Erst unten fiel ihr ein, dass der Tunnel geflutet worden war, doch der Weg hindurch war trocken und staubig. Keine Pfützen, kein Schlamm – und keine Spur von Ben. Leah lief weiter durch das unterirdische Labyrinth. Sie achtete nicht auf den Weg, merkte sich nicht, wann sie in welche Richtung abbog, und kümmerte sich nicht im Geringsten darum, die Orientierung zu behalten. Nur die Sorge um Ben beherrschte ihre Gedanken.

Je weiter sie ging, umso öfter waren Gänge verschüttet. Geröll lag herum. Sie lief an riesigen Felsbocken vorbei, von der niedrigen Decke rieselte feiner Staub. Dann näherte sie sich zögernd den Stufen, die hinaufführten zur Maschinenhalle, die sie wie selbstverständlich gefunden hatte.

Erst vor zwei Nächten hatte sie hier das Wasser mit ihren Armen durchpflügt und war auf allen vieren hinaufgekrochen. Nun war die Tür verschüttet, die Plattform davor war eine einzige Geröllhalde. Leah schluckte trocken. Sie wusste selbst nicht genau, was sie sich davon versprochen hatte, hierher zurückzukehren. Ben war nicht hier.

Das Geröll auf der Treppe war schwer und unbeweglich. Als hätte jemand diesen Traum eingefroren und gegen jede Veränderung immun gemacht. Leah versuchte, einen der Brocken anzuheben oder in Watte zu verwandeln, um ihn einfach wegzutragen.

Doch ihre Fantasie zeigte keine Wirkung. Jeder Versuch, den Traum zu beeinflussen, zu verändern, war zum Scheitern verurteilt. Es war, als kämpfe sie gegen einen massiven Widerstand oder liefe gegen ein Magnetfeld, das sie von sich stieß. Da waren nur Felsbrocken, kein Ben, keine Menschen, die ihr helfen konnten. Niemand schien mehr da zu sein. Es war, als hätte die Erde gebebt und alle mit in die unendliche Tiefe gerissen.

***

Sie reden über mich, als wäre ich nicht mehr da, als wäre ich gestorben. Wenn Abby sich über mich beugt und meine Stirn mit einem feuchten Tuch kühlt, möchte ich ihr sagen, wie dankbar ich für ihre Fürsorge bin. Aber ich kann nicht sprechen, kann nicht einmal meine Augen öffnen.

Mein Körper gehorcht mir nicht mehr, es ist, als würde er nicht mehr zu mir gehören. In ihrem Atem ist keine Spur von dem typischen Brandygeruch. Sie redet mit mir wie mit einem

Kind und endlich kann ich mir vorstellen, wie es damals gewesen ist.

Die Wüstenluft trocknet meinen Mund aus und ich habe Durst. Großen Durst. Ich höre Abby so gern zu. Sie erzählt mir von damals, von der Zeit vor der Sonne, dem Sand und der Hoffnungslosigkeit. Sie erzählt mir von Abby Duncan, der Künstlerin. Ihre Stimme lächelt, wenn sie davon berichtet. Jedes Mal. Und sie wird hart, wenn sie sich an Steven erinnert, der sie nach Paris bringen wollte. Sie hatte ihm geglaubt und ihn erst verlassen, als er mich eines Abends halb tot geschlagen hat.

Ich will ihr sagen, dass sie unschuldig ist. Dass es Notwehr war. Ich möchte ihr danken, dass sie mich vor ihm beschützt hat. Ich möchte sie hier rausholen. Aber ich liege hier, kann mich nicht bewegen, nicht reden ... Die Nachbarn kommen und bringen Abby zu essen. Sie beugen sich über mich und tuscheln leise. Und sie behandeln mich, als wäre ich tot.

Manchmal durchschneiden Lichter meine Dunkelheit. Wie Blitze. Aber sie sind nutzlos. Lassen mich nichts sehen.

Ich bin allein mit meiner Angst.

***

Leah erwachte mit einem Gefühl, als steckten tausend Nadeln in ihrer Kopfhaut. Ihr Rücken schmerzte von der unbequemen Haltung im Sessel. Mit vorsichtigen Bewegungen erhob sie sich, weckte ihren Vater und setzte ihn in den Rollstuhl. Dann kochte sie in der Küche eine Kanne Tee, stellte Tassen und ein wenig Gebäck, das sie im Küchenschrank gefunden hatte, auf ein Tablett und balancierte es ins Wohnzimmer.

Als ihr Vater versorgt war, nahm sie wieder im Sessel Platz und schaltete den Laptop ein. Die GoodDreams-Seite baute sich schnell auf und Leah gab in Gedanken versunken Mikas Daten ein.

Passwort oder Username falsch. Bitte versuchen Sie es noch einmal.

Sie tippte mit gerunzelter Stirn erneut und fluchte, als dieselbe Meldung erschien.

»Irgendetwas nicht in Ordnung?« Albert Goldstein musterte sie aufmerksam.

»Ich kann mich nicht einwählen.« Sie versuchte es noch einmal, konnte sich aber wieder nicht einloggen.

»Bist du sicher, dass du dir dein Passwort richtig gemerkt hast?«

»Es ist nicht mein Passwort. Ich versuche, auf Mikas Account zu kommen.«

Ihr Vater bekam große Augen. »Mikas Account?«

Leah nickte. »Es ging nicht anders. Ich wollte, dass möglichst viele Menschen diesen Traum sehen. Tayo hat mir die Zugangsdaten besorgt.«

»Aber jetzt funktionieren sie nicht mehr?«

»Genau. Und ich weiß nicht, was ich falsch mache. Gestern ging es problemlos.«

In Gedanken ging sie ihre Möglichkeiten durch. Vielleicht sollte sie noch mal Tayo um Hilfe bitten. Leah wechselte auf die Skype-Oberfläche und gab Tayos Adresse ein. Während sich die Verbindung aufbaute, wischte sie mit ihrem Pullover die Linse der eingebauten Kamera sauber.

»Leah!« Tayos Bild wackelte ein wenig, jedoch war sein Gesicht deutlich zu sehen. »Alles in Ordnung bei euch?«

»Nein! Es ist nichts in Ordnung, gar nichts. Ben ist im Traum nicht aufgetaucht, obwohl er mir diese Nachricht geschickt hat«, brach es aus ihr heraus.

Tayo rückte etwas näher an die Kamera heran und zog die Stirn in Falten. Jetzt sah sie erst, wie dunkel seine Augenringe waren. »Leah, ich versuche dich schon die ganze Nacht zu erreichen. Ich habe kein Auge zugetan. Die Nachricht war nicht von Ben!«

»Tayo, komm mir jetzt bloß nicht mit deiner Eifersucht. Ben hat sich mit mir im Traum treffen ...«

Tayo schaute sie aufmerksam an und unterbrach sie. »Bens Tastatur hat eine Macke, erinnerst du dich? Er kann die Nachricht an dich nicht geschrieben haben.«

Leah zuckte zusammen und war einen Moment sprachlos. Ihr Mund wurde trocken und in den Ohren rauschte es.

Wie durch Nebel drangen Tayos Worte zu ihr: »... will dir helfen, Leah. Was kann ich tun?«

Leah starrte den Bildschirm an. »Ich weiß es nicht. Ich weiß gar nichts mehr – was soll das bedeuten? Wer hat mir dann geschrieben?!« Ihre Stimme überschlug sich fast.

»Eins nach dem anderen, okay? Euer Traum von vorletzter Nacht ist ... der Wahnsinn, Leah! Ich habe ihn sofort mit allen geteilt, die ich kenne. Hast du schon gesehen, dass die Community über nichts anders mehr spricht?«

Leah konnte kaum glauben, was Tayo sagte. Doch er redete schon weiter: »Eben wollte ich schauen, wie viele Likes er eingesammelt hat, aber der Film ist von Mikas Profil verschwunden.«

Leah schüttelte ungläubig den Kopf. »Aber ich ... ich habe ihn hochgeladen«, flüsterte sie.

»Ich weiß, ich habe ihn ja selbst gesehen. Aber jetzt ist er weg. Und Mikas Zugangsdaten funktionieren auch nicht mehr, habe es gerade ausprobiert.«

Und wenn auch sein Bild nicht ganz synchron mit seiner

Stimme war, so hörte Leah doch ganz genau den alarmierten Unterton, der mitschwang.

»Was willst du damit sagen?«

Tayo zögerte einen Moment. »Ich habe deinen Traum gesehen. Und ich sage dir auch gleich, was ich davon halte. Aber zuerst muss ich wissen, ob Mika zurückgekehrt ist.«

Leah schüttelte heftig den Kopf. »Nein, ist er nicht. Dabei hatte ich so gehofft, dass die Polizei ...«

»Das habe ich befürchtet. Wo ist der Originaltraum? Hast du ihn nur auf deiner Festplatte oder ist er auch auf dem Traumrekorder gespeichert?«

Leah dachte kurz nach. Sie hatte ihn auf die Festplatte überspielt, danach aber vergessen, ihn vom Rekorder zu löschen. »Er ist noch auf dem Rekorder«, gab sie zurück.

»Perfekt. Dann hör mir jetzt gut zu. Ich weiß nicht genau, wie gefährlich es werden kann, aber ich habe eine ungefähre Ahnung. Erst mal: Mikas Account ist wahrscheinlich gesperrt, weil du von dort aus einen Traum gepostet hast, der einen riesigen Skandal aufdeckt. Und Ben scheinen sie in eine Falle gelockt zu haben.«

Mit klopfendem Herzen wartete Leah darauf, dass Tayo weitersprach. Doch der wirkte so angespannt, als müsse er genau überlegen, was er ihr sagte. Oder wie er es ihr sagte. Er fing an: »Mein Vater hat mich oft vor GoodDreams gewarnt, aber ich habe ihm nicht geglaubt. Wie es aussieht, war das ein Fehler. Ein großer Fehler sogar – und ich hoffe, dass wir alle mit heiler Haut davonkommen.«

Das hatte gesessen. Mit heiler Haut? Meinte er etwa, dass er hoffte, sie würden alle mit dem Leben davonkommen?

Einen Moment lang verschwamm der Bildschirm vor Leahs Augen. Sie wandte sich kurz zu ihrem Vater um und bereute, dass sie das Zimmer nicht verlassen hatte, um dieses Gespräch zu führen. Er wird sich Sorgen machen, wenn er weiter zuhört. Aber Albert Goldstein waren die Augen zugefallen und er schien ruhig vor sich hinzudösen.

Tayo erzählte ihr von seiner Theorie, dass GoodDreams ihre Träume manipulierte. Genau wie Leah gedacht hatte, sorgte das Netzwerk anscheinend dafür, dass der richtige Kandidat Präsident werden würde. Tayo sagte, nun könne man nur hoffen, dass viele Menschen ihren Traum gesehen hatten, bevor er auf Mikas Seite gelöscht worden war. Für Leah bestand kein Zweifel daran, dass natürlich GoodDreams selbst mit aller Macht versuchte, ihre Enthüllungen aus dem Spiel geheim zu halten.

»Und um diesen Skandal aufzudecken, hat uns der Gamemaster in das Spiel geschickt, oder?«

Tayo nickte. »Ja, er muss es gewusst haben und du hast es geschafft, das alles offenzulegen, Leah. Du!«

Leah schluckte trocken, als sie sich dank Tayo noch mal der Tragweite der Verschwörung bewusst wurde. Und der Verantwortung, die sie sich durch die Teilnahme an dem Spiel aufgebürdet hatte. Sie saß hier. Allein mit ihrem Vater in einem fremden Haus. War geflüchtet, weil jemand versucht hatte, sie zu überfahren. Mika war verschwunden, verschleppt, wohin auch immer. Vielleicht war ihm sogar Schlimmeres passiert, denn er war Leviathan, ihn hatten sie zuerst ins Visier genommen. Jemand hatte sich als Ben ausgegeben und ihr eine Nachricht geschickt. Seitdem war Ben wie vom Erdboden verschluckt. Und von Yuna hatten sie nichts mehr gehört.

Sie presste die Fingerspitzen an die Schläfen. Wie sollte sie mit diesen Informationen umgehen? Es war niemand da, der ihr etwas raten konnte. Niemand, der sie an die Hand nahm und ihr den Weg wies.

»Hältst du es für möglich, dass sie es auf Mika abgesehen haben, weil er meine Träume von seinem Account gepostet hat?«

»Vermutlich«, antwortete Tayo. In seiner Stimme schwang ein verzweifelter Unterton mit, als er weitersprach. »Ich habe deinen Traum angeschaut. Ich bin praktisch stundenlang vor dem Computer sitzen geblieben. Es gab unzählige Kommentare auf Mikas Profil. Zunächst ging es nur um die Liebesgeschichte zwischen dir und Ben, bei der alle mitgefiebert haben.«

Leah stöhnte und stellte sich vor, wie alle Welt inklusive Tayo sie beobachtet hatte. Die Umarmung, die Worte, der Kuss.

»Doch dann fingen einige der Zuschauer offenbar an zu begreifen, was sie da sahen. Ab diesem Moment überschlug sich alles. Die Statements richteten sich gegen GoodDreams. Vermutungen wurden laut, Anschuldigungen gepostet. Ich habe meine gesamte Fanbase mobilisiert. Sie haben den Traum angeschaut und ihn auf ihren Profilen geteilt. Innerhalb von nur einer Stunde war dein Traum bis in die entlegensten Winkel der Welt gedrungen. Menschen auf allen Kontinenten haben ihn gesehen und hoffentlich die richtigen Schlüsse gezogen.«

Leah setzte sich aufrecht im Sessel hin. Ihre Hände waren schweißnass. »Dann werden wir ihnen das Handwerk legen?«

Tayo lächelte bitter. »Es geht erst mal um dein Leben, Leah. Viele Menschen haben deinen Traum gesehen und geteilt. Aber GoodDreams wird dafür sorgen, dass er nach und nach von sämtlichen Profilen verschwindet. Das Einzige, an das sie im Moment nicht rankommen, ist das Original.« Er holte tief Luft. »Sie werden sich in deinen Rechner hacken. Vielleicht sind sie genau in diesem Moment dabei. Aber es bleibt noch der Traumrekorder. Sie werden über Leichen gehen, um ihren Ruf wiederherzustellen.«

Leah blinzelte und schaute ihren Laptop an, als könne sie erkennen, ob sich jemand Unbefugtes Zugang zu ihren Daten verschafft hatte. Dann wischte sie den Gedanken mit einer Handbewegung fort.

»Wir müssen deswegen jetzt aufhören zu sprechen. Du musst dich in Sicherheit bringen. Sie haben Mikas Computer mitgenommen – vielleicht sogar Mika selbst ... entführt. Aber nachdem ein weiterer Traum auf seinem Profil aufgetaucht ist, wissen sie, dass da noch jemand anderes seine Finger im Spiel hat. Und es gehört nicht viel dazu, sich denken zu können, wer das ist.«

Leah unterbrach Tayos Warnung mit einer fahrigen Handbewegung. »Ich bin bereits in Sicherheit. Gestern hat jemand versucht, mich zu überfahren. Da bin ich mit Vater zu ...«

»Stopp! Sag bitte nichts. Wir wissen nicht, wer diese Unterhaltung zwischen uns mithört.«

Leah ballte die Fäuste. Sie wollte nicht, dass jemand das Gespräch mithörte. Sie wollte Mika zurück und Ben. GoodDreams war ihr völlig egal. Sollten sie doch manipulieren, wen sie wollten. Es war nie ihr Ziel gewesen, die Welt zu retten!

Ihre Stimme zitterte. »Ich wollte doch nur den Gewinn. Sie können den Film von mir aus haben. Ich möchte einfach nur, dass alles wieder gut wird, wie früher.« Leah hasste den weinerlichen Unterton in ihrer Stimme. Und sie hasste ihre eigenen Worte.

Tayo ging nicht darauf ein. »Alle dachten ja, GoodDreams selbst hätte die Sache inszeniert. Aber das kann nicht sein. Jemand hat diesen Film in einem Traum versteckt. Und dann in diesem Turm gesichert. Er wollte, dass er gefunden wird, aber er hat sich Mühe gegeben, es so schwer wie möglich zu machen. Er hat Profiträumer zu dieser Challenge eingeladen, damit er sicher sein konnte, dass dieser Traum von ihnen mit unzähligen Menschen auf der ganzen Welt geteilt wird.«

Leah blieb ruhig und hörte aufmerksam zu, als Tayo ihr von einem besonderen Kommentar erzählte. Ein ehemaliger Traumanalyst von GoodDreams hatte sich gemeldet. Das Unternehmen hatte ihn wohl vor einiger Zeit gefeuert und der Mann war immer noch sauer. Tayo hatte zu ihm per privater Nachricht Kontakt aufgenommen. »Und dieser Typ kann sich gut vorstellen, wer der Gamemaster ist. Er hat von einem Duncan Cornel berichtet, einem alten Kollegen von ihm. Dieser Cornel ist vor wenigen Tagen spurlos verschwunden, seine Wohnung ist ausgebrannt.«

Sie begriff nicht ganz. »Du meinst, die Informationen, die Ben und ich im Turm gesehen haben, wurden von jemandem, diesem Cornel, einem GoodDreams-Mitarbeiter, in einem Traum versteckt?«, fragte sie tonlos.

Tayo nickte. »Ja. Vielleicht war er zu vorsichtig, um die Schlacht selbst zu schlagen. Gut möglich, dass er sie deshalb in einem Traum versteckt hat. Die Wächter und diese ganzen Abwehrmechanismen, sie erinnern mich an eine Art Firewall.« Tayo holte tief Luft, bevor er fortfuhr: »Nur bei uns wollte er, dass wir durchkommen. Wir sollten es bis zu diesem Turm schaffen und die Informationen aus dem Film dann posten. Dafür war die ganze Sache gedacht. Deshalb hat er Sarah eingebaut und wahrscheinlich auch den greisen Jungen. Sie haben uns geholfen, weil wir uns als würdig erwiesen haben. Ich glaube, weil du Sarah retten wolltest. Und dem Jungen dein Buch geschenkt hast.« Tayo nickte. »Du hast dieses Spiel gewonnen, Leah, begreifst du das?«

Leahs Gefühle schwankten zwischen Angst und Ungläubigkeit. Das konnte doch alles nicht wahr sein. Das gab es doch nur in Filmen. Oder in Träumen!

Sie überlegte laut: »Okay, wir haben uns als würdig erwiesen, schön und gut. Aber was jetzt? Vielleicht weiß dieser Cornel, was wir jetzt machen können. Wir müssen unbedingt mit ihm reden, sonst macht GoodDreams immer weiter. Und dann ... dann ...« Leahs Gedanken überschlugen sich. »Wenn GoodDreams schon jetzt über unsere Träume bestimmt und sie manipuliert, dann werden wir alle irgendwann nur noch einen einzigen gemeinsamen Traum träumen. Und welcher das ist, bestimmt GoodDreams!«

»Sein Kollege hat mir eine Nachricht geschickt. Cornel ist gestern gestorben. Angeblich bei diesem Wohnungsbrand.«

24

Stunden später flossen Leahs Überlegungen noch immer in dieselbe Richtung. Sie konnte keinen klaren Gedanken mehr fassen, denn all das übertraf ihre Vorstellungskraft. Sie, Leah Goldstein, sollte das alles ausgelöst haben?!

Sie hatte sich ins Visier eines der mächtigsten Unternehmen der Welt gestellt! Freiwillig!

Tayo und sie hatten sich darauf verständigt, nicht mehr per Skype oder GoodDreams-Nachrichten zu kommunizieren und Telefonnummern ausgetauscht. Sie hofften, so sicher vor Abhörung zu sein. Aber nichts war mehr sicher.

Leah zitterte bei der Vorstellung, was Mika, Ben und Yuna zugestoßen sein könnte. Tayo und sie waren offenbar die Einzigen, die den Gesamtzusammenhang kannten. Sie mussten etwas unternehmen. Vielleicht waren alle anderen bereits tot, genau wie dieser Cornel, der Initiator dieses ganzen Komplotts.

Gegen Abend riss ein Klingeln sie aus ihren Gedanken und es dauerte einige Augenblicke, bis sie begriff, dass es ihr Telefon war. Hastig kramte sie es aus der Tasche. Es war Tayo.

Seine aufgeregte Stimme klang klar, als stünde er direkt neben ihr. Und er redete so schnell, dass sie kaum folgen konnte.

»Bens Mutter hat mir eine private Nachricht geschickt. Von Bens GoodDreams-Account. Sie hat sie an uns alle geschickt, aber nur mich erreicht. Ich kann mich gerade nicht um sie kümmern, mein Vater gibt unten ein Wohltätigkeitsdinner. Ich muss dabei sein. Aber du bist die Letzte, die Ben gesehen hat – vielleicht kannst du helfen.«

»Bist du sicher, dass das kein Fake ist?«

»Ja, es ist ernst. Schreib ihr keine Nachricht. Ich gebe dir jetzt ihre Telefonnummer durch. Nimm dir was zum Schreiben und ruf sie sofort an. Sie ist völlig aufgelöst.«

Nachdem sie aufgelegt hatten, war da im ersten Moment nur Aufregung. Und Erleichterung darüber, dass sie endlich etwas tun konnte. Den Zettel mit Abbys Nummer legte Leah auf das Bett und starrte darauf. Alles in ihr sträubte sich, die Nummer zu wählen und die schlechte Nachricht zu hören, die zweifellos auf sie wartete.

Jetzt wurde ihr endgültig bewusst, wie wenig das Ganze mit einem Spiel zu tun hatte. Das hier war das richtige Leben. Kein Game, kein Traum, kein Fantasiegespinst. Alles aus dem Traum war in die Realität gewandert und hatte sich hier zu einem Albtraum ausgewachsen.

Mit zitternden Fingern tippte sie die Vorwahl für Kalifornien.

»Bist du das, Leah?« Eine Frau meldete sich mit schwacher Stimme am anderen Ende der Leitung.

»Ja«, sagte sie in den Hörer und legte unbewusst die Hand auf ihr Herz. »Was ist mit Ben? Wie geht es ihm?«

»Er schläft! Die ganze Zeit schon. Er ist einfach aus seinem letzten Traum nicht erwacht. Ich habe mir erst nichts dabei gedacht. Manchmal nimmt er zu viel von diesem Teufelszeug. Das Morph macht, dass er lange träumen kann. Aber diesmal ist es anders. Er wacht nicht auf, was wenn er für immer so bleibt?«

Leah atmete auf. Ben lebte – er träumte. Das Schlimmste war nicht eingetreten. Sie erlaubte sich, für einen kurzen Moment erleichtert zu sein. »Sie müssen dafür sorgen, dass er in ein Krankenhaus kommt.«

Abby lachte gequält auf. »Was denkst du, wo wir hier sind? In Slab City gibt es kein Krankenhaus. Hier gibt es nichts als Wüste. Hier gibt es nicht einmal Geld für einen Arzt.«

Leah hockte auf dem Bett, hatte die Knie fest an sich gezogen und wickelte eine der kurzen Locken um ihren Finger, immer und immer wieder.

Abby sprach weiter: »Mein Junge liegt hier wie tot. Die Leute aus der Siedlung haben schon alles versucht. Jemand sagte etwas von ›Koma‹ oder irgendeinem komplizierten Syndrom. Er wacht nicht auf! Er hat noch diese Elektroden am Kopf. Du musst mir sagen, was ihr in diesem Traum gemacht hat! Sag mir, was passiert ist.«

Leah schloss die Augen und öffnete sie wieder, bevor sie antwortete. »Wir haben gedacht, es ist ein Spiel. Wir haben gedacht, wir könnten gewinnen.«

»Ich weiß. Er wollte unbedingt gewinnen.« Abby schluchzte jetzt. »Er wollte unbedingt hier weg. Es ist alles nur meine Schuld.«

Leah tat die Frau so furchtbar leid und sie hätte sie gern beruhigt. Aber wenn es noch eine Zukunft für Ben geben sollte, dann durfte sie Abby jetzt nicht schonen. Sie atmete tief durch und hoffte, ihrer Stimme einen festen Klang geben zu können. »Hören Sie mir gut zu. Sie sagten, Bens Traumrekorder ist noch da. Sie müssen jetzt unbedingt seinen letzten Traum posten. Vielleicht können wir ihm helfen, wenn wir wissen, was er zuletzt gemacht hat. Versprechen Sie mir das! Sie können offenbar auf Bens Account zugreifen. Sie haben Tayo von dort aus eine

Nachricht geschickt. Also posten Sie bitte sofort seinen letzten Traum.«

Als Leah aufgelegt hatte, begann sie, im Zimmer herumzuwandern. Sie hoffte, dass die Frau tat, worum sie sie gebeten hatte. Alle paar Minuten starrte sie auf das GoodDreams-Fenster, aber es tat sich nichts. Einige Träume wurden hochgeladen und bekamen Likes. Andere Filme folgten. Bens war nicht darunter. Mit jeder Minute, die verging, fühlte Leah sich elender, hoffnungsloser. Ben war vielleicht in Lebensgefahr, und sie konnte nichts für ihn tun. Das Warten war furchtbar, aber die Hilflosigkeit war schlimmer.

***

Als das Telefon klingelte, schnellte Tayo hoch, drückte auf den grünen Knopf und stürzte zum Rechner. Leicht verwirrt blickte er an sich herunter. Er hatte sich eigentlich nur ein wenig hinlegen wollen. Etwas ausruhen von dem anstrengenden Dinner, bei dem sein Kopf jede Sekunde bei Leah und der GoodDreams-Verschwörung gewesen war. Er hatte sich nichts anmerken lassen, so hoffte er, und sich irgendwann zurückgezogen.

Offenbar war er sofort eingeschlafen, denn er trug noch seinen dunkelgrauen Anzug und das weiße Oberhemd.

»Hast du was rausbekommen?«

»Er liegt im Koma. Er hat geträumt. Der Rekorder war noch eingeschaltet, als seine Mutter ihn gefunden hat.«

»Was noch?«

»Ich habe sie gebeten, seinen Traum zu posten. Ich bin kurz eingeschlafen, dann habe ich ihn angeschaut.« Tayos Hand zuckte zur Tastatur.

»Du kannst ihn dir gleich ansehen, aber es ist vollkommen

eindeutig. Er war in der weißen Stadt. Und sein Rekorder zeigt auch die Uhrzeit an. Er war zwei Stunden früher da als ich.«

»Dann haben sie ihn also wirklich in eine Falle gelockt«, überlegte Tayo.

»Ja, es kann kein Zufall sein, dass Ben dieses Mal früher da war.« Sie holte tief Luft und Tayo unterbrach sie nicht, als Leah weiter laut nachdachte: »Er war da. Er hat nach mir gesucht dort unten. Hat immer wieder meinen Namen gerufen.« Sie schluchzte und fuhr heiser fort: »Und dann sind mehrere Männer gekommen. Man sieht ihre Gesichter im Film nur undeutlich, aber sie haben ihn in die Fabrikhalle gezogen. Er hatte keine Chance gegen sie!«

»Männer? Du meinst, die Wächter hatten es auf ihn abgesehen?« Tayo begriff immer noch nicht.

»Nein. Das waren keine Wächter. Es waren ganz normale Männer. Und auf ihren Jacken prangte klar und deutlich das Logo von GoodDreams.«

Diese neue Information traf Tayo bis ins Mark. Er wusste nicht, wie er Leah weiter danach fragen sollte, ob noch etwas zu sehen war. Er suchte nach den passenden Worten, doch sie kam ihm zuvor.

»Dann haben sie ihn dort in einer Ecke liegen lassen. Und dann ...« Ihre Stimme brach. »Tayo, sie haben den Gang gesprengt! Und nun liegt er dort unten eingeklemmt und ohnmächtig unter Geröllmassen. Am Anfang hat er noch um Hilfe gerufen. Er hat versucht, sich aufzurichten, aber sein Bein ist unter einem riesigen Felsbrocken begraben. Man hört lange nur sein Keuchen. Dann nichts mehr. Der Rekorder muss so lange weitergelaufen sein, wie Speicher frei war. Der Film dauert eine ganze Stunde. Aber man hört nichts mehr. Man sieht nichts mehr. Da ist nichts als Dunkelheit!«

Tayo war wie erstarrt. Er schloss die Lider, umkrampfte das Telefon und lauschte Leahs Schluchzen.

Als sie weitersprach, zuckte er zurück. Ihre Stimme war auf einmal wieder völlig klar und voller Entschlossenheit. »Sie haben ihn in eine Falle gelockt. Verstehst du? Er liegt dort unten und wird sterben, wenn wir ihm nicht helfen. Und das Allerschlimmste ist, dass ich da gewesen bin. Während er dort unten lag! Ich hätte ihm vielleicht helfen können! Aber ich bin gegangen.«

Tayo fuhr sich durch die Haare. »Mach dir keine Vorwürfe. Du hast es nicht gewusst. Und es ist immer noch nicht erwiesen, ob man im Traum sterben kann. Die meisten halten es für unmöglich.«

»Kapier doch endlich! Sie wissen aber, ob es geht oder nicht«, erboste sich Leah. »GoodDreams *weiß* es. Warum sonst hätten sie ihn unten in diesem Traum verschütten sollen? Er ist in diesem verdammten Traum in dieser Scheißfabrik unter Geröll begraben. Er kann da nicht weg. Er ist ohnmächtig vor Schmerzen. Und das ist er nicht nur im Traum. Das ist er auch im echten Leben!«

Tayo seufzte. Ihm fiel kein Argument ein, dass es nicht genauso war, wie Leah vermutete.

Dann redete sie entschlossen weiter: »Wenn dein Account noch funktioniert, musst du Bens Traum teilen. Du musst deine Fans auffordern, das auch zu tun. Ich will, dass die ganze Welt sieht, wozu GoodDreams fähig ist!«

***

In den folgenden Stunden löste Leah kaum den Blick vom Monitor. In ihren Ohren klangen noch immer Bens Hilferufe nach.

Ihre Hände zuckten, während sie in Gedanken die Steine wegschleppte, die den Weg zu ihm versperrten. Sie schaute Bens Traum an. Einmal, zweimal, immer wieder. Es war ihr unmöglich, sich davon zu lösen, denn er war die einzige Verbindung zu Ben. Und jedes Mal, wenn sie die Wiedergabe erneut startete, sah sie die unzähligen Likes und las die Kommentare. Nach wenigen Stunden hatten mehr als zehn Millionen Menschen den Film gesehen. Mehr als sechs Millionen Likes hatten sich angesammelt. Unzählige Male war der Film dank Tayo geteilt worden.

Nach sieben Stunden rief Tayo an, um ihr mitzuteilen, dass auch sein Account eingefroren worden war. Er bat sie, den Fernseher einzuschalten, doch die Schumanns besaßen keinen. Leah hielt den Hörer am Ohr und rief die Webseiten verschiedener Sender auf. Überall liefen Zusammenschnitte, die Bens langsames Sterben zeigten. Menschen gingen auf die Straßen und zeigten auf Tablets Bens Traum. Vielen wurde erst jetzt bewusst, welches Spiel GoodDreams mit ihnen trieb.

Leah verfolgte gebannt eine Sendung auf CNN, in der ein Traumforscher interviewt wurde. Doch auch dieser wusste keine Lösung. Als er darüber berichtete, dass es keine wissenschaftlichen Abhandlungen über Todesfälle im Traum gab, schaltete sie den Laptop aus.

»Ich würde mich gerne zu Ben träumen! Ich konnte durch den Gulli nach unten steigen, aber dann kam ich nicht weiter. Der Eingang zur Fabrik ist verschüttet«, sagte sie und starrte das Telefon an.

»Leah. Das ist ein Traum. Kannst du das Geröll nicht wegträumen? Du weißt doch, wie das geht. Ich helfe dir!«

Ihr fehlte die Kraft für eine Auseinandersetzung. »Ich habe es versucht. Ich kann in diesem Traum nichts mehr verändern.

Nicht einmal die geringste Kleinigkeit. Glaub mir. Ich habe es wirklich versucht. Es fühlt sich seltsam an, wenn ich Einfluss nehmen will. Fast, als würde ich gegen eine Wand rennen. Als wolle mich jemand bewusst da raushalten. Ich habe kleine Steine zur Seite geschoben. Aber die Felsbrocken … Da geht gar nichts. Und direkt zu ihm komme ich nicht. Dazu müsste ich die genauen Koordinaten innerhalb der Fabrikhalle kennen.«

***

Unsere Nachbarn sind im Bus. Ich erkenne ihre Stimmen, nur eine ist fremd. Ein Mann. Haben sie einen Arzt gerufen?
Ich kann mich nicht erinnern, dass je ein Doktor Slab City betreten hätte. Er legt seine Hand auf meinen Kopf, befühlt meine Stirn, legt seine Finger um mein Handgelenk. Ist mein Puls in Ordnung? Merken sie endlich, dass ich alles höre, alles spüre?
Die Zeit sickert in die Unendlichkeit. Sie bleibt nicht stehen, keinen Moment. Und dann wieder erstarrt alles und ich blicke auf mich herab. Sehe, wie ich daliege. Nicht ich. Mein nutzloser, erstarrter Körper. Sehe ihre Köpfe über mich gebeugt. Höre sie reden. Jetzt der Arzt. Er fordert mich auf, die Augen zu öffnen. Wenn ich könnte, würde ich lachen.
Wie lange liege ich hier schon?
Sie klingen besorgt. Sie flüstern. Reden sie über mich? Ich möchte so gern aufspringen und ihnen sagen, dass alles nur ein Missverständnis ist. Dass ich nicht tot bin, nicht nutzlos. Ich möchte ihnen zurufen, dass man im Traum nicht verletzt werden kann. Dass das nicht wirklich passiert ist, dort unten im Tunnel.

Der Mann beugt sich über mich und zieht meine Augenlider hoch. Endlich! Ein Lichtstrahl brennt sich in meine Pupille. Ich wusste nie, wie schön die Wüste strahlt. Ich rieche die Sonne, den Sand. Ich rieche die Besorgnis. Er schließt meine Augen wieder und wendet sich ab. Ich spüre es an seiner Bewegung. Sie gehen ein paar Schritte. Wahrscheinlich hängt Abby gebannt an seinen Lippen. Will wissen, ob er mir helfen kann. Ich will es auch wissen.

Ich kann nicht deutlich hören, was er sagt. Verstehe nur einzelne Worte. Er redet von Koma und einem Locked-in-Syndrom. Aber er sagt auch »vielleicht«. Er ist sich nicht sicher.

Locked-in? Eingeschlossen. Ist er ein Hellseher, woher weiß er das?

Jetzt reden sie alle durcheinander.

»Gibt es gar keine Möglichkeit?«

»Wie viel Zeit hat er noch?«

»Er ist so jung, er darf nicht sterben.«

»Ben ist der Einzige von uns, dem wir je zugetraut haben, hier rauszukommen.«

Nur Abby schweigt. Ich höre sie nicht einmal schluchzen. Dann sagt sie, sie müsse Leah anrufen.

***

Abby sprach schnell und wirkte gehetzt. Vielleicht wollte sie die schlechte Nachricht so schnell wie möglich aussprechen, um es hinter sich zu haben. Egal, was es war – Leah verstand sie. Gern hätte sie ihr etwas gesagt, das ihr Hoffnung gab. Aber ihr fiel nichts ein.

Bens Tod war sinnlos.

Er würde für immer dort in der Wüste bleiben. Für immer

dort im Traum bleiben. Und es gab nichts, womit sie das Abby erklären konnte.

Als Leah das Handy behutsam auf die Bettdecke legte, hatte sie das Gefühl, die letzte Verbindung zu Ben durchschnitten zu haben. Ben, der dort unten in der Fabrik lag. Ganz allein starb. Niemand hielt seine Hand, keiner tröstete ihn oder machte ihm Versprechungen, dass alles gut werden würde.

Leah wünschte sich, dass ihr das jemand sagen würde.

Dann kam die erlösende Wut und sie prügelte mit beiden Fäusten auf das Bett. Mit brennenden Augen starrte sie auf den Laptop und loggte sich bei GoodDreams ein. Ihr Account funktionierte noch. Es war nur der Funken einer Idee und sie musste ihre ganze Konzentration aufwenden, um ihn greifen zu können. Mikas Profil gab es nicht mehr. Auch Yunas war gelöscht, genauso wie Tayos. Sie rief ihn an und unterbrach seinen Schwall von Fragen, den er auf sie abschoss, als er das Gespräch annahm.

»Tayo, ich habe vielleicht eine Idee. Ich brauche den Film von der Explosion. Den zweiten Traum. Sag mir bitte, dass du ihn noch nicht von deiner Festplatte gelöscht hast. Sag mir, dass er noch da ist.«

»Du müsstest ihn doch auch haben ...«, wunderte sich Tayo, doch Leah hörte, wie er auf die Tastatur einhämmerte.

Er pfiff durch die Zähne. »Hab ihn auf meiner Festplatte. Was genau brauchst du?«

Die Erleichterung schlug über Leah zusammen und für einen Moment genoss sie das Gefühl, dass doch noch alles gut werden könnte. »Sieh dir die Stelle nach der Explosion an. Wir wurden von der Menschenmenge mitgerissen. Sie sind alle voller Panik geflohen. Aber da waren Papiere. Du hast dich hingesetzt und ein paar davon aufgehoben. Erinnerst du dich?«

Tayo zögerte. »Das waren nur irgendwelche Werbeflyer und ein paar Pläne.«

Leah horchte auf. Tayo hatte sie also auch gesehen. »Stadtpläne. Oder?«

»Gut möglich, aber ich kann mich nicht so genau erinnern, warum ich diese zerfetzten Papiere überhaupt aufgehoben habe.«

»Schau dir den Traum noch einmal an«, forderte Leah. »Wenn du zu der Stelle kommst, zieh das Bild groß. Ich muss wissen, ob ein Stadtplan dabei ist und was man darauf erkennen kann.«

»In Ordnung. Bleib dran.«

In den folgenden Minuten lauschte Leah angestrengt. Tayo hatte den Hörer offenbar zur Seite gelegt, denn sie hörte alles, was in dem Traumfilm passierte. Die Explosion. Die Schreie, Bens Rufe nach Yuna. Alles brach über sie herein und es fühlte sich an, als sei sie wieder mittendrin. Ihre Nackenhaare stellten sich auf, als sie Bens Stimme hörte. Die Geräusche wiederholten sich. Offenbar spulte Tayo mehrmals zu der Stelle zurück und sah sich alles von vorne an.

Endlich hörte sie seine Stimme.

»Ich habe es gefunden. Wie ich gesagt habe, sind da mehrere Flyer. Dann ist da noch der Teil einer Speisekarte von einem indischen Restaurant.«

»Was noch?« Leah konnte die Ungeduld in ihrer Stimme kaum unterdrücken.

»Deine Erinnerung hat dich nicht getäuscht. Da sind auch noch Pläne. Von seltsamen Maschinen und ... ein Plan der unterirdischen Gänge.«

Leah jubelte, für einen Moment war die Hoffnung wieder an ihrer Seite. »Perfekt! Du musst noch mehr für mich tun. Schau dir den Plan genau an. Dann musst du die Koordinaten der

Stelle ausrechnen, an der Ben liegt. Die Fabrikhalle ist groß, es ist also nicht wichtig, dass die Angaben ganz genau stimmen. Aber ich muss auf jeden Fall hinter der Tür und in der Fabrikhalle rauskommen.«

»Du willst dorthin? Das ist gefährlich, Leah!«

»Das weiß ich. Aber ich will bei ihm sein in seinen letzten Minuten.«

Die nächste Stunde zog sich endlos und mit jeder Minute, die verging, wuchs Leahs Ungeduld. Sie durfte nicht zu spät kommen. Sie durfte Ben nicht im Stich lassen. Als das Telefon klingelte, durchfuhr sie die Angst wie ein elektrischer Schlag. Aber es war nicht Abby, die ihr mitteilte, dass sie für Ben nichts mehr tun konnten.

Tayo entschuldigte sich, dass es so lange gedauert hatte, dann nannte er ihr die genauen Koordinaten. Sie notierte sie auf einem Zettel und lief dann zu ihrem Vater, um ihm zu sagen, was sie vorhatte.

Das Morph war in der Reisetasche. Ohne zu zögern, schluckte sie die Tablette trocken herunter. Sie würde so lange bei Ben bleiben, bis es vorbei war, und sie hoffte, dass die Wirkung der Droge lange genug anhielt.

Als ihre Lider zufielen, schwand die Panik und eine friedliche Ruhe breitete sich in ihrem Körper aus.

»Halte durch, Ben. Ich komme«, flüsterte sie und träumte sich ins Innere der Fabrik.

Tayo hatte sorgfältig gearbeitet. Leah tauchte vor der Innenseite der Tür auf, Ben lag nur wenige Meter davon entfernt. Sie rannte zu ihm.

Seine Unterschenkel waren unter einem riesigen Felsbrocken

begraben, der einige Zentner wiegen musste. Er stöhnte. Seine Augen waren geschlossen, die Stirn eine einzige klaffende Wunde. Überall auf seiner Kleidung sah sie braunrote Flecken von getrocknetem Blut. Sie kniete sich neben ihn und hauchte einen Kuss auf seine Stirn.

Als Bens Lider flatterten, hätte sie vor Erleichterung schreien mögen. Sie war nicht zu spät, noch war er am Leben!

Sanft strich Leah ihm die blutverkrusteten Haare aus der Stirn.

»Leah?« Seine Stimme war leise, nur ein Hauch.

Sie nickte. »Ich bin da.«

Leah mobilisierte ihre ganze Kraft und versuchte, den Stein wegzubewegen. Sie versuchte angestrengt, ihn in bunte Bälle zu verwandeln, schließlich war ihr so etwas schon mal gelungen ... doch die Kraft ihrer Gedanken verflog. Es war, als würde der Fels von einem unsichtbaren Schild vor jeder Manipulation geschützt. Es war aussichtslos. Dann rückte sie wieder so nahe an Ben heran, wie es möglich war, schob beide Hände unter seinen Körper. Sie hob ihn ein winziges Stück an und glitt darunter, sodass sein Oberkörper in ihrem Schoß zu liegen kam.

Bens Mundwinkel zitterten, als versuchte er zu grinsen. »Ich hatte noch so viel vor. Wir wollten doch gemeinsam ans Meer«, raunte er.

Leahs nickte. »Du wolltest mich mitnehmen. Du wolltest mir dein Leben zeigen.« Sie legte ihm eine Hand an die Wange.

»Ich werde dir alles zeigen. Wenn nicht in diesem Leben, dann eben im nächsten.«

»Ich werde dich bis dahin jede Nacht in meinen Träumen suchen und erst aufgeben, wenn ich dich gefunden habe.« Ihre Tränen tropften auf seine Lippen.

Leah wusste nicht, wie lange sie Ben schon in ihren Armen

wiegte. Ihm waren die Augen zugefallen und sein schnappender Atem war das einzige Zeichen, dass noch Leben in ihm war. Ihr Rücken brannte von der unbequemen Haltung, aber sie hätte sich um nichts in der Welt auch nur einen einzigen Millimeter bewegt. Ihr Kopf war herabgesunken und sie streichelte immer wieder über Bens Gesicht. Ohne Unterbrechung ruhte Leahs Blick auf ihm, um nicht die geringste Veränderung, die in ihm vorging, zu verpassen.

Dann machte sie aus den Augenwinkeln eine Bewegung neben sich aus.

Sie sah Stiefel. Braune, knöchelhohe Stiefel. Nachlässig geschnürt. Vor ihr stand ein junger Mann mit erleichtertem Lächeln, der sich gerade vor ihren Augen materialisierte. Dann kam der nächste und es wurden mehr. Nur wenige Momente vergingen, bis Dutzende von jungen Männern und Frauen neben Ben standen und betrübt auf ihn herabsahen.

Als hätten sie sich ohne Worte abgesprochen, zerrten sie nun Rucksäcke von ihren Schultern und holten Seile und Werkzeuge daraus hervor. Sprachlos beobachtete Leah, wie sie Schlingen um den Felsbrocken legten, unter dem Ben lag. Sie versammelten sich alle auf einer Seite und zogen. Ein blondes Mädchen in ihrem Alter gab den Takt an. Der Stein bewegte sich nicht.

Leah schaute zu dem Mädchen auf, als sie ihre Sprache wiedergefunden hatte. »Wie kommt ihr hierher?«

»Tayo. Er hat Profiträumer aus der ganzen Welt mobilisiert und uns die Koordinaten durchgegeben.« Sie wies auf Ben. »Hoffentlich ist es noch nicht zu spät.«

Einer der Träumer lief ins Innere der Halle und kam wenig später mit einer Eisenstange zurück. Ein anderer folgte ihm. Schließlich setzten sie auf der einen Seite mehrere Brechstangen an. Gegenüber wurde wieder an den Seilen gezogen. Erst schien es so, als wäre auch dieser Versuch sinnlos, doch auf einmal rollte der Stein zur Seite und gab Bens Beine frei.

Er heulte vor Schmerzen auf.

Leah riss ihn ihre Arme. »Tayo hat Leute geschickt. Du bist frei. Halte nur noch ein wenig durch. Wir werden einen Ausgang finden und dich hier rausbringen. Du musst nur durchhalten, Ben!«

Sein Oberkörper bäumte sich auf und Leah hielt ihn, so fest sie konnte. Bens Hände krampften sich um ihre. Seine Lider flatterten, dann stieß er die Luft aus und atmete nicht mehr.

»Ben, du musst durchhalten! Es dauert nicht mehr lange. Verdammt, bleib bei mir!« Leah schluchzte und vergrub ihren Kopf an seiner Brust. Sie streichelte seine heiße Stirn, dann zog sie jemand hoch und nahm sie in den Arm. »Wir sind zu spät gekommen. Es tut uns leid.«

***

Eben noch war Leah bei mir, jetzt ist sie verschwunden. Es ist, als würde ich zwischen zwei Welten wandern. Sie hat geweint. Um mich!

Ich höre Abby. Was ist das für ein Lärm draußen? Abby öffnet die Bustür. Draußen wird es immer lauter. Etwas dreht sich. Hubschrauberrotoren? Hier in der Wüste? Der Wind schaufelt Sand in meinen Mund, ich kann ihn nicht ausspucken.

Männer brüllen durcheinander. Meine Haut beginnt zu kribbeln. Meine Arme jucken. Alles an meinem Körper zuckt wie wild. Was passiert mit mir? Ich atme tief ein, um meine Panik unter Kontrolle zu kriegen. Ich sauge den Sauerstoff in meine

Lunge, aber es kommt nichts an. Es ist, als läge ein Sandsack auf meiner Brust. Ich möchte um Hilfe schreien, aber meine Stimme funktioniert nicht.

Sie kommen. Ich kann sie hören. Abby schluchzt, aber die Männer sind ruhig. Kühle Finger greifen nach meinem Handgelenk und legen etwas um meinen Arm.

»Puls 150. Er bekommt keine Luft. Sauerstoff!«

Sie stülpen mir etwas über das Gesicht und reißen mein Shirt nach oben. »Blutdruck fällt.«

Jemand jagt eine Nadel mitten in mein Herz.

Ich dämmere weg. In meinem Kopf ist Frieden. Das schöne Gefühl hält nicht lange an. Sie legen etwas auf meine Brust. Ein Stromschlag durchfährt mich, als würde ein Laster meinen Brustkorb überrollen. Ich stöhne. Sie schocken mein Herz noch einmal. Dann bäume ich mich auf.

»Er ist wieder da. Gute Arbeit, Leute.«

***

Tief unter der Erde, zwischen dem Geröll der Halle und dem Gestank von verbranntem Gummi kniete Leah und schmiegte sich an Bens Körper. Ihre Hände fuhren an seinem Gesicht auf und ab. Ertasteten ihn, nahmen jede Einzelheit in sich auf. Sie weinte nicht mehr, wimmerte nur kurz, als Hände nach ihr griffen und Arme sie wegziehen wollten.

»Wir müssen ihn hierlassen.«

Leah wehrte sich dagegen, ihren Blick auch nur eine Sekunde von ihm zu lösen. Sie konnte nicht einfach gehen und so weitermachen, als wäre all das nicht passiert.

Ben sah friedlich aus. Fast schien ein Lächeln auf seinen Lippen zu tanzen.

Plötzlich ging ein Ruck durch ihn. Leah stürzte nach vorn und riss ihn in ihre Arme.

Als er die Augen öffnete, brach sie vor Glück zusammen.

Vier Wochen später

Ben schlug das Moskitonetz über seinem Bett zurück und schaute hinüber zu Tayo, der noch in tiefem Schlaf zu liegen schien. Manchmal beneidete er ihn darum, sich so entspannen zu können. Ohne Morph konnte Ben überhaupt nicht mehr schlafen. Jede Nacht erwachte er schweißgebadet und zitterte vor Angst. Der Psychologe hatte von einem schweren Trauma gesprochen, ihm aber auch prophezeit, dass es mit der Zeit besser werden würde. Noch konnte sich Ben eine Zukunft ohne Panikattacken kaum vorstellen, aber er wusste, woher sie kamen, und hoffte, dass er mit der Zeit lernen würde, damit umzugehen.

Er rutschte nach vorne, bis er auf dem hölzernen Rahmen des Bettes saß, und angelte nach den Krücken. Seine Beine würden auf jeden Fall schneller heilen als seine Seele, so viel stand fest. Indem er die ganze Kraft seiner Arme auf die Krücken verlagerte, stemmte er sich hoch und schleppte sich mühsam nach draußen.

Die Steppensonne stand noch tief an diesem Morgen, aber die Hitze des Tages war bereits deutlich spürbar. Müde und erschöpft von der vergangenen Nacht lehnte er sich nach vorn und ließ lauwarmes Wasser aus der Pumpe über seinen Kopf laufen. Dann fiel er auf die hölzerne Bank vor der Lodge und genoss die Stille und das Licht, das hier vollkommen anders war als in Slab City.

Leahs Lachen war zu hören, bevor sie nach draußen vor die Lodge trat. Sie legte das Satellitentelefon auf der grob gezimmerten Tischplatte ab und lehnte sich zu ihm. Sie küssten sich, und als sie sich voneinander lösten, konnte Ben noch immer nicht sein Glück fassen, dass er hier war: dass er lebte und Leah bei ihm war.

»Und, hast du Mika erreicht? Wie geht es ihm?«, fragte er sie.

Nachdem Ben aus dem künstlichen Koma aufgewacht war, in das sie ihn versetzt hatten, damit seine Beinbrüche besser heilen, hatte er erfahren, was mit ihm und den anderen passiert war. Mika war nach Tagen der Gefangenschaft in einer Waldhütte von Spaziergängern gefunden worden, als er orientierungslos durch dichtes Gestrüpp irrte. Im Krankenhaus hatte man ihn ärztlich versorgt und drei Tage später wieder nach Hause entlassen.

Leah trank einen Schluck aus seiner Kaffeetasse, bevor sie antwortete. »Die täglichen Verhöre bei der Polizei gehen ihm ziemlich auf die Nerven. Es glaubt ihm niemand, dass alles mit GoodDreams und unseren Träumen zu tun hat. Aber wenigstens sagen die Ärzte, dass er wieder gesund werden wird.« Sie stützte das Kinn in die Hände und hielt ihr Gesicht in die Sonne.

Sie hatten alle so ein verdammtes Glück gehabt und Ben wünschte sich sehnlichst, endlich Tayos Vater kennenzulernen und ihm danken zu können. Er hatte sich darum gekümmert, dass Leah, Yuna, Tayo und er auf die Lodge gebracht wurden.

»Wann kommen die beiden denn auf die Lodge?«

Leah legte ihren Kopf an seine Brust. »In zehn Tagen fliegen sie weg aus Berlin, Tayos Vater hat ihnen schon die Tickets geschickt.«

Eine Weile sagten sie nichts. Ben strich über Leahs Locken, die in der Sonne heller und inzwischen auch schon wieder länger geworden waren.

Etuna Dacosta hatten sie viel zu verdanken. »Ich wäre tot, wenn er den Rettungshubschrauber nicht zu uns nach Slab City geschickt hätte.«

Leah schaute ihn mit großen Augen an und ihm wurde klar, dass er laut gedacht hatte. Aber sie verstand ihn und dafür war er dankbar.

»Er hat ihn gerufen und den Einsatz bezahlt. Das können wir wahrscheinlich nie wiedergutmachen.«

»War wohl unser Glück, dass er schon immer ein Gegner von GoodDreams war.«

»Redet ihr von der Familie der Superhelden?« Tayo stand im Türrahmen und lächelte breit. »Ich finde es eigentlich ziemlich dämlich, die ganzen Vorurteile gegen meinen Alten einfach so über den Haufen zu schmeißen. Schließlich habe ich Jahre gebraucht, um sie aufzubauen.«

Leah lachte und auch Ben musste schmunzeln. Es war doch etwas ganz anderes, seine Freunde aus den Träumen im wahren Leben zu treffen. Er war froh, dass sie endlich zusammen waren – wenn auch die Umstände schöner sein könnten. »Ihr habt uns beide gerettet. Dein Vater und du auch.«

Tayo zuckte mit den Schultern. »Im Grunde ist das so eine Art erweiterter Hausarrest hier, wenn du mich fragst. Er möchte einfach, dass ich in Sicherheit bin. Hier gibt es nichts. Keine Menschen, kein Internet und damit auch keine Möglichkeit für GoodDreams, uns aufzuspüren. Und mein Vater wusste, dass ich ohne euch nicht gehen würde. Also ...«

»Fühlt sich aber viel besser an als Hausarrest, wenn du mich fragst«, erwiderte Ben und legte einen Arm um Leahs Schulter.

»Ich kann immer noch nicht fassen, was für ein verdammtes Glück ich hatte, Alice.«

»Du *hast* Glück, aber hör auf, mich Alice zu nennen, sonst bist du der verrückte Hutmacher«, wies sie ihn zurecht und lächelte dabei breit.

Tayo grinste, drehte sich um und trat wieder zum Haus. »Wenn Yuna endlich mal im Bad fertig ist, gibt es Frühstück. Also turtelt nicht so sehr herum. Big Brother is watching you, merkt euch das.«

Ben wartete, bis Tayo in der Lodge verschwunden war, dann flüsterte er: »Ich finde ja, du solltest nicht nur jede Nacht im Traum zu mir kommen. Das Haus hat genug Zimmer. Wir müssen nur mit Tayo reden. Es würde mir noch viel besser gehen, wenn ich nachts neben dir liegen könnte.«

Leah lächelte. »Und deine Genesung steht natürlich an oberster Stelle.« Dann wurde sie ernst. »Du weißt doch, dass ich Yuna nicht allein lassen kann. Das musst du verstehen. Tagsüber zeigt sie es nicht, aber nachts suchen sie irgendwelche Dämonen heim. Sie schreit im Schlaf und schlägt wild um sich.«

Ben strich ihr über den Kopf. »Yuna sind schlimme Dinge passiert. Und Mika.«

»Und dir auch.«

»Habe ich dir eigentlich schon gedankt, dass du zu mir gekommen bist und mich gerettet hast?«

»Nur ungefähr hundert Mal, würde ich sagen«, gab Leah lachend zurück und verdrehte die Augen.

Ben hauchte einen Kuss auf ihre Lippen, dann hörten sie Tayos laute Stimme: »Alle mal herkommen. Das müsst ihr unbedingt sehen!«, brüllte er aus der Küche und schlug zwei Topfdeckel zusammen.

Leah schnellte hoch und stützte Ben.

Tayo saß am Küchentisch und strich eine Zeitung glatt. Ohne Internet waren sie auf die langsamen Medien angewiesen, die Tayos Vater ihnen jede Woche in einem Paket zur Lodge schickte. Yuna war inzwischen aufgewacht. Sie trank einen Tee und zog die Stirn in Falten, während sie einen Blick über Tayos Schulter warf. Leah half Ben auf den Stuhl und lehnte sich gegen die Wand.

»Gestern in der Abenddämmerung war das Flugzeug da und hat die Vorräte für die nächste Woche abgeworfen. Ich habe die Pakete aber eben erst ausgepackt.«

»Was steht drin?« Ben deutete auf die Zeitung.

»Der Aufmacher ist eine Meldung über GoodDreams. Sie reagieren auf die Medienberichte und die Vorwürfe.«

»Endlich!« Yuna schlug mit der flachen Hand auf den Tisch.

»Freu dich nicht zu früh.« Tayo fuhr mit dem Finger über den Zeitungsartikel. »Sie feuern den Chief Operating Officer. Der Typ ist ein junger Kerl und nimmt alle Schuld auf sich.«

»Und was ist mit Harrison?«, murmelte Leah sichtbar fassungslos, als Tayo weiterlas.

Denn der CEO, der mit dem US-Präsidenten gemeinsame Sache machte, war noch im Amt, stand in dem Bericht. Sollte der Skandal wirklich spurlos an dem Unternehmen und an Willis vorbeigehen?

»Mein Vater hat noch einen Brief beigelegt.« Tayo öffnete einen Umschlag und zog eine sorgfältig herausgetrennte Zeitschriftenseite hervor. »Schaut euch das an!«

Sie beugten die Köpfe über etwas, das offensichtlich eine große Werbeanzeige war. Zu sehen war darauf ein Foto von lachenden Kindern im Vorschulalter, die bunte Luftballons in den Händen hielten. Über ihnen ein strahlend blauer Himmel mit Schäfchenwolken.

Darunter stand der Slogan »Kinderträume für eine Traumkindheit – mit GoodDreams«.

Tayo faltete die Werbeseite wieder sorgfältig zusammen und schob sie zurück in den Umschlag. Dann musterte er sie nacheinander mit prüfendem Blick. »Hier sind wir in Sicherheit. Hier gibt es weder Internet noch Traumrekorder noch die Männer von GoodDreams. Niemand weiß, dass wir hier sind. Und wir bleiben so lange, bis Gras über die Sache gewachsen ist. Aber dann schlagen wir zurück. Einer für alle – alle für einen. Versprecht ihr mir das?«

Er hielt einem nach dem anderen seine ausgestreckte Hand hin. Und einer nach dem anderen schlug ein.

Ende

Thomas Thiemeyer

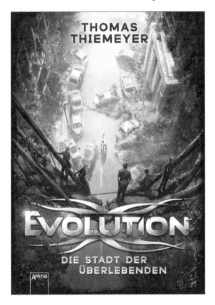

Evolution
Die Stadt der Überlebenden

Ahnungslos reisen Lucie und Jem mit einer Austauschgruppe in die USA. Doch als ihr Flugzeug am Denver Airport notlandet, wird ihnen schnell klar: Die Welt, wie sie sie kennen, gibt es nicht mehr. Die Flugbahn überwuchert, das Terminal menschenverlassen, lauern überall Gefahren. Sogar die Tiere scheinen sich gegen sie verschworen zu haben: Wölfe, Bären, Vögel greifen die Jugendlichen immer wieder in großen Schwärmen an. Was ist bloß geschehen? Während ihrer gefahrvollen Reise durch die neue Welt erfahren sie von einem Kometeneinschlag. Und von ein paar letzten Überlebenden in einer verschollenen Stadt. Aber wie sollen sie die erreichen, wenn die ganze Erde sich gegen sie verschworen hat?

Auch als E-Book erhältlich

Arena

360 Seiten • Gebunden
ISBN 978-3-401-60167-0
www.arena-verlag.de

Andreas Eschbach

Black*Out Hide*Out Time*Out
978-3-401-50505-3 978-3-401-50506-0 978-3-401-50507-7

Was wäre, wenn das Wissen und die Gedanken eines Einzelnen für eine ganze Gruppe verfügbar wären? Jederzeit? Würden dann nicht Frieden und Einigkeit auf Erden herrschen? Wäre der Mensch dann endlich nicht mehr so entsetzlich allein? Oder könnte dadurch eine allgegenwärtige Supermacht entstehen, die zur schlimmsten Bedrohung der Welt wird?

Drei Thriller der Extraklasse von Bestsellerautor Andreas Eschbach, der die Themen Vernetzung und Globalisierung auf eine ganz neue, atemberaubende Weise weiterdenkt und die Frage stellt, was Identität und Individualität für die Menschheit bedeuten.

Arena

www.eschbach-lesen.de
Auch als E-Books erhältlich.
Als Hörbücher bei Arena audio

Jeder Band:
Klappenbroschur
www.arena-verlag.de

B.E. Hassell / M.K. Magnadóttir
Dämmerhöhe

Lautlos
978-3-401-60144-1

Eiskalt
978-3-401-60145-8

Besessen
978-3-401-60146-5

Glutrot
978-3-401-60222-6

Alle Bände auch als E-Books erhältlich
und als Hörbücher bei Audiolino

www.arena-verlag.de

Rainer Wekwerth

Das Labyrinth erwacht

Sieben Jugendliche werden durch Raum und Zeit versetzt. Sie wissen nicht mehr, wer sie einmal waren. Aber das Labyrinth kennt sie. Jagt sie. Es gibt nur eine einzige Botschaft an jeden von ihnen: Du hast zweiundsiebzig Stunden Zeit das nächste Tor zu erreichen oder du stirbst. Problem Nummer Eins, es gibt nur sechs Tore. Problem Nummer Zwei, ihr seid nicht allein.

978-3-401-50791-0

Das Labyrinth jagt dich

Fünf Jugendliche. Sie haben gekämpft, sich gequält und zwei Welten durchquert, um die rettenden Tore zu erreichen. Neue Gefahren erwarten sie, aber letztendlich entpuppt sich etwas Unerwartetes als ihr größtes Hindernis: die Liebe. Jeder von ihnen mag bereit sein, durch die Hölle zu gehen, doch wer würde das eigene Leben für seine Liebe opfern?

978-3-401-50792-7

Das Labyrinth ist ohne Gnade

Sie sind nur noch zu dritt und sie sind geschwächt. Aber sie wollen überleben – um jeden Preis. Zweifel überschatten den Kampf gegen das Labyrinth, das mit immer neuen Mysterien für die Jugendlichen aufwartet. Ihr mühsam erworbener Teamgeist scheint nicht zu brechen, doch lohnt sich für Jeb, Jenna und Mary der gemeinsame Kampf, wenn nur einer von ihnen überleben kann?

978-3-401-50793-4

Arena

Jeder Band:
Klappenbroschur
Auch als E-Books erhältlich
www.wekwerth-labyrinth.de

Natasha Ngan	Kim Kestner

Alba & Seven	**Anima**

Alba will nur eins: endlich aus ihrem goldenen Käfig im Nordbezirk Londons ausbrechen. Als Tochter des mächtigsten Mannes des Landes ist ihre Zukunft jedoch längst vorherbestimmt. Die letzte Chance, frei zu sein, kommt in Gestalt eines jungen Diebes: Seven. Der ist Mitglied einer Straßengang, die mit gestohlenen Erinnerungen auf dem Schwarzmarkt handelt. Ausgerechnet ihm folgt Alba zum ersten Mal in den Süden. Doch in einer Welt in der keine Erinnerung privat ist, bleiben auch Geheimnisse nicht lange verborgen ...

Für Abby ist es die schönste Zeit des Jahres! Jeden Sommer verbringt sie mit ihrer Familie die Ferien im Nationalpark Acadia. Doch diesmal wird die Idylle überschattet: Der zur Unterhaltung engagierte Magier Juspinn fasziniert die Feriengäste nicht nur mit seiner Show – er scheint sie zu manipulieren. Mit Schrecken muss Abby feststellen, wie sich ihre Familie und Freunde mehr und mehr zum Schlechten verändern.

Arena

432 Seiten • Gebunden
ISBN 978-3-401-60138-0
Beide Bücher auch als E-Book erhältlich

480 Seiten • Gebunden
ISBN 978-3-401-60252-3
www.arena-verlag.de